命 中 注 定 只 爱 你 　　　　白德华

陕西新华出版
太白文艺出版社·西安

图书在版编目（CIP）数据

命中注定只爱你 / 白德华著 . -- 西安：太白文艺
出版社，2025. 3. -- ISBN 978-7-5513-2824-1

Ⅰ . I247.7

中国国家版本馆 CIP 数据核字第 2024ZK0318 号

命中注定只爱你
MINGZHONGZHUDING ZHIAINI

作　　者　白德华
责任编辑　耿　瑞
封面设计　蕉下客
版式设计　新纪元文化传播
出版发行　太白文艺出版社
经　　销　新华书店
印　　刷　西安盛业印务有限公司
开　　本　787mm×1092mm　1/16
字　　数　280 千字
印　　张　21.25
版　　次　2025 年 3 月第 1 版
印　　次　2025 年 3 月第 1 次印刷
书　　号　ISBN 978-7-5513-2824-1
定　　价　78.00 元

如有印装质量问题，可寄出版社印制部调换
联系电话：029-81206800
出版社地址：西安市曲江新区登高路 1388 号（邮编：710061）
营销中心电话：029-87277748　029-87217872

前　言

　　《命中注定只爱你》一书收录了我历时两年多创作的《命中注定只爱你》《听闻远方有你》《网络情缘》《驼爷》《爱是你我》《母亲的眼泪》六部中篇言情小说。

　　《命中注定只爱你》是一部充满情感纠葛和命运起伏的小说集。小说描写了不同主人公的成长和爱情经历，展现了人生中那些无法预料的转折和命中注定的相遇。在这个瞬息万变的世界里，有些缘分似乎是命中注定，而有些爱情则充满了人为的巧合。这部作品不仅是对爱情的美好描绘，也是对人生选择和命运起伏的深刻反思。通过主人公的经历，读者将感受到爱情的甜蜜与苦涩，以及在面对选择时的无奈与挣扎。小说中的每一个转折，都是对命运的一种唯美诠释，让读者在感受故事情节的同时，产生强烈共鸣，去思考自己的人生选择和命运起伏。

　　《命中注定只爱你》的创作灵感来源于我部分的人生真实经历，以及我对人生和爱情的深刻理解和感悟，通过精心构建的故事情节和丰富的人物形象，用写实的笔触，展现了爱情的复杂性和人生的多面性。书中不同主人公的爱情故事，既是对命运的挑战，也是对爱情的痴心坚守。在面对生活的种种考验时，主人公如何坚持自己的信念，去寻找属于自己的幸福，是《命中注定只爱你》一书的核心主题。

　　通过《命中注定只爱你》这部小说集，我希望能够让读者感受到爱情的美好，同时也认识到，每个人的生命旅程都是独一无二的，是不可复制的。每一个选择都会影响未来的方向。希望读者在阅读过程中，在享受精彩故事的同时，也能从中获得对生活和爱情的深刻理解。

白德华

2024 年 6 月

目 录

命中注定只爱你

一

煤矿井下的巷道里，被一片黑暗笼罩着，矿井深邃而庞大，仿佛是走不到尽头的黑暗深渊，一群矿工安全帽上的矿灯光束晃动着交织在一起，他们边走边说着与女人有关的荤段子，穿梭在狭窄的巷道里，漆黑的环境让人感到压抑和窒息。

采煤队长分完工，矿工们开始劳作，各种噪声充斥着整个采煤的巷道。煤层破碎声、矿车滑动声、机器轰鸣声、矿工们粗重的呼吸声交织在一起，令人振奋、令人不安。

瘦弱的马华吃力地挥舞着铁锨，不停地把撒落的煤块铲到溜子的皮带上，不一会儿，就累得气喘吁吁。采煤队长不停地巡视着矿工们作业的情况。他走到马华跟前问道："你多大了？这么瘦小，就来下煤窑了。"

马华边干活边说："我17岁了，没考上学，就来矿上干活了，等挣了钱就可以干自己喜欢的事了。"

采煤队长笑了笑说道："好好干吧，有骨气。"

采煤的掘工师傅扭头看了一眼马华，说："小子，你和我儿子一样大，累了，就歇一会儿。"

马华看不清采煤师傅的模样，只是看到了他的牙齿是那么的白。

马华的喉咙干得隐隐作痛，腰酸酸地疼，手掌上磨出了水泡，可他依然坚持着。马华心里知道，只有挣到了钱，才可以去文工团学习唱歌，圆他当歌星的梦想。

漫长的八小时终于结束了，到了下班的时间，马华和矿工们都精疲力尽，就连开玩笑的话也是说得有气无力。一群矿工站进大大的四方铁罐笼里，随着"哐当"的一声巨响，铁罐笼缓缓升起。矿工们终于从井底来到了地面，早晨的阳光照得他们半睁着眼睛。矿工们排队交了安全帽和工具，陆陆续续来到采煤调度室开会。

"今天，李丸孬在井底下抽烟扣五分，罚他给咱们采煤队每人买一盒烟。"采煤队长说话像放鞭炮一样。

"好，好。"大家齐声叫道。

李丸孬耷拉着脑袋，一脸心疼的表情。

"看看人家马华，才十几岁，就知道来矿上挣些钱再上学，大家伙以后都要多照顾他一点啊。"采煤队长看着马华说道。

马华感激地看了看采煤队长和矿友们，一个劲地鞠躬，嘴里不停地说着感谢的话。

马华和矿友们进到浴池去洗澡，浴池里的水黑乎乎的，池底里堆满了煤灰，矿工们享受着热水浸肤的快感，嘴里还不忘说着笑话，盘算着月底能发多少钱。洗完澡换好衣服，有骑自行车的、有走路的，各自回家去了。

马华走了几里路，终于回到了家里，母亲梁玉端来一碗热气腾腾的素馅儿饺子说："快吃吧。矿上的活能干不能干呀？不行就别去了。"

"没事儿，妈，我能受得了，您放心吧。"马华硬撑着疲惫的身体，微笑着说道。

梁玉的眼睛里充满了疼爱，把饺子递给儿子马华，转身走出去，一脸欲哭的表情，她知道儿子是个要强的人。

马华坐在床边吃着饺子，眼睛不听使唤地闭上了，端着半碗饺子，竟然睡着了。

马建设和梁玉夫妇心疼儿子，劝马华不要再去煤矿上干活了，找点别的事儿干，但马华没有答应，依然坚持到煤矿去上班。他安慰着父母说："煤矿挣的钱多，我能适应。"

没过多长时间，煤矿出了重大安全事故，被政府部门给叫停了。

马华背着铁锨又加入了村里的装车队伍。装石子车的人很多，村里装车的男女老少有 30 多人，算得上一支庞大的人力装车队伍。

一天，马华看到村里的俊玲拿着铁锹也来装车了，忙上前打招呼说："俊玲，你不上学了？"

俊玲有些腼腆地应了一声。俊玲五六岁时在村子里跑着玩耍，一不小心掉进了村里的水库里，是马华的爷爷冒着生命危险把她给救了上来。俊玲家里人为了答谢马华的爷爷对俊玲的救命之恩，就让俊玲认马华的母亲当了干娘。两家过年过节时经常走动。

装车的时候，马华时不时地会偷偷看俊玲。16 岁的俊玲出落得亭亭玉立，不高不低，脸白得像煮熟的鸡蛋一样，柳叶眉下长着一双会说话的大眼睛，直直的鼻梁下长着一张樱桃小嘴。

白天装车的时候，马华会一个劲地往俊玲的身边凑，晚上睡觉的时候，马华脑子里全是俊玲俊俏的模样。俊玲白皙漂亮的脸蛋和丰满紧致的身材在马华的脑海里晃来晃去。马华躺在床上像烙葱花饼一样，翻来覆去，久久不能入睡。

一天中午，马华趁着别人不注意，把折叠好的求爱信递给了俊玲，俊玲心领神会地接过字条，红着脸回家去了。

过了两天，中午时分，一群村民坐在村代销店里打牌，等着拉石子车。马华看到俊玲走进村代销店，马上跟了进去，俊玲看了看马华，害羞地

往外走到代销店门口，马华似乎明白俊玲要给他什么，不露声色地靠近俊玲，俊玲有些害羞地看了马华一眼，趁着别人不注意，递给马华一张握得皱巴巴的字条。

马华接过字条，小跑着回到家里，关上了屋门。

马华把字条放到鼻子前，他似乎闻到了俊玲的体香，整个人有些陶醉。他迅速打开字条，上面写着几行娟秀的文字：马华哥，我非常喜欢你。你是咱村里长得最帅的，浓浓的眉毛、大大的眼睛、长长的眼睫毛，你还会写文章。我愿意等你，等着有一天，你来娶我做你的新娘。

马华看着俊玲写给他的信，心里兴奋不已，反复看了好几遍，才慢慢地把字条收好，夹在了日记本里。

一天中午，马华一个人在家，俊玲过来了，她从怀里掏出两双她亲手纳的鞋垫递给马华。红底的鞋垫上绣着一对黄色的鸳鸯，畅游在碧水绿萍中，看起来栩栩如生。马华的心一下子震颤了，这可是俊玲一针一线纳的鞋垫呀，她不知道熬了多少夜，手不知道被针扎破了多少次。

马华抚摸着鞋垫，说道："俊玲，你的手可真巧，纳的鞋垫可真好看。"

俊玲轻声说道："我不太会，纳得不够好。"

马华和俊玲四目对望，马华一下子把俊玲拥入怀中，俊玲身上淡淡的清香让马华的心怦怦直跳，呼吸变得粗重和灼热，一双手温柔地抚摸着俊玲漂亮的脸蛋和头发，呼吸急促的俊玲半闭着眼睛，慢慢地、慢慢地，一对少男少女的嘴唇终于贴在了一起。马华贪婪地摄取着俊玲的少女气息，娇羞的俊玲满脸泛起红晕，清纯妩媚，发出颤颤的哼唧声，那惹人怜爱的模样令马华如痴如醉，相互献出彼此的初吻。初吻令他俩兴奋和紧张，令他俩终生难忘，点燃了他们纯真的爱情之火。

马华和俊玲踏入了幸福的爱河，平时靠着传递情书和字条，两人隔三岔五地在村外的山坡上、水库边的石坝上约会，相拥着一起谈理想，一起谈天说地。

也许是爱情给了马华奋斗的力量。马华白天装车，晚上看书，同时写些文章投寄给几家杂志社。不长的时间里，马华就在刊物上发表了几篇小小说和散文。

马华和俊玲两个少男少女并肩坐在山坡上，俊玲看着马华发表的文章兴奋不已，嘴里不停地夸马华的文章写得好。俊玲红着脸主动地亲吻马华，说是对他的奖励。

马华和俊玲手挽手走在干涸的水库上，裂口的淤泥片犹如小小的地板砖，走在上面，脚下发出"咔咔咔"的爆裂声。马华和俊玲追逐嬉闹着。跑累了，马华站在俊玲的正对面唱着歌。他富有磁性的嗓音和激情的演唱，让俊玲陶醉，俊玲的温柔和善良让马华着迷。

晚上，俊玲背着家人给马华送好吃的。她提着一兜瓜子、花生和糖果放在门口，轻轻地敲响马华的屋门后转身离开。

马华看着俊玲送来的零食，心里暖暖的。

马华发表文章的事情在村子里传得沸沸扬扬，父老乡亲都说他是个大秀才，马华面对众人的夸奖，总是憨憨一笑，说："我还得努力。"

马华心里一直想着要通过自己的努力去改变命运和生活。虽然没考上大学，可他不甘心当一辈子的农民，唱好歌、写好文章一直是他心中的梦想和目标，这促使他勤劳、刻苦地向目标迈进。他想通过努力去收获，早点娶上俊玲做他的媳妇，让父母过上好日子。

一天晚上，马华和俊玲手拉手走在村外河边的石坝上，马华对俊玲说："俊玲，我平时攒了些钱，我想出去闯闯。一个男人不能总待在家里，我不甘心。"

说话间两个人坐了下来，俊玲抬头看着马华，说："嗯，马华哥，你想去干啥？"

"我想去考歌舞团。你知道，我除了爱写作就是爱唱歌。"

"马华哥，我支持你，你干啥我都会支持你。我也攒了一些钱，明

天给你，出远门要多带些钱。"俊玲依偎在马华的怀里，马华抚摸着俊玲的黑发说："俊玲，不用，我有钱。"

"你得拿着，老人不是说穷家富路嘛，我在家又不花啥钱。"

马华捧起俊玲的脸温柔地抚摸着，两个人的嘴贴在了一起，热吻让两个初恋的男女兴奋不已。

俊玲紧紧抓住马华滑向她腰带处的手，坐起身，把头依偎进马华的怀里，满脸通红地轻声说道："咱俩结婚入洞房的那一天，我再把身子给你。"

马华搂紧俊玲，有些不好意思地说道："俊玲，听你的。对不起，我有些冲动了。"

机会总是留给那些有准备的人。马华冒着酷暑，在省城矿区文工团里跑了两天，饿了就买两个包子，喝几口白开水。他的口袋里装了两盒好烟，见到文工团的人就发。

马华终于站在了文工团排练大厅的舞台上，略带胆怯地给文工团的领导们唱了一首《少年壮志不言愁》，纯净且富有磁性的嗓音得到了众人的夸赞。

姜团长打量了马华一会儿，说："小伙子，嗓子不错。我刚才和团里领导班子的成员通了气，可以让你进文工团当一名歌手，但你还需要专业的培训。这样，培训费就不让你交了，从农村出来也不容易，团里一个月给你发60元的生活费，啥时候你登台表演了，就发全额工资。你看咋样？"

马华不停地给姜团长和众人鞠躬，高兴地说："姜团长，谢谢您，谢谢各位老师，谢谢你们给我成长的机会。"

乡村的夜晚，静谧空旷。偶尔路上细碎的脚步声，引得村上的狗儿叫成一片。皎洁的月光温柔地笼罩着整个村落，大山、大河、房屋、树木、麦田好像玩累了的孩子，眼皮开始打架了，慢慢地睡去。村民们开始熄灭家里的灯火，渐渐进入甜蜜的梦乡。月光下，整个村庄慢慢地睡着了，睡得踏实而酣畅。

马华和俊玲趁着夜色，来到了村里的打麦场上，两个人坐在麦秸垛旁，马华把外套裹在俊玲身上。

“你别受凉了。”

“我不冷。”

马华很快在麦秸垛上掏了一个洞，两个人相依相偎地坐在麦秸洞里，身上顿时暖和了很多。

“俊玲，我明天就要去文工团上班了，你在家要照顾好自己。”

“嗯，你在外边也不要委屈自己，吃好穿暖，要天天想着我。”

“我会的。俊玲，我一定好好唱歌，唱出了名堂，你父母就不会反对咱俩处对象了。”

“马华哥，不管你干啥，我都会大力支持你。”

马华温柔地抚摸着俊玲的脸蛋。

忽然，一束手电筒的光从远处照射过来，接着就是“俊玲、俊玲……”的喊叫声。

俊玲紧张地说道：“是我妈，她又找我了。”

马华示意俊玲不要吭声，迅速抓起麦秸不停地堆放着，把他和俊玲挡在了麦秸洞里。他紧紧地抱着俊玲，两个人彼此都能听到对方的心跳声。

俊玲妈妈的喊叫声渐行渐远，马华让俊玲赶快回家，俊玲泪眼蒙眬地扭身抱紧马华，说：“马华哥，我明天一早在车站等你，我要送你。”

马华捧起俊玲的脸蛋，一边狂吻一边擦拭着俊玲脸上的泪水。

俊玲蹑手蹑脚地回到自己的屋里，母亲紧跟着进了屋，大声呵斥道：“你又去哪了？整天不着家，没个女孩样。我可告诉你，不许你和马华来往。一个村的，又是亲戚，传出去了，你以后还嫁不嫁人！”

俊玲噘着嘴不理母亲，母亲气呼呼地走出屋门。

俊玲躺在床上翻看着一本本杂志，看着上面马华发表的文章，一脸的喜悦。

月光照进了屋里，没有睡意的俊玲眨着一双会说话的大眼睛，马华的歌声似乎又在她耳畔响起，她想着马华英俊帅气的模样，想着马华亲吻拥抱她的情景，心里幻想着他和马华结婚的场景，想到这儿，俊玲白皙的脸蛋泛起了红晕。

马华轻手轻脚地回到屋里，开灯写完日记，正要睡觉，父母披着衣裳敲门进屋，问马华还需要带啥，父亲掏出 200 元钱说："这钱你拿着，出门在外不容易，要和同事搞好团结，常给家里写信。"

马华推辞着说自己有钱，母亲拿过钱硬是塞给儿子，说道："到了单位，要勤快，好好干。儿子，你脾气急，性子直，一定要注意，在外边可不是在家里。"

马华一个劲地点着头，劝父母要多保重身体，说自己一定好好干，干出些成绩来，给父母争气，给家里争光。

父母回屋歇息去了，马华躺在床上，瞪着一双丹凤眼怎么也睡不着，思绪又回到了十年前。

父亲马建设是一位民办教师。母亲上了两年学就辍学了，14 岁到公社豫剧团学唱戏，母亲和父亲结婚后就不再唱戏了，当上了大队妇女主任。夫妇俩省吃俭用，养牛、养猪、养鸡来贴补家用，辛辛苦苦地养育着三个儿女。马华有一弟一妹。父母去地里干农活，七八岁的马华就在家里照看弟弟和妹妹，学着做饭，时间长了，就学会了擀面条、炒菜、蒸馍等家务，村里的人都夸他勤快和灵动。

母亲梁玉为了多挣些钱补贴家用，平时就到村石料厂去装石子车，瘦弱的身躯挤在人群中，不停地挥动着手中的铁锨，汗水濡湿了衣裳，留下满身的土尘。装一辆车能挣块儿八毛。满身疲惫的梁玉背着铁锨回到家里，马华看着像泥塑一样的母亲，心里揪着疼，他劝母亲不要再去装石子车了，母亲总是微笑着说："不累，装车锻炼身体，人总不能歇着。"

到了星期天，父亲就会上山采中药，晒干后去卖些钱。赶集的时候，父母买些布料和吃的拿回家，把买回来的包子、油条分给三个孩子，自己舍不得吃上一口。晚上，母亲坐在昏暗的煤油灯下，踏着缝纫机给儿女们做新衣服，把剩下的布头缝制成小花书包。

马华想到这里，泪水流了出来，心想：自己没考上学，父母没有过多地责怪他，如今自己长大了，好不容易找到了自己喜欢的工作，一定要好好发展，减轻家里的负担，让父母不再那么辛劳。

马华想着想着就睡着了。

天还没亮，马建设摸着黑到菜地里割了些韭菜回来，妻子梁玉在灶屋里忙着和面，马华走进灶屋，帮着父母包饺子。

"你咋不多睡会儿？出门饺子回家面。昨天你爹到镇上买了些肉，给你包韭菜大肉馅儿饺子。"

"妈，我不在家，您和爹要多保重身体，以后就别装车了。"

梁玉抬头看着马华，说："我和你爹爹还不老，你别操家里的心。出门在外可不容易，遇到啥事要多思考、多忍让。人呀，有了好脾气就会有好运气。"

"妈，我记住了。"

一家人吃完饺子，马华背着行囊，带着对家乡的眷恋，要去省城实现他的梦想了。一家人站在家门口说完话，马华扭头看着父母和亲人，依依不舍地说："你们回去吧，我到了就给家里写信。"

走了几里的路，到了车站，马华四处张望着，看见俊玲抱着一个包裹从对面走过来，马华赶忙过去接过包裹。看着被寒风冻得满脸通红的俊玲，马华心疼地说："冷吧，你啥时候过来的？"

"我刚过来一会儿。"

马华脱下外套裹在俊玲身上，俊玲挣脱着说："我不冷。你快穿上，别受凉了。"

俊玲指着包裹说："我给你纳了几双鞋垫，织了两件毛衣、两条毛裤和两条围巾，你换着穿戴。"

马华紧紧地抱住俊玲，轻声说道："做这些你要熬多少夜呀！俊玲，我爱你。"

一辆票车从远处行驶了过来，俊玲掏出鼓鼓的手绢递给马华。

"这些钱你拿着，在外边不要苦了自己。"

"俊玲，我不要，我有。"

"哎呀，叫你拿着你就拿着，要不我就生气了。"

马华忍着就要落下的眼泪，上了票车。票车缓缓地开始行驶，马华把头探出窗外喊道："俊玲，天冷，你赶快回家吧，我到了给你写信。"

俊玲看着远去的票车，眼泪流了出来，她深爱的马华把她的心给带走了。

二

蔚蓝的天空下，微风吹拂，翠绿的麦苗不停点头，鸟儿叽叽喳喳地叫着。乡间的小路上，老万和媳妇彩英各自背着锄头、挎着篮子往家里走，一只小黄狗摇摆着尾巴跟在后面。

"咱得赶紧给俊玲找个婆家，女大不中留。村里都传开了，说俊玲和马华在谈恋爱。"彩英对丈夫老万说道。

老万叹着气说："马华是个争气的孩子，长得也不赖，就是家里穷。"

"你就爱钱。有钱就让咱俊玲嫁给他了？一个村里住着，又是亲戚，亏你说得出口。"

老万夫妇边说边往家里走。

俊玲在屋里打量着马华给她寄回来的一件毛衣外套，心里想着去镇上照张相片给马华寄去，顿时脸上荡漾起幸福的笑容。俊玲把毛衣叠好放进衣柜，又忙着给马华织起毛衣来，织针在她手上翻来覆去舞动个不停，织一会儿就停下来查针数，生怕给织错了。

老万和彩英回到了家里，俊玲开门说道："饭都做好了，你们赶紧趁热吃吧。"

俊玲说完回到屋里，又拿起针线忙着织起毛衣来。老万和彩英洗罢脸，走进灶屋吃饭去了。

省城矿区文工团的会议室里，掌声四起，姜团长正在表扬刚进团的马华，马华低着头略显不好意思，姜团长让马华说几句。

马华起身先是鞠躬，清了下嗓子，说："感谢姜团长、各位领导的培养，感谢同事们的热心帮助。我只是做了本职工作，我以后会更加努力地工作，谢谢大家。"

马华平时除了演出、排练，就是加班加点地写文章。他心里清楚，自己没钱又没关系，要想在文工团里转成正式员工是很难的，只有工作出色了，或许才会有转正的机会。

马华在舞台上表演的时候，他那浑厚略带沙哑的歌声征服了不少观众，团领导对他的工作很是满意。没有演出的时候，马华就待在宿舍里看书、写文章。他写的小说、散文不断地发表在各大刊物上，文工团里的领导和同事都很钦佩他。

星期天，别人都出去逛街了，马华一个人坐在宿舍里看书。随着敲门声，团里办公室的女孩闫俊推门而入，马华赶紧起身倒水。

"别倒了，我不喝，吃水果吧。"闫俊把一大网兜的苹果、橘子和香蕉放到桌子上。

"看你，买这么多水果，让你破费了，你快坐。"

"马华，咱俩虽说是同事，可平时很少说话。"

"咱们不在一个部门，接触得少。"

"咱团里，我最佩服你了，你可是我的偶像。"

"啥偶像不偶像的，你可别取笑我了。"

"怎么会呢，你歌唱得好，又是大作家，谁会不喜欢呢？"

闫俊忽然感觉自己说错了话，赶忙解释着说："我舅舅特喜欢你，让我多向你学习写作技巧。我呢，今天就是拜师来了。"

马华迟疑地看着闫俊，问道："你舅舅？他认识我吗？"

"你不知道吧，咱们团的王副团长就是我舅舅。"

"啊，王团长是你舅舅，这，我还真不知道。"

两个人聊了一会儿，闫俊要回家了，马华送她出门，闫俊摆摆手，说："你继续写作吧，别忘了，后天咱俩一起吃饭啊。"

马华回到屋里，坐在椅子上发着愣，心想，以后得和同事多接触接触，不能两耳不闻窗外事。马华站起身，伸着懒腰喊道："不食人间烟火可不行啊。"剥了一个橘子放进嘴里，嘴唇颤了一下，坐下来继续写作。

华灯初上，街上的人依然很多，马华和闫俊一前一后走着，闫俊上身穿着白色的羊毛衫，下身穿着浅蓝色的牛仔裤，脚穿一双白色帆布板鞋，浑身散发出青春的气息，像明星一样浑身透射出时尚和漂亮。

其实，马华心里是不想和闫俊一起去吃饭的，但想想闫俊的舅舅是他的顶头上司，不敢得罪，只好硬着头皮跟着闫俊去吃饭。

闫俊忽然扭头挎起马华的胳膊说："快走啊，吃饭不积极，思想有问题。"

马华抽回胳膊，说："还是不去了吧，我真的不饿，改天吧。"

闫俊瞪着一双漂亮的眼睛看着马华。灼热的眼神让马华心里一颤，此时的马华有些茫然，有些不知所措，心想，大城市的女孩都是这样吗？

"喂，马华老师，想啥呢？"

"哦，没什么。"

"走吧，学生请老师吃饭是应该的。快走吧，我都饿了。"闫俊说着拉起马华的胳膊，马华慌忙躲开，说道："别拉别拉，我这不走着呢。"

"这就对了，快走吧。"

马华和闫俊进了一家川味火锅店，点了菜，闫俊招手对服务员说："再拿一瓶低度白酒。"

马华忙说："闫俊，不喝酒了，我不习惯喝酒。"

"唉，马老师，有点扫兴哦。这样，服务员，拿瓶红酒吧。"

中秋晚上的月亮格外皎洁和明亮，草丛里的蛐蛐叫个不停。俊玲在灶屋里刷洗完碗筷，回到屋里，动手织起毛衣来，浅咖啡色的毛线在织针上绕来绕去。她一心想着，天凉了，得赶紧织好毛衣，让马华穿上。

俊玲织一会儿，瞪着一双大眼睛，轻声数一下毛衣图案的针数。夜深了，俊玲实在是困了，揉着眼睛，躺进被窝里翻看马华发表文章的杂志，拿出书里夹着的一张照片，看着她和马华的合影，伸出白皙的手指抚摸着照片上的马华，一张白皙、漂亮的脸蛋时而兴奋，时而羞涩，时而喜悦。

省城街上的人渐渐少了，马华和闫俊走出饭店，闫俊"哎呀"了一声，摸着头说："我的头有点晕。"

马华上前搀扶着闫俊，说："你喝太多的红酒了，我拦个车送你回家。"

一辆黄色的面包出租车停下来，马华扶着闫俊上了车。

闫俊的头靠在马华的肩膀上，马华想躲开，又想到她喝了不少红酒，

13

身子就没动，任凭闫俊靠着，闫俊喃喃地说："马华，你的歌唱得好，文章写得好。你呀，有才华，长得又帅。我喜欢你，才和你一起吃饭的。好几个男孩儿请我吃饭，我都拒绝了。你明白吗？你明白不明白呀，马华？"

马华有些吃惊，赶紧说道："闫俊，快到家了，你坚持一会儿。"闫俊特有的女孩体香飘进马华的鼻孔里，马华不由得打量起醉酒的闫俊，黑黑的长发，一张时尚、俊俏的脸蛋，心想，到底是城里的人，说话也开放，喜欢怎么能轻易说出口呢。

马华扭头看着车窗外，此时的他一脸的茫然，想起了农村老家的俊玲。俊玲此时在干吗呢？

夜深了，马华躺在床上辗转难眠，又想起了刚才在闫俊家楼下发生的一幕，马华把闫俊送到楼下，闫俊忽然抱着马华说："马华，我喜欢你。"

马华推开闫俊，说道："我有女朋友了，别这样。"

"你别骗我，我怎么没见你女朋友来找过你呀，再说了，你只要没结婚，我就有追求你的自由。"

一天，文工团的王副团长找马华，马华敲门进了办公室，王副团长的一双眼睛上下打量着马华，把马华看得心里直发怵，马华轻声问道："王副团长，您找我有事？请您吩咐。"

王副团长示意马华坐下说，马华坐下后，王副团长喝了一口水，说道："小马呀，来团里快一年了吧，你的工作干得还不错，好好干。"

马华点着头说："王副团长，我会好好干的。"

"你也知道，你是临时工，要转成团里在编的职工是非常难的，你要争取。我听说，闫俊跟着你学习写作，是吗？"

"嗯，闫俊说她喜欢写作。"

"我姐就这一个宝贝女儿，啥事都惯着她，也好，你多教教她。年轻人多处处，相互学习嘛。"

"嗯，我知道了，王副团长。"

"马华，你刚踏入社会，有些事呢，你都不清楚，在城里生活可不比农村老家，动不动要花钱，就是喝口水也要掏钱呀。你要好好干，有机会了，我就想想办法，尽量给你转正。"

马华站起身鞠躬答谢，内心充满了对王副团长的感激。

又是一个星期天，俊玲一大早就坐着公共汽车到了省城车站。她背着一个大包裹走走问问，终于找到了文工团的大门口。门卫大爷给她指了路，俊玲来到了马华的宿舍门前，她有些兴奋。这是她第一次来省城看望马华，他俩已经好长时间没见面了。

马华看到冻得满脸通红的俊玲，心疼地埋怨道："你咋不提前给我说一声，我去接接你，看把你冻的，快进来，坐下喝点水。"

马华把搓热的一双手放到俊玲的脸上，轻轻地抚摸着。

"看把你的小脸冻的，暖和一会儿，我带你去吃你爱吃的杂粮煎饼，喝奶茶。"

"我在家吃了，不饿。马华哥，我在家给你蒸了一些枣糕，你快尝尝。过些天，就更冷了，我给你织了两件毛衣和两条围巾，还纳了几双鞋垫。"

马华打开包裹，吃着枣糕，试穿着毛衣，又拿起围巾围在脖子上，抱着俊玲说："毛衣穿着挺合身，俊玲，枣糕永远是咱家乡的好吃，不，是你做的味道好。俊玲，你让我想得好苦。"

马华和俊玲热吻了起来，两颗心交融在了一起。马华亲吻着俊玲的额头、眉毛、眼睛、鼻子，一双手抚摸着俊玲的身体，俊玲娇羞地迎合着马华狂野而又原始的爱抚。

俊玲拉住马华一双得寸进尺的手，轻声说道："马华哥，我不想。"

"咚、咚、咚"的敲门声吓坏了床上的马华和俊玲，两人赶紧坐起身，

马华帮俊玲整了整凌乱的头发，问道："谁呀？"

闫俊提着一兜草莓进了屋，马华略显尴尬地介绍着俊玲，闫俊一双大眼睛像扫描仪一样，盯着俊玲浑身上下看个不停，俊玲有些害羞地坐在床边一动不动。

"马华，俊玲就是你的女朋友呀，长得可真漂亮。"闫俊提起桌子上的一兜草莓，"这是我同学送来的大棚草莓，拿来给你尝尝鲜，我去洗洗。"

闫俊洗草莓去了，俊玲问马华："她是你同事？"

"嗯，她在文工团办公室上班，有时候写材料会找我帮帮忙。"

俊玲点着头没有再说什么，屋里一片寂静。

下午，马华骑着自行车送俊玲到了车站，俊玲忽然说道："马华哥，要不我明天回去。"

马华兴奋地点着头："好呀，俊玲，咱去旅社开个房，我的宿舍里冷。"

"算了，我还是回去吧，要不，我爸妈又该四处找我了。"俊玲说着上了公共汽车，隔着车窗，用一双不舍、炙热的眼睛看着马华。

"马华哥，你回去吧，常给我写信。"

公共汽车一溜烟地开走了，马华的心里一下子空落落的，习惯地咬了一下嘴唇，转身回文工团去了。

快过春节的时候，文工团换了新团长，老团长找马华谈话，说是上级主管部门要求团里裁员，他想让马华留下，可又不符合政策，劝马华去找新团长说说，看能不能继续留在团里。

马华犹豫了片刻，站起身向老团长鞠了一个躬，说："姜团长，感谢您一直以来对我的关心和照顾。我想好了，我没钱又没关系，也不爱巴结人，我还是回家吧。姜团长，我想当兵去。"

姜团长站起身，拍了拍马华的肩膀，语重心长地说："当兵是个好主意，能行。马华，记住，到哪儿不管干啥，只要好好干，都会有出息的。

咱们要常联系。马华，谁的人生都是一波三折的，你再长大一些就知道了。"

马华告别了老团长和同事们，背着行囊，踏着沉重的脚步，又回到了久别的家乡。

父母劝马华想开些，马华笑着安慰父母，说他要报名参军，到部队锻炼自己。

阳春三月，马华通过体检、政审，终于实现了当兵的梦想。在离开家乡入伍的头天晚上，马华和俊玲相约来到了村外的打麦场上。

"明天你就要去部队了，我心里真不是滋味。"

"俊玲，我到了部队好好干，将来有出息了，就回来娶你，你爹妈也就不会反对咱俩的婚事了。"

"我就是舍不得你走，马华哥，你不会把我给忘了吧。"

"说啥呢，傻瓜，我这一辈子就要让你做我的媳妇。"

此时的俊玲已是泪眼模糊，马华心疼地擦拭着俊玲脸上的眼泪，俊玲抱紧马华，樱桃小嘴贴到马华棱角分明的嘴唇上，两个人顺势躺倒在麦秸堆里。

三

部队严明的纪律和井然有序的生活，让马华感觉到荣耀和充实，他的思想在部队这个大熔炉里被潜移默化地净化着。

马华渐渐地感觉到了自己肩上的责任和义务，当兵就是要改掉以前在家的坏毛病，脱胎换骨，蜕变自己，努力学习本领，提高思想觉悟，让自己成为一名合格的军人，做一个对社会有用的人。

马华爱唱歌、爱写作的特长在部队很快就发挥了作用，连队里的黑板报、文字工作都是由马华去完成，有时候还要去军区出公差。他还担任连队的教歌员。

业余时间，马华阅读了大量的小说、散文，他写的小说、散文陆续在各大刊物上发表，受到了连队和团里的多次表彰。

军区文工团选文艺兵，团干部征求马华的意见，马华告诉政委说："我想从事写作行业，我父母也很赞同。"

部队决定把马华送到地方日报社和电视台进行新闻采访、摄影的专业学习。

在外学习期间，马华跟着日报社和电视台的老师学习采编和摄像。因住宿紧张，马华晚上就打地铺睡到报社的办公室里。他为了省钱买书，一天只吃两顿饭。学习的岁月是快乐而充实的，马华的收获也是非常大的。在国内各级报刊上发表了很多部队及地方的稿件，一家地级报一版就发表了马华的两篇通讯报道。

白净漂亮的岳萌大学毕业后分配到了报社，她和马华一个办公室，马华和岳萌一起采访、写稿，两人相互学习写作知识，相互改稿，很快就成了无话不谈的朋友。岳萌生日的那天，带马华回家，岳萌的父母对马华非常的热情。

一天，岳萌终于鼓足勇气向马华表白，腼腆地说喜欢马华。马华心里充满了感激，他感激岳萌对他的喜欢和信任，可他当即就婉言拒绝了岳萌，说自己已经有女朋友了。

岳萌笑了笑，有些尴尬地说："我对你是哥们儿的那种喜欢。"

晚上马华回到报社办公室，看了一会儿书，起身在地上放些报纸，打好地铺，衣服也不脱，裹上军用被就躺下休息。

月光透过窗户温柔地钻进屋里，马华瞪着眼睛没有一点睡意，他想家乡了，他想爹妈了，他想女友俊玲了。马华坐起身，点燃一根烟吸了起来，思绪如烟雾般弥漫开来。他吸的是孤身寂寞，他吸的是浓浓乡愁，他吸的是心上姑娘，他吸的是萌动的青春。

马华从俊玲的来信中得知，俊玲的父母天天逼着她相亲；她父亲为了阻止她和马华的书信来往，常常到村代销店拦截马华写给俊玲的信件；母亲步步紧跟俊玲，不让她出门；为了不让俊玲给马华写信、寄信，俊玲的母亲和马华的母亲还吵了架，闹得村里人都知道了马华和俊玲处对象的事。

父亲马建设写信告诉马华，让马华以后不要再给俊玲写信了，说都在一个村子里住着，谈对象不合适，劝马华安心当兵，干出名堂了，天下的好姑娘多的是。

看着父亲的来信，马华心里很纠结。他深深地爱着俊玲。他知道，俊玲的父亲老万是村里典型的嫌贫爱富，他嫌弃马华家没钱，一心想给自己的女儿俊玲找个富有人家。

一天，马华收到了俊玲的断交信，马华一看笔迹，明显是别人代写的。

马华恨不得飞回家乡，飞到俊玲的身边。可他深知自己是一名军人，绝不能因为自己的私事去向部队请假。

马华深深地爱着俊玲，他只好把写给俊玲的信寄给他的女同学转交。信中充满了对俊玲的深深思念和浓浓的爱意，鼓励俊玲要坚持住，等他有出息了，俊玲的父母一定会同意他俩处对象的。

俊玲的父母托人不断地给俊玲介绍对象，俊玲闹过绝食，偷偷离家出走过。每次都被父母以吵架、上吊等阵势和软磨硬泡的劝说给降住了。

一天，村里的快嘴大巧又来到了老万家，老万媳妇彩英端上花生和瓜子，大巧像松鼠一样快速地嗑着瓜子、吃着花生。

彩英和老万着急地问道："她巧婶，你说的是谁家的孩子呀？"

大巧右手揉了揉鼻子，说："瓜子和花生不能多吃，嘴发渴。"

老万赶紧起身拿了一罐饮料递给大巧。

大巧喝了几口饮料，故作神秘地说道："我的万哥、万嫂啊，我今天给你们家俊玲介绍的可是个大万元户，家有钱不说，还有拖拉机、石灰窑。他们家就一个儿子，他爹是大队支书。俊玲要是能嫁到他们家，那可是享不尽的荣华富贵呀。"

老万瞪大眼睛看着大巧，彩英端起盘子说："来，吃瓜子、吃花生。"

大巧和老万夫妇说了很长时间的话，临走时，彩英给大巧捎了一兜花生和几罐饮料，大巧附耳给彩英说了几句悄悄话，慢悠悠地往家走去。

没过几天，大巧领着几个人来到了老万家里，进了门，大巧就忙着介绍双方。

"这是俊玲的父母，这个小伙叫苗壮，这俩是他的父母。"

老万忙着让座，大巧给彩英递了个眼色："嫂子，快叫你们女儿俊玲过来吧。"

彩英应着起身出去了。

过了好一会儿，俊玲被母亲彩英推搡着进了堂屋。苗壮一双小眼睛死死地盯着俊玲。他父母看着眼前长得像花一样好看的俊玲，喜出望外，说："要是俊玲愿意，过罢年咱就把婚事给办了，要办一场最隆重的婚礼。彩礼让亲家说，要多少都行。"

俊玲忽地站起身离开了，大巧赶紧打圆场："姑娘怕羞，咱们继续说。"

俊玲带着怒气回到屋里，眼泪止不住地流了出来，此时的她脆弱到了极点。父母平时把她看得死死的，不准她出门，到哪儿都跟着她，三天两头逼着她相亲，现在把人都领到家里来了，这可该怎么办？

此时，俊玲的脑子里一片空白，心里幻想着马华能来到她的身边，带着她远走高飞，离开这个令她伤心的家。俊玲擦了擦眼泪，坐在桌前，她要给马华写信，可信写罢了又怎样寄给马华呢？她刚写了马华二字，便停了下来。她不知道信能不能寄给马华，她更不想让马华跟着她伤心难过。手中的笔不听使唤地又动了起来，一张纸上写满了马华的名字。

苗壮自从见了俊玲后，心里一直惦记着俊玲俊俏的模样，他天天缠着父母，说他要和俊玲结婚。父母看到他这样，既高兴又担心。高兴的是儿子着急要结婚，他们很快就会抱上大孙子了；担心的是，苗壮因为小时候发高烧，留下了后遗症，有时候说些不着调的话，再加上老两口对儿子从小就娇生惯养，苗壮任性跋扈，脾气暴躁，生怕俊玲知道后会嫌弃苗壮，自家不就白白花钱了。

大巧为了得到更多的好处，天天到老万家催婚事，老万夫妇怕把女儿俊玲逼得太急出啥意外，只答应尽快做通女儿的思想工作。

苗壮经常偷偷来到俊玲家附近转悠，有时夜里还偷偷趴在俊玲家的院墙上，窥视俊玲。

黑夜让劳作一天的人们陆陆续续地进入了梦乡。

俊玲洗完脚，躺在床上拿着马华的照片细细地打量着，抚摸着马华秀气的脸庞。马华和她约会的情景一幕幕浮现在眼前，想着想着，俊玲浑身燥热，一脸喜悦和娇羞的表情。

俊玲幻想着马华能赶快把她娶走，幻想着给马华缝衣做饭，幻想着给马华生儿育女……

俊玲也许是想累了，不知不觉地进入了梦乡。

半夜时分，俊玲的床底下发出响声，一个黑影从床下钻了出来，他蹑手蹑脚地站到俊玲的床边，发出粗粗的喘气声，这个人正是苗壮。不知什么时候，他趁着俊玲家没人注意，偷偷溜到了俊玲的屋里，藏在了床底下。苗壮趁着夜色打量着眼前熟睡的俊玲，看着俊玲清秀的脸蛋，苗壮的呼吸更加急促，他伸出罪恶的双手抚摸着让他备受煎熬的姑娘。俊玲忽然醒了，看着眼前的黑影惊叫了一声，正要反抗，苗壮一把捂住

俊玲的嘴，轻声说道："你们家都收了我家的彩礼了，你就是我的媳妇，咱俩早晚不都得睡觉呀，不要叫，再叫我就不客气了。"

俊玲用力反抗着，正要大声呼救，怎奈苗壮把她控制得死死的，喊不出声，动弹不得，苗壮像饿狼一样重重地压在了俊玲的身上。

四

时间过得好快，马华退伍了，带着战友们的祝福，背着行囊踏上了回家的列车。

马华望着窗外沿途的风景，想着自己的心事，回到地方要凭着自己写作的专长找个工作，干出点成绩就和俊玲结婚，一起孝顺双方的父母，努力过好自己的人生。马华快一年都没收到俊玲的信了，马华想到这儿，满心的酸楚，一脸的凝重。他闭上眼睛，一心想着尽快见到他日思夜想的俊玲。

几天的舟车劳顿，马华终于踏上了阔别已久的故土。家乡当年的土路已经变成了柏油路，变宽了不少，村子里又多盖了几处新房子，比他当兵走的时候，变化了不少。

在邻居和亲人的簇拥下，马华回到了家，马华拿出捎回来的土特产让乡邻品尝，给众人让烟点火，院子里好不热闹。

拉了会儿家常，乡邻们陆续回家去了，马华给父母谈了自己的打算，父母都很赞同，心里期望着儿子马华有一个好的前途。

马华问起俊玲的情况，母亲心里咯噔一下，脸色沉了下来，马华问母亲怎么了，母亲说是头有些晕，马华赶紧上前搀扶母亲。母亲坐下后，看着几年不见的儿子，说："儿子啊，不早了，暖壶里有热水，你泡个热水脚，早点歇着吧。过两天去省城找个工作，妈也算是放心了。"

母亲说完起身回屋去了，马华没有马上去洗脚，他没脱鞋躺在床上吸着烟，他感觉到母亲似乎在对他隐瞒着什么。

马华轻手轻脚地走出家门，天空飘起了零零星星的雪花，马华抬头望着漆黑的天空，站了一会儿，抬腿向村外走去。

他徒步走遍了几年前他和俊玲曾经约会过的地方，角角落落走了个遍，每到一个地方，他都会坐上一会儿，吸着烟回忆着过往的幸福情景。

马华绕到了俊玲家门口，见没有亮灯，心里想着太晚了，俊玲肯定是睡下了，便转身向家走去。

大片的雪花漫天飞舞，处处是银装素裹，晨起的人们拿着扫把、铁锹，打扫着自家门前的积雪。

马华扫完院子里的雪，顾不上吃早饭，拿着两条香烟和一兜东西，溜出家门，往俊玲家走去。他昨天一夜都没怎么睡，他想好了，他这次要鼓起勇气向俊玲的父母提亲，要当面表白他对俊玲的爱。

马华踏着厚厚的积雪，深一脚浅一脚地走到了俊玲家的大门口。

马华正要敲门，发现俊玲家的大门上挂着铁锁，门前堆满了厚厚的积雪，马华正纳闷，俊玲家的邻居菊花上前打招呼："马华哥，他家的人搬去县城住了。"

马华忙问道："去县城住了？俊玲也去了吗？"

菊花表情有些凝固，打量着马华不说话。

马华迟疑着喊道："菊花，菊花。"

菊花应着马华，一脸不自然的神情。

"菊花，你最近见过俊玲没有？"

菊花轻声地说道："马华哥，你刚回来，可能还不知道吧，半年前，俊玲得了病，她……她……"

马华走近菊花："你说呀，菊花，俊玲怎么了？"

"俊玲她走了，半年前就走了。"

"你胡说啥呀，菊花。"

"马华哥，是真的，俊玲真的不在了。俊玲走后，她父母就搬去城里儿子家住了。"

马华浑身颤抖着，他被俊玲去世的噩耗给震惊了。他不敢相信他的耳朵，难以置信地慢慢蹲在雪地里，痛苦地捂住脸，泪水顺着脸颊流下来，心里在说："俊玲不会走，俊玲没有走。"

马华跟跄着来到了半山坡俊玲的墓地，他喊着"俊玲"，哇的一声大哭了起来，双手不停地扒着墓土上厚厚的积雪，嘴里声嘶力竭地喊道："俊玲，你怎么不等我回来就走了呢？你说你要嫁给我的，要做我的媳妇，俊玲，我可怜的俊玲，我不能没有你呀……"

马建设和梁玉不见儿子马华回家，心里犯嘀咕，下这么大的雪，儿子到哪去了，老两口去了马华爷爷家没见人，四处都没找见马华。他们心照不宣地来到了半山坡，远远就看见儿子马华蹲在俊玲的墓前放声哭泣，梁玉正要过去，被马建设拉住了。老两口看着眼前伤心欲绝的儿子，听着儿子撕心裂肺的哭声，流着眼泪，默默地扭头向家走去。

马华把他买给俊玲的衣服叠好放在墓前，静静地看着，浑身落满了雪花，犹如一个雪人，在寒风中一动不动。

马华在母亲的劝说下回到了家里，几天不吃不喝的马华终于病倒了。

马华的同学张颖拿着一包东西来到了马华家，她轻声安慰着马华，告诉马华说："俊玲去世前去找我，说等你从部队回来了，让我把这个包裹一定亲手转交给你。"

"我当时说帮她给你寄到部队去，俊玲很严肃地拒绝了，她说：'你一定要答应我，等马华从部队回来了再给他。'"

张颖有些愧疚地接着说道："俊玲告诉我说，她的病有些严重，怕等不到你回来。我说要写信告诉你，俊玲'扑通'一声给我跪下了，她流着眼泪说："不要写信，你一定要答应我。'"

马华忽地坐起身，把包裹抱在怀里，眼泪一下子流了出来，打开包裹，马华看到了毛衣、毛裤、围巾，这是俊玲生前一针一线给他编织的。马华流着眼泪抚摸着包裹里的毛衣、毛裤，嘴里不由得喊出了俊玲的名字。马华发现包裹里还有一个信封，打开信封，里面装着一封信，俊玲娟秀的字迹出现在马华眼前。

马华觉得此时俊玲仿佛就站在他的身边："马华哥，你一定要答应我，你看到这封信的时候不要哭，不要伤心。马华哥，不是我不给你写信，是我父母一心想我嫁给有钱的人家，把我看得太紧了，我都要窒息了。马华哥，我以后不在你身边，你一定要好好生活，一定要答应我。谢谢你曾经带给我的快乐和幸福。我给你织的毛衣、毛裤，你换着穿，这些年我攒的钱在包裹最下面放着。马华哥，你要好好活着。马华哥，我的死与一个叫苗壮的男人有关。我父母收了他家的彩礼，我死活不愿意嫁给他，他这个畜生就毁了我的清白。马华哥，我是个不干净的女人了，我没脸再见你，我心里舍不得你。马华哥，我永远地爱着你。"

马华浑身颤抖着，差点昏倒，他嘴里骂道："他妈的，这个畜生。"

马华不顾虚弱的身体，骑着自行车到了镇上的派出所报了案。

苗壮被公安机关给抓走了。马华含着眼泪站在墓前祭奠、告慰着俊玲，他哭着答应俊玲，他会好好活着。

五

都市车水马龙，熙熙攘攘的人群，你来我往，喧嚣一片。

报社办公楼坐落在省政府附近，某日，采访车停在楼下，马华拿着照相机坐上车，匆匆向省政府而去。

马华到了省政府会议室，签了到，坐下等着会议开始。忽然传呼机响了，马华打开一看，是日报社总编呼他，让他派人到市菜市场做突发事件的采访。马华打电话回复了总编，又打电话给他部门的白玉。白玉放下手中的活，说："好的，马主任，我这就赶过去。"

中午的时候，马华回到办公室，饭都顾不上吃，就坐在电脑前开始写新闻稿。

白玉回到办公室，问马华吃饭了没，马华头也没抬，说道："今天的会议稿明天就得见报，写完稿再吃。白玉，菜市场是咋回事呀？"

白玉放下茶杯，说："嗐，工商局打假呗。马主任，我也没吃饭，写完稿，我请你吃饭好不好？"

"写完稿再说。"

白玉走近马华，突然往马华的嘴里塞了一块夹心饼干。马华有些尴尬地躲开白玉，说："别，别，我自己来。"

"注意你的胃。"白玉说着坐下，脸上泛起红晕，用一双火辣辣的眼睛打量着正在写稿的马华。

白玉打开电脑，自叹道："工作中的男人最帅了！唉，我也得写稿子了。"

马华写完稿子，白玉站在马华办公桌前，着急地催促着马华，有些撒娇地说："快走吧，我饿得都受不了了。"

马华心里是不想和白玉一起去吃饭的。他知道，他和白玉不是一路人。听同事说，白玉家很有钱，爸爸是开煤窑的，妈妈在省城开了两家大酒楼。白玉人长得漂亮，就像洋娃娃，任性强势的性格与她家生活环境有着很大的关系。

但这次马华是逃不掉了，白玉去菜市场做突发性事件采访，和他一样急着赶写稿子到现在，中午饭都没吃，马华也不好驳白玉的面子，人家毕竟是女孩儿，两人又是同事。

马华硬着头皮坐上了白玉的限量版红色跑车，白玉兴奋地问马华想吃啥，马华说："咱们去吃面吧，我请客。"

白玉嘴角一撇，说："那怎么能行，说好我请你的，今天你得听我的。你坐好了。"

白玉说着，猛地一脚油门，跑车快速地驶入街上的车流中。

白玉开着跑车在一豪华大酒店门口停下，酒店服务生跑过来开门，接过车钥匙说："玉姐您请进。"

白玉对服务生说："顺便让把车洗一下，谢了。"

"你们认识？"

"哦，我忘了告诉你，这家酒店是我妈开的。走，今天咱俩吃海鲜。"

马华停住脚步，说："咱要不还是去吃面吧。"

"走吧，都到门口了，我已经给我妈说过要来吃海鲜的。"白玉拉起马华的手。

马华往后退了一下，只好跟着白玉向电梯处走去。

白玉领着马华进了酒店一豪华包间坐下，并示意服务员上菜，不一会儿的工夫，黑海虾、黄鱼、大闸蟹摆了一桌，马华示意白玉，海鲜点得太多了，吃不了浪费。白玉扭头盯着马华，一双大眼睛眨动了两下，用撒娇的口吻说："好，听你的，不浪费。"

服务员送来一瓶茅台酒，马华摆摆手说："白玉，酒咱就不喝了吧。"

"我说马主任，哎，私下我就叫你马华哥吧。马华哥，吃海鲜一定要配上白酒，这是科学吃法。"

服务员捂着嘴偷笑着关上了门。

马华和白玉正吃着饭，一个气质不凡的中年女人推门进来，她就是这家酒店的董事长李玲。白玉站起身："妈，您怎么过来了？"

"妈妈过来看看女儿呀。还吃啥，让他们做。这位是？"李玲打量着马华问道。

马华站起身回话说："阿姨，您好。我叫马华，是白玉的同事。"

"哦，你快坐，不必客气。"

"妈，他就是我常给您说的我们新闻部的马主任，当过兵，工作能力特别强。"

"你可得多向马华，哦，多向马主任学习。"李玲说着又扭头问马华多大了，家在哪住，兄妹几个。

马华一一作了回答，可心里总感到别扭。

"妈，您这是查户口呢。"

"这孩子，好，你们吃吧，我还要去招呼其他客人。玉，需要啥给服务员说。"李玲说完开门出去了。

马华回到家里已经很晚了。他冲了个澡，坐在沙发上发愣，迷离的两眼环视着两室一厅的住房。这是他奋斗了几年，在省城按揭买的属于自己的房子，每月光是交房贷就花掉他半个月的工资，不过他不断投稿发表文章能挣些稿费，只要不大吃大喝，生活勉强还算是自在。

马华想到他和白玉吃海鲜的情景，一瓶酒和海鲜最少也得两三千，那可是他一个月的工资，有钱人就是豪气。白玉趁着喝多了酒，向马华表白说她喜欢马华。想到这儿，马华浑身不自在，他心里知道，他和白玉是门不当户不对的，他只是把白玉当作普通的同事而已。

俊玲一直在马华的心里，俊玲才是他最爱的人，俊玲漂亮温柔，善解人意，农家女特有的本质让马华难以忘怀。如今俊玲已去世三年多了，马华依然难从悲伤中走出来，无法释怀自己的情感。

马华拿起俊玲的相片端详了一会儿，站起身走进卧室，打开一皮箱，轻轻地抚摸着俊玲生前给他织的毛衣、毛裤和围巾。他舍不得去穿，又拿起俊玲一针一线给他纳的鞋垫，初恋时俊玲给他的手帕。睹物思人，马华的眼泪止不住地流了出来，嘴里自语道："俊玲，我想你。"

省城市中心的别墅区，一辆豪华越野车在一独栋别墅的院子里停下，李玲下车开门，搀扶着有点醉酒的女儿白玉："乖，到家了，你干吗喝那么多的酒呀？回家妈给你泡点蜂蜜水喝。"

二楼白玉的卧室装修得豪华温馨，有小书房、卫生间，白玉进了卧室，拉着李玲的手说："妈，我很喜欢马华，我要嫁给他。"

李玲愣了一下，反问道："你和玉灿呢？"

"不要在我面前提那个浑蛋。他没有马华帅，没有马华有才华，他就是个渣男，我早就跟他吹了。他家不就有俩臭钱嘛。"

李玲看着有些醉意的女儿，心里有些不是滋味。玉灿的父亲是开金矿的，家里很有实力，本想着让女儿嫁给了玉灿，两家结成亲家，生意会做得更大。

听了白玉刚才的一番话，李玲有些吃惊，她从心里有些嫌弃马华这个农村来的穷小子。才华又不能当饭吃，她就一个宝贝女儿，她绝不允许女儿白玉受一点委屈。

白玉说着就睡着了，李玲轻轻给她盖好被子，关上了门。

白天亮进了一楼客厅，嘴里喊道："给我倒杯柠檬水，渴坏了。"

保姆赵姐放下手中的抹布，把泡好的一大茶缸柠檬水递给天亮："您回来了，吃饭了没有？弟妹刚回来在楼上。"

"嘻，一群人吃饭花了几千元，光顾着说事。你别说，赵姐，你这一问，我还真有点饿了。这样，你给我弄碗手擀面吧。"

赵姐点着头去了厨房。李玲穿着紫色睡衣走下楼，坐到红木沙发上，跷起二郎腿，对天亮说："老白，又喝酒了，家里的事你也不管。你闺女和玉灿分了，你知道不？"

白天亮扭头看着李玲，有些吃惊地说："他俩谈了一年多了，咋说分就分了，为啥呀？"

"为啥？今天白玉领着她同事，说是她部门的主任，到酒店吃饭，我以为是正常吃饭，谁知道，原来是咱家白玉看上他了。"

"我说呀，只要女儿愿意，咱就别管那么多了。"

"那不行，听白玉说，那个叫马华的男人比她大3岁，当了几年兵，复员回来到日报社上班，是白玉部门的主任。人长得还挺帅气，买了一套房，还是贷款买的，咱女儿跟着他能过好吗？"

"我说你呀，钻到钱眼儿里了是不是，现在没钱不代表着以后没钱吧。我当初不是也没多少钱吗，你不是也嫁给我了吗？"

"当初我是被你花言巧语给骗了，我跟着你受的罪还少呀。我爹当年少支持你了吗？我就是看着你敢说敢干，人长得好看，才嫁给你的。"

天亮笑着说："嫁给我，我天天宠着你还不够呀。"说完，天亮不由得回想起了一些往事。当年，李玲的父亲是煤矿的矿长，天亮从一个矿工一步步干到采煤队长，李玲爹很喜欢天亮大大咧咧、舍得出力、责任心强的性格，再加上天亮长得高大英俊，临退休的时候，李玲爹把天亮给提了上去，让他当上了煤矿矿长。老人临终唯一的遗愿是要天亮照顾好他的女儿李玲，说李玲从小没有了娘，把她拉扯大不容易。

天亮和李玲两人结婚后，天亮对李玲是百依百顺，李玲对天亮也是一个心。李玲要是任性起来，也够天亮喝一壶的，看李玲较真了、任性了，天亮除了忍和哄，基本就没啥招数可用。

想到这些，天亮挨近李玲，握住她的手说："我说夫人啊，容夫婿做做女儿的思想工作再禀告与你，如何？"

李玲在天亮的胳膊上拧了一下："都多大岁数了，还没个正形。少吃点面，我先上楼了，一会儿给我按摩按摩肩，肩膀疼得很。"

李玲说完上楼去了，天亮顺势躺在沙发上，等着保姆赵姐给他做的手擀面。

夜已深，喧嚣声由强到弱，由弱到静，累了一天的人们都渐渐地入睡了，城市也跟着入睡了。

黎明时分，马华穿着睡衣，吸着烟，坐在电脑前，时而思索，时而敲打键盘，一篇散文终于写好了。他把写好的散文装进信封里，写好杂志社的地址，贴上邮票。

马华抬头看了看墙上挂的钟表，已经是早上6点多了，他放了一首《阿里山的姑娘》，伸着懒腰，在屋里转了几圈，躺到床上闭上眼睛。歌曲重复地播放着，马华一遍一遍地听着。

白玉早上上班专门给马华带了早餐，白玉凑近马华问这问那，不是请教写作、编排版面，就是让马华帮她看稿。马华被这些举动整得都不知所措了，办公室其他女孩开玩笑说，马主任这是走桃花运了，让千金大小姐白玉给看上了。马华故作镇定，微笑着说："好好上班，工作期间不谈私事，乱说啥呢。"

夕阳西下，天亮在自家别墅院里给菜地浇水，白玉走过来，说："老白爸，老白爸，我有问题问你，别浇了。"说着把水阀给关上了。

天亮过去拧开水阀，说道："你这闺女，浇菜地又不影响咱俩说话，啥事？说吧。"

"爸，我喜欢马华，他怎么对我不冷不热的，是我不够漂亮吗？"

"我姑娘最漂亮了。姑娘啊，你妈不是不同意你和玉灿分手吗，你这不是难为老爸吗？"

白玉似乎很生气，大声说道："爸，我就是喜欢马华。那个浑蛋玉灿有什么好的，整天开着跑车胡跑，胡吃海喝，交一些狐朋狗友，没一点志向，就是一个十足的渣男。"

"得得得，我的意见是只要你愿意，我没有啥意见，关键是你妈。这样吧，我保持中立。姑娘啊，你要记住，是个男人都喜欢温柔、善解人意、贤惠、会持家的女人，不喜欢强势、蛮横、任性自我的女人，爸爸要浇菜地，你自己去慢慢领悟吧。"

白玉撇了一下嘴，反问道："我妈不强势吗？老白同志，你们也很相爱呀。"

天亮笑着说："你妈强势吗？我不觉得呀。"

星期天，白玉早早起床，精心打扮了一番，穿着一身休闲的白色球服和白板鞋，开着红色的跑车出门了。

白玉提着一大兜水果敲门，马华开门见是白玉，有些吃惊地说："白玉，你咋知道我家在这？"

"怎么？我就不会问呀，马主任。"

马华赶紧把白玉让进屋里，倒了一杯水递给白玉，白玉把水杯放到茶几上，说："咱喝柠檬水吧。我买的有，我去给你泡一杯。你经常吸烟，要多喝柠檬水，对肺好。"

马华站起身，说："我去吧。"

"你歇着，我去。哦，对了。我把我爸的好烟给你带了两条，你以后要吸好一点的烟，赖烟对身体危害太大。"

马华整天是上班、下班，晨跑，熬夜创作，家里除了老家的父母和妹妹来过，白玉是第一个来马华家的女孩。马华突然觉得他好像是在别人的家里，反倒觉得有些不自在，甚至有一点压抑的感觉。

白玉拿着柠檬进了厨房，看着整洁干净的摆设，自语道："家整得挺干净啊。"切着柠檬，白玉心里想到爸爸给他说的话，她轻声道："要收起自己大大咧咧、强势任性的性格，温柔地慢慢拿下马华。"

客厅里，白玉说话的声音温柔得像春风一样，举止动作比平时温雅了许多，马华感觉到，白玉和平时简直判若两人。

马华和白玉在聊天中，白玉一直在探听马华的过往，马华只是聊了部队当兵时的一些事，白玉忽然站起身，走近电视墙，指着俊玲的相片，问道："这是谁呀，长得这么漂亮。"

马华心里咯噔一下，脸上露出了忧伤的表情，礼貌性地回道："她是我的妹妹。"

"哦，她真漂亮。"

聊天中，白玉总感觉到马华有一点敷衍她，于是，白玉提出让马华陪她出去转转："你经常写作，我开车陪你到郊区去走动走动，灵感会更多一些。"

马华有些歉意地说："白玉，我今天还有别的事，想回老家看看父母，改天好吗？"

白玉极力压制住内心的不悦，微笑着说："嗯，你有事啊，有事就算了，那咱就改天吧。"

白玉走到楼下，心里后悔着刚才没提出开车送马华回老家，又一想，没说出口是对的，她自语道："我是女孩嘛，就要矜持一些，没说出口，不后悔，有的是机会。"她启动跑车，一溜烟地向郊区驶去。

马华到超市买了一些父母爱吃的水果，匆匆坐上了开往老家的公交车。沿途的玉米苗一尺多高，绿油油的一片，公路两边的白杨树高大挺拔，马华看着窗外，心里想着他和俊玲的一些往事，一脸的忧伤。

到了老家，马华吃了母亲做的肉臊子手擀面，喝着妹妹马燕端过来的面汤，一家人开心地聊着天，说着家长里短。

"儿啊，在外工作累，要照顾好自己。你也老大不小了，啥时候给妈领回来个媳妇，妈也就放心了。"

"是啊，哥，我都有男朋友了，你得抓紧时间给我找个嫂子。"妹妹马燕递给马华一个剥好的橘子。

父亲马建设掐灭了手中的烟头，说："该成家了，一个人在外，没个人照顾，咋能行？"

"我知道，你心里还有俊玲，你俩没缘分，唉，她走多少年了，该忘就得忘，男人要以家和业为重。家业家业，没家咋会有业。"母亲语重心长地说着马华。

马华点着头，默不作声。

马华要回城了，他一个人在村子里散着步，到了他和俊玲几年前恋爱约会的水坝边、山坡上、打麦场，每到一处他都会驻足一会儿，满脸的怀念。他到了俊玲的墓前，望着长满了草的墓，马华早已是泪流满面，他轻声地喊着俊玲的名字："俊玲，我来看你来了。"

马华把瓜子、糖果放在墓前的石板上，抬头看了看天，转身向家走去。

马华也想在老家多住些日子，可他还要上班。临走时，父母给他捎了一大尼龙袋自家种的蔬菜。

市郊区，一辆红色的跑车停在一山脚下，半躺在车里的白玉戴着太阳镜仰头望着天，一脸的怨气。她不知道马华为什么敷衍她，对她不冷不热的，马华家客厅放着的照片上的女人到底是谁？马华为什么不喜欢和她一起出来？难道马华有女朋友了？不会呀，从来没听马华提过呀，马华是嫌自己不漂亮还是？

白玉越想越烦躁，索性伸直两条修长白皙的腿，闭上双眼，晒起太阳来。

车座上一部黑色的摩托罗拉手机响了，白玉顺手摸过手机放在耳边："谁呀？喂，说话。"

"才几天不见，就不认识我了，白玉，我是玉灿。"

"说，什么事？"

"白玉，你我谈了一年多恋爱，你说分手就分手，你也太霸道了吧！"

"不合适就分手，有错吗？"

"哪不合适了？白玉，我不能没有你，你在哪儿？告诉我。咱们见面说，好吗？"

"不用了。已经分手了，还是不见面的好，你以后不要再给我打电话。"

玉灿在电话里气急败坏地说："白玉，算你狠。你可别忘了，咱俩已经处了一年，就差一张结婚证了，你已不是黄花姑娘了。别人知道了，谁还会要你。"

白玉坐起身破口大骂道:"你他妈的一个烂流氓,不想活了,敢威胁我。你最好给我夹紧尾巴,要点脸,你我井水不犯河水,否则有你好看。"

还没等玉灿缓过神,白玉已经挂掉了电话。玉灿没趣地把手机扔到车座上,启动豪华越野车一溜烟向前驶去。

白玉和玉灿是在两家聚会时认识的。玉灿初中毕业就不上学了,人长得一般,整天跟着做生意的父亲东奔西跑。虽说没什么学历,可玉灿踏入社会早,很会打扮自己,说话也有分寸,很讨人喜欢,做人很圆滑。他谎称自己自学考试取得了大学本科文凭,非常喜欢阅读和写作。第一次见面,能说会道的玉灿就赢得了大学刚毕业的白玉的信任。

双方的家里都是开矿的,也想结成亲家,来个富上加富。自从认识以后,玉灿是三天两头约白玉看电影、吃饭,有时候还装得有模有样地陪着白玉在书店里看上半天的书。

好女经不起渣男有预谋的伪装和撩拨,涉世不深的白玉很快就被玉灿给拥有了。白玉心里曾后悔过,还没结婚就把自己纯洁的身体稀里糊涂地给了玉灿。玉灿百般地表白自己多爱多爱白玉,百般地发誓他非白玉不娶,在美丽的谎言面前,白玉动心了,默默地接受了玉灿。

玉灿三天两头让白玉到宾馆和他幽会,白玉渐渐地开始拒绝玉灿,她心里害怕有些变态的玉灿。玉灿表面很友善,经常说些体贴白玉的话,可一转身就独自到桑拿房、到酒吧花天酒地。

一天,一个穿着前卫的女人找到白玉,告诉白玉说,她和玉灿好了很多年,玉灿答应和她结婚,她为玉灿都打胎两次了,这次又怀孕了,玉灿又让她去打胎。

白玉一下子愣住了,怒斥道:"你找我说这些干吗?我又不认识你。"

女人说:"我是翻玉灿的手机时,发现他给你的电话备注的是老婆,

我这才打听了来见你的。"

"我不认识他，你赶紧走吧，以后不要再来找我。"

白玉后悔没看清玉灿的虚伪和猥琐，对这样的渣男感到恶心。玉灿后来找了白玉好几次，都被白玉给骂走了。

白玉不敢把这些告诉父母，一个人痛苦地咽下自己酿成的苦果。白玉每每想到这，都大声骂一句"畜生"。

六

缘分有时候很奇妙。

白玉仍旧不死心地追求着马华，对马华嘘寒问暖，主动到马华家里洗衣服、搞卫生，听说马华的母亲住院了，白玉跑前跑后地伺候。

梁玉是看在眼里甜在心上，一个劲地劝儿子马华，要他和白玉处对象。白玉私下帮忙给马华的弟弟马超、妹妹马燕在省城找了工作。

马华从心里渐渐地开始接受白玉。夜里一个人的时候，他还是会想起俊玲，回忆他和俊玲相处时候的那份美好和幸福。

又是一个周末，白玉来找马华。马华做了面，炒了几个菜，两个人一起吃了饭，喝了一点红酒。洗碗的时候，两个人的手碰到了一起，白玉用火辣辣的目光看着马华，两个人对视着，白玉放下碗筷，一把抱住马华，漂亮的脸蛋透着红晕，两个人的嘴唇慢慢地贴在了一起。马华被眼前靓丽丰满的女孩给彻底诱俘了，积压多年的欲望终于被再一次激活了。

白玉回到家里，进了卧室旁的桑拿洗澡间，水雾中高挑丰满的白玉闭着双眼，心里想着刚才在马华家的一幕幕，脸更红了。蒸了一会儿桑拿，白玉冲洗了身体，裹着浴巾走进卧室，躺在床上，一双美丽的大眼睛眨来眨去，心想，马华会介意她的过去吗？要不要告诉马华呢？白玉是越想越头痛，她扔掉浴巾，盖上冰丝薄被，打开电视，手里的遥控信号灯一闪一闪的，不停地换着频道。

白玉拿起手机，给马华留言：亲爱的，别熬夜了，明天见，你的白玉。

马华穿着睡衣坐到电脑旁，敲打着键盘，听到传呼响，看是白玉发的，直接留言给白玉：我听你的，你也要早点睡，明天见。

白玉看了看留言，兴奋地坐了起来，开心地看着窗外，一会儿又躺下，翻看着马华新出版的散文集。

早晨的太阳红彤彤，枝上的喜鹊叽叽喳喳地叫个不停，马建设和梁玉夫妇黎明时分就起来了，打扫完院子，喂了鸡和狗，便忙着洗头换新衣服，马超和马燕早早就换好了新衣服，等着和父母一起去省城参加哥哥马华的婚礼。

家里的一只老黄狗摆动着尾巴，跟着主人在院子里和屋里跑来跑去，一家人终于打扮利落，梁玉锁好大门，对着老黄狗说道："看好家。"

老黄狗听懂了主人的话，前腿伸直趴在地上，抬头看着主人，摇着尾巴，目送着主人远去。

省城一豪华酒店二楼的婚礼现场坐满了人，在众人的见证下，马华和白玉举行了隆重的婚礼。两人挨桌给客人敬着酒。

坐在角落里的玉灿戴着墨镜，一脸的怨气，悄悄起身垂头丧气地离开了。

结婚后，白玉几乎啥事都顺着马华的意愿，强势任性的性格改变了很多。她经常会开车回老家看望马华的父母，把二老接到城里来住，但住不了几天，两位老人就喊着要回老家，说菜地里该松土、浇水了，鸡和狗没人喂了。

白玉在临近郊区给公公婆婆买了一套带菜地的独家小院,马华的父母心里对儿媳妇很是感激,隔三岔五就来住上一阵子,把家里整得干干净净,菜地里蔬菜长势旺盛。

白玉对父母的孝行,对马华无微不至的照顾,令马华十分感动。

马华和白玉也经常回家看望白玉的爸妈,马华亲自为岳父岳母做手擀面、炒家常菜,博得二老满心的欢喜。

有时,墨菲定律准得可怕。

一天,马华在一蔬菜采摘农家院等待被采访的主人的到来,隔壁坐着三四个流里流气的年轻人,粗俗地聊着天。

"灿哥还没过来。"

"不要吵,灿哥是谁呀,人家是富家公子哥,等他是咱们的荣幸。"

"嗯,他老子开金矿,有的是钱。咱干他的工程还怕挣不着钱。"

"一会儿灿哥来了,咱说话要注意点,听说灿哥这段时间心情不好。"

"他家那么有钱,还会心情不好?"

"听灿哥说,他处了一年多的女人嫁给了别人,他能不伤心吗?"

"胜哥,快说说。"

"听灿哥说,是一个叫白玉的女人,还是个研究生,家里特有钱,两个人同居了。唉,自己的女人猛的一下子变成了别人的老婆,灿哥能不伤心吗?"

马华听到这儿一下子震惊了,他一个劲地吸着烟,放轻呼吸,听着隔壁的谈话,脸色越来越难看。

一个身着高档休闲装的男人走进了马华隔壁的单间,单间一群人哗地站起身喊着"灿哥",玉灿摆着手说:"弟兄们,坐、坐。"

阿胜伸出头喊道:"服务员,上菜。"

"玉灿哥,我备了两样酒,您挑着喝。今天有点简单,还请您多海涵。"

玉灿吸着雪茄,扫了一眼众人,说道:"都是自己兄弟,活干好就行了。吃饭吃饱就行，我还缺吃的吗？"

"是、是，玉灿哥说的是。听玉灿哥说话心里就是舒服。"

"酒嘛，今天我得少喝点，最近心里烦。我深爱的白玉成了别人的老婆，我成孤寡一人了，命啊，都是他妈的命啊！亏我那么爱她。"玉灿端起一杯酒，一仰脖，把酒哗的一下倒进了嘴里。

"玉灿哥，您不缺女人，去了旧的来新的不是。"

"胡说，我爱白玉。她和别的女人不一样，她不仅漂亮，更有女人味。你们懂什么。我和别的女人只不过是解心焦、图新鲜而已。信不信，我张玉灿现在打电话，会过来一群美女。他们图的是我的钱。唉，不说了，喝酒。"

马华再也听不下去了，忽地站起身走出了包间，往隔壁瞅了一眼，走到旁边的菜地里。他茫然地看着微风吹拂下的韭菜苗，蹲在地上一动不动，不停地抽着烟，心想，天底下重名重姓的人太多了，也许是自己听错了。马华在极力地安慰着自己，克制着自己快要崩溃的情绪。他还想回到包间里去，再听听隔壁包间里的谈话，他站起身又蹲下，最终还是蹲在那儿一动不动。

马华打电话给将被采访的男主人，说自己不舒服再约时间。

回到家里，马华一动不动地躺在床上，心里五味杂陈。

白玉俯下身问道："老公，你累了吧，我给你按摩按摩吧。"

马华坐起来睁大眼睛注视着白玉，白玉心里咯噔了一下，问道："马华，你怎么了？脸色这么难看。"

马华极力掩饰着自己，说："可能是有点累了，我还要去赶写一篇文章，你先睡吧。"

马华径直去了书房，砰的一声关上屋门，但并没去启动电脑，而是躺在床上发着愣，一根接着一根地抽烟，白天在果蔬采摘农家院听到的一番话又涌了上心头。

马华心想，他们说的白玉一定不是自己的妻子，是重名重姓的人。

如果他们说的白玉是自己的妻子，白玉为什么不告诉我她曾经的过去呢？

马华越想越头痛，他快要崩溃了，心里憋得难受，心拧巴着疼。

卧室里，白玉躺在床上翻来覆去睡不着，心想，马华今天是怎么了，头一次对自己这么冷淡，工作累也不至于这样敷衍我呀，他有什么心事吗？

白玉忽然想起客厅里放的女人照片，书房里还有一张，马华以前说照片是他的妹妹，可马华只有一个妹妹马燕呀，照片里的女人到底是谁呢？白玉一双大眼睛不停地转动着，她忽地坐起身，皱起眉头，难道是马华有外遇了？

书房里，马华从柜子里翻出一红皮箱，轻轻地打开，看着皮箱里的毛衣、毛裤、围巾、鞋垫，眼泪慢慢地流了出来。俊玲带着对马华的爱和期盼永远地离开了。

此时的马华满心纠结地看着窗外，皎洁的月光温柔地透过窗户，停留在马华棱角分明的脸上，仿佛在抚摸、安慰着马华，要他多一些豁达，开心一些，什么事都不要去钻牛角尖。

市中心的钟楼里响起了熟悉的东方红，沉寂的都市渐渐地开始喧嚣起来。

白玉准备好早餐，轻轻推开书房的门，看到马华衣服和鞋子都没脱，侧身躺在床上，白玉心疼地轻声叫着马华，马华睁开眼睛："白玉，我刚睡着，我不饿，你先吃吧，我再睡会儿。"

白玉给马华盖上了被子，转身出去了，坐在餐桌前，一脸的委屈，拿起鸡蛋又放下，洗漱完，轻轻关上家门，上班去了。

马华起身洗完脸，走下楼，开着车向郊区的大山里走去。这是他多年来的习惯和爱好——他心里高兴了或是不高兴了，都会到深山老林里去转悠。

马华走进大山里，心情似乎好了一些。他和山里的农民聊天，采摘山里的野果，站在山巅大声唱歌、呐喊，坐在溪水边洗脸、洗脚，他终于走累了，躺在石板上闭着眼睛，啥也不想，晒着太阳，吹着山风，听着鸟鸣。

日照头顶，中午了，肚子咕咕作响，马华起身向山里的农户家走去。70多岁的爷爷、奶奶忙活着，特意给他做了凉拌野菜和手擀面。马华蹲着津津有味地吃着饭。

"马华，你今儿个有心事。"

"恁二老咋知道我有心事？"

"你的脸就像是温度计，一看就知道。"

"你和媳妇吵架了？你结婚，我俩见过你媳妇，人漂亮，一看就是个贤惠的女娃。"

马华说："爷爷、奶奶，我俩好着呢。"

"那就好，那就好。"

夕阳西下，马华开车在回家的路上，心里想了很多，想着白玉为他做了很多的改变，坏脾气没了，也不任性了，学着做他爱吃的饭菜，对自己的父母很孝顺，又帮着给弟弟妹妹找工作。想想今天早上，他不应该冷落白玉。因为道听途说的一些话，何苦呢？

马华还想着，谁还没有过去呢，既然两人结了婚，就是缘分，就要相互信任和尊重，就要去好好爱对方。

回到家里，马华告诉白玉，他去山里转了一天，找找灵感。白玉扭头看着马华："老公，找到了吗？下次你再出去和我说一声，我给你开车当司机，让你彻底释放自我。我也想去看望一下李爷爷和奶奶。"

"嗯嗯，李爷爷和奶奶今儿个还夸你是个好女娃咧。"马华说着把白玉搂在了怀里。

白玉要给马华端饭菜，马华说吃过了，白玉说："那我去给你放洗澡水。"

马华点了点头，白玉走进洗澡房打开热水阀门，转身去洗漱，洗后

拿起香水在脖子上、腋窝下喷了几下。

马华发现放在客厅和书房里的俊玲的照片不见了，家里到处挂满了白玉和他的照片，他的眉头紧皱起来。

马华走进卫生间，问道："白玉，你把俊玲的照片放哪儿去了？"

"俊玲，谁是俊玲？哦，你说的是你妹妹的照片吧？我把它放起来了。"

"你干啥事总得给我说一声吧，商量一下吧。"

"马华，不就是一张照片嘛，值得你这样说我吗？我把它收起来有错吗？咱俩的家放着别人的照片，你不觉得有些不妥吗？"

"有错？你说，有什么不妥的？"马华说完进了书房，白玉跟着进去。

"马华，你是不是有事瞒着我？那个什么俊玲，你俩到底是啥关系？"

"白玉，咱能不吵吗？俊玲是我的干妹妹，她是我的初恋女友，知道了吧。"

"马华，你为什么隐瞒我？为什么不给我早点说清楚？"

"为什么，为什么，你就没有过去吗？你就没隐瞒我什么吗？"

"我隐瞒你啥了，咱们家放着你初恋女友的照片，你觉得合适吗？"

"不要再说了。"

"我就说了，你也太过分了吧。"

"我过分，白玉，我问你，你就没过去吗？那个叫张玉灿的人是谁？"

白玉的脸一下子苍白了，她极力地克制着自己的情绪，故作镇静地说："我怎么会认识他，我不知道你在说什么，反正家里就不能有别的女人的照片。"

屋里终于静了下来，白玉去卧室了，马华马上意识到他说错话了，站在书房里一动不动。

白玉坐在床上，头趴在双膝上，一颗心犹如热锅上的蚂蚁，乱得不行。马华怎么知道那个天杀的张玉灿？难道马华知道他俩过去在一起过？

他是怎么知道的？我可该怎么办？

不，打死我都不能承认，我爱马华，我不能没有马华，我爱马华。不承认，自己更觉得对不住马华。该怎么办，这可该怎么办，白玉想得头都要炸裂了。

白玉的泪水像断了线的珍珠，啪嗒啪嗒地往下流。她后悔认识了张玉灿，更加后悔自己走错了路。她自己都不能原谅自己，她内心深处总觉得对不起马华，可大错已经铸成了。白玉越想越气愤，眼里充满了悔恨和愤怒，抬手重重地扇了自己两个耳光。

隔壁书房里的马华更是心烦意乱。他后悔自己过于激动，回家这一会儿的工夫怎么就吵起来了。家里放俊玲的照片是有点不合适，虽说俊玲曾经是他最爱的女人，可俊玲已经不在了，他已经和白玉结婚了，就应该考虑到白玉的感受。马华后悔他不应该在白玉面前提张玉灿，如果白玉真的不认识张玉灿，那他不是冤枉白玉了吗？如果白玉认识张玉灿，和他谈过朋友，可这都是他和白玉认识之前的事了，谁会没有过去，这不是把白玉往死角里逼吗？

马华和白玉冷战了几天，最终，白玉的热情和主动融化了生性倔强的马华，夫妻俩终于和好了。

晚上，马华和白玉两个人吻着对方，白玉心里的欲望被马华慢慢点燃了，正要激烈迎合时，被马华的一声叹息给完全浇灭了。

马华半途而退，白玉心里或多或少知道些原因，可她又不能说出来，夜色中，白玉抚摸着马华的身体，马华突然起身说：“你先睡吧，我去书房写些东西。”

白玉心里极不情愿地应了一声，看着离去的丈夫，眼泪顺着脸颊往下流。

马华对白玉渐渐冷落，让白玉心力交瘁，白玉不甘心自己婚姻的失败，她心里非常爱马华，她不能没有马华。白玉早已意识到马华在怀疑

自己的过去，甚至是知道了她以前和张玉灿交往的事，白玉万分不想提及过往令她伤感、甚至是令她最悔恨的事，她后悔认识张玉灿这个花花公子，后悔走错了路。事情已经过去了，可这些旧事，已经殃及自己的婚姻和家庭了，这可该怎么办。

天终于亮了，白玉做好早餐，喊了几声，见马华还在睡，就匆匆写了张字条：马华，我先上班了，记着吃早餐，晚上见，爱你的老婆。白玉换好衣服，轻轻关上了家门。

躺在床上的马华听到关门声，翻身起来走进卫生间，洗漱完进了餐厅，看了看妻子白玉留下的字条，愣了一下，没有坐下吃早餐，换好衣服上班去了。

市郊的山脚下，一红一黑两辆豪华跑车停在荒草地上，白玉和张玉灿像仇人一样正僵持着。

"白玉，结婚了过得好吧，我见过你老公，也就那样，听说也没啥钱。是吃你软饭的吧？"

"闭上你的臭嘴。我问你，是谁告诉马华，我和你曾经处过朋友的。"

"我咋会知道，我没告诉他。白玉，我和你同居已成历史，你还想篡改历史吗？不过，他知道了也好，你俩离婚我还会要你的。"

"住口，不许你叫我的名字，你不配。"

"哼，什么配不配的，反正咱俩以前睡过觉了。摊开说吧，你找我啥事？我没工夫开车几十公里来这儿跟你吵架。"

"我让你永远闭嘴，不许说你认识我，更不允许你再提我的名字。"

"白玉，你也太霸道了吧！我怎么知道你丈夫是怎么知道咱俩以前同居过的事。要我闭嘴也行，除非你陪我出游几天。我就把咱俩以前的事烂在肚子里。"

白玉犹豫了一下，大声吼道："不许你再提我的名字，你就是个烂人。"

张玉灿恼羞成怒，恬不知耻地说道："好啊，我就是个烂人、人渣、流氓，行了吧，那你不是也陪我睡了吗？在我面前还装什么清纯。要不今天再陪我睡一觉？"

白玉看着眼前这个无赖，后悔和他这样的渣男认识，白玉的脑子里一片空白。玉灿背对着她撒完尿，转身就要抱白玉。白玉躲闪着，积压在心里的怨气终于爆发了。此时的白玉失控了，她蹲下身顺手拿起一块石头，叫喊着用力砸向扑压过来的张玉灿，石头正好砸中张玉灿的头部，张玉灿"哎呀"了一声倒在血泊中。白玉翻身坐起来，整理好凌乱的衣服，低头看见张玉灿躺在地上一动不动，满头都是血，白玉颤抖着把手伸到张玉灿的鼻孔处，发现张玉灿好像没有了呼吸。白玉脸色苍白，浑身颤抖着，双手捂着脸瘫坐在地上，接着慌忙拿出手机，神色慌张地打通了马华的电话："马华，你快过来，我在市郊的黑山下，你……你快过来，这里出事了……"

马华边下楼边小声安慰着白玉，启动车一溜烟地向郊区开去。

市郊的黑山下站满了人，白玉在马华的怀里瑟瑟发抖，马华搂着妻子白玉，轻声安慰着，120急救车、警车随之而来，法医宣告张玉灿已经死亡，警察带走了当事人白玉，人群渐渐散去，剩下马华一个人呆呆地站在那里，一脸的迷茫和无助。

七

白玉因为防卫过当导致张玉灿死亡，最终被判了三年有期徒刑。这件事迅速传开了。张玉灿的家人几次到白玉家去闹事，马华用尽一切办

法帮着岳父岳母避开争端，马华的父母马建设和梁玉老两口整天待在家里不怎么出门。

白玉的父母卖掉了煤矿和酒楼，回老家居住了，马华辞了职，在家里歇了几个月。他曾几次到监狱去看望妻子白玉，白玉都拒绝和他见面，并提出了一定要和马华离婚的要求。

马华拿出自己多年的积蓄开了一家文化公司，把全部精力投入到了公司的发展上。马华出版的几本书非常畅销，他把自己的小说集改编成了电影剧本，先后投拍了两部电影，两年多的时间就赚了近千万。

马华事业的成功成了传奇，找他吃饭的人渐渐地多了起来，好些年不联系的同学、战友约他吃饭、喝茶、唱歌，更多的还是直接到马华公司找他聊天。

马华虽说有钱了，可依然很低调，老家的乡亲找他借钱办事，马华都热心地帮助他们。马华几次给家乡的母校捐款捐书，给村里捐款修路，每逢节假日，他都会领着公司的员工去敬老院捐东西、做义工，到附近的学校给学生们上公共课。

马华开车在路上遇到了老年人，会主动热情地送他们回家；遇到了路边的乞丐，会给他们一些钱。

马华累了，有空就会独自开着车到市郊山上的永泰寺里住上几天，跟庙里的住持聊聊天，做做义工，吃吃斋饭。一个人在大山深处游荡大半天，体验爬山涉水的乐趣，独自享受拥抱大自然的那种真实和惬意。

一天，战友李德到公司找马华，两个战友见面寒暄几句，便聊起家长里短来。

李德的家在城中村，他从部队退伍回来，就搞起了房地产，先是开发了自家的地皮，盖了一栋楼，赚了一些钱，接着开发的房地产规模越来越大，赚的是盆满钵满。马华刚到省城工作，买房的时候，李德把自己盖的房子以最低价卖给了马华一套。

"马华，想啥呢？"

"哦，我想到刚进城的时候，咱俩一起撸串喝酒。我呢，一个农村进城的穷小子，你呢，那时候已经是大老板了。李德，我还是觉得咱在部队当兵有意思。"

"是啊，我也挺怀念当兵的岁月，可是已经回不去了呀。转眼间，你我都三十好几的人了。时间过得可真快。"

马华吸着烟点了点头。

"马华，你的事我也听说了，别太当回事。嫂子现在是啥情况？"

"快两年了，我每次去看她，她都拒绝见面，托律师找我，要和我离婚。唉，彻底没辙。"

"那这两年你就一直单着，没再找一个，不寂寞呀。"

"李德，说出来你可能不信，我这两年除了写书、拍电影，没干别的，跟做和尚差不多，早都习惯一个人了。"

"那能行吗？这样阴阳就失调了不是，要不要我给你介绍一个？"

"算了吧，一个人清净。"

两个人说话间，天渐渐黑了下来，马华和李德到了夜市大排档，两个战友推杯换盏，倾诉着心中高兴的事和不高兴的事。吃完夜市，李德又拽着马华进了KTV。

马华富有磁性的嗓音赢得了众人的喝彩，陪酒的服务小姐不停地和马华、李德碰杯喝酒。

马华迷离的双眼打量着衣着暴露、性感的小姐，压抑许久的欲望蠢蠢欲动，体内的荷尔蒙往上飙升，他压抑太久了，自我封闭太久了。

陪酒女金子看出了马华的心思，趁人不备，拿起马华的手机打通了她自己的手机。

半夜时分，李德和马华醉意浓浓地离开了KTV，各自打车回家去了。

马华快到家的时候，手机响了。

"谁呀，这么晚了，什么事？"

"哎哟，这么快就把我忘记了，我是金子啊。马总，你们的东西落下了，我打李总的电话，他关机了。您在哪儿？我给您送过去。"

"我没落下东西啊，什么东西？是不是李德的？"

"你在哪儿？我这就过去拿。"

马华挂掉电话，让出租车司机掉头，往回开。

马华按照金子说的地址到了一公寓楼，门开了，正是刚才在KTV陪她唱歌喝酒的那位小姐："马哥，您进来坐吧。"

"我不进去了，太、太晚了。"马华盯着眼前穿着暴露、性感漂亮的女孩，喉结动了一下。

金子伸手拉着马华进了屋，屋里整得很干净，弥漫着清淡的香水味，金子给马华倒了一杯水："马哥，您喝水。"

"太晚了，我得回去了。"马华嘴里说着要回去，坐在沙发上的身体却丝毫没有动。

穿着白色短裤的金子往马华的身边靠了靠，女人的体香让马华无法抗拒，他有两年没有碰过女人了，眼前的金子皮肤白皙，丰满性感，红唇白齿，浑身透出妩媚而又不失端庄的女人味儿，马华在酒精和美女的刺激下，体内压抑很久的雄性激素一触即发。

"马哥，您的情况李哥给我说了，男人嘛，不要亏了自己。人生苦短啊。"金子说着，伸手抱着马华的脸就亲了上去，马华想要躲开，可他的身体似乎不再听从他大脑的指令了。

那一晚，马华没有回家，住在了金子的公寓里，一直到天大亮，吃了金子下楼买的早餐后，直接去了公司。

马华坐在办公室，半躺半坐在老板椅里，双脚搭在办公桌上，似乎在闭目养神。

他此时想起了早上他和金子吃饭时说的话。

金子不停地劝马华多吃点菜，说早餐很重要。

"你怎么不吃，光让我吃。"

"马哥，说实话，我几乎是不吃早餐的，半夜下班回来就睡了，差不多睡到中午才起来。"

马华吃完饭掏出几张钱给金子："你拿着，买些你爱吃的。"

金子瞪了一眼马华，低头说道："你是不是觉得干我们这一行的人都是为了钱？拿回去，我不要。"

马华有些疑惑，点燃一支烟吸起来，金子默默地收拾着餐桌。

"马哥，你猜猜我什么学历。"金子双眼盯着马华。

"听你说话，最起码是高中学历。"

"错，你等一下。"

金子起身进了卧室，马华看着金子的背影，苦笑着。

金子拿着一摞红本本走过来，翻开放在马华眼前："我是大学学历，看清楚了，马总。"

通过聊天，马华才知道，金子大学毕业后，便嫁给了村上的富二代。她婆家特有钱，金子在丈夫的公司上班，但好景不长，丈夫出车祸失去了生命，婆婆说金子是灾星，硬是把金子撵出了家门。金子一个人到了省城，自己没啥专长，也不想受上班的约束，就到KTV靠卖酒为生，几年来也积攒了一些钱。

自此以后，马华几乎是每星期都会和金子幽会，在公寓、在宾馆、在山里都留下了他们的身影。金子不图钱，只图马华有才华，人长得帅，对她很尊重。马华被善解人意、长相漂亮的金子深深地吸引住了。

金子辞去了KTV卖酒的工作，到了马华的公司上班。

半年过去了，马华提出要和金子结婚，金子却断然拒绝了。她心里知道，她和马华只能做知心朋友，不适合结婚，还劝马华要等白玉出狱，重归于好。马华有些茫然："等她？她把签好的离婚协议都让律师给我

了，我去看她，她不见，无奈之下，我和她离婚了。"

金子淡淡地笑了一下，说："你不懂女人，白玉是很爱你的。谁会没有过去，谁不会犯错？你是个男人，就要豁达一些，不要在意她的过去。过去她又不认识你，谁还不谈一次两次朋友啊。"

马华沉默着没吭声。

"我呀，回老家找个老实的、对我好的男人结婚算了，城里的男人花花肠子多。"

"我不老实啊，我对你不好吗？"

金子沉默了一下，扑进马华的怀里，抬头看着马华，眼泪流了出来，喃喃地说："你不仅老实还很有才华，长得很帅，我怎么会不想嫁给你呢？但直觉告诉我，咱俩真的不适合结婚。只要你我曾经拥有过，我就心满意足了。"

八

省城东区的一处房地产项目工地的工人们在热火朝天地劳作着，房地产营销中心的大厅里挤满了看房和买房的人。李德开完董事会，边走边打着电话，坐进了一辆豪华的轿车。

临近中午的时候，李德和马华并肩走进了一酒店包间，酒菜上好，李德挥手让服务员先出去。

马华喝了一口茶水，说道："我手里没那么多呀，平时公司开销也大，我做公益活动，花了不少，只能给你投资 600 万。"

"马华，不管怎样，你想法给我投资 1000 万，让我先拿下那块地，先开工再说。你没发现现在的房价是一路飙升呀，咱俩是战友、是兄弟，我赚了钱还会亏你不成？！"

马华喝了一杯酒，又点燃一根烟，沉思一会儿，开口说道："李德，这样，你把利润分配再提一个点，我就是砸锅卖铁，也要想办法给你房地产项目投资 1000 万。"

李德咬了一下嘴唇，拍着桌子说："马华，咱哥俩成交，今天晚上签合同。"

马华四处找人筹钱，金子劝他要慎重，有多少钱投多少钱，被马华一句"舍不得孩子套不住狼"给打发了。

1000 万终于凑齐了，马华松了一口气，把钱打进了李德房地产开发公司的账户里。

天空中乌云聚拢，没多大一会儿，便下起雨来。高墙内，白玉隔着铁窗望着外面。她因防卫过当入狱一年多了，监狱的生活从不适应到适应。睡不着了，她就回忆往事，思念家人，有空了，就写日记，在一年多的时间里，她完成了一部 20 多万字的书稿。

白玉每次拒绝马华的探视，并提出离婚的时候，她孤独、失落的一颗心仿佛扭成一团的麻花，让她纠结，让她痛苦，让她落泪。在她的坚持下，她终于和马华离了婚，可她的心里每时每刻都在想着马华，想着马华现在过得怎么样，想着马华和她过去一点一滴的幸福。白玉心里清楚，她最爱的人是马华，她一直爱的人是马华，自己入狱了，她不想让马华跟着她受煎熬。

马华躺在家里客厅的沙发上，打量着他和白玉的相片，皱着眉头，回想着他和白玉一些幸福往事。白玉从千金大小姐变成了一个贤惠的妻子，改掉了自身的任性，学着做饭，孝顺马华的父母，可是现在两个人却离婚了，马华想到这些，心里猛地一阵阵刺痛，他坐起身，傻傻地看

着窗外。

茶几上的手机响了，马华拿起放到耳旁。

"马华，你在哪里？出事了，出大事了。"

"怎么了，金子？你说。"马华起身穿着鞋。

"马华，你那个战友李德出事了。你在哪儿？我过去找你见面说。"金子非常着急地说。

原来，李德公司的流动资金链早就断了，他是借东墙补西墙，一个房地产项目竣工了，电梯装不上，被有关部门定性为危楼，要强制拆除，公司刚开工的另外一个工地上又出现了严重伤人事故，被主管部门叫停了。

李德彻底绝望了，带着情妇跑路了。

马华听了后，一个劲地吸着烟，眼里充满了愤怒与绝望。

马华的手机又响了，手机不显示来电号码。

"马华，我是李德。你听我说，我公司破产了，欠你的投资款我迟早会想法还你的，但是现在不行。"

"李德，亏我那么信任你。我把自己全部积蓄给了你，还向朋友借了几百万来投资你的事业，你个浑蛋，竟然跑路了。说，你在哪儿？我要见你。"

住在小旅馆的李德看着窗外，叹了口气，说："马华，咱俩不用见面了，你放心，我迟早会还你钱的。唉，一会儿我就去别处了，你多保重。"

"李德，你回来自首吧，跑路不是办法，出了事故就要承担责任，你现在在哪儿？我去接你，喂、喂……"

没等马华说完，李德就挂掉了电话。马华一脸的沮丧和无助。

金子匆匆赶到马华家，看着像是傻了一样的马华，既心疼又无奈。这个窟窿太大了，马华为了给老战友李德房地产项目投资，还向朋友借了一部分钱，本打算多赚些钱，谁知道就几个月的时间，1000万全没了，这可怎么办，怎样向借给他钱的朋友交代。

金子给马华倒了一杯水，说："事情既然到了这一步，只有面对，你别太着急了，身体最重要。"

"面对，咋面对？这可是1000万呀！我的几百万撇开不说，我借朋友的几百万咋办？公司恐怕也无法运行了。"

金子掏出一张银行卡塞到马华的手里："这是我的一点积蓄，你先用着。"

马华坐起身，把银行卡塞给金子："金子，我绝对不会用你的钱。"

日东月西的日子还是要过。

别人给金子介绍了老家的一个男人李勇，人看上去朴实善良，在老家靠种植草莓为生。金子和李勇还算合得来，李勇处处都听金子的，对金子照顾有加，很是贴心。

李勇和金子两人结婚后，金子离开了马华的公司，回到了老家，过起了田园生活。

有些时候，金子会打电话给马华，还几次和李勇到城里看望马华，给马华送些新鲜的草莓和蔬菜。

马华举步维艰地运营着自己的公司。他的战友李德跑路的消息很快就在省城里传开了，上门找马华要账的朋友由客气到翻脸。公司的业务要跑，债主们的难听话要听，安慰父母的话要说，马华实在是要崩溃了。

为了公司的运营，为了眼下的生存，马华几乎没有多余的休闲，甚至连多睡一会儿也成了奢望。

累了一天的马华拖着疲惫的身体回到家里，随便做点饭菜一吃了事，写作到深夜，起身在家里转上几圈，泡杯茶喝上一会儿，到卫生间冲个澡，伸着懒腰坐下，再次敲响电脑键盘。电脑显示屏出现一行行方正的文字，

算是马华的陪伴。

马华把写好的文章装进信封里，贴上邮票，接连打着哈欠走进卧室，躺下不一会儿便"呼呼"地睡着了。

尽管马华很努力，很坚持，很自信，可现实就是现实。马华睁开眼睛打开手机，就要面对债主们不同语气、不同腔调的逼债。

穿着睡衣的马华打着电话躺在客厅的沙发上，犹如一个演员，对债主们说话抑扬顿挫，说些半真半假的违心话。安抚完债主们的激烈情绪，马华走进厨房，看着锅里煮烂的鸡蛋，心里憋着的怨气一股脑儿地冲上心头，他拿起鸡蛋狠狠地摔在地上，嘴里骂道："去你的。"

马华一脸沮丧地吸着烟，一支接一支，从客厅到书房，从书房到卧室，从一楼到二楼，从二楼到一楼。

马华洗罢脸，开着车向大山里驶去。马华遇到了烦恼和痛苦，就会在大山里漫无目的地游逛，想以此来缓解自己的身心，释放自己心中的压力。

车里循环播放着一些伤感的歌曲，马华一脸的茫然，心事重重地开着车到了郊外的大山脚下，停好车，徒步走向大山深处。

到了一块荒地，马华蹲下身捧起一把黄土放在鼻孔前，闭上眼睛，黄土的芬芳让他陶醉。马华抚摸着山上的石头和大树，脑海里浮现出它们经历沧桑岁月的画面。

马华满头大汗地登上了山巅，盘腿而坐，俯瞰山下的风景。他和妻子白玉几年前一起登山的情景浮现在马华的脑海中，马华喝了几口军用水壶里的温水，点燃一根烟，眺望着远方，灰白色的烟雾随风飘向了远方。

下到山底已是中午了，马华的情绪好了很多，拿出两块面包和一包咸菜，席地而坐，狼吞虎咽地吃了个精光，仰头喝了几口水，抹了下嘴巴，又站起身活动了一会儿，拿出卸掉电池的手机，犹豫了一下，装上手机电池，刚开机手机就响了，是公司员工打的电话，说一大早几个债主要锁公司的门，让赶快还钱，好说歹说他们才手下留情，让马华立即回电话。马华一脸的愁云，刚挂掉电话，一个电话又打了进来，马华犹豫着，最后还是接通了电话。

"马总，在哪儿呢，手机怎么打不通啊？"

"哦，赵总，我刚才手机没信号。赵总，我正在想法筹钱，您再宽限几天。"

"我宽限你多少天了，马总，你说。今天推明天，明天推后天，你让我还咋宽限你。我知道你是个讲信用的人，你战友坑你是你们的事，你不能坑我啊，那可都是我大半辈子的血汗钱啊。现在我老婆闹着要和我离婚，这都是啥事啊。马总，我给你说，听说有几个人要起诉你，还想申请冻结你公司的账户，你还是尽快解决吧，别最后弄到打官司的地步。"

马华挂掉电话，拿起手机用力扔进山脚下的大河里，嘴里骂道："去你的吧。"

马华脱掉衣服，毫不犹豫地跳进河水里，一会儿扎猛子蛙游，一会儿侧游，一会儿仰游，尽情地把自己的身体交给了大河。

夕阳的余晖毫不吝啬地普照着大地，马华把车停到别墅的车库里，看到年迈的父母坐在家门口的树下，马华赶紧走上前。

"爹妈，你们来怎么不给我说一声呢，啥时候来的？快进去，还没吃饭吧？"

"打你电话打不通。"

"哦，我手机没电了。"

母亲在厨房里忙着做饭，马华和父亲说着话，父亲安慰着马华，啥事不要着急，不管咋说都要照顾好自己的身体，父亲说话间把一张银行卡塞给马华。

"我和你妈也没存下多少钱，这卡你拿着应个急。"

"爹，我不要，我有办法。都是我不孝，让我妈和您跟着操了不少心。"马华说着跪在父亲面前，泪流满面。

父亲拉起马华，颤抖着说道："孩子，快起来，你是个好孩子，就是太容易轻信他人了，以后得多长个心眼儿呀。"

站在一旁的母亲赶忙拉起马华，三个人早已是眼泪哗哗的了。

早上起来，马华要开车送父母回老家，父母异口同声地说："别送了，我们坐公交车回去也方便，费那油干啥。"

看着父母瘦弱微驼的背影，马华的心都碎了，他为自己事业的失败而懊悔，他为不能尽孝心，让父母跟着操心而惭愧。

日子一天一天地过着，凛冽的寒风宣告着冬天的到来。

一天早上，马华刚走到公司附近，就看见员工站在外边吵吵着什么，走近一看，两个20多岁的年轻人拿着铁链正在锁公司的门，嘴里嘟哝着："今天不还钱就甭想开门。"

围观的人越来越多，马华压制着心中的怒火，一边给他俩让烟一边轻声说着好话，几乎是哀求的口吻，两个年轻人锁好门站起身，说："我们只管拿钱办事，你得理解，今天不见钱是不会开门的。"

马华有些失控地大声吼道："你把门锁了，让我怎么还钱，把门给我打开。"

年轻人像没听见似的，坐在门前的台阶上悠闲地吸着烟："你吼什么，欠钱还有理了。有本事把钱还给我们。没本事还钱，就把嘴给我闭上。"

马华看着眼前满脸横肉、面目狰狞的两个年轻人，他憋在心里的火气终于爆发了，他挥起拳头砸向一个年轻人，年轻人捂着眼睛倒在地上，嘴里叫喊着："哎呀，我的眼睛，我的眼睛。"

马华冲上去要打另外一个年轻人，被众人拉住了。

公司的门开了，马华把要债的人打成了轻伤，被行政拘留，进了拘留所。

马华站在铁窗前，看着空中飘飘洒洒的雪花，心里是五味杂陈，他想起了以往过年的时候，一家人团团圆圆地围坐在一起，吃着母亲包的萝卜大肉馅儿饺子，喝着父亲平时舍不得喝的老酒，一家人谈笑风生。没想到今年却在拘留所过年，泪水顺着消瘦的脸颊往下流。

大年三十的晚上，同屋的室友纷纷拿出家人送来的好吃的东西。

"有点儿酒喝就好了。"

"吃吧，十五天熬过去，咱就出去了，到时候痛痛快快地洗个澡，说啥也要到饭店里吃上一顿。"

"是啊，我还有三天就该出去了。"

一群人暂时忘记了烦恼，说着吃着。睡觉时间到了，一个个悄悄地回到自己的床铺上，静静地躺着。屋里墙上挂的电视里播放的春晚节目对他们的诱惑力并不强烈。有的人唉声叹气，有的人翻来覆去，有的人傻傻地看着窗外。这时候，他们想家了，他们都想家了。

大年初三快中午的时候，马华跟着民警进了会见室，他一下子愣住了，是他年迈的母亲来看他了。

马华的嘴唇哆嗦了几下："妈，是儿子对不住您。"

"孩子，你是干事业欠了别人的钱，这没啥丢人的，可是，你再生气也不能打人呀，你的暴脾气以后得改改。"

马华强忍着眼眶里要流下的泪水，点头应着母亲的话。

"我给你带了饺子，还热着呢，你就在这儿吃吧。"母亲打开保温饭盒，马华一个接一个地把饺子塞进嘴里，他忘记了饺子的味道，忘记了母亲在心疼地看着他。

母亲临走拿出了一包牛肉递给马华："你把这拿回屋里，让同屋的人都吃一些。"

马华发现母亲瘦了很多，看着母亲熟悉的背影，心里如刀绞一样的难受。

九

墙倒众人推。马华的事业彻底跌入到了低谷，他打人被拘留的消息很快就在熟人圈里传遍了，债主们逼债的言行更加偏激和野蛮了。寸步不离地待在马华的公司里。

马华痛定思痛，就算倾家荡产、砸锅卖铁也要把账还清。他让债主们逼得实在是无路可走了，更无心经营支离破碎的公司。

房地产中介公司和房管局的工作人员，挑挑剔剔地评估了马华拥有的房产，马华把公司也转让给了一朋友，终于把几百万的外债给还清了，债主们心满意足地夸马华硬气，是个爷们。

春暖乍寒，夜晚的风呼呼地吹个不停，城中村的一个小旅店里，走廊里的灯泡忽亮忽暗，偶尔有几个房客进进出出。

马华蜷缩在床上，看着天花板，不停地抽着烟，偶尔皱着眉头咳嗽两声，喝几口水，满脸的绝望和无助。

马华心里全是委屈，为了还债，他奋斗多少年的家产全都卖了，公司也没了，他现在连个住的地方都没有。他拿起手机，微信余额仅剩下几千元钱，此时的马华连死的心都有了。他想过去死，可想起渐渐老去的父母，他不忍心了。他也想过从头再来，可自己的坏名声传出去了，对他创业是有影响的，而且还不小。

马华也想过去外地陌生的城市发展，但仅凭兜里的几千元钱能干啥，连交房租也不够。

马华想着想着，眼泪流了出来，泪珠在他英俊而又沧桑的脸上打着转，这是绝望的泪水。

马华有些心烦意乱，起身扔掉他手中的烟头，走动几步，神情沮丧地看了一会儿窗外，转身又躺到床上，闭上眼睛，任凭泪珠一滴接一滴地滑落。

早晨的阳光照进屋子里，浓浓的烟味让人窒息。

习惯早起的马华没有起床，他耳朵里塞着耳机，闭着眼睛，听着一些伤感的歌曲。一会儿，他忽地坐起身，发着愣，不知道此时该何去何从，犹如飘浮在空中的一片树叶，满心的身不由己。几分钟过去了，马华终于起身去洗了脸，关上门出去了。

公鸡清脆的打鸣声迎来了黎明，沉寂的乡村开始躁动起来。一辆面包车在村子里停了下来，从车里下来一个中年男人，伴随着面包车的鸣笛声，大声喊道："干活的上车了，走了，走了。"

马建设和梁玉夫妇匆匆锁好家门上了车。

面包车颠簸了一个多小时，终于到了市郊的一别墅区，中年男人开始分工，清垃圾的、扫楼的、保洁的、种树栽花的，一一分了个遍，最后嘱咐道："大家好好干，中午免费吃白菜炖肉。"

马建设去种树，梁玉去扫楼。

一天结束了，一群浑身脏兮兮的人围着中年男人，他叫喊着给每个打工的人分了 100 多元钱，一群人坐上面包车颠簸着向家里赶去。

马建设和梁玉回到家里，脱下脏衣服，洗了脸。梁玉去厨房做饭，马建设进了堂屋，从抽屉里拿出一个黑包，把老两口挣的 300 元钱放进包里，顺便在一个小本上记了一下。

吃过晚饭，梁玉反手推着腰，说："这两天腰疼得厉害。"

"都快 70 岁的人了，跑上跑下的，腰咋会不疼。"马建设帮爱人揉着腰。

"马华不知道是啥命，现在啥都没有了，都 30 多岁了，家也没了。"

"想起这孩子，我就心疼。"

"咱给他帮不上大忙，得想法在老家给马华盖几间屋子，他回来了好赖得有个窝吧。"

"我退休的工资加上咱俩干活挣的钱，差不多够买盖房的砖了。"

"唉，慢慢来吧，洗洗脚睡吧，明天一早还得早起去干活呢。"

另外的一个村子里，一群民工正在打扫卫生，清扫着很久没有人住过的屋子。屋里没有床，空荡荡的，屋顶挂着一个发出微弱黄光的灯泡，随风晃来晃去。清扫完屋子，民工们在水泥地铺上买来的草席和被褥。一个个躺在地铺的被窝里，拿着空瓶子吸着烟，把烟灰和烟头都放进盛有水的瓶子里。他们忘记了一天的疲劳，说着家常话、傻笑着，时不时说点男女之间的黄段子。

他们终于说累了，一个个打起了震天的呼噜，香香地睡着了。夜里有起来解手的、有磨牙放屁的、有傻笑说梦话的。

马华披着外套坐在通铺的被窝里。第一天的修路活让他感到腰酸腿疼，可他的心里是踏实的。他暂时不用发愁吃住的问题了，一天还能挣上百八十元。

修路工程的包工头二营是马华的初中同学，对马华格外照顾，拿着一条烟递给马华："华哥，拿着吸吧，知道你烟瘾大。你以前是大老板，在工地上干活肯定不适应，会干多少干多少，不要太拼了，钱照给你发，我呀，就是想让你出来散散心。"

"二营，惭愧呀，混到今天这个地步，谢谢你收留了我，我现在感觉很充实。"

"华哥，你很有才华，是一条卧龙。这是暂时的，谁还不会走些下坡路呀。我相信你的潜力，你一定会东山再起的。"

伴随着公鸡清脆的打鸣声，屋里的灯泡亮了，一群民工匆匆洗罢脸，拿着大瓷碗、小饭盆打好饭，蹲的蹲、站的站、坐的坐，嘴里发出喝汤的"咕噜咕噜"声，一群靠体力活谋生的民工把少滋无味的大锅饭吃出了美食的感觉。

吃完饭，一群人推着架子车、拿着铁锨和馒头向工地走去。

工地上，和泥的、抬路边石的、填土打夯的、砌窨井的，民工们干得热火朝天，不一会儿个个都变成了土人，头发里落满了灰尘，一双双粗糙的大手忙个不停，累了就席地而坐，吸上一根烟，仰起脖子"咕咚咕咚"喝几大口塑料杯子里的凉开水，站起身伸着懒腰又开始劳作。

马华手扶着打夯机在刚填满土的沟里来回走着，柴油机"嘟嘟嘟嘟"的响声震耳欲聋，飞起的尘土不折不扣地落到身上，灌满耳朵和嘴巴。

一天晚上，马华骑着借来的摩托车奔走在回老家的路上，白天他要在工地上干活，主要是他也没有勇气白天回家，怕见到村里的人。因为他公司破产、媳妇进了监狱的这些消息，老家的人都知道。

马建设夫妇看到儿子回来，既欢喜又伤心，马华买了母亲爱吃的牛肉，还买了蔬菜和水果。

梁玉看到穿着一身脏衣服的儿子，心疼地说道："别给我们买东西了，家里啥都有。你在工地上干活能受得了不？快把衣服脱下，我去给你洗洗。"

马华看着流着眼泪的母亲，心都碎了，哽咽着说："妈，我天不明还要回工地干活，不用洗了，工地上的活一天能挣100多元。"

梁玉擦着眼泪默不作声，马建设吸着闷烟，看着眼前的儿子，心疼地说："马华，这都是暂时的。你有才能，过了这个坎一定会东山再起的。我和你妈正想法在老家给你盖几间屋子。"

马华点着头，看着年迈的父母，说道："爹、妈，您二老要照顾好身体，让我放心。"

天还没亮，马建设夫妇便在厨房里忙活起来，他们给儿子包着饺子，马华含着眼泪吃了一大碗饺子，喝了一碗母亲盛的面汤。临走时马华掏

出几百元钱硬要塞给母亲，母亲推辞中，马华忽然跪下，带着哭腔说："都是我不好，给您二老丢脸了。"

马华骑上摩托车渐渐驶远了，马建设夫妇依然站在家门口一动不动地望着。

炎热的夏天散发着令人窒息的热气，大部分人都躲进家里扇着电扇或吹着空调睡午觉。修路的工地上，一群光着脊背的民工汗流浃背地干着活，把一堆堆和好的水泥运到路边，把一块块二三百斤重的路边石抬过去铺好，汗水流到眼睛里酸痛难忍，拿着腰间湿漉漉的毛巾擦一下继续干着活。

"大家歇一会儿吧。"包工头二营终于发话了。

树底下坐的坐、躺的躺、站的站，一个个仰着脖子喝着水，把瓶子里的水喝得一滴不剩，嘴巴一抹，吸着烟聊着天，看到偶尔路过的女人，窃窃私语地议论着。

一个女人从远处朝着工地走过来，不高不低的身材略显丰满，一双大眼睛就像巴旦杏一样充满诱惑，她叫成玉，是附近村一超市的老板娘。只见她提着一圆形饭盒走近坐在树底下的马华，红着脸说："这是冰镇绿豆汤。"

一群人围了上来，七嘴八舌地议论开了。

"你们啥时候好上的？光给马华喝，咋不给我们喝呀？"

"你别说，他俩还真是那个，咋说的。"

"郎才女貌，牛郎配织女。"

"去、去你的，你们在超市买东西没有照顾你们呀。"成玉反击道。

马华红着脸不言语，接过饭盒。

超市老板娘走了，几个工友围着马华，问马华怎么和超市老板娘好上的，上床了没有，马华给众人发着烟，说道："别瞎说，我和她什么事也没有。"

原来，马华有一次到超市买烟，超市老板娘正在辅导女儿做作业，一道题难住了老板娘，马华就热心地给老板娘的女儿讲了讲题，老板娘当时就对马华刮目相看。打那以后，她就被马华帅气的外表和才学给折服了，三天两头找马华帮忙给女儿辅导作业。

马华得知老板娘叫成玉，她的女儿叫倩倩，前两年她丈夫出车祸走了，剩下她们孤儿寡母靠经营超市为生。

马华辅导上小学的倩倩写了一篇记叙文《梅花一样的妈妈》，没几天就发表在了报刊上，成玉对马华更是仰慕了，几次邀请马华去她家做客，要答谢马华对女儿学习上的辅导，马华都委婉地谢绝了。马华的心里是喜欢成玉的，许久没接触过女人了，他每次见到成玉，她温婉性感的身影都让马华心猿意马，身体里有一股原始欲望的冲动。马华终究还是忍住了，他知道，自己落魄了，需要下苦力去养活自己，让年迈的父母少操他的心，得尽快寻找机会翻身。

晚上，大伙都睡了，马华吸着烟看着窗外的月亮，心事重重。

包工头二营披衣坐起来，递给马华一根烟，自己也点上一根，吸了两口，说："老同学，想啥呢？想女人了，光想不行，要不我带你去耍耍。这附近就有，谁不认识谁，百八十元就解决了，长得还都有几分姿色。"

马华看着二营，半晌说道："你还有这爱好？你呀，注意因果报应，有钱就不会多给自己的老婆、儿子买些吃的、穿的。"

二营轻轻拍了一下马华的肩膀，说："我是看你寂寞，我才不干这事呢。"

已经是半夜了，马华的身体像翻烙馍一样辗转反侧，难以入睡。

一天晚上，马华一个人在城中村转悠着，洗脚按摩店的灯光昏暗，站在门口的姑娘热情地打招呼："帅哥，进来洗个脚吧，解解乏。"

马华正想进去洗个脚，放松放松，心里想起了二营的话，想到一个工友因为嫖娼被抓的事情，马华停住了正要迈开的脚步，看着眼前打扮

得花枝招展的女子，喉结动了一下，他没有了勇气，扭头走了。

马华路过超市时，成玉正好出来锁门回家，看到马华，成玉异常地激动，忙上前打招呼说："马哥，你转悠呢，走，到我家坐会儿吧。"

马华犹豫了一下，说："有点晚了，改天吧。倩倩学习还好吧？"

"嗯，好着呢，她经常闹着要见你。"

"有啥需要帮助的就给我说。天晚了，你回家吧。"

成玉走近马华，轻声说道："马哥，后天是倩倩的生日，你来我家给她过生日，行吗？"

马华犹豫了一下，点着头应了一声，说："我下了工就过去。"

星期六的晚上，工地收了工，马华在自来水管下洗了头，换上一身干净的衣服，拿着自己以前出版的一本散文集，躲躲闪闪地走在去往成玉家的路上。

成玉下午没有去自家超市开门营业，而是骑着摩托车到镇上买了一些菜，回到家里就开始忙活，精心做了几盘家常菜，看时间还早，洗了澡，在身上喷了一些香水，收拾了一番，显得更是漂亮妩媚。

敲门声让成玉有些兴奋，她在客厅照了照镜子，慌忙走向门口，双手搭在胸前，深深吸了口气，慢慢拉开家门，马华进了屋，环视了一圈，说："你家可真干净，倩倩呢？这是我送给她的一本书。"

成玉接过书认真地翻看着，惊奇地说："马哥，这是你自己写的书呀，你可真行，是个大作家，我替倩倩谢谢你。"

马华坐到沙发上，成玉递过来剥好的香蕉："马哥，我得让倩倩以后好好跟着你这位大作家学习写作。"

"倩倩呢？"

"马哥，我，对不起，倩倩去她外婆家了，我、我就想让你来家里吃顿饭。看着你整天那么辛苦地在工地上干活，我、我心疼。你给倩倩辅导学习，她进步很大。"成玉说话显得有些语无伦次。

马华看着面红耳赤的成玉，半晌没作声，他心里知道，成玉喜欢他，他心里也喜欢成玉，可他是一个一无所有的落魄之人，他不敢对成玉有啥想法。

两个人终于坐上了餐桌，成玉不停地给马华夹菜、倒酒，两人互诉着心里的苦闷。成玉听完马华的故事，端着酒杯说："马华哥，从我见你第一眼起，就感觉你不是一个等闲之辈，你一定会东山再起的。来，我敬你。"

酒过三巡，马华和成玉都默不作声了。

成玉和马华在酒精的刺激下，大胆地拥抱在一起，成玉疯狂地亲吻着马华，马华抱起成玉走进卧室。云雨过后，马华温柔地搂着成玉，说："成玉，我什么都给不了你，你还是把我给忘了吧。"

"马华，我只图你这个人，你有才华，长得又好看，是个女人都会把持不住的。只要拥有过，我也就知足了。人活一辈子，想开了也就那么回事，就算活100岁，也不就3万多天嘛。我不会强求你给我任何承诺，你我只要开心就行了。你是我第二个男人。我心里不遗憾了，不算白活。马华，你住的地方洗澡不方便，吃的又不好，以后嘴馋了、想洗澡，就到家里来，方便些，到时我给你做好吃的。"

马华拖着疲惫的身体要回工地，说回去晚了怕工友们说闲话，成玉拿出她刚买的两套新衣服让马华带上，马华说穿了再来拿，在工地干活不穿新的。

成玉送马华到她家大门口，就在马华要走的时候，成玉一把抱住马华亲了又亲，马华拍着成玉的头，轻声说道："成玉，回去吧，别着凉了。"

成玉深情地对马华说："你不管啥时候用钱，来找我拿。"

马华点着头，又一次紧紧地抱了抱成玉："工地上管吃管住，用不着啥钱，你有啥事给我说，那我回去了。"

马华回工地了，成玉躺在床上，一双大眼睛闪着亮光，她意犹未尽

地回想着刚才发生的一幕幕，幸福的表情洋溢在漂亮的脸蛋上。成玉心里清楚，当听完马华的过往，直觉告诉她，她只能短暂地拥有马华，她和马华是走不进婚礼殿堂的。因为马华并非等闲之辈，他有远大的理想和目标，尽管马华现在沦落成了一个农民工，在工地上干着脏活、累活。可这是暂时的，成玉内心深处只有一个愿望，好好陪伴马华一程。给他做饭洗衣，陪马华睡觉，这些都是成玉心甘情愿的。这也许就是真爱吧。

马华回到宿舍里，蹑手蹑脚地躺进冰冷的被窝里，听着工友们震天的呼噜声、说梦话声。睁着眼睛看着窗外，心里想着刚才在成玉家发生的一切，此时的马华心里很矛盾，他有些后悔和成玉发生了不该发生的事。他给不了成玉任何的承诺。马华的心里一直惦念着怎么翻身，他从来没有对自己失去信心，他相信困难和挫折只是暂时的，他一定还会打造出属于自己的一番新天地。而且他心里还惦念着已经和他离婚的前妻白玉。

不知不觉又过去了两个月，马华白天在工地上干活，到了半夜，就会一个人偷偷去成玉家，两个单身的男女互诉心里话。成玉把自己所有的温柔和爱意心甘情愿地奉献给马华，她对马华不仅仅是爱，更多的是崇拜。她为能和有才华又长相帅气的马华同床共枕而倍感开心和幸福。

一天早饭过后，民工们又开始了一天的劳动。正在工地干活的马华口袋里的手机响了，马华放下抬石头的木杠子，接通电话，脸一下子变白了，他挂掉电话，六神无主地找到二营，说了几句话，急匆匆地和二营开着车疾驰而去。

到了车祸现场，马华看到躺在地上穿着破旧、满身灰尘的父母，花白的头发里都是血迹。马华失声痛哭，跪在地上喊着父母，一下子晕倒了过去。

原来，在工地干活的马建设和梁玉收工后，去路对面的小吃摊上吃饭，急着过马路时被一辆刹车失灵的大货车给撞了，两人当时就没了呼吸。

马华兄妹三人怀着悲痛的心情操办完父母的后事。说话间，弟弟埋怨着马华："父母要不是为了给你盖房，出去干活挣钱，能出车祸吗？"

妹妹劝弟弟少说几句，马华面对弟弟的埋怨，流着眼泪默不作声。

马华彻底崩溃和麻木了，两个月后，马华又回到了工地上干活。他似乎变了一个人，长长的头发，长长的胡子，整个人瘦了一圈，邋遢得就像是一个逃荒的流浪汉。马华一天不说一句话，拼命地干活、吸烟、沉默，工友们看他这样，也没人敢轻易接近他。包工头二营给马华分了些轻一点的活，尽力地照顾着马华。

成玉听说马华的情况后，直接找到工地，拉着马华去了她的家，进了家门，成玉紧紧抱着马华，哭着劝马华要想开些，不要再糟践自己的身体。

成玉硬拉着马华去镇上理了发、洗了澡，换上了干净的衣服。

在成玉苦口婆心的劝说开导下，马华答应成玉，他会好好地活下去。

一个多月过去了，修路的活干完了，马华又没事干了，怀揣着打工挣来的万把元钱，四处找工作。有因年龄拒绝他的，有因过去的名声拒绝他的，有因工资拒绝他的，找了一个星期，马华也没有找到工作。

家庭的破裂，公司的破产，父母的去世，人情的冷漠，让马华几乎快要疯掉了。此时，没有人在乎他何去何从，没有人在意他的才华，没有人在意他的心里有多苦，没有人在意他的死活。

走在大街上，马华看着同龄人一家几口幸福的场景，心里充满了酸楚和痛苦。自己30多岁了，没家没事业，孤身一人游荡在红尘中。他就像是慢慢加温的高压锅里的一只鸡，憋得难受，憋得无助，憋得窒息。

马华此时怕见人，更怕见到熟人，自信的他没有了以往的那份斗志，没有了面对现实的那份热情和能力。他望着天空，感叹道：古佛青灯度流年又如何？

马华背着简单的行囊，向他经常去的大山里走去。

十

古老的永泰寺在黎明晨光的笼罩下，仿佛飘在浮云上面，显得分外沉寂肃穆。永泰寺的院子并不大，院中的几棵菩提树、银杏树显得硕大无比。虽然已是深秋了，但它们还是那么的挺拔，翠绿和金黄相互交映着，很是好看。庙顶上铺满了金黄色的琉璃瓦，屋脊上雕刻了好多仙人，看起来栩栩如生。

伴随着浑厚的钟声，一位70多岁的寺院女住持虔诚端坐，手指轻轻地拨动着佛珠，朗声念完《心经》一遍。后排的马华和几个僧人嘴里诵着经文。

诵经完毕，马华向住持行了一礼，说道："住持，您先去用斋饭吧。"

马华和几个僧人扫地、擦拭香案桌，把永泰寺的里里外外打扫了一遍，端着自己的饭碗去了寺庙后厨用斋。

马华到永泰寺快一个月了，平时和住持交流得多些，住持也看出了马华的心事和生活压力，就心平气和地劝慰他，讲些人间信仰故事，马华在清净的永泰寺心情好了很多。

一群信徒走进了永泰寺的大殿，马华赶忙帮他们点上香，把香递给他们。一拨一拨的信徒很虔诚地向永泰公主叩拜行礼，心中充满了对信仰的敬畏。

马华在没有纷争、没有喧嚣、没有名利、没有算计的永泰寺里做义工，让他感到生活的清静和自在。吃素斋、诵经文、悔过自新的这些规律有序的修行活动，让马华不断地反省自己、洗涤灵魂，他感悟到了，舍与得、因与果的一些内涵。

马华白天在永泰寺做义工，空余时间徒步转遍了永泰寺周边的角角落落，走访当地的老人，采集转运、明练、永泰三位公主的传奇故事，了解永泰寺的由来和历史文化。晚上，马华坐在桌旁搞创作，他要把永泰寺的历史文化和传说写一部书。

马华写累了，用冷水洗了脸，站在钟楼的阳台上，望着夜空，一脸的心事。前妻白玉明天就要出狱了，他想到他俩曾经一起生活的往事。三年了，马华觉得时间过得太慢，又觉得时间过得太快。他的心里还是很爱白玉的，尽管白玉当初无心的过错影响了他的生活轨迹，还很坚决地和他离了婚，马华早已想明白了，他的心里对白玉早就没有怨了。

第二天一大早，马华坐着出租车到了监狱门口，坐在车后排没有下车。白玉的父母早早等在门外。随着大铁门打开的响声，留着短发的白玉出来了，整个人瘦了不少，但依然很秀气。她向父母鞠了一躬，四周看了看，犹豫了一下，慢慢上了车。

车里坐着的马华刚才想下去，甚至想着给白玉一个拥抱，可他最终还是没有下车，扭头看着白玉和她父母的身影，低声说道："师傅，我们回吧。"

蔚蓝的天空万里无云，树林里叽叽喳喳的鸟鸣声清脆悦耳，河水在微风吹拂下泛起波纹，小河的对面坐落着一处复古的农家别墅，别墅前是一块大大的菜地，红、黄、绿、紫多彩相间的蔬菜尽情地享受着黄土地的深情拥抱。别墅院里的翠绿竹子和五颜六色的花草尽情地展示着自己的生命力。

白天亮和李玲夫妇拉着一个大大的行李箱走出卧室，李玲喊着女儿白玉，白玉穿着睡衣从楼上走下来，扭动着脖子说："爸、妈，你们这就出发啊，祝你们出游玩得开心。"

"玉，你又写了一夜的东西呀？看把你困的，不要太拼命了，看你

都瘦了。"李玲心疼地掩了一下白玉的睡衣，又说道，"我和你爸去旅游，不行让保姆回来，给你烧个水做个饭，我们也放心。"

"妈，我都多大了，为什么不自己动手养活自己呢，非得让保姆伺候呀。你们放心吧，我不会挨饿的。我在家写作写累了，就近转转，饿了，就自己做饭菜，吃着还合口味。你们就放心吧。"

天亮看着女儿说："孩子，一定要劳逸结合，照顾好自己。"

白玉站起身像是想起了什么，挠着头说："我开车送你们到机场吧。"

"不用了，时间还早，我和你妈坐村里的公交车去，顺便还能看看路上的风景不是。"

李玲拥抱着女儿说："玉，那我和你爸就走了，早餐在锅里温着，一会儿记着吃。"

爸爸妈妈出门旅游走了，白玉回到书房，翻看着电脑里她写的稿子，揉了揉眼睛，又打开了微博，翻阅着马华的微博，认真地看着。她紧皱着眉头，发现马华的微博已经有三年多没有更新了，白玉又打开百度搜索马华的消息，也没有找寻到关于马华最新的消息。

白玉出狱后从父母口中得知，她出事后，马华辞职了，自己搞公司被骗，破产了，马华的父母已去世。白玉的心里非常自责，她心里清楚，马华的这些遭遇和不幸，有自己的一部分原因。白玉很多时候想迫不及待地见到马华，看看马华，亲口对他说声对不起，可她打听不到马华的下落，就连马华的弟弟、妹妹也不知道马华去了哪里。

白玉翻看着她和马华的结婚照，他俩过往恩爱的幸福场景一幕幕浮现在眼前，想着想着，白玉眼里泛起了晶莹的泪花。

夜空的星星闪烁，杏色的圆月悬挂正空，永泰寺一片寂静。

马华住宿的房间里还亮着灯，他正在赶写书稿，他不停地敲动笔记本电脑的键盘，时而紧皱眉头，时而挠头发愣，时而点燃一根烟，时而闭着眼睛仰头转动着脖子。他累了，站起身走到屋外，伸着懒腰，抬头仰望星空。

马华重复着蹲下又站起来的动作，呼吸变得急促起来。他又在院子里散步，不知转了多少圈，终于又回到了屋里，拿起湿毛巾擦了擦脸，喝上几口水，又坐下来继续敲打着电脑键盘。

凌晨两点，马华关上了电脑，和衣躺在木板床上，月光照在他略显疲惫的脸上，不一会儿，马华就睡着了。

蓝天白云下，一片辽阔无垠的草原上，马华和白玉骑着一黑一白的两匹马奔驰着、追逐着，马华扭头喊道："白玉，快追我呀。"

白玉撇了一下嘴，喊道："你又欺负我。"扬起马鞭喊着"驾、驾"追向马华。

马华两腿用力夹了一下马肚子，吆喝道："马儿快跑，驾。"

随着白马"咴儿咴儿"的叫声，白玉"哎呀"一声从马背上摔了下来，马华拉紧缰绳，跳下马背，跑向白玉，弯腰抱起她。

"白玉、白玉，你哪里不舒服，白玉、白玉。"熟睡的马华嘴里不停地喊着白玉的名字，满头大汗的马华惊醒了。他慢慢地睁开眼睛，摇摇头，发现是自己在做梦。他坐起身，看着窗外，此时的马华心里真想马上见到白玉。他想给白玉打电话，看看表，凌晨5点多，马华又躺下，心里想道，梦都是反的，坏就是好，白玉一定没啥事的。

马华的心里默默地祝愿白玉平安无事，他还想再睡会儿，可翻来覆去就是睡不着。他披衣坐在被窝里，吸着烟，翻看着他和白玉以前的合影。

天亮了，马华脸都没洗，站在墙角，激动地拨通了白玉的手机，响了很长时间，终于听到了白玉的声音，马华没有说话，赶忙挂掉了电话。

白玉坐在沙发上，心里犯着嘀咕："陌生号，会是谁呢？打通了不说话，是马华吗？如果不是他会是谁呢？"

白玉拿起手机重拨陌生来电号码，提示对方已关机了。白玉看着窗外，满脸的心事。

　　马华怀着心事吃了早饭，他给永泰寺的住持打了招呼，一个人去了永泰寺的后山，坐在皇姑塔旁，心里想起了永泰寺的传奇故事。历史上曾有北魏文成帝之女转运公主、南朝梁武帝之女明练公主、北魏孝明帝之妹永泰公主，这三位公主先后在永泰寺出家修行，从而成就了永泰寺无与伦比的尊崇地位。

　　几年前，马华和白玉曾经站在皇姑塔下，相互说着转运、明练、永泰三位公主的生活、爱情和住寺修行的故事，两人说到动情处还流下了眼泪。他俩曾经站在皇姑塔下，心里感受着公主们的精神和向往美好的初心，默默在心里许下心愿，两人要相互珍爱，相互修心，相濡以沫地度过一生。

　　马华想到这儿，站起身拜了拜皇姑塔，心里默念道："白玉，你现在过得可好？"

　　快中午的时候，马华回到了永泰寺的大殿，一群游客正在上香祭拜永泰公主，马华突然看到了一个熟悉的身影。人群中穿着浅色衣服的女人不正是白玉吗？

　　就在白玉转头的那一刻，看到了站在寺门旁的马华，两个人的目光终于交织在了一起，两个人欲言又止。马华赶紧去收拾香案，白玉打量着忙碌的马华好一会儿，脸上泛着红晕，慢慢扭头出了寺门。

　　这一切都被细心的住持看到了，住持若无其事地让马华招呼香客，自己起身出去了。

　　晨曦的阳光如同初恋的姑娘，温柔而细腻，悄无声息地普照着大地，给人间带来一份清新的温暖。

　　永泰寺的僧人用完斋饭，各司其职地忙碌在自己的岗位上，住持喊上马华，两人在山间的小路上散步。

　　"马华，前天来寺院的白玉可曾是你的妻子？"

　　"住持，你怎么知道的？是，她是我的前妻。"

"白玉给我说了你们以前的事。"

马华应了一声，沉默着不再吭声。

住持扭头看了看马华，说道："孩子，你心里很苦，我知道，人世间又有谁心里不苦呢？事情都过去了，就要学会翻篇。人呀，最重要的是学会活在当下，多行善举，过好自己的小日子才是不虚度人生啊。你、我、他都是来人间体验生命的，何苦去为难别人，何苦去为难自己呢？"

"住持，您说的是。白玉她现在过得还好吧？"

"好，整天和你一样，在老家写作。马华呀，从白玉话里话外听得出来，她一直深爱着你，她总觉得对不起你，亏欠你，甚至说是配不上你。"

"住持，当初是她逼着我离婚的，我、我没有觉得她亏欠我什么。"

"我呀，都快 80 岁的人了，比你经历的事要多些，我看呀，你和白玉的缘分未尽。孩子，啥事呀，说开了，讲明了，就好了。人生区区几十年，不纠结昨天，不忧心明天，过好今天就好。孩子，要相信命中注定的缘分。"

马华连声应道："住持，我懂了，我明白了。"

十一

元宵节了，街上很是热闹，游逛的人群攒动，舞狮的、划旱船的、扭秧歌的、赏花灯的，处处洋溢着热闹与欢腾的景象。

白玉的父母去逛街了，她一个人坐在自家的菜地旁，手里拿着一摞马华半年来写给她的书信，一封封地看着，脸上洋溢着喜悦的神情。

马华从远处走了过来，白玉扭头看着走近的马华，心里充满了惊喜与感动，她站起身迎了上去。两个人默默地看着对方，谁也没有开口说话。白玉看着马华手里拿着一摞她写给他的书信，咬了一下嘴唇，眼泪顺着脸颊往下流。马华用心疼的目光看着白玉，抬手轻轻擦着白玉脸上的泪水。白玉深深地给马华鞠了一躬，抬起头泪眼蒙眬地看着马华，哭着说道："马华哥，我对不起你，让你受苦了，我对不起过世的爹妈，都是我不好，我对不起你们。"

马华哽咽着说："白玉，别、别这样说，你没有对不起我们，我也有错的地方。"

"马华哥，我们快五年没见面了，没有说话了。"

"五年了，人的一生有几个五年啊。"马华流着眼泪一把紧紧地抱住了白玉，两个人喜极而泣，越抱越紧，犹如一对雕塑的人像一样，一动不动地伫立着。

马华和白玉回到了老家，一起到了马华父母的墓前，白玉情绪失控地跪在公公婆婆的墓前大哭起来，嘴里不停地哭喊着："爹、妈，我对不住您二老，是我害了您二老，我对不住你们呀！爹、妈，我想你们。"

马华跪在地上默默地流着眼泪。

马超和马燕搀扶起哥哥和嫂子，一家人向家里走去。

一个月后—在亲朋好友的见证下，马华和白玉又一次步入了婚姻殿堂。在婚礼现场上，马华和白玉夫妻俩对各自出版的新书进行了推介发布，道出了他们的美好心愿——两人会互爱互敬，过好田园生活，用心写书，多做公益，多行善举，传递爱意，过好属于他俩的每分每秒。

婚礼就要结束的时候，一个女人匆匆忙忙赶了过来，老远就喊道："等等，我有话说。"

现场的众人都愣住了。穿着一身浅蓝色套装的女人登上了舞台，她向台下鞠了一躬，又给马华鞠了一躬。马华和白玉一下子愣住了，不等众人反应过来，她抢先说道："大家好，我是李德的妻子玉红，马华和李德是战友，几年前，马华给我丈夫李德投资了1000万搞房地产，结果工地出了安全事故，我丈夫跑路了，经过这些年的打拼，我们又重新站了起来。我今天是代表我丈夫李德来的，他不好意思来。今天我来，一是祝福马华和白玉新婚快乐，天长地久；二是把这1000万外加投资回报交给马华。马华，我和李德对不起你。"

李德的妻子玉红说完，转身又深深地给马华鞠了一躬，台下顿时响起了热烈的欢呼声和掌声。马华和白玉流下了幸福的眼泪，两人紧紧地拥抱在了一起。

听闻远方有你

一

鸿吉市的夏天格外闷热，街上的行人穿的衣服是少得不能再少了，地上升腾的蒸气隐隐可见，知了趴在树上声嘶力竭地鸣叫着。

安庆开车行驶在街上，手机响个不停，安庆满脸的愁容和无助，无奈地接通电话："贾总您好，我正在想办法弄钱，您再给我几天时间，我一定会把钱还给您，实在是不好意思，贾总……"安庆挂掉电话，拨动方向盘掉头向他的公司驶去。

一辆黑色越野车猛地一个急刹车，在三叶影视公司的门前停下，车上下来了几个穿着黑色裤子、黑色短袖的年轻人，他们径直走进了三叶影视公司。

三叶影视公司有两层办公区域，装修简洁大气。一楼茶台里坐着的志华看到一群人进来，站起身微笑地说道："早上好，三叶影视欢迎你们的到来。"

一群黑衣男子中，个子最高的阿三扭动着脖子，开口说道："我们不好。你们安总在不在？我们找他。"

志华的脸红了一下，意识到这几个人来者不善，心里非常讨厌他们吊儿郎当的样子。

志华镇静地一边倒着茶水一边说道："安总他出去了。你们坐，先喝点水。"

阿三晃动着大脑袋，像癞皮狗一样半躺半坐在沙发上，随行的几个年轻人站着一动不动，阿三点燃一根烟吸了几口，两只小眼睛死死地盯着志华看个不停。抬起右手捋了一下油光锃亮的头发，扭头对几个年轻人说道："兄弟们坐吧。"

几个人打着哈欠坐到沙发上，个个东倒西歪的，没个坐相。

志华心里想着，这群人来找安总没什么好事，坐在公司的接待大厅里，实在是大煞风景，影响公司的形象，得想法把他们几个赶快打发走。

阿三站起身坐到志华的正对面，吸着烟，两只小眼睛直勾勾地盯着志华，咧开大嘴说道："我说小姑娘，水，我们就不喝了，你赶紧打电话给你们安总，就说我阿三找他有重要的事情，让他赶紧回来。"

一股带着刺鼻的烟味扑向志华，志华咳嗽了几下，捂着嘴，把脸扭向了一边。

志华咳嗽着说："我们安总可能是出差了，要不您留下电话，安总回来了打给您。"

阿三奸笑着盯着志华："出差，是吗？那我就在这儿等他，不信他不回来。"

贾蕾听到楼下的动静，快速从公司二楼往下走。贾蕾有白皙的脸蛋，有一双大大的眼睛。她乌黑的长发伴随着下楼梯的节奏飘动着。阿三的一双眼睛瞟向慢慢走近的贾蕾。

贾蕾看了一眼阿三，微笑地说道："您好，我是安总的助理，安总出去了，您有啥事情给我说吧，安总回来了我转告他。"

阿三吸了一口烟，站起身正对着贾蕾，扭动了一下脖子，眼睛死死盯着贾蕾说："美女，你长得真好看。是这样的，我找你们安总有很重

要的事情，今天呢，我必须得见着他。这样，看你的面子，我们哥几个在车里等他。"

阿三说完站起身走出公司，几个随从紧跟着走出去，阿三按了一下遥控，上了黑色越野车。

贾蕾给志华交代了几句话，拨打着电话走向二楼："安总，您这会儿说话方便不……"

不一会儿，安庆开车到了公司门口，刚下车，阿三几个人就从黑色越野车里跳出来围住了安庆。

阿三盯着安庆说道："安总，我们左总要见您，请您上车吧。"阿三的几个随从像游虾一样围住了安庆。

安庆忙打招呼，说："你们稍等一下，我到公司交代一些工作，马上就下来。"

阿三阴笑着说："安总，可不能耍我们呀，我们哥几个就在您车里等着。"

安庆竭力压住心里的怒气，一张帅气的国字脸充满了无奈，他心里知道，这些人找他干什么，苦笑着说道："行。"

阿三摆了一下手，两个随从坐进了安庆的车里。

高速路上，大小车辆川流不息，一辆黑色的越野车里，阿三坐在副驾驶座上，两只脚搭在车工作台上，悠闲地吸着烟，不停地用小梳子梳着稀疏光溜的小背头，安庆坐在后排座的中间，左右两边坐着阿三的两个随从，车内是烟雾缭绕，安庆不停地咳嗽着。

黑色越野车下了高速，又颠簸了半个多小时，驶进了郊外的一栋豪华别墅的院子里。阿三和两个随从簇拥着安庆下了车，安庆揉了揉疲惫的双眼，四处打量着。阿三凑上前说道："安总，请吧，我大哥左总在等你。"

安庆看着眼前恶煞般的阿三，没有吭声，跟着阿三走进了别墅。

别墅里面装修得很气派，别墅的主人左右个子不高，头秃得没有一根头发，长着一双像绿豆一样小的眼睛，站在窗户旁吸着雪茄，听到有人进来，慢悠悠地转身坐下，看着眼前的安庆，先是笑了笑，伸手挥着说道："安总，久违了，好久不见，甚是想念。您坐、坐。给安总上茶。"

左右办公室内侧的红木门打开了，从屋里走出来了一个女孩儿，20岁的模样，高高的个子，白皙的瓜子脸，一双妩媚发亮的眼睛，穿着黑白相间的超短裙，显得格外性感迷人，这个女孩儿叫米梦，是左右的秘书。

米梦走到左右身旁说道："左总，有客人啊？"

左右眯着一双小眼睛看着米梦，说："小米，我谈正事呢。对了，你不是想当演员吗？对面坐的可是个大导演，安总，不，安导。"

米梦扭头打量对面的安庆，眼睛猛地一亮，心想，眼前的这位导演可真帅，国字脸，五官有棱有角的，一双会说话的大眼睛似乎藏了很多秘密，浑身散发着浓浓的男人味，可比左右帅多了。

左右咳嗽着拍了一下米梦的屁股。

米梦感觉到自己有些失态，慌忙打招呼，说道："安导好。"

左右故作正经地说道："米梦，你做个记录，把今天我和安总的谈话都记录下来。"

米梦回过神有些尴尬地点头应道："好的，左总。"

左右吸着雪茄，打量着坐在对面的安庆，安庆心里有些发怵，米梦手中的笔不停地敲打着本子。

左右开口说道："安总，你的情况我都了解了，你拍电影赔了钱，公司经营呢，也在亏损，为了还债，你卖了房子。你老婆和你离婚了，一双儿女在乡下跟着你父母，唉，说起来你也真是不容易呀。"

安庆咬了咬嘴唇，看了一眼左右，低下头沉默了一会儿，抬头说道："左总，我从部队回来，想干一番事业，可现实就是现实，我失败了，不过这都是暂时的，我最近正在谈一个合作项目，您再宽限一段时间，

我会尽快还您钱的。"

左右站起身走到安庆身边，拍了一下安庆的肩膀说道："安总，你说尽快还我钱，咋尽快还我？听说，你还欠别人100多万呢，加上欠我的200多万，加起来就是400多万呢。光利息你一个月得付多少，你算过没有？"

安庆低着头，从口袋里掏出一盒烟，给屋里人让烟，没人接，便独自点燃一根烟，一脸的愁容。

屋子里静得让人透不过气来。

"安总啊，为了止损，我今天派人接你过来，就是有话给你说。你已经三个月没给我付利息了，要不这样……"左右的话说了半截不吭声了，打量着安庆。

安庆抬头看着左右，说："左总，您说。"

米梦瞪着眼睛看着左右，说："左哥，你倒是快说呀。"

左右瞪了一眼米梦说道："小米，注意矜持。"

米梦看了左右一眼，低下头不再吭声。

左右吸着烟在屋里转了一圈，掐灭手中的雪茄丢在烟灰缸里，转身说道："我想，这样吧，安总，你欠我的200多万，现在就按200万算，你把你的公司和设备，还有公司的员工都转手给我，哦，对，包括你的两辆车也要给我，折合成160万元，你还欠我40万元，利息给你降到二分五，我呢，来当公司法定代表人，负责运作公司，你给我当助手，怎么样？"

安庆的心颤动了一下，抬头看着眼前的左右，半晌没说出话来。左右接着说道："安总，你好好考虑一下吧。快40岁的人了，总不能靠幻想去过日子吧？你父母和孩子咋办？再说，你公司的设备值不了几个钱，我这样做，完全是看你是个干事的人。我呀，这是在帮你，是在给你面子。"

左右说着话扭头给米梦使了个眼色，米梦心领神会，站起身走到安庆的身旁，端起水杯递给安庆，轻声说道："安总，喝水。说起来，您可真不容易，我左哥这样做也算是两全其美，您要不好好考虑一下。"

安庆沉默了，左右的两只脚放在办公桌上晃来晃去，两眼直勾勾地看着安庆，过了一会儿，安庆抬头说道："左总，您就再宽限我几个月的时间，我会还您钱的。"

左右的脸一下子沉了下来，两只小眼睛转动个不停，阴着脸说道："什么？让我再给你几个月时间，我说安总啊，你以为我还会相信你吗？你要是不同意把公司转手给我，也行，今天就得把这三个月的利息付给我，再还一部分钱，那我就可以等，否则的话，你今天就待在我这儿，咱一起喝茶聊天。"

站在一旁的阿三一屁股坐到安庆的身旁，拿起计算器按了起来，嘴里嘟囔着："5分的息，200万元一个月10万元利息，三个月30万元。"

左右小声和米梦嘀咕着什么，阿三给了安庆一根烟，点上火，说："安总，光是利息就30万元。"

安庆的电话响了，左右眼睛一亮，推了一下米梦，米梦快步走到安庆的身旁问道："安总，谁给你打的电话，如果是你公司的人，就让人把钱给送过来。"

安庆掏出手机看了一下，挂断了。

天渐渐地黑了下来，别墅里的灯光透过窗户照进院子里，一只大黑狗卧在大门口，像是饿了，两只眼睛东瞅西望个不停。

别墅里，左右握着安庆的手说："协议签了，明天上午就把公司的法定代表人换了，小米和亮子你们两个负责接手公司设备，安庆是公司业务运营主管。安经理，祝咱们合作愉快。"

安庆面无表情地点着头，心里想道："用公司抵了一些债，自己彻底是一无所有了。"

此时的安庆要死的心都有，自己辛辛苦苦创下的公司为抵债拱手给了别人。在左右这帮人面前，安庆强忍着泪水，麻木地硬挺着。

左右安排阿三开车把安庆送回了家，安庆六神无主地到了家门口，正要掏钥匙开门，对面开门走出来一位 60 多岁的老头，安庆忙打招呼说："李叔，您还没睡呀。"

李老头看着安庆愣了一会儿，说："人上年龄了，觉少。小安，你这是刚回来呀？这个月 20 号该交房租了，给你说一声。"

安庆皱了一下眉毛，说："李叔，我知道了，过几天我给您老送过去。"

李老头"嗯"了一声，回屋关上了门。

安庆收起要开门的钥匙，扭头下了楼，一个人来到自己拼搏了几年的公司。安庆没有开灯，黑暗中一个劲地吸着烟，坐了好一会儿，站起身打开灯，安庆从公司的一楼到二楼，又从二楼到一楼，不停地上来下去，打量着公司的角角落落，来来回回走了多少趟，他也不知道，终于走累了，安庆躺倒在沙发上，自言自语道："我辛辛苦苦创办的公司没了，公司没了。"泪水顺着安庆沧桑、疲惫的脸上往下流。

伤心的往事又涌上安庆的心头。公司拍电影赚了几百万，家里人都为他高兴，搞房地产的战友王鹏找到安庆，让投资他的房地产，说是一年后双倍分红。安庆没有听取家人的意见，决定拿出积蓄，再借一些，给战友王鹏投资 1000 万元。结果不到半年，王鹏房地产工地出现了伤亡事故，一栋危楼也被政府强制拆除。王鹏给安庆发了一条信息，就人间蒸发了。本来衣食无忧的安庆一下子瘫倒了，过起了拆东墙补西墙还债和躲债的日子，妻子一气之下和他离了婚……

天渐渐地亮了，安庆在回忆中睁开眼睛，从沙发上坐起来，咳嗽了几声，习惯性地摸出一根烟点上，吸了几口，抬头看了看墙上的挂钟，站起身把烟掐灭，端起装满了烟头的烟灰缸倒进纸篓，打开公司的大门，一个人打扫起卫生来，擦设备、擦桌椅、浇花、拖地……

快 8 点的时候，员工们陆陆续续地到了公司，安庆把贾蕾叫到办公室关上门，贾蕾打量着疲惫不堪的安庆，问道："安总，您怎么了？"
安庆咬了一下嘴唇说："哦，小贾，我没事，你坐。"

贾蕾坐到沙发上看着满脸倦容的安庆，心疼地说："安总，您还没吃早饭吧？我给您带了早餐。"

贾蕾说着把打包的一个热烧饼夹猪头肉、一杯石磨豆浆递给安庆，安庆接过去放到桌上，说道："小贾，你大学毕业就跟着我在公司做事，感谢你这么多年来对我工作的支持。贾蕾，我给你说一件事。"

贾蕾似乎意识到了什么，焦急地说道："安总，我一个人在异乡工作，您对我挺照顾的，我早就把您当成我的亲人了，您有什么事尽管给我说。"

安庆站起身走向窗户旁，看着窗外，说道："贾蕾，你也知道，我为了干点事，家里的房子都卖了，爱人也跟我离了婚，我还欠着别人的债，债主逼着我把公司转让给他们，我……我实在是没办法了。"

贾蕾忽地站起来走近安庆，抬头看着安庆，说："安总，公司可是您的命啊，是您奋斗了多少年的心血啊！欠钱可以慢慢还，他们怎么能这样呢。"

安庆沉默着，强忍着的眼泪就要流出来了。

贾蕾叹着气说："安总，我把这些年的积蓄拿出来，我再打电话问我爸妈借点，公司不能转让啊。"

安庆扭过头看着贾蕾，带着哭腔颤颤地说道："谢谢你，贾蕾，有你这些话就够了，不用了，我已经把公司转让协议给签了。你一会儿通知公司所有的员工，到会议室开会。"

看着痛苦无助的安庆，贾蕾的眼泪流了出来，转身走出了安庆的办公室，擦着眼泪向公司一楼走去。

公司的会议室里静悄悄的，员工们一脸凝重的表情，时不时发出一些叹气声，安庆站起身向员工们鞠躬，嘴里说道："大家不要这样，我心里也不好受。公司是转让了，可咱们还是同事。一会儿左总他们过来，

咱们配合好公司所有的交接工作，还要和以前一样，各司其职，干好各自的工作。我在这里谢谢大家了。"

二

左右接管了安庆的三叶影视公司，成了法定代表人，协议里还包括安庆必须在公司上班两年后方可离开。

安庆像往常一样工作着，只是自己已经不再是公司的老总了。

贾蕾时不时会约安庆一起吃个饭，星期天到安庆家里坐坐，劝安庆要想开些，一切都会好起来的。

一天上午，公司开会，左右决定要拍摄一部电影，安庆做导演和摄像，会议结束时，左右站起身说道："散会吧，安经理和米梦到我办公室来一下。"

安庆和米梦到了左右的办公室，左右对安庆说："安经理，拍电影我不是行家，你要用心拍好这部电影，这部电影的女一号很重要，我想……"

米梦赶紧起身给左右和安庆添茶水，左右打量着米梦继续说道："这个女一号就让米梦来演吧。"

米梦扭头看着安庆，安庆点上一根烟吸了两口，习惯性地咬了一下嘴唇说道："左总，米梦长得的确很漂亮。"

米梦脸一红低下头，心想，说我漂亮还不快点头答应。

左右说道："那就让米梦当女一号吧。"

安庆抬头看着左右，一脸的犹豫。此时安庆的心里很纠结，这哪里是搞艺术呀，简直就是胡闹。可左右是老板，米梦又是左右的秘书，安庆不愿再想下去，顿了一下说道："左总，米梦没有学过表演，我看，要不，要不先让她试试镜再说。"

左右点了点头没再说什么。

天黑了下来，华灯初上，米梦在公寓里打扮着自己，衣柜的门敞开着，床上扔了一堆衣服，穿了这件换那件，在镜子前照来照去，米梦最终穿上了黑色吊带短裙，拿起白色手包，锁上门匆匆下了楼。

米梦到了楼下，从包里拿出车遥控钥匙按了一下，一辆红色敞篷跑车的双闪灯亮了，米梦启动跑车一溜烟地疾驰而去。

安逸宾馆一豪华套房里，电视开着，声音很小，粉白柔和的灯光下，左右穿着睡衣躺在床上给公司员工贾蕾打着电话。

"贾蕾啊，你工作能力挺强的，留给我的印象很好。"

"左总，您找我有什么事吗？"

"哦，也没什么大事。小贾啊，是这样，过两天咱俩约一下，我跟你谈些工作上的事情。"

"嗯，知道了。"

听到敲门声，左右慌忙挂掉电话，米梦推门进来，左右打量着米梦说："宝贝儿真漂亮，来，让我亲一个。"

米梦嘴里嘟哝着说："累死了。"走到床边，左右伸手把米梦拉到床上，一两下就脱掉了两人的衣服，压在米梦雪白的身体上，狂吻乱摸，米梦嘴里喃喃地说："等一会儿，让我冲个凉。"左右早已是欲火难耐，没有停止。

夜晚的街道上，人和车在喧嚣声中川流不息。

米梦把脸依靠在左右的胸膛上，左右喘着粗气说："放心，宝贝，电影女主角非你莫属。"

米梦一只手在左右的胸膛上抚摸着，仰头看着左右说道："可是安

庆没有答应啊。"

左右忽地坐起来，似乎有些生气地说道："他只不过是给我打工的，他说话管用吗？我让他答应他就得答应。"

米梦抱着左右撒起娇来，喃喃地说道："您说了算，您说了算，您是老大嘛。哎，左哥，咱俩什么时候结婚啊？"

左右吸了一口烟，向空中吐着烟圈，随口说道："等我忙完这阵子吧。"

米梦噘着嘴起身走进了卫生间，闭着眼睛，任凭花洒喷出的水柱击打在白皙丰满的身体上。

夏天像蒸笼一样闷热，除了做生意、摆地摊的人在烈日下忙碌外，大部分人都在家里吃瓜喝水，躲避着酷暑的炎热。

安庆正在家里洗衣服，有人敲门，安庆起身打开门，贾蕾提着一兜水果进了屋，安庆递给贾蕾一杯水说："贾蕾，你也太见外了，买这么多水果。"

"夏天就得多吃水果。星期天没啥事，过来和您说说话。"贾蕾看着安庆道，"安总，在家干嘛呢，我来没打扰您吧？"

安庆笑着说："怎么会呢。我刚给几家杂志社投了稿，头昏昏沉沉的。"

贾蕾起身说道："安总，我买的樱桃特别新鲜，我去洗洗。"

"我来洗吧。"安庆正要起身，贾蕾抢着说道："我去洗。"

贾蕾去厨房洗樱桃了，安庆坐在沙发上伸了个懒腰，心想，家里有女人就是不一样。

安庆和贾蕾吃着樱桃，闲聊着。

"贾蕾，以后别喊我安总了，我呢，公司没了，和你一样都是打工的，喊我老安就行。"

"那怎么能行呢，您呀，在我心目中永远是安总。"

"贾蕾，下个月电影就开机了，左总非得让米梦演女一号，我担心没好的效果。"

"安总，您没看出来吗？米梦和左总的关系不一般，两人肯定有事。"

"唉，算了，他是老板，我不过就是个打工的，胳膊扭不过大腿，没办法。"

"也是，安总。"

"安总，我在开机前，得回老家一趟，我爸妈打了几次电话了，说是我姨妈给我介绍了一个男朋友。"

"好事啊！贾蕾，应该回去，对了，如果我没记错，你今年26岁了吧？"

"是啊，咱俩一个属相，都是属猪的。您记不记得，我应聘的时候，你还问过我属啥。"

"对、对，问过。不知道为什么，我大多时候挺相信属相合作的默契度。贾蕾，我大你一轮。"

"嗯，有这说法，网上说属相合了，合作起来会更默契些。"

"安总，您还年轻，总一个人也不行，有合适的还得再找一个。"

"还找啥呀，老了，我现在欠别人的钱还没还完，一个人独处时间长了，也就习惯了。"安庆点上一根烟吸起来。

贾蕾打量着安庆说道："您看着也就是30岁出头的样子，特显年轻。安总，您的孩子在老家都挺好的吧？"

安庆笑了一下，对贾蕾说："你还挺会夸人的。两个孩子在老家跟着我父母还算听话。唉，想想我，活得挺失败的，都这年龄了，还让父母操我的心。"

"谁都不是一帆风顺的，您不要想太多了，一切都会慢慢好起来的。"

两人聊了一会儿，贾蕾要走了，安庆送贾蕾到楼下，看着远去的贾蕾，安庆自言自语地说了一句："是个好姑娘。"

　　夜幕降临，杏黄色的月亮升了起来，像一盏明灯，高悬在天幕上，月上中天，皎洁温柔，柔和的月光把黑夜烘托出一片平静祥和。

　　月光透过窗户温柔地照进贾蕾的卧室里，熟睡中的贾蕾忽然在梦中喊着"安庆、安庆"惊醒了。贾蕾闭着眼睛伸手打开了卧室的灯，橘黄色的灯光照在贾蕾漂亮的脸蛋上，贾蕾慢慢地睁开双眼，看看床头柜上的闹钟，凌晨4点，贾蕾顺手拿了个绿色靠枕放在头下，一脸的红晕，伸手揉了揉惺忪的双眼，看着天花板发着愣，努力回想着刚刚做的梦，过了一会儿，贾蕾拿起手机打开微信，翻看着安庆的微信朋友圈。

　　天刚蒙蒙亮，安庆晨练完回到家里，坐在客厅的沙发上，拿起刮胡刀闭上眼睛在脸上滑动了好一会儿，起身刷牙洗澡，穿好衣服下了楼，走到早餐摊上喝了点稀饭，向公司走去。

　　瓦蓝的天空白云朵朵，大山脚下的一条大河泛起微微的水波，河边树上的知了不知疲倦地鸣叫着，河岸对面是一个村子，一排排整齐的红瓦房，一块块绿油油的梯田，一片片葱绿的小树林，到处布满了各种小野花，鸟儿叽叽喳喳地叫个不停。

　　一个50多岁的男人看上去长得很敦实，戴着草帽，背着锄头，挎着一篮子青草，从田地里往家走，他叫贾书宽，是贾蕾的父亲。

　　书宽回到家，顺手把篮子里的青草扔进猪圈里，几头猪哼唧着吃起青草来。进了家门，书宽把锄头挂在墙上，转身走到水管旁去洗手，妻子爱玲从屋子里走出来问道："菜地里的草多不多，都锄完了？"

　　书宽擦着手说："地里的草不多，都锄完了。"

　　爱玲拿着干毛巾拍打着书宽的衣服说："快吃饭吧，一身的土。"

　　院子里的石桌上放着一小盆凉拌豆腐，刚烙好的葱花饼还冒着热气。爱玲拿起一张饼卷上豆腐递给书宽，两人吃着说着，小黄狗卧在地上眼都不眨地看着主人吃饭。书宽扔下一块饼说："吃吧。"小黄狗张嘴咬住饼咀嚼起来。几只鸡在院子里走来走去，不时低头寻找着充饥的东西。

书宽吃完饭，抹了一下嘴说："啥都没玉米面糊糊喝着得劲。"

爱玲像是想起了什么，眼睛眨了一下说道："书宽，咱俩得抽空去城里一趟。"

书宽吸着烟看了爱玲一眼，问道："去城里弄啥？看闺女啊？"

"你呀，啥时候管过闺女。贾蕾都26岁了，人家跟她一样大的孩子都会跑了，她到现在还没对象呢。前两天，她二姨给贾蕾介绍的对象催着要见面。"爱玲说完收拾起碗筷。

熙熙攘攘的人群中，书宽背着一袋东西，爱玲提着一个大包包，老两口一前一后地走出了车站。

三叶影视公司的办公室里，安庆和贾蕾在做电影拍摄的统筹，手机响了，贾蕾对安庆说："安总，对不起，是我妈打的电话。"

安庆点着头说："快接吧，我先弄着。"

贾蕾走到一边接电话去了。

安吉公寓的楼下，书宽和爱玲坐在路旁的花坛沿上，东张西望地看着。

贾蕾走进了安吉小区，书宽夫妇看到女儿回来了，满脸的喜悦，慌忙站起身，贾蕾气喘吁吁地说："爸、妈，这么热的天，你们来也不提前给我说一声，我好去接你们。还没吃饭吧，走，咱先去饭店吃饭。"

爱玲拉住女儿贾蕾，轻声说道："饭店的饭贵还不好吃，我和你爸不饿。"

一家人进了贾蕾租住的公寓里，爱玲把袋子解开说："闺女，这是我和你爸种的黄瓜、辣椒和西红柿。"

贾蕾看着满头大汗的妈妈，鼻子酸酸的，忙蹲下身说道："妈，您坐下歇着，我来弄。"

中午的时候，爱玲做了女儿贾蕾最爱吃的蒜薹炒肉、麻婆豆腐，蒸了米饭，一家人吃完饭，爱玲把厨房收拾得干干净净，贾蕾一个劲地劝

妈妈歇一会儿，爱玲嘴里说着不累不累，在厨房里忙个不停。

贾蕾洗了一盘水果递给爸妈吃，爱玲接过樱桃放进嘴里，边吃边说："闺女，你姨妈给你介绍的对象，你得抽时间和人家见个面，男方家都催好几次了。"

书宽接着说："男方家条件还不错，相中了就定下，你也不小了。"

贾蕾有些犹豫，一脸的不在乎："爸妈，你俩就这么急着把我嫁出去啊？这婚姻的事不能急，要靠缘分，再说我们公司最近特别忙。"

爱玲和书宽相互看了一眼，爱玲似乎有点生气，埋怨道："整天忙忙忙，我和你爸都答应人家了。你也不想想，过完年你就27岁了，好闺女，听话。"

书宽站起身说："那咱走吧，小蕾一会儿还要上班。"

贾蕾有点六神无主了，大脑一片空白，劝父母再坐一会儿，爱玲起身说："我们回去吧，家里的鸡、猪没人喂，一摊子的事，不放心。"

走到楼下，爱玲从口袋里掏出了一些钱塞给贾蕾，贾蕾说啥也不要，爱玲抓住贾蕾的手说："拿着。你在外边花钱的地方多，我和你爸在老家不花啥钱。我们就你一个闺女，挣钱就是给你花的。前两天，家里卖了两头猪，我俩种的菜也卖了些钱。"

书宽小声说道："闺女，你妈给你，你就拿着。"

爱玲临走特意叮嘱女儿，一定尽快回老家相亲。

贾蕾看着父母远去的背影，心里一阵酸楚。

贾蕾看了看表，直接向公司走去，到公司打了卡，贾蕾坐在办公桌前发着愣，一副心事重重的样子。

安庆走过来说："你爸妈回去了？"

"嗯。"贾蕾有点恍惚地应了一声。

"贾蕾，我把电影拍摄统筹做完了，你一会儿打印几份，给左总送一份。"安庆把U盘递给贾蕾。

"好的，安总。"贾蕾拿着 U 盘走进文印室，贾蕾看着打印机里吐出来的纸张，一脸的心事。

快下班了，贾蕾拿着手机打开安庆的微信，快速地打着字，然后又把打好的文字删除了，把手机放下，叹着气轻声说了声"烦死了"。双手不停地翻动着办公桌上的一本书。

夕阳的余晖温柔地普照着小山村，似乎在提醒着劳作的人们，忙碌一天了，该吃晚饭歇息了。

傍晚时分，一辆黑色的轿车在书宽家的大门口停下，从车上下来一男一女，女的个子不高，是贾蕾的姨妈爱珍，看上去精明干练，一下车就对高个子男人说："志阳，走，这就是我姐家。"

志阳眨了一下眼睛说："阿姨，您等一下，我把车上的礼物拿下来。"

志阳扭头打开车的后备厢，抱着几箱东西跟着爱珍进了书宽家里。

书宽家堂屋里的家具摆设得井井有条，屋里收拾得非常洁净。

爱玲热情地招待着志阳吃水果。

爱珍指了一下志阳对爱玲和书宽说道："姐、姐夫，这就是志阳，当过兵，自己在省城开了一家公司，家里就他一个男孩子，他爸妈都上着班，家里的条件也很好。"

"爱珍，前天我和你姐夫到城里给贾蕾说了，让她抽时间回来，让他们先见个面。"

爱珍掐着手指说："三六九往外走，我说姐啊，咱就定个见九的日子，让志阳和贾蕾见一面，图个吉利。"

志阳心里一阵欢喜，满脸笑容地说："叔叔、阿姨，我听你们的。"

都市是没有黑夜的。华灯初上，喧闹了一天的城市拉开了夜间繁华的序幕。霓虹闪烁，人头攒动，车水马龙，人们除却了白天的匆忙、紧张和压抑，在夜色的笼罩下，夜市大排档、茶馆、咖啡屋、商场、酒吧、迪厅等场所处处灯火辉煌、喧嚣一片，男男女女，成群结队地说笑着穿

游在大街小巷，各自放纵着欢乐和欲望。

贾蕾穿着白色的 T 恤衫，浅咖啡色的短裙，修长的腿随着"咔嗒咔嗒"的脚步声有节奏地摆动着，乌黑的长发披于双肩之上，微风中显得飘逸柔美，洁白的皮肤犹如刚剥壳的鸡蛋，大大的眼睛一闪一闪的仿佛会说话，小小的嘴唇就像一颗诱人的红樱桃。

回到了公寓，贾蕾洗了热水澡，穿着粉色吊带睡衣躺坐到床上，一双明亮的丹凤眼眨来眨去，伸手从床头柜上拿起手机滑动着，找到安庆的微信，犹豫了一下打开，盯着没有发出去的草稿信息，看了几遍，最终一咬牙，按了发送键，信息发出去了。贾蕾脸上泛起了红晕，起身把手机放在床头柜上，走进卫生间，把换掉的衣服放在洗衣机里，按动电源，洗衣机发出轻微的水浪声。贾蕾杵在洗衣机旁，脸上的红晕随着心跳的加速更红了。

手机响了，贾蕾走进卧室打开手机，是安庆回的微信消息，贾蕾没有立即打开消息，心里想着，安庆会怎样回我的信息呢？

过了一会儿，贾蕾拿起手机打开安庆发的信息，看了好一会儿。

清晨，太阳冉冉升起，温暖的阳光融化了黑夜的清凉。

贾蕾睁开惺忪的双眼，伸了一个懒腰，起床洗漱、化妆，在试衣镜前换了几套衣服，最后穿了一套浅咖啡色裙子，土黄色休闲运动鞋匆匆出了门。

海边的早晨格外安静，如诗、如画、如梦，如同虚幻般的仙境，一望无际的大海平静得让人心旷神怡、浮想联翩。

安庆和贾蕾漫步在海边的沙滩上，走了一会儿，安庆说："贾蕾，你的心意我心里明白。"

贾蕾停住脚步看了一眼安庆，慌忙低着头说："我、我……"

安庆说："贾蕾，你人长得漂亮又聪慧，说心里话，我非常喜欢你，可我并不适合你。"

贾蕾低着头往前走着，轻声说道："我姨妈在老家给我介绍了一个相亲对象，催着让我和他见面，可是，我……"

安庆和贾蕾在海边坐下，安庆眺望着平静的大海，叹了一口气说："我比你大 10 多岁，拖家带口的，居无定所，还欠着外债。贾蕾，你一定会遇到你喜欢的人。我呀，现在只想着早点还完债，过上自由自在的日子。"

贾蕾低着头说："可我就是喜欢你，我不在乎你比我大，有钱没钱的，再说，我可以和你一起挣钱还债呀。"

安庆沉默了一会儿，深情地看着贾蕾说："贾蕾，咱俩真的不合适。你现在还小，过几年你就明白了。你对我来说，就如水中月、镜中花一样，我不忍心去打破它，珍藏在心底就好。我没有这个资格，更没有这个能力，去接纳你，去爱你，你明白吗？"

贾蕾抬头看着微微起浪的大海，沉默着，她心里早已知道，安庆不想拖累她，是不会和她忘年恋的，可她就是喜欢安庆，想和他一起生活。她不想愧对女人对男人的那种特殊感觉，更不想让自己遗憾终身。她不甘心，无论如何也要去争取。但面对安庆的直接拒绝，贾蕾心灰意冷，此时的她似乎没有了自信，因为她太了解安庆这个男人了。

安庆回到家里，鞋也不换就躺到客厅的沙发上，一脸的沉默，吸了一根烟，闭上眼睛，过往的故事又一次浮现在脑海里。

安庆出生于 20 世纪 70 年代物资匮乏的岁月里。安庆从小就很勤快，爱唱爱跳，跟着妈妈学做饭。一个人放牛、割猪草的时候，嘴里会哼唱着老师教的歌曲，趴在石板上，仔细地看着山坡上的老黄牛吃草，会和老黄牛说很多话，会时不时驱赶老黄牛身上的蚊蝇。老黄牛很有灵性地打量眼前的小主人，眼里充满了深情和感激。

安庆上小学的时候学习特别好，写的作文篇篇都被语文老师在全班诵读点评，上了初中，数理化不好，成绩一下子就落了下来。安庆没有

放弃学业，依然很努力地学习，课余时间为学校出黑板报，坚持写作。他写的散文终于在报刊上发表了，引起了全校师生的关注，从此后，安庆不断有文章陆续发表在刊物上。在老家县里作文竞赛中取得了特等奖，在市作文竞赛中取得了第一名。

20世纪80年代，能考上中专师范学校就等于是跳出了农门，毕业后可以当一名光荣的人民教师，等于算是吃上"皇粮"了。中考的时候，安庆落榜了，可他没有气馁，找了身破衣服下煤窑去了，他想着挣些钱去考歌舞团。去煤窑干活的第一天下班回到家里，安庆吃着饭就睡着了。母亲心疼地落下了眼泪，劝安庆不要去煤窑上班了，安庆安慰着母亲："妈，我能坚持住，有了钱我就会走出村子，去干自己喜欢的事了。"

半年后，安庆靠着自己的努力，终于考进了县歌舞团，成了一名通俗歌手。一年还不到，团里改革，合同制人员一律遣散，安庆第一次失业了。回到家，安庆没有闲着，白天和村里的劳力一起往卡车上装石子挣钱，晚上一个人待在屋里写作，后来，在父亲的鼓励下，安庆报名参了军。

安庆到了部队，先后被部队送到日报社、电视台进行采编和摄影的学习，几年下来，安庆在不同刊物上发表文章几百篇，在编导和摄制影视作品方面学到了不少专业技能。先后两次荣获三等功。

铁打的营盘流水的兵，安庆从部队转业回到地方后，创办了一家影视公司，一次偶然的机会，安庆认识了在市房管局上班的淑霞。淑霞比安庆小3岁，一张秀气的脸蛋透射出传统女孩儿的那份纯净和质朴。

淑霞的家就在城中村，父母就她一个女儿，家里的条件还不错。安庆和淑霞交往了一年多，两人确立了恋爱关系。淑霞理解安庆一个人在省城创业不容易，到了星期天，她就和安庆一块儿做业务，给安庆买这买那，安庆每次推辞不要的时候，淑霞都会习惯性地拉着安庆的手说："我给你钱你不要，我理解，作为你的女朋友，给你买点礼物不是很正常的嘛，再推辞我就生气了。"

安庆温柔地抚摸着淑霞秀气的脸蛋和长发，满心的欢喜，他为能遇到淑霞这样的好女孩而庆幸，动情地说："淑霞，你就是上天送给我的最美最美的小天使。"

天有不测风云。就在安庆和淑霞要结婚的前两天，淑霞在买家具回家的路上为了救一个闯红灯的小孩儿，出了车祸，失去了年轻的生命。安庆整个人崩溃了，每天早上去淑霞的墓前独自落泪，回到家里独自静静地躺在床上，一声不吭。

从这以后，安庆像是变了一个人，沉默寡言，拼命地经营着公司。

人都会向现实生活低头。两年后，公司的一个女孩儿桂花走进了安庆的生活，没多长时间两人就结了婚，婚后生育了一对龙凤胎，儿子起名安邦，女儿起名安静。

柴米油盐酱醋茶的现实生活，最能暴露出人性的本质和面目。

桂花强势、自私的性格压得安庆透不过气来。桂花脾气一上来，对儿女破口大骂；和安庆发生了矛盾，就不理睬安庆的父母；安庆帮助街边乞讨老人的时候，她嘟囔着说安庆爱管闲事。安庆曾经多少次劝过桂花要有包容心和爱心，桂花总会有说不完的理由，时间长了，安庆也就渐渐变得沉默寡言了。两人在家的时候，一天也说不上三两句话。大多时候，安庆会独自一个人睡在书房里。

桂花因为一些生活的琐事和邻居吵架，甚至是打架，安庆私下找到邻居道歉，桂花知道后埋怨安庆不和她站一个立场。安庆实在是懒得和她再解释和沟通了，他累了。

安庆心里清楚，离婚对子女伤害太大，顾忌双方的父母和社会影响，自己毕竟在做公司、在创业，想到这些，安庆也就打消了和桂花离婚的念头，可有时候他真心受不了桂花的任性和跋扈，只能一个人默默地强忍着，硬挺着。

转眼间，安庆的一双儿女上了幼儿园，桂花整天嚷着要开服装专卖

店，安庆爽快地答应了，投资几十万给桂花开了一家男装品牌专卖店。起初，桂花还很勤快，起早贪黑地跑着配货、看店，后来招了几个导购员，桂花时不时就会到服装店附近的麻将馆去搓牌。听导购员说，隔壁服装店卖她们店的仿货，桂花领着一群人砸了隔壁服装店，安庆知道后大骂桂花不讲理，桂花一气之下转让掉了服装店，整天泡在麻将馆里。

安庆投资战友房产生意失败，让他的公司经营步入了瓶颈期，安庆起早贪黑，挣扎着、奋斗着，为了公司的发展，后来就借高利贷周转运营，然而公司的运营并没有好转，甚至是跌入到了高利贷的旋涡。债主起诉了安庆，就在除夕的前一天，安庆因为兑现不了还款的承诺，进了拘留所。大年初一的早晨，安庆一个人趴在铁窗前，望着外边漫天飞舞的雪花，泪水流了下来。他想念父母和亲人，盼望着见到他们。

下午，年迈的母亲在家人的陪同下，坐了一个多小时的车到了拘留所，给安庆送来了热气腾腾的饺子，安庆流着泪吃着母亲包的饺子，没有说话。

母亲问桂花来看他了没有，安庆为了不让母亲伤心，违心地说桂花来看他了好几次。满头白发的母亲说了些宽慰的话，流着泪转身走了。安庆看着母亲瘦弱的背影，扑通一声跪在了地上，早已泪流满面。

安庆把母亲送来的东西拿出一些分给室友吃，对大家说着祝福新年的话，鼓励大家安心改造思想，早点与家人团聚。

安庆进了拘留所后，桂花就领着两个孩子住在了她妈家。母亲劝她去看看安庆，桂花埋怨着说："整天乱投资，弄啥也不给我说，不知道把钱都花给哪个女人了？"

桂花的母亲大声训斥道："你怎么这样说安庆呢。他平时少给你爸和我买东西了吗？安庆是个孝顺的孩子，遇到坎了，你应该主动去安慰安慰他呀。"

"别说了，别说了，烦死了，要看你们去看吧。"桂花说完起身进了屋，砰的一声关上了门。

拘留所里，没有过年的氛围，安庆拿着朋友来看他时拿的东西进了屋，违心地说是爱人又来看他了，室友们都说安庆娶了个好妻子，安庆的笑有些僵硬，他的心在滴血。

墙倒众人推。后来，安庆的公司经营彻底跌入到了谷底，完全靠高利贷维系公司的运转，桂花就和安庆离了婚，一双儿女跟了安庆。

在债主的威逼下，安庆不得不把自己苦心经营的公司转让给了债主，安庆彻底是一无所有了。

安庆想到这儿，满眼噙着泪水，从沙发上坐起来点燃一根烟，吸了几口，心里想道："我都这样了，难得贾蕾不嫌弃我，还向我表白说喜欢我。贾蕾是个好女孩儿，我决不能害了她。"安庆苦笑了一下站起身走到窗前，伫立着一动不动地看着窗外。

贾蕾穿着睡衣躺在床上，一双美丽的大眼睛眨来眨去，拿起手机又放下，一脸的愁怨，坐起身又一次翻开安庆的微信，打开语音键，又迅速退出微信，索性把手机扔到一边，抓起靠枕扔向了另一边。

傍晚时分，华灯初上，万家灯火，烘托出一片安静而平和的黑夜。

安庆一个人来到离家不远的小河边，坐在随身带的小马扎上，抬头看着幽蓝的天穹，圆圆的月亮宛如一块洁白的玉盘，悬挂在空中，安庆看着倒映在河水中的月亮，是那样的晶莹剔透，冰清玉洁的皓月慢悠悠地在水中浮游着，泛着柔美皎洁的银光。原来，水中月竟是这样美丽无瑕，令人向往，令人陶醉，令人痴情。

安庆吸着烟，看着倒映在小河里的月亮，低头打开手机，听着贾蕾对自己的语音表白，又想起了往事。

几年前，贾蕾大学毕业就来到安庆的公司实习，贾蕾人长得漂亮，善解人意，聪明好学，踏实勤奋，时不时会带些早餐不声不响地放在安庆的办公桌上，贾蕾很快就给安庆留下了特别好的印象。平时和安庆一

起下乡，两人在外边做业务，为了等客户，吃过午饭没有地方去，就在树荫下席地而坐，夏天的高温让人大汗淋漓，贾蕾穿的黑色裙子被汗水濡湿了，风吹过后，黑色的裙子上泛起白色云朵。安庆看着不停擦汗的贾蕾有些心疼地说："贾蕾，你辛苦了。"

贾蕾总是笑着说："安总，没事，只要能谈成业务，出点汗算啥。"

贾蕾一步一步由职员升到安庆的助理，工作中成了安庆的黄金搭档，公司遇到困难时，贾蕾总会第一个站出来，对安庆说些宽慰和鼓励的话，想尽一切方法帮助安庆去解决困难。

安庆想到这儿，看着河水中的明月，心里又想起了网上广为流传的话："海上月是天上月，眼前人是心上人。向来心是看客心，奈何人是剧中人。"说白了就是：虽然你现在就在我的眼前，但我知道，我们之间真正的距离是无比的遥远。就像这河水里的月亮，看似伸手可及，其实它远在天上。一向以为自己看破了红尘，不拘泥于男男女女情情爱爱之事，可碰上了意中人，竟也无可奈何。

安庆嘴里自语道："贾蕾犹如这水中的月亮一样，温柔皎洁，我怎么会不喜欢呢？可我，我却不能去拥有，贾蕾，我只能祝福你了……"

安庆站起身，看着空中月，摇了摇头，拿起小马扎向家走去。

天刚蒙蒙亮，贾蕾就被敲门声给惊醒了，贾蕾起身开门，是爸妈和姨妈来了，贾蕾说："爸、妈、姨妈，你们这么早啊，我还没起床呢。你们快进屋。"

书宽、爱玲、爱珍进屋坐下，贾蕾给他们倒上水说："你们先喝点水，我去洗洗脸。"

贾蕾在卫生间刷着牙，爱玲跟过来说："闺女啊，你二姨给你介绍的对象中午就要过来，条件还不错，你们见见面。"

贾蕾拿着牙刷，擦着嘴唇上的白沫子，睁开惺忪的双眼说："妈，您又搞突然袭击，你怎么不提前给我打个招呼呀？你也太……"

爱玲轻声说："让你回家你又不回去，我们只好过来了。时间还早，你先洗脸，我们等着。"

"唉，你们整的都是啥事啊？"贾蕾嘟囔起来。

书宽、爱玲和爱珍在客厅议论着贾蕾以后结婚的事。

快中午的时候，一辆高档黑色越野车在天缘酒店门口停下，志阳拿着几盒礼物和父母下车进了饭店，在服务员的带领下进了一个包间。

贾蕾在父母和姨妈的劝说、推搡下，极不情愿地来到了天缘酒店门口，志阳快步从酒店大厅走出来，对爱珍说："阿姨，你们来了。"

贾蕾看了一眼志阳没有吭声，爱珍扭身说："贾蕾，这就是志阳，志阳，这是我外甥女贾蕾。"

贾蕾看了志阳一眼，点了点头。

志阳上前一步说："贾蕾，叔叔、阿姨，我爸妈都在包间等着，咱们进去吧。"

一群人说着话走进了酒店的一个包间。

志阳的父母热情地招待着书宽夫妇，又是倒水又是拿水果，志阳喊服务员上菜，志阳的妈妈一直打量着坐在对面的贾蕾，心里似乎很满意，开口说道："贾蕾长得真好看，细皮嫩肉的。我们就志阳一个孩子，他俩如果觉得合适就定下这门亲事。志阳开了一家公司，到时候，贾蕾就去帮志阳管理公司，自己人总比外人强不是。"

贾蕾的心里怦怦乱跳，脸上泛起了红晕，没有说话，只是面带微笑地回应着大人们的话题。

爱珍喝了口茶水说："志阳和贾蕾一个属猪一个属兔，黑猪和白兔可是上乘婚姻啊。"

"对、对，上乘婚姻，志阳，你以后可要对贾蕾好点啊。"志阳妈笑着说道。

志阳看着漂亮温柔的贾蕾，心里早已乐开了花，又看了看书宽夫妇，微笑着说："叔叔、阿姨，妈，你们放心，我一定会对贾蕾好的。"

志阳爸对书宽夫妇说道："你们吃菜、吃菜。"

书宽夫妇微笑着点点头，包间里时不时地传出阵阵欢声笑语。

三

西源市建材批发市场车水马龙，李杰和妻子巧玲开了一家瓷砖建材店，夫妇俩刚给客户装完一车货，一个穿着贵气的矮个子男人走上前和李杰搭话说："老板的生意不错嘛。"

李杰忙站起身说："哈哈，这年月，生意难做啊。您要点啥？"

"哦，我随便看看。您这店是专门销售瓷砖的，品种花样还挺全。"矮个子男人边说边在李杰的店里转悠着。

李杰给矮个子男人让座倒水，矮个子男人拉开精致的黑色手包，掏出一张名片递给李杰："您是李老板吧，早就听朋友给我说过，说您的生意做得特别好，人也非常实在，今天一见，果不其然，我很荣幸。"

李杰笑着说道："过奖了。我是个粗人，没啥文化，一家人就靠这个店养活。米经理，您是做涂料的？"

矮个子男人吸着烟点点头说："我是负责公司销售的，名叫米果，您就叫我老米就行。今天是特意慕名来拜访您的，顺便看看，咱们能不能合作点啥项目。"

巧玲倒完茶，坐回收银台里玩起手机来。

米果和李杰说话间，眯着一双小得不能再小的眼睛，不停地看着李杰夫妇。说了一会儿话，米果有意抬起左手，低头看了一下戴在手腕上的手表。李杰打量着米果，心想，到底是大公司的销售经理，戴的都是金表。米果站起身抖动了一下身上的西装说道："李老板，您考虑考虑，和弟妹商量商量，决定了给我回电话。"

李杰握着米果的手说："米总放心，我们商量后给您打电话。"

李杰送米果走到一辆黑色轿车旁，米果上了车，隔着车窗挥手告别了李杰，疾驰而去。

黑色轿车在城中村一家洗面按摩店门口停下，黑衣司机扭头看着呼呼睡大觉的米果，轻声喊道："米老板、米老板，到了。"

米果"嗯"了一声，揉着一双小眼睛坐起身，打着哈欠懒洋洋地说："哦，到了。"

米果拉开黑色手包拿出 300 元钱递给黑衣司机："兄弟，辛苦了。这是今天的用车租金，拿着，明天等我电话来接我，最近事多。"

黑衣司机接过钱说："好的，米哥，您慢点，有事随时招呼兄弟。"

米果下车走进了洗面按摩店，按摩店的几个姑娘站起身齐声说道："米哥几天都没来了，又去哪里花心去了？"

米果笑着说道："最近公司事太多，忙啊。秋花呢？"

一位穿着黑色短裙，高挑丰满的女人走过来，她是洗面按摩店的老板翠花。翠花拨动了一下乌黑的长发，柔声地招呼道："米老板，您先进包间休息一会儿，喝点水，秋花正在给客户按摩呢，等她下钟了，就让她去您房间洗面、按摩。"

一姑娘抢着说："翠花姐，让我给米哥按摩吧。"

米果笑着说："迎春，不好意思，你知道米哥我一向都是很专一的，我还是等秋花给我按吧。"

迎春有些尴尬地低头不语，米果扭身对翠花说道："老板娘，老规矩，今晚上我请秋花和你们吃夜宵。"

翠花笑着对店里的姑娘说："你们还不赶快谢谢米哥。"

一群姑娘齐声说道："谢谢米哥。"

米果大笑着点点头，扭身向二楼走去。

早晨的阳光柔和地普照着大地，鸟儿开始尽情地欢唱。

慧晓早早起床在厨房做饭，李杰和巧玲夫妇听到动静起床洗漱，巧玲喊着女儿慧晓说："星期天也不多睡会儿，一会儿让妈做吧。"

慧晓搅动着手里的炒菜铲说："妈，饭我快做好了。"

李杰和巧玲洗完脸走到餐厅坐下，慧晓已经把饭都盛好了，李杰喝了一口稀饭，说："女儿的厨艺是越来越好了，星期天你在家里好好休息，中午我去买些排骨和鱼回来做给你吃。"

慧晓点着头说："爸，要不我去买吧。"

巧玲说："让你爸去买，让他运动运动也好，你就在家好好休息，下午就该返校了。"

李杰和巧玲吃完早餐，一起匆匆走出了家门。

米果又来到了李杰的瓷砖店里，一进门就笑着向李杰夫妇打招呼："李老板，我就知道您是个爽快人，我把合同给您带过来了。您呢，不用掏加盟费，我们公司给您最低价的涂料，您就躺着数钱吧。"

李杰一边倒水一边给米果让座，米果从包里拿出合同递给李杰，李杰和巧玲看着合同，米果悠闲地吸着烟，喝着茶。

李杰独家代理米果公司涂料的合同终于签好了，米果告别李杰钻进了黑色轿车里，李杰挥手说道："米哥再见，合作愉快。"

米果手一挥，对司机说："兄弟，开车，去老地方。"黑衣司机应了一声，挂挡前行。

李杰兴奋地对妻子说："巧玲，这下咱可有赚头了。我去买排骨、买鱼，中午和女儿一起庆祝一下。"

巧玲接话说道："别忘了再买些大虾，女儿爱吃。"

李杰骑着电摩向菜市场走去。

一辆黑色轿车在城中村洗面按摩店门口停下，车里的米果坐起身打了个哈欠说："兄弟，你去叫一下店老板娘过来，我就不下去了。"

黑衣司机正要下车，被米果喊住："兄弟，这是今天的用车租金，拿着，别乱说话啊。"

黑衣司机笑着说道："知道了，米哥，这是您的专车，我是您的司机。"

洗面按摩店的老板娘翠花长着一张白皙的鹅蛋脸，一双大眼睛格外的招人迷，穿着黑色的超短裙，显得风韵十足，一扭一扭地走过来，看着有些醉意的米果说："米总，这又是在哪儿喝成这样啊？快下来，进店按个摩、洗个面，放松一下嘛。"

米果坏笑了一下说："今天有正事。我就不洗也不按了，上车，我和你说个好事。"

翠花看着米果说道："哟，米总找我会有啥好事啊？您等我进店交代一下就出来。"

米果看着扭腰晃臀的翠花对黑衣司机说："这小娘儿们够丰满吧，肉感十足啊。"

黑衣司机扭头说道："米总，她早晚都还不是您的菜呀。"

米果奸笑了一下说："兄弟，你一会儿把我们送到我家楼下就行。我们说完事就给你打电话，你再过来接我们。"

黑衣司机点头应了一声。

米果和翠花下车上楼，米果为了自己的营生，掏钱租住了高档公寓，翠花进到公寓里，被眼前的豪华装饰迷住了双眼，说道："米总，你家装修得可真气派啊！"

米果从冰箱里拿出一瓶麦香奶茶递给翠花说："一般般啦，来，喝奶茶。"

翠花喝了一口奶茶急切地问道："米总，您找我有啥事啊？"

米果点上一根烟吸了两口，眯着一双小眼睛打量着翠花说："这里就咱俩，翠花，是这样子的，有笔大生意咱俩合作一把，比你干洗面按摩店一年的收入多多了。"

翠花露出贪婪的目光打量着米果，匆忙说道："哪有这等好事啊？米哥，你就快说吧，合作什么，咱们咋合作。"

米果不慌不忙地说："别急呀，喝奶茶，喝奶茶。"

聊了一会儿，面红耳赤的翠花想站起身，又摇摇晃晃地倒在沙发上，嘴里嘟囔着说："我怎么浑身无力呀，这是咋了？"

米果眯着一双贪婪的小眼睛，死死地在翠花身上扫来扫去，翠花长得确实漂亮，一米七的身高，鹅蛋脸大眼睛，皮肤白皙，蜂腰肥臀，看着看着，米果体内的雄激素像火山一样彻底爆发了，他狠狠掐灭手中的烟，上前一把抱起翠花向卧室里走去。

过了好大一会儿，随着翠花的尖叫，翠花白葱一样的小手不停地捶打着米果的胸膛，说："你这个流氓，你偷占我便宜，你这个流氓。"

米果搂紧像蛇一样的翠花，沉闷地说："翠花，我第一眼看到你就喜欢上你了，这次你配合我做完这笔生意，咱俩就结婚，我再给你买大房子、买跑车，让你跟着我吃香的、喝辣的。"

翠花坐起来用被单裹住像白葱一样的身体，看着米果问道："配合你做生意，做啥生意？你快说。"

米果把翠花揽入怀里，嘴贴着翠花的耳朵说了一些悄悄话，翠花打量着米果说："这样做能行吗？这不是骗人嘛。"

米果点上一根烟吸了几口，盯着翠花说："你只要按我说的去做，这一大笔钱咱们是赚定了。"

翠花犹豫了，米果在翠花的肩膀上拍了一下，抑扬顿挫地说道："翠花，你一年辛辛苦苦地干按摩店能挣几个钱，整天还担惊受怕的。唉，一个女人不容易呀！我是爱你，不想看你再受苦。等这次咱们赚足了钱，我一定让你过上公主一样的生活。你长得这么漂亮，不应该受苦受穷。"

翠花似乎被米果的花言巧语说感动了，吞吞吐吐地说："可这是在骗人呀。"

米果忽地坐起身，盯着翠花说道："我的翠花呀，这是营销，不是骗人，咱又没犯法，你这脑子怎么不开窍呀？再说，咱俩都上床了，我深深地爱着你，要和你结婚，我咋会让你去骗人呢？"

翠花点着头，看着眼前对自己表白的米果，说："那，唉，好吧，我答应你。"

米果心里暗喜，眯着一双色眯眯的眼睛打量着翠花白皙凹凸有致的身体，说："宝贝儿，这就对了，夫唱妇随嘛。"

米果猛地扑过来，一把扯掉裹着翠花身体上的被单，翻滚着压了上去，一张大嘴在翠花的脸上亲来拱去……

早饭过后，建材市场又像往常一样渐渐热闹起来，音乐声、车流声、人群的喧嚣声充斥着市场的角角落落。

李杰和巧玲夫妇收拾着自家的瓷砖店，一位穿着黑色职业装的女人出现在了店门口，这个女人就是翠花。翠花穿着黑色的紧身套装，黑色的高跟鞋，乌黑的头发飘逸着女人的活力，相貌漂亮、妩媚的翠花把职业女性的形象发挥得淋漓尽致。

李杰抬头打招呼说："您要点啥？"

"哦，我是蓝湾地产公司的李经理，想看看外墙涂料。"翠花微笑着递了一张名片。

李杰夫妇热情地招呼翠花坐下，李杰时不时地盯着翠花看，巧玲不停地咳嗽，李杰回过神说："哦，我们这里啥涂料都有。"

李杰告诉翠花说道："李经理，我们是省级独家代理商，您先看一下涂料的资料。"

翠花接过册子很认真地看了一会儿说："李老板，你店里的涂料品

种挺全的，这样吧，我今天呢先购 10 万元的涂料，您按这个地址明天 12 点以前给送过去，如果用的效果好，我们公司再大批量购买。"

李杰高兴地答应着翠花，扭头对妻子巧玲说："你赶紧把我从香港带回来的化妆品和茶叶拿出来，给李经理带回去。"

翠花忙说道："李老板，这不合适，这不合适，我走了。"

李杰催着巧玲赶快拿，一扭头，翠花已经坐上一辆红色跑车疾驰而去。

巧玲抱着化妆品和茶叶出来，问道："人呢？"

李杰一屁股坐在沙发上，点上一根烟吸了一口，仰头吐出一串灰白色的烟圈说："走了。人家房地产公司的经理还稀罕化妆品呀。巧玲，咱们今天可是赚了一大笔呀。"

巧玲点着头，忽然瞪着李杰说："你刚才看那女人看得眼睛都直了，看你那没出息样，没见过女人呀？我可告诉你，你可不要膨胀！"

李杰笑着说："看你说的哪里话，我只喜欢你，生意的需要，生意的需要，我总不能看着地板和人家说话吧。"

一个多月过去了，翠花又来到了李杰的瓷砖店，李杰和巧玲两口子热情招待，翠花坐下后说道："李老板，我们蓝湾地产用了你们的涂料，认为你们涂料的品质还不错，我今天来呢，就是再购置 20 万元的涂料，一星期内分批把货送到我指定的地方。预付款下午 5 点之前打到你的账户上。"

李杰有些激动，心里想着，这可是遇到大客户了，慌忙跑进里屋捧着一堆化妆品和茶叶往翠花的红色跑车里放，翠花上前说道："李老板，您这太客气了，这些东西我不能要。"

巧玲握住翠花的手说："我的好妹妹，你就收着吧，这是我们一点心意。"

翠花没再说什么，开着红色跑车一溜烟地走了。

李杰和巧玲目送着翠花远去的影子，李杰说："巧玲，咱行大运了，这一笔又赚了不少。这个李经理就是咱们的财神爷呀。抽时间，咱得请她吃个饭，表表心意。"

巧玲推了一下丈夫说："行了，别膨胀了，快去给人家配货吧。"

说完两口子换上工作服向仓库走去。

四

某大学，秋风吹黄了校园中的树叶，吹开了校园里五颜六色的菊花。走进校园，桂花飘香已有一段日子了，走到桂花树下，一阵秋风吹来，树上的桂花慢悠悠地飘落下来，像金色的蝴蝶在空中飞舞，花香扑鼻，沁人心脾。

长相清纯甜美、略带婴儿肥的慧晓在校园莲花池旁走来走去，她正在读大二，学的是编导专业。

不一会儿，丽莎从远处走过来，大声叫道："慧晓，我来了。"慧晓挥手应了一下。

丽莎穿着白色短裤，白色运动板鞋，两条白皙丰满修长的腿没有穿丝袜裸露着，一双被长长的睫毛装饰起来的大眼睛，就像两颗水晶葡萄一样的好看。

慧晓看着丽莎问道："穿这样，你不冷啊？"

丽莎拿着手机看来看去应着话："不冷，看我的妆化好了没？你一直催我，也没好好化。"

慧晓拉着丽莎说："漂亮得很，很性感哦，快走吧。"

慧晓和丽莎走出了校园。

地铁上，丽莎问慧晓："咱们班那个追你的男孩儿，你俩处了没有，现在怎样了？"

慧晓推了一下丽莎说："你小声点。处什么呀，我不喜欢他那样的妈宝男，不成熟。等毕业后参加工作了再说，优秀的男人多的是。"

丽莎做了个鬼脸说道："慧晓，你不会是大叔控吧。"

慧晓扛了一下丽莎说："去你的，你才是大叔控。"

丽莎轻声地说："慧晓，你不知道，一到星期六，学校门口对面就会停很多豪车，车头上放着一瓶饮料，表明是单身想找女朋友，有些女同学就会往前凑。"

慧晓撇了一下嘴说道："不说这个行不行，你脑子里整天想啥呢？"

一个30多岁矮个子男人的眼睛在丽莎身上扫来扫去，丽莎站起来，瞪着眼睛大声吼道："你看什么看，没见过美女呀？"

矮个子男人红着脸赶紧抬脚挪到了一边。车厢的人不约而同地看向丽莎，慧晓红着脸拉了一下丽莎，示意她别再大喊大叫了。

出了地铁站，丽莎问慧晓去书店都买什么书，慧晓说了句看看再说，两人向书店走去。

慧晓和丽莎在书店里转悠着，慧晓挑选了几本写作和表演类的图书，丽莎挑选了一本化妆书，两人付完款走出书店，丽莎的手机响了，丽莎给慧晓使了个眼色，走向一边接听电话，慧晓站在一边翻看着新买的书。

丽莎接完电话走过来说："慧晓，不好意思，本来说好咱俩一起去吃饭的，这不，我那位打电话说找我有事，要不你一个人回去吧，改天我请你吃炒米粉，好不好？"

慧晓笑着说："重色轻友。你去约会吧，刚好我也想回家看看爸妈。"

丽莎拥抱了一下慧晓，一溜烟地走了，慧晓向地铁站走去。

金阳小区里幢幢楼房的周边是铺满鹅卵石的小道。走在小道上，可一边散步一边尽情地欣赏着小区的景色，还能顺便进行脚底按摩。迎面吹来一阵秋风，一股泥土的芳香和花朵的清香令人心醉神迷。绿化带里还有一小丛一小丛紫色的小花儿，摇摆着轻柔的腰肢，头上金黄金黄的花心一摇一摆，整丛花儿随着风儿摇摆，婀娜多姿。草坪上碧绿的小草，仿佛为大地铺上了一块翠绿的地毯，让人不忍心上去踩踏。

慧晓走进小区径直地向家走去。

李杰和巧玲在厨房里忙碌着，案板上放着排骨、鱼和青菜，李杰洗着菜，巧玲把淘好的米放进电饭锅里，又开始忙着炖排骨。慧晓伸着懒腰、打着哈欠走进厨房，看着忙碌的父母说："这么多好吃的呀。"

李杰把洗好的芹菜放在案板上，转过身说："你在学校吃不好，回来了就要好好吃一顿，看你都瘦了。"

慧晓笑着说道："老爸，我瘦了吗？我可不敢再胖了。"

巧玲接话道："去等着吧，饭一会儿就好。"

入秋了，小区内的零星的知了发出微弱的鸣叫，鸟儿的叫声从容清脆。

李杰一家三口围坐在餐桌前，餐桌上摆放着玉米排骨汤、红烧大虾、红烧鲤鱼和几盘凉菜，李杰端起一杯白酒说："姑娘，来，你和你妈喝点红酒，我喝白的，祝姑娘越来越漂亮，学习进步。"

慧晓端着红酒站起身和李杰、巧玲碰了一下酒杯，说："爸妈辛苦了，祝爸妈永远青春。"

李杰放下酒杯说："姑娘，你把学习搞好就行了，我和你妈呢，把生意打理好，一家人平平安安的，我就知足了。"

巧玲看着李杰说："你喝慢点。李杰，你说，这次李翠花，那个李总要300多万元的货，给咱30万元的定金，是不是少了点呀。"

李杰又倒了一杯酒端着说："我说巧玲啊，做生意要有人情味儿，太会算计没人和你玩，再说咱们和李总已经合作多少回了，每次咱都赚

了不少钱吧，都是熟人了，没事的，来，咱一家人再喝一杯。"

巧玲端着酒杯说："姑娘，看，你爸又膨胀了，又膨胀了。"

慧晓笑着说："妈，我爸高兴，您就让他膨胀一次吧，来，干杯。"

巧玲抚摸着女儿慧晓的头说："就你嘴贫。"

一家人的欢声笑语响彻了整个餐厅。

又是一个周末，慧晓早早起床在宿舍里化着妆，化完妆匆匆拿起包向学校附近的地铁站走去。

慧晓走出地铁站，用手机导着航匆匆地走在街上，走了10多分钟的路，来到了芙蓉大酒店。酒店的大厅里挤满了人，LED屏上显示着：励志文艺电影《足迹》演员海选现场，一群群帅哥靓女小声地说着话。

满脸胡须的孟导坐在监视器旁，几个人围着孟导小声交流着。

来参加电影海选的人越来越多，孟导对身旁的一位30多岁的女士说："李主任，人来得差不多了，海选开始吧。"

李主任应了一声站起身，拿着话筒走到舞台中央，向喧嚣的人群鞠了一躬说："大家安静，我代表孟导和电影《足迹》剧组对大家的到来表示感谢。励志文艺电影《足迹》演员海选现在开始。希望大家按照指定的剧情内容，用心演绎出你们的专业水平来。下面海选开始。"

慧晓看着手中的剧本，心里揣摩着剧情，她应试的是大学毕业生自行创业的角色。

试戏的演员一个一个走上舞台，表演试镜结束，一个一个走下舞台，得到的答复都是一句话，三天之内等剧组的通知。

台上叫着李慧晓的名字，慧晓应了一声"到"，走向舞台。慧晓穿着黑色的裤子，白色的踏板鞋，上身穿着灰色的休闲羊毛衫，梳着丸子头，白里透红的脸蛋，一双闪亮的大眼睛折射出了女孩儿特有的善良、端庄、坚毅的气质。

孟导对身旁的李主任小声说着什么，李主任目不转睛地看着慧晓说：

"你可以开始表演了。"

慧晓演绎的是刚受到创业失败的女孩，走在街上的一场独白戏，要求无实物表演。慧晓按照自己设计的肢体动作和神情在舞台上表演着，一直到结束，导演都没喊咔。李主任把慧晓叫到导演的身旁，孟导问了慧晓一些表演的问题，最后，李主任说："那个，这样，等海选结束了，你再表演一次这一场戏。"

慧晓感激地答应着，礼貌地向导演和剧组工作人员鞠了一躬，拿着李主任给的剧本走向大厅的角落，一个人认真地揣摩着剧本。

一旁参加海选的人群小声议论着。

满脸阳光、自信的慧晓走在大街上，心里想着刚才海选时，导演说的话："小姑娘，你还在上学，能请准假吗？一旦进了剧组，剧组就是天，要随叫随到，你要有思想准备，回去等电话通知。"

慧晓想着想着忽然笑了起来，自言自语地笑道："我应该是被海选上了吧？小姑娘，哈哈哈，我就是小姑娘。"

正走着，慧晓的手机响了，是同学丽莎打过来的，说要和慧晓一起去吃螺蛳粉，慧晓扭头向地铁站走去。

出了地铁站，慧晓来到了一家螺蛳粉连锁店，靠窗坐的丽莎隔着窗玻璃挥手打招呼，慧晓快步进店坐下，丽莎身旁坐着一位20多岁的小伙子，穿着白色卫衣，长相十分帅气。

丽莎指着小伙子说："慧晓，我的男朋友梁子，大学毕业后在他爸的贸易公司上班。"

慧晓微笑着点了一下头说："你好。"

丽莎指着慧晓说："我同学李慧晓，我俩关系最好，又是室友，才女一枚，学编导的。"

梁子点着头说："你好。"

梁子拉了拉丽莎的手，说道："丽莎，咱们开吃吧。你俩喝点啥？"

丽莎问道："梁子，你喝啥？慧晓我俩喝奶茶。"

梁子扭头喊服务员拿奶茶。

他们吃着说着，慧晓的手机响了，是妈妈打来的，慧晓听着电话，脸色变得紧张起来，说道："妈，您别着急，我这就回去。"

丽莎问慧晓家里有什么事，慧晓匆忙站起身说："丽莎，你们吃吧，家里有点事，我得先回家了。"

慧晓说完转身匆匆走出了饭店。

慧晓气喘吁吁地跑回到家里，进门看到爸爸李杰躺在客厅的沙发上，嘴里嘟囔着说："我还要喝，我还要喝，喝死我算了，我太蠢了，完了，这次全都完了……"

巧玲坐在沙发上哭泣着，慧晓看着眼前的一切，上前急忙问道："妈，您快说，家里发生什么事了？您别哭了。"

慧晓看着满身脏兮兮的爸爸，低声哭泣的妈妈，心都碎了，拉着巧玲的手说："妈，您快告诉我，到底发生什么事了。"

李杰流着眼泪呼呼地睡着了，慧晓拿起沙发上的毛巾被盖在爸爸的身上，转身追问，家里到底发生了什么事。

巧玲哭着道出了事情的原委。原来，李翠花预定了300多万元的涂料，李杰想着合作多次了，每次合作都很愉快，300多万元的货只收了李翠花30万元的定金。李杰和巧玲为了按时备好货，拿出了家里所有的积蓄，又向朋友借了一些钱，总算是为李翠花备足了300多万元的涂料。左等右等也不见李翠花来提货，李杰打电话，李翠花电话里说，实在是抱歉，他们房产公司的工地上出了安全事故，资金链断了，预定的300多万涂料不要了，因为她违了约，交的30万元定金也不要了。没办法，李杰和巧玲只好四处推销这批涂料，没想到是假货，供应商也寻不到了。

慧晓听完气愤地说："妈，这是变相的欺诈，咱去告她。"

巧玲说："你爸找人问了，按签的合同，咱没多大的胜算把握。"

慧晓递给巧玲一杯热水，两人沉默着，沙发上的李杰还在呼呼地睡着。

五

夏天的天气就像小孩的脸，说变就变，鸿吉这座城市刚刚还是艳阳天，忽然就下起了大雨。

三叶影视公司的会议室里坐满了人，左右清了一下嗓子说道："同志们，我宣布电影《爱是你我》这月19号开机，我呢，任制片人、总导演兼出品人，嗯，还有艺术总监，安庆任执行导演，米梦任制片主任，对了，安经理，女一号由米梦出演。"

安庆颇有顾虑地点了点头，下面的人群小声议论着，左右站起身说："就这样吧，我还有事，散会。"

公司走廊里、办公室里议论声一片，议论的主题是外行人干内行的事。安庆劝说大家不要议论老板已经决定了的事，只管干活就是了。

公司的一小伙郭亮走到贾蕾办公桌旁，递给贾蕾一杯奶茶，轻声说道："顺便给你买的。"

贾蕾脸一红看着郭亮说："谢谢，我把钱转给你。"

"得得得，你就给我一次机会吧，别转了，下次你给我带一杯不就行了。"郭亮有些尴尬地走开了。

贾蕾敲门进了安庆的办公室，郭亮看着贾蕾的背影一脸的无奈，把手中的鼠标推到一边，摇了摇头，伸了一个懒腰，叹了口气，似乎有些伤感地看着窗外。

志阳开车到了贾蕾上班的公司楼下，拿出手机打通了贾蕾的电话，

贾蕾拿出手机看了看，站起身对安庆说："是我姨妈给我介绍的男朋友，烦人。安总，我先出去接个电话。"

安庆看着贾蕾的背影，心里五味杂陈，头一仰，靠在黑色的座椅里，慢慢地闭上了眼睛。

中午的时候，贾蕾和志阳进了一家火锅店，志阳点了一些贾蕾爱吃的菜，殷勤地说："贾蕾，快吃吧。"

贾蕾看着眼前一桌的菜，心想，他点的怎么都是我喜欢吃的菜。志阳似乎看出了贾蕾的心思，说道："我听你姨妈说你爱吃这些菜，我也爱吃这些，贾蕾，你说这是不是缘分？"

贾蕾抬头看了一眼志阳说："谢谢你这么远过来看我。"

吃过饭后，贾蕾告别志阳的时候，欲言又止。她想告诉志阳，不要再找她了，可贾蕾也不知道为什么，话到嘴边又给咽了下去。贾蕾杵在火锅店门口，心想，小伙子心挺细，长得也帅气，可我为什么对他就没什么感觉呢？我为什么会喜欢大我十多岁的安庆呢？可安庆不接受我，更不要说是主动约我了。贾蕾叹着气，摇了摇头向公司走去。

几天后，电影《爱是你我》开机了，拍摄现场一片忙碌和紧张。安庆目不转睛地盯着监视器，剧中女主角淋雨慢跑的一组镜头拍了几次都没过，左右不耐烦地对安庆说："我看拍得可以了，过了，拍下一场。"

安庆转身对左右说："左总，您既然让我担任执行导演，我就要为影片负责。您看，这组镜头，一是人造雨穿帮太明显，二是米梦表演得很假，表情不自然。"

左右皱了一下眉头说："那好吧，你们先拍着，我有事得先走，哦，对了，贾蕾你跟我出去一下。"

贾蕾随口说道："我做场记呢。"

左右说："让别人先做着，公司有重要的事情需要你一起去。"

安庆叹着气对身旁的一女孩儿说："小曹，你接替贾蕾做场记。"

小曹接过打板，贾蕾小声给小曹交代完后，跟着左右上了一辆商务车。车内，左右时不时地注视着后视镜里的贾蕾。左右开着车行驶了一个多小时，来到了一豪华大酒店门口停下。左右喊住就要下车的贾蕾，用命令的口吻说道："小贾，等等，你把后备厢的衣服换上。今天要和吴总谈投资合作的事情，你要配合好我的工作。"

贾蕾有些紧张地说："左总，我的衣服不挺好的吗？干吗要换衣服啊？"

左右摆摆手说："小贾，我专门花钱给你买的商务职业装，你跟我出来代表的是我们公司的形象，快换上，就在车里换吧，我在外边等着。"

左右说完下车点上一根烟走到一边。

贾蕾坐在车里看着手中的衣服，是一套黑色的套裙，此时的她后悔跟着左右出来应酬，可她只是个员工，又能怎样呢，贾蕾跺了一下脚，噘了一下嘴，极不情愿地换起了衣服。

贾蕾换好衣服走下车，黑色的职业装把贾蕾端庄、性感的气质烘托得淋漓尽致。

左右盯着走过来的贾蕾说："小贾，你可真漂亮。你看，穿上这身职业装，气质简直是绝了。"

贾蕾嘟囔着说："这裙子太短了。"

左右的眼睛在贾蕾的身上扫来扫去看个不停，抬头看着贾蕾说："小贾，职业装都这样。走，我们进去吧，吴总快过来了。"

左右和贾蕾向酒店走去。

电影《爱是你我》的拍摄现场，安庆一遍一遍地给米梦讲着戏，米梦心里知道自己没学过表演，不会演戏，能当女主角纯粹是仰仗左右的脸面，每当安庆要发火的时候，米梦就会跑过来给安庆道歉，表决心一定会演好，一个劲地感谢安导的耐心指导，弄得安庆哭笑不得。

晚上10点多，剧组收工回到酒店，安庆冲了个澡，穿着睡衣躺在

床上给贾蕾打电话。贾蕾的声音很小，说是应酬还没结束，左总在和客户谈事情。

安庆挂掉电话，拿起统筹人员送来的明天拍摄计划，仔细地看着，忽然有人敲门，安庆起身开门，是米梦。

米梦穿着黑色吊带短裙，手里提着一黑色纸袋，浑身散发出刚洗过澡的女人体香，安庆站在门口问道："米主任，这么晚了您有什么事吗？"

米梦右手撩了一下乌黑的头发，用火辣辣的目光看着安庆说："安大导演，怎么，您不请我坐啊？我在您面前是学生，您得多给我讲讲戏。"

米梦说着走到沙发旁坐下，把黑色纸袋递给安庆说："安导，知道您的烟瘾大，我呢，给您买了几条烟，不过我还是劝您尽量少吸点烟。"

安庆看着眼前妩媚、穿着暴露的米梦，有些尴尬地说："米主任，给您讲戏是我的职责，您不用客气，您把烟拿回去吧。"

米梦眨着一双大眼睛看着安庆，过了一会儿，轻声地说道："安导，您的情况我知道，为了事业弄得妻离子散，我知道您心里苦。人啊，谁都苦。"

安庆点上烟吸了一口，说道："是啊，每个人活着都不容易。"

安庆起身倒了一杯水递给米梦。

安庆通过和米梦聊天才知道，米梦的父亲赌博借了左右10多万元的高利贷，因为还不上，就让米梦到他的投资公司上班抵债，没过多久，米梦的母亲又患病住院，急需手术费，左右拿出钱借给米梦。米梦先是在公司接听电话，后来就成了左右的秘书，在左右的软磨硬泡下，两人终于同居在了一起。米梦催着左右结婚，左右一直说再等等。

安庆说："你们只要合得来，有感情，结婚是迟早的事。"

米梦叹着气说："可我听说左右好像早就结婚了，我问他，他说没有。"

安庆沉默了一会儿，起身说道："不要纠结还没有发生的事情，这样太累，拍完戏你把要和左总结婚的事当回事，有啥事多和家人商量，不要急。"

米梦站起身走近安庆，和安庆几乎脸贴脸了，米梦一双乌黑炙热的眼睛看着安庆，两个人的呼吸声交织在一起，安庆的喉结动了一下，身体往后退了一下，米梦有些失落地说："烟留着吸吧。你我是同事又是朋友，就别外气了，你要是感觉过意不去，改天就请我吃饭。安庆，我欣赏你，可惜咱俩是有缘无分。我呀，回屋了，你也早点休息，晚安。"

安庆望着米梦的背影，浑身燥热，转身躺到床上，两眼看着屋顶的吊灯，过了一会儿，才缓过神来，顺手拿起拍摄统筹看了起来。

米梦回到屋里坐在床上，一双漂亮的眼睛一眨不眨地注视着窗外，月光温柔地照进屋里，米梦拿起枕头靠上，半躺在床上发着愣，耳边又回响起了安庆刚才说的话"不要纠结还没有发生的事情，这样太累，拍完戏你把要和左总结婚的事当回事，有啥事多和家人商量，不要急。"

米梦皱起眉头，伸手拿起床头柜上的手机拨通了左右的手机。

"米梦，我在和吴总谈事呢，今晚就不回去了。"左右在电话里说道。

米梦"嗯"了一声挂掉电话，关掉了灯，屋里一片漆黑。米梦心里知道，左右在对她撒谎，她也知道，左右还有别的女人。她曾尝试着离开左右，可弟弟还要上学，妈妈的身体又不好，三天两头住院，家里需要钱，自己也需要钱，而左右都把这些问题解决了，米梦也就破罐子破摔。安庆的出现，唤醒了米梦体内的荷尔蒙，安庆正直、有才华，米梦见到他的第一眼，心里就喜欢上了他。米梦刚才看到自己主动靠近安庆，安庆躲开了她。米梦心里明白安庆看不上她，甚至嫌弃她。米梦躺在床上翻来覆去，一会儿坐起来，一会儿又躺下，瞪着眼睛看着窗外，一脸的失落和哀怨。

太阳升起的第一束光线宣告着新的一天到来了，朵朵白云在微风中飘着，把蔚蓝色的天空擦拭得更加明亮。

安庆带着剧组人员又投入到了紧张的电影拍摄中。

米梦在表演中似乎更加用心了，安庆第一次给米梦伸手点赞。歇场时，米梦递给安庆一瓶矿泉水说："安导，我还是有些紧张，有一句台词普通话没说好，真的是不好意思。"

安庆拧开矿泉水"咕咚咕咚"地喝了几口，擦了一下嘴角，点上烟，对米梦说："你有进步。"

米梦看着安庆开心地点了点头。

上午10点多，街上的行人、车辆越来越多。

港湾商务酒店一包房里，贾蕾侧身熟睡着，衣服凌乱地堆在床上，两只黑色的高跟皮鞋东一只、西一只地扔在地毯上。

贾蕾终于睡醒了，睁开惺忪的双眼，吃惊地四处打量着，心里咯噔一下，心想，我怎么睡在这里呀，这不是我家呀。贾蕾忽地坐起身，掀开被子一看，自己全身赤裸，脸一下子红了。贾蕾面无表情地躺下，有些绝望地看着天花板。她挠着头，终于想起来了，她昨天是陪老板左右出来谈业务的，酒桌上，贾蕾婉言拒绝了喝酒，只喝了左右递给她的一杯牛奶，吃饭结束后，贾蕾有点头晕，是左右搀着她上了商务车，上了车，贾蕾再也想不起什么来了。

昨晚自己是怎么进的大酒店，怎么会睡在大酒店里，难道是……

贾蕾不敢再想下去，眼里流出了绝望的泪水，贾蕾拿起手机正要给安庆打电话，左右的电话打了进来。

左右在电话里阴阳怪气地说："小贾，你休息得还好吧？昨天你头疼，有点晚了，我就把你送到了酒店。"

贾蕾大声反问道："头疼，我怎么会头疼？你告诉我，昨晚你到底对我做了什么？"

左右笑着说："小贾，这还用问吗？你不舒服，我照顾你不是应该的嘛。小贾，你长得实在是太漂亮了，太性感了，我、我没控制住……不过，我是真心喜欢你的，放心，我一定会和你结婚的。我一会儿过去接你吃早餐。"

贾蕾声嘶力竭地骂道："你这个畜生，我不会放过你的……"

贾蕾扔掉手机绝望地哭了起来。

一辆出租车在港湾酒店的门口停下，安庆冲下车向酒店里奔去。

屋里，贾蕾的哭声充满了绝望和无助，安庆的心拧巴着疼，他的脸瞬间变得乌青。

左右喊着贾蕾的名字推门进来，安庆一个箭步冲上去，拽着左右推进屋里，挥手一拳打在左右的脸上，两人扭打起来。

"你他妈的浑蛋，畜生。"

左右骂道："你他妈的疯了，敢打我。"

安庆骑在左右身上，挥着拳头打个不停，左右用力反抗着，起身往外跑，边开门边说："你他妈的给老子等着。"

安庆擦着嘴角的血，鼓励贾蕾报警，贾蕾犹豫了一会儿，终于拿起电话报了警。

左右被警察带走了，一个月后，左右被判刑入狱。

每个人都是为了生存、为了生活好一点，去拼去奔，又有哪个人的生活不是一地鸡毛呢？

贾蕾回老家去了，米梦回老家去了，安庆离开了家乡，去了远方的异乡。

六

安庆背着行囊只身一人来到了西源市，战友新灿和他表姐在车站接

上安庆，一起来到了一家饭店，走进包间，安庆和新灿相互认真打量着。两个战友部队一别，已经十多年没见面了。安庆当了四年兵就复员回家乡了，新灿在部队被提干，服役了十多年，转业到地方一单位上班。

安庆感慨地说："新灿，你也有不少白头发了，见到你我心里真高兴。"

新灿把酒杯倒上酒，伸手拍着安庆的肩膀，说："我俩18岁坐着绿皮火车去的部队，现在都40岁出头的人了，咋会不老呢。安庆，来，咱先喝一杯。"

表姐爱凤站起来倒酒，新灿告诉安庆，明晚还有几个战友过来给安庆接风。

安庆端起酒喝了下去，握着新灿的手说："我没脸见他们呀！你们都混得不错，我呢，混到躲债的地步。新灿，我现在是一无所有了，丢人啊。"

爱凤给安庆添了茶水，劝安庆想开些。

安庆对爱凤说："给你们麻烦了。表姐，不说了，来，我敬您一杯酒。"

安庆和新灿聊了很久，才走出饭店，几个人打的到了一个旧社区，背着东西到了楼上，爱凤打开房门，进了屋，新灿把钥匙递给安庆说："这是我表姐的房子，你就安心地住下，有啥事尽管给我说。"

新灿和爱凤走了，安庆打量着房子。这是间两室一厅的老房子，屋里是刚整理过的，空荡荡的，主卧里放着一张床。安庆心里明白，床是新灿准备的。安庆坐了一路的车，非常累了，打开行囊，铺好床，关灯睡了。

安庆睡到半夜醒了，怎么也睡不着，一个人坐在床上吸着烟，红红的烟火一闪一闪的。

天终于亮了，安庆看着空荡荡的屋子，心想着一会儿出去买些生活必需品。安庆打开手机，微信余额还有 3000 多元钱。

安庆先是给父母和孩子通了电话，报了平安，又给贾蕾发了信息。他拿出一个小本本，写着急需的生活用品，炊具、电脑桌、窗帘……

街上很是热闹，安庆在一小吃摊上喝了一碗胡辣汤，向早餐摊老板打听了二手市场的地方。他浓厚的乡音和本地人沟通有些费劲，尽量说着很不标准的普通话，最后走走停停终于找到了二手市场。他转转问问，耐着性子和商贩们讨价还价，总算是买齐了小本本上记的生活急需品。安庆加了 30 元钱让商贩送货上门，装完东西坐上车，一路颠簸地向家里驶去。

商贩说再加 20 元钱把东西送到楼上，安庆婉言拒绝了，一个人上下楼梯跑了好几趟，才把东西搬回到了家里。

中午了，安庆整理完东西，累得一身汗，想冲个澡，卫生间没有热水器，安庆索性用脸盆接着凉水洗了个澡。该吃午饭了，安庆想起母亲的话，住新地方第一顿饭要吃饺子。安庆穿好衣服下楼，打听着路，到了附近的菜市场，买了一个白萝卜，割了半斤猪肉，又买了一根葱。

安庆回到家里，叮叮咣咣地剁了饺子馅儿，取出从老家带过来的面粉，和好面，包起饺子来。

不一会儿，饺子就包好了，安庆拍了一碗热气腾腾的饺子照片发给了父母，说着让父母别操心自己，在这里一切都会慢慢好起来的话，母亲流着眼泪叮嘱安庆，要注意身体，别操家里的心。

安庆端着饺子吃着吃着，眼泪止不住地流了出来。

吃完饭，安庆担心天热，剩下的饺子馅儿坏了，把一碗饺子馅儿放在一盆水里。然后他坐在小马扎上，吸着烟，心里想着、计划着，怎样在这个陌生的城市生存下去，发展自己的事业。

新灿开着车给安庆送来了旧沙发和高低床，两人摆弄了半晌，终于摆放好了。安庆把带过来的一台摄像机、电脑和其余家当进行了归置。

安庆对新灿说着感谢的话，新灿握着安庆的手说："到了陌生的地方，慢慢习惯就好了，我也会帮你联系业务的。你有啥事就给我说，战友之间不要客气。"

安庆感激地送新灿下楼，简单说了自己能做的业务和费用，新灿答应着会尽力去帮着联系。

安庆把工作室的业务印成传单，先是在他住的小区里，挨家挨户地发放，承诺有优惠、有酬谢，然后冒着酷暑站在大街上发传单。饿了就蹲在没人的角落里吃两个包子，喝几口军用壶里的凉开水。汗水溻湿了衣服，安庆就到超市里去转悠，去降温，给超市里的人发传单。有些人很直接地拒接传单，嘴里说着："你是干什么的，说的啥？"

安庆走到超市门口蹲下，吸着烟，一脸的迷茫和无助，歇了一会儿，安庆又走到街上，继续给路人发传单，尽力说着不流利的普通话，给接传单的路人解释着……

晚上回到家里，厨房里没有菜，安庆煮了些面条，放点盐、蒜末和辣椒，热油一泼，蹲在地上狼吞虎咽地吃起来，吃完面条，喝一碗面汤，打着饱嗝在屋里转了几圈。用凉水洗漱完，便伏在电脑桌旁，开始修改他一年前创作的散文集书稿。

安庆心里清楚，自己已经是快 40 岁的人了，如今还欠着外债，想想以前的自己，事业曾经辉煌过，花钱大手大脚，没有抵抗住花花世界的各种诱惑，曾经也沉溺于花天酒地，膨胀一时，没有珍惜时光，去专心地发展自己的事业，也许这就是因果报应吧。安庆对自己过往的所作所为很是懊悔。

异乡的生活，有很多时候令安庆感到孤独无靠、失落迷离和窒息。安庆时刻以因与果的报应警醒自己，要敬畏生命，要坚持，要挺住，慢慢地去习惯独处和自律的生活。

一天早上，有人敲门，是对面的邻居李姐，李姐告诉安庆，她的侄女国庆节结婚，请安庆录像，安庆说着答谢的话，承诺给李姐10%的回报，李姐说："你出门在外不容易，把婚礼拍好就行了，不要提成，我先给你200元的定金。"

安庆接过钱说道："李姐，您放心，我会用心拍好的，谢谢您。"

安庆看着手中的200元，很开心。

拍完婚礼回来，安庆顾不上休息，坐在电脑旁开始剪辑婚礼片子，凌晨5点，片子终于剪辑好了。安庆看了几遍，觉得很满意，倒掉烟灰缸里的烟头，关上电脑，躺到床上，不一会儿，就呼呼睡着了。

第二天，安庆把婚礼视频优盘给李姐送了过去，下午的时候，李姐敲门进了安庆家，高兴地说道："安老师，您的水平可真不一般呀，我侄女两口子都很满意，一直夸您拍得像电影一样好看，这是800元，您拿着。"

安庆拿出100元给李姐以示答谢，李姐说啥也不要，安庆硬是把钱塞给李姐。李姐临走时告诉安庆说，她会多给安庆联系业务的。

安庆留下300元的生活费，把剩下的钱转给了老家两个正在念书的儿女。

晚上，安庆修改书稿到半夜，实在是困了，躺在床上就睡了，不久又忽然惊醒了，穿着睡衣起来在屋里转来转去，烟一根接一根地吸，心想，这样下去不行啊，马上连生存都成问题了，欠别人的钱啥时候能还上呀。

安庆打开电脑，查找出版社的信息，心想，自己把书尽快出版了，既干了一件自己喜欢的事，又能赚点钱还债。

安庆一看表，凌晨3点多了，关上电脑，安庆闭上眼睛，强迫自己睡觉。

安庆终于睡着了，梦里梦到邻居李姐给他做饭，两人吃过饭，一起洗碗，一起散步，又梦到两人深情地拥抱在一起……

安庆醒了，下面胀胀的，安庆迅速起身坐在客厅的沙发上，顺嘴说了句："阿弥陀佛，罪过。我这是怎么了？"

天终于亮了。安庆睁开眼睛，连着打了几个哈欠。手机响了，是战友新灿打来的，说是晚上他要和一企业家见面吃饭，顺便谈点业务，带他一起去。安庆挂掉电话，心里一阵兴奋，暗暗祈祷着能谈成这笔业务。他起身刮胡子、刷牙、洗脸，洗漱完穿好衣服。安庆顺着离家不远的街道来回走着，他想给自己找份打杂的活，这样就能多挣些钱。

安庆终于和一家面馆谈好，他有空就到面馆打杂，管吃，一天挣100多元。安庆谢过面馆的陈老板，匆匆地坐上公交车，去见战友新灿。

安庆进了饭店包间，过了一会儿，新灿和一位50多岁穿着西装的男人走了进来，新灿忙着互相介绍。

"安庆，这是刘总，做贸易公司的。"

"刘总，这是我战友安导，安庆，他能编能导能拍的，是个才子。"

介绍完后，几个人坐下开始喝酒，喝酒当中，刘总说，想围绕自己贸易公司的业务，拍一部文艺微电影。安庆认真地听着刘总的创业史，不时地点着头。

七

李杰和巧玲夫妇被米果和翠花欺诈后，几百万的假涂料堆在店仓库里无法处理，他们的建材门市运营资金链彻底断了，生意陷入瘫痪的状态，上门要债的人不断。李杰天天酗酒，大半夜才回家，回到家跟巧玲吵闹个不停。夫妻俩是三天一小吵五天一大吵，时间长了，两人都沉默了，李杰喝他的酒，巧玲掉她的泪。

慧晓看到父母整天伤心忧愁，心里很是着急，便到公安局报了案，把米果、翠花前前后后变相欺诈她父母的事情叙述了一遍，民警立即进行了调查取证，最终找到了米果和翠花。

原来，米果是个无业游民，好吃懒做，自己找了几个民工造假涂料，伪造身份和公司证明，对李杰进行诈骗。米果和翠花被公安局抓了起来，诈骗的钱已被他们挥霍完了。李杰夫妇知道后，心里总算是找到了点安慰。女儿慧晓劝爸爸、妈妈要想开些，生意还得做下去，日子还要用心过下去。

李杰夫妇答应女儿，像以前一样打理好生意，好好过日子。慧晓为了给家里减轻负担，趁着课余时间、节假日给人补文化课，到培训机构教表演课，去剧组应聘表演角色。

星期天，慧晓和丽莎拍完广告，慧晓挣了 500 元劳务费，丽莎嚷着要让慧晓请客吃重庆肥肠面。两人来到了一面馆，点了两个小菜，要了两碗肥肠面。

安庆从后厨里把菜端上桌，慧晓看着安庆，眼睛亮了一下，丽莎小声对慧晓说："这个服务员大叔挺帅的哦，有气质，你不会是看上他了吧？"

慧晓脸一红："去你的，吃饭还占不住你的嘴。"

两人吃完饭走出饭店，逛了一会儿街，各自回家去了。

安庆在饭店里忙到晚上 11 点，拖着疲惫的身体回到家，洗了个冷水澡，坐在沙发上，一动也不想动，心想，晚上一个人太寂寞了，过两天得买个旧电视机看看。

歇了一会儿，安庆躺在床上刷了一会儿手机，看了一些网络文章，便关灯睡觉了。

黎明时分，安庆早早起床，把摄像机检查了一遍，看看表，时间还早，就躺在床上看书，今天他要出去拍纪录片。

快 9 点的时候，安庆坐上来接他的车出发了。

几天后，安庆拍完纪录片回到家里，顾不上休息，不分昼夜地剪辑

纪录片，用了几天的时间终于如期剪辑完成，商家对片子很满意。

安庆坐在客厅的沙发上，心里算了一下，拍纪录片赚的钱和他在饭馆打工挣的钱，有1万多元钱，安庆联系老家的律师朋友，把1万元钱转给律师朋友，代他把钱还给债主。

转完钱，安庆松了口气，总算是又还了一些债，心里踏实了不少。安庆走着路转到了二手市场，转了一大圈，经过讨价还价，花了500元买了一台旧电视机和一台旧洗衣机，雇了一辆三轮车拉到家里。安庆总算能看上电视了，洗床单、被罩再也不用费劲搓洗了。天冷洗澡没有热水器也不行，安庆早已问好了价钱，1000多元，他舍不得买，心里很纠结，一直用冷水洗澡。

电脑桌上的手机响了，安庆接通电话，是出版社的电话，出版社责编老师告诉安庆，他的散文集《水中月》的出版选题通过了，出版社开会研究后，愿意出版。安庆一个劲地说着感谢的话，挂掉电话，安庆把出书的事情告诉了父母，还发信息告诉了贾蕾和米梦。安庆按捺不住内心的喜悦，咬咬牙，终于安装了一台盼了很久的热水器，算是奖励自己一下。终于可以洗上热水澡了，再也不用担心洗冷水澡而感冒了。

吃过晚饭，安庆写好了一篇散文，躺在床上正在看电视，邻居李姐敲门进来，李姐和安庆年龄差不多大，中等身材，很丰满，五官长得很精致，皮肤白皙，说话不紧不慢的，因为不能生育，很早就和丈夫离了婚。

安庆给李姐倒水让座，两个人聊着家长里短，李姐一双漂亮的眼睛不停地打量着安庆。安庆心里明白，此时的他和李姐，到了夜深人静的时候，都会倍感空虚和寂寞的。

李姐温柔地看着安庆说："你一个人在外不容易，以后不想做饭了就去我家，我给你做好吃的。安老师，咱俩是邻居，你不要把我当外人。"

安庆感激地点着头，两个人的目光交织在了一起，李姐慌忙站起身说："天晚了，我回去了，你早点休息吧。"

到了门口，安庆正要上前开门，李姐突然扭转身体，扑到了安庆的怀里，安庆愣住了，两只手僵硬地垂着。李姐身体散发着女人特有的体香，安庆顿时热血沸腾，但安庆尽力克制着自己，脑子里想着因果报应，心中的欲火渐渐地退却了不少，安庆轻声说道："李姐，谢谢你对我的好，你回去吧。"

李姐满脸通红，沉默着离开了安庆的怀抱。

安庆躺在床上辗转反侧，怎么也睡不着，脑子里都是李姐性感的影子，安庆实在是憋不住体内雄性激素的折磨，起身走向卫生间冲澡去了……

安庆冲完澡躺在床上，感觉浑身轻松了不少，心里充满了自责，叹着气小声说："我是不是太龌龊了。"不一会儿，安庆便呼呼地睡着了。

李姐从安庆家回来，躺到床上，脸上的红晕还在，心里有些失落，转动着一双漂亮的大眼睛，轻轻自语道："我这是怎么了，是自己太寂寞了吗？又有哪个女人不喜欢帅哥呢？唉。"

李姐两腿抬起来重重地落到床上，说了句："不想了，没缘分。"关掉灯，拉起被子盖上了头。

日子一天一天地过着，安庆联系到业务了，就扛着摄像机去拍摄，回到家里熬夜剪辑。没有业务了就在打杂的饭店里洗菜、和面、炒菜，晚上熬夜写文章，这样的生活节奏让安庆感到充实，收获感满满的。

人都有七情六欲，到了夜深人静的时候，安庆还是会孤独、寂寞的。

一天晚上，安庆实在是睡不着，开着电视，边看电视边翻动着微信，查看着附近的人。一个"活在当下"的微信名吸引住了安庆的眼球，安庆翻看着"活在当下"的个性签名和朋友圈，觉得不错，就主动请求添加好友，对方很快就通过了安庆的好友请求。两人通过聊天，彼此都知道了对方的情况。微信名"活在当下"的是一个大学毕业刚参加工作的女孩，叫沈莉。安庆觉得沈莉有个性，也很励志。沈莉告诉安庆，她上

大学时发表了不少文章，毕业后在一家公司做文案，有幸认识安庆，有机会了一定要当面请教安庆。

安庆和沈莉微信聊了一个月，约好了见面，安庆特意打扮了一下，按照约定的地方，两人见面了。沈莉小巧玲珑，穿着休闲时尚，浑身充满了青春活力。

安庆热情地说："咱们找个地方吃晚饭吧，你想吃啥？"沈莉眨着眼睛说："安老师，要不咱到对面咖啡屋坐坐吧？我晚上一般不吃饭，您如果饿了，咱就去吃饭。"

安庆笑着说："哦，我也不饿，没事，那咱就去喝咖啡吧。"

沈莉领着安庆进了咖啡屋，门口站着两个彪形大汉，安庆看着他们，心里有一种不舒服的感觉——一种莫名的别扭，心里又一想，唉，既来之则安之吧。

咖啡屋还算素雅，里边没什么人，两人落座后，一高个子男人拿着单子过来，对安庆和沈莉说："欢迎二位，你们喝点什么？"

沈莉看着安庆问道："安老师，要不开一瓶红酒吧，行吗？"

安庆点了点头，说："嗯、嗯，开吧。"

沈莉倒了两杯红酒，端起来说："安老师，我能认识您，很荣幸，来，咱们喝一杯。"

安庆端着酒杯晃了晃，喝了一大口放下，两人还没说几句话，沈莉的手机响了，沈莉说着不好意思，接通了电话："喂，姐呀，什么事？啊，你把钥匙锁在屋里了，哎呀，我在外面呢，嗯，那、那好吧。"

此时，安庆看着眼前的年轻女孩儿沈莉，觉得她是那么的陌生，那么的虚伪，演技是那么的拙劣，这还是微信聊天里的那个对自己崇拜得五体投地的沈莉吗？其实，安庆进咖啡屋的一瞬间，就知道自己上当了。沈莉要红酒的时候，安庆就知道遇到酒托了。

沈莉抱歉地对安庆说："安老师，真的不好意思，我姐把钥匙锁在屋里了，我、我……"

安庆说："沈莉，那咱走吧，你回去送钥匙。"

彪形大汉走过来说："先生，红酒 280 元。"

安庆说着谢谢，扫码付款后，离开了咖啡屋，大街上，沈莉一直对安庆说着道歉的话，说改天一定登门拜访，安庆点着头没有吭声。

地铁上，安庆给沈莉发了一条微信，劝沈莉不要再骗人了，趁着年轻多学习、多提升自己，做一个表里如一的励志女孩。

那个所谓的沈莉其实不叫沈莉。她看到安庆的第一眼，就被安庆的外表和气质给折服了。她心里有些懊悔了，她要不是酒托该多好啊，可人都来了，只有硬着头皮演下去了。安庆心想：也许她有自己的难处和苦衷，她只点了一瓶红酒，没再多要什么，也算是良心发现吧。

安庆纠结了一路，心想，这 280 元给父母、孩子买件衣服该多好，自己这是怎么了，抽哪门子的风，犯哪门子的邪，竟然做出了这样的荒唐事。

安庆一边走一边心里埋怨着自己，他犹豫一会儿，打电话举报了那家咖啡屋欺诈的行为。

八

过年了，安庆联系了一辆顺风车回到了老家，安庆待在老家一直陪着父母和孩子，在家里帮着父母做饭、做家务，和儿女聊天，看书。

黎明时分，安庆一个人在村子里走走转转，走到了他小时候上小学的地方。母校早已物是人非了，几十年了，茅草房的教室不见了踪影，

变成了一片庄稼地。安庆又走到了他小时候放牛的山坡上，山静水流，山还是那座山，河还是那条河……

在老家待了七八天，安庆坐着约好的顺风车，就要离开家乡、离开父母、离开儿女了，回到令他陌生的异乡城市，继续他的异乡打拼生活，继续他的事业。

车启动了，安庆扭头看着年迈的父母和一双儿女还站在家门口，心里酸酸的，看着车里放满了母亲装的面粉和蔬菜，安庆的眼泪就要流出来了，他极力地强忍着别乡的那份酸楚和无奈。

司机给安庆一根烟说："安哥，咱们出门在外最操心的就是父母，你看，我母亲也一样，给我捎这捎那的，唉。"安庆点着头说："是啊，可怜天下父母心啊。"

走出了村子，安庆请求司机说："过年了，好不容易回来一趟，我想绕道到朋友家去看看，再给您加点钱。"

司机点头答应，说道："安哥，我看出来了，你不是一般的人，是个干大事的人。你说路，我拉你去，不用加钱。"

到了贾蕾的老家，安庆拿着土特产进了家门，书宽和爱玲夫妇很是热情，贾蕾告诉安庆，她在自己家乡承包了荒山，搞绿化、种果蔬，山下的水库用来养鱼，做得还不错。安庆听了很高兴，握着贾蕾的手说："贾蕾，我就知道，你是最棒的。你能吃苦，踏实，你的事业一定会越来越好的。"

贾蕾送安庆到家门口时，轻声地对安庆说道："明年五一我就要和志阳结婚了，志阳的父母天天催婚。"

安庆开心地对贾蕾说："贾蕾，我衷心地祝福你们，到时我一定会来参加你们的婚礼。"

安庆临上车时扭头说："贾蕾，你和米梦有联系吗？她不知道是什么情况。"

贾蕾说："哦，有联系，她在老家的一家工厂上班，我会抽空去看她的。"

告别了贾蕾，七个小时的车程，安庆从老家终于回到了西源市。

新年新气象，安庆为了见贸易公司的刘总，平时不怎么讲究穿着的他，特意买了一套西装换上，坐着地铁到了约好的饭店。他的战友新灿早早就到了饭店，看到安庆进来，眼睛一亮，对安庆说："安庆，你还是这么帅。我是第一次见你穿西装，你以后要注意打扮才行，人靠衣服马靠鞍。刘总快过来了。"

安庆坐下说道："我不爱穿西装，为了业务没办法。新灿，刘总爱吃啥？咱先点菜吧。"

新灿说这饭店是刘总自己的，他已经安排好了，是他请吃饭的，主要谈谈给他公司拍微电影的事。

不一会儿，刘总说着"路上堵车了，不好意思"抱歉的话走进包间。酒菜都上齐了，三个人推杯换盏，聊着拍电影的事。两个小时过去了，合作拍摄微电影的事情总算是聊透了，酒也喝透了，三个人握手告别，各自回家去了。

安庆待在家里精心打磨微电影剧本，弄好后，送给刘总看，刘总对剧本非常满意，当即就和安庆签了拍摄合作合同，付了预付款。安庆做好电影拍摄统筹，奔波着选场景、采集场景，忙了一个多月的时间，终于要启动演员海选工作了。

一大早，安庆就来到了刘总的贸易公司，公司办公室主任马达领着安庆去公司下属的大酒店。马达告诉安庆，海选现场就设在酒店一楼的宴会大厅，刘总出国临走前特意交代，有啥需要尽管说，安庆点头应着。

下了车，马达和安庆走进大酒店，大酒店的主管经理领着他们看了海选现场。海选现场已经布置好了，安庆对马达和酒店经理说："你们辛苦了，我在演员群发过通知了，9点开始海选。马主任，您可以通

知咱贸易公司的员工、酒店的员工，有喜欢表演的也可以参加演员海选。"

马达拍了一下头说："哦，您看我这脑子，多好的机会呀。李经理，你赶快通知酒店员工现在报名，我马上通知贸易公司的员工报名。"

海选开始了，参加海选的演员在舞台上尽情地演绎着，安庆目不转睛地观看着，时不时临时加点剧情，问演员一些问题。

酒店大门上方的 LED 屏上的"祝贺电影《来来往往》演员海选活动圆满成功"一行字格外醒目。远处匆匆走过来两个女孩，是正在读大三的学生慧晓和丽莎，丽莎是陪慧晓来参加海选的。

慧晓和丽莎走进海选现场进行了报名登记，排队等着面试，丽莎忽然碰了一下慧晓，轻声说："慧晓，这个导演看着怎么这么眼熟呢？不是，让我想想。"

慧晓远远地看着安庆，心想，是啊，是有点眼熟，好像在哪里见过。

丽莎拍了一下慧晓的肩膀，说道："呀，我想起来了，慧晓……"

慧晓推了一下丽莎说："你小声点。"

丽莎贴着慧晓的耳朵小声说道："慧晓，记得咱俩去吃重庆肥肠面不？给咱俩端饭的服务员，就是他。他怎么又成导演了呢？"

慧晓轻声告诉丽莎，天底下长得像的人多了去了，或许不是一个人。慧晓时不时地偷偷打量工作中的安庆，心里犯着嘀咕，这也太像了吧，怎么这么巧啊。唉，不想那么多了，得赶快酝酿情绪。慧晓低着头，闭上眼睛，心里开始想着一会儿就要表演的剧情。

终于该慧晓面试角色了，慧晓递上简历，走到舞台中央向台下鞠了一躬，表演了一段年轻女孩儿遇到挫折、打击时的一段独白。安庆注视着舞台。慧晓把角色表演得淋漓尽致，台下响起了热烈的掌声。工作人员临时又加了一段戏，让慧晓即兴发挥。慧晓熟悉了一会儿台词，酝酿好情绪，又投入到了表演中。安庆拿起花名册，在慧晓名字后面画了一个星号。

海选结束了，丽莎要慧晓请吃饭，慧晓点头答应着说："丽莎，咱要不还去吃重庆肥肠面吧？"

丽莎坏笑着，用手点了一下慧晓的额头说："哦，我明白了，你是要去看服务员大叔。"

慧晓着急地喊道："你这人怎么这样，胡说什么呀，请你吃饭还损我。"

慧晓和丽莎一路说笑着走进了重庆面馆，这次端饭菜的是一位年轻姑娘，不见上次的服务员大叔的踪影。丽莎喊住服务员，又要了两杯奶茶，趁机问服务员，怎么没见年龄稍大的男服务员，服务员挠着头说："这面馆是我们家开的，没有男服务员呀。"说完扭身就要走，忽然又扭头问道："你们说的是安叔吧？他呀，他不是服务员，他是个什么搞编导的，不忙了就会过来给我们饭店帮忙，可能是来体验生活的吧。"

慧晓和丽莎吃完饭，走在街上，小声议论着，丽莎的男朋友打电话，说是去看电影，丽莎要慧晓一起去，慧晓说想回家看爸妈，两人就分开了。

慧晓回到家里，坐在沙发上想开了心事，一个导演怎么会去面馆帮忙呢？这个安导长得挺帅，是缺钱吗？肯定不是。是体验生活吗？对，应该是体验生活的。

李杰夫妇开门进屋，看到女儿坐在沙发上发愣，喊了几声，慧晓才回过神来，慌忙站起身说："爸、妈，你们回来了。"

巧玲走到女儿身边，伸手摸了一下慧晓的额头，问道："是哪不舒服吗？"

慧晓笑着说："没有，今天参加演员海选，有点累。"

李杰递给女儿一瓶苹果汁，说："闺女，别光跑着演戏，还要把学习搞好，再有一年你就该毕业了，时间过得真快。"

慧晓点着头，说："爸、妈，我代课、演戏挣了3000元，我留1000元，给你们转2000元吧。"

说着慧晓就把钱转给了巧玲，巧玲不愿接收，说："我俩还养活不了你一个闺女呀，你挣的钱留着自己花吧。"

慧晓夺过巧玲的手机，把转账收了，李杰夫妇忽然沉默了，转身说要出去买菜，回来给慧晓做好吃的，慧晓喊道："我回来买好菜了，在冰箱里放着呢。"

李杰夫妇看着女儿说："慧晓，你长大了，变乖了。"

慧晓调皮地说："我一直都很乖，好不好。"

一家三口都开心地笑了。

九

微电影《来来往往》终于开拍了。安庆精心统筹拍摄计划，自己担任导演兼摄像，慧晓被定为女一号。拍戏中歇场的时候，慧晓就会虚心向安庆请教表演的技巧，安庆很耐心地给慧晓讲解。每次转场、收工，慧晓都会帮着装卸设备，剧组没有一个人不夸她勤快的。安庆对慧晓的印象越来越好，觉得慧晓是个很不错的姑娘。

经过一个星期紧张的拍摄，微电影《来来往往》终于杀青了，安庆在家里开始剪辑影片。

听到有人敲门，安庆起身开门，一下愣住了，慧晓和丽莎提着果篮站在门口，安庆感到吃惊，忙说："小李，是你们啊，哦，进来坐吧。"

慧晓把果篮和一条烟放在桌子上，对安庆说："安导，感谢您给了我锻炼的机会，感谢您在拍戏中对我的教导。今天和我同学丽莎过来看看您。"

"小李，你的表演功底不错，是你认真学习的结果。"安庆递给慧晓和丽莎两杯水。

丽莎抢着说道："安导，慧晓很崇拜您哦，说您导戏好，对剧组的人也很好。"

安庆笑着说："一个剧组就是一个家嘛，一家人相互照应是应该的。"

慧晓问安庆："安导，我也快毕业了，希望有机会了多跟您学习编导知识。"

安庆随口答应着："行啊，爱学习是好事。小李，你们以后喊我老师就行，喊我安叔也行，我不喜欢别人喊我安导。"

慧晓微笑地点头应着，三个人聊了一会儿，慧晓和丽莎告别安庆回家了，安庆一个人坐在电脑前，吸着烟又开始剪辑微电影。

幽蓝的苍穹，皎洁的月亮，璀璨的星光，把黑夜装扮得格外温馨，累了一天的人们慢慢地进入了梦乡。安庆一个人坐在电脑前，一会儿移动鼠标、一会儿敲击键盘，聚精会神地剪辑着微电影《来来往往》。

慧晓躺在床上翻来覆去睡不着，一双漂亮的大眼睛一眨一眨的，想着自己的心事：安庆在面馆给她和丽莎端饭菜的情景；安庆给她说戏时的情景；拍戏时，安庆和大家一起干活一起吃住的情景；安庆表扬她的情景……一幕幕情景的再现，让慧晓没有一点睡意。慧晓感觉安庆很神秘，是一个有故事的男人，他到底都有哪些故事呢？

慧晓干脆开灯看起书来，看了一会儿书又放下，看着天花板自语道："3点了，老天啊，让我入眠吧。"

慧晓关上灯，强迫自己入睡，不一会儿，又像翻烙馍一样辗转反侧，这一夜，慧晓彻底失眠了。

安庆经过几天几夜的加班，微电影《来来往往》终于剪辑完成了。贸易公司的刘总看后特别满意，邀请电影的编导安庆和电影主要演员在自己的大酒店影视厅举行了微电影首映式，微电影《来来往往》在网络

各大平台播出，受到了各级媒体和各界社会人士的高度赞誉。

回到家里，安庆把拍摄微电影挣的 5 万元钱转给了律师，让律师代他向债主还债。

又没业务了，安庆换上工装继续在面馆里打杂，晚上招待完客人，陈老板叫住安庆说："兄弟，来，坐下歇会儿，咱俩喝两杯。"

安庆擦着桌子说："陈哥，这样不好吧，我是打杂的。"

陈老板喊道："娟子，让厨房弄俩菜，我和你安叔喝两杯。"

陈老板起身拉安庆坐下，把一条烟放到桌上，对安庆说道："朋友探亲给我捎的，你拿着吸。安老弟，你拍的电影，我在网上看到了，拍得不赖。你呀，是一条卧龙，早晚都会翻身的，你可不是等闲之辈。"

安庆有些尴尬，说着感谢陈老板照顾他的话。菜上桌了，安庆陪着陈老板喝了一瓶白酒，两人喝得很尽兴，聊得很投入。

安庆回到家里，冲了个澡，也许是累了，没有搞写作，躺在床上就睡了。半夜时分，安庆醒了，头靠着床头，顺手摸出一根烟点上，浑身燥热，安庆心里清楚，这是生理需求压抑得太久，憋得太久了。

安庆只能依靠做业务、搞创作、去面馆打杂，来充实自己，去磨灭内心深处的原始本能的欲望。

安庆烦躁、迷茫、孤寂的时候，会打开微信漂流瓶、摇一摇，也聊了几个网友，一个女网友曾想和他视频裸聊，安庆赶紧关掉了视频，心里感到一种罪恶感和自责。还有几个网友让他发地址，说是心甘情愿来给他做饭洗衣，照顾他，安庆都婉言谢绝了。安庆心里明白，网络就是网络，自己没有信心、没有精力、没有能力和女性周旋什么情了、爱了，只有在黑暗中去原始地解决自己的欲望最真实、最省力。

安庆曾经狠了狠心，在网络上买了一个充气娃娃，到了晚上，安庆像入洞房一样兴奋，然而廉价的充气娃娃并不像宣传描述的那样好用，安庆问客服，客服说，一分价钱一分货，建议安庆购买 1 万多元的充气娃娃，安庆挂掉电话，挥舞着剪刀，破口大骂："去你的吧。"三下五除二地剪碎了充气娃娃，几百元钱又白花了，安庆懊悔不已，暗下决心，还得让自己再忙点，让自己没时间再去想入非非。

早上，安庆洗罢脸正要出门，手机响了，是出版社编辑打来的，说是安庆的书稿《水中月》已经完成了三审三校，就要出版发行了，安庆挂掉电话，兴奋得像个孩子，手舞足蹈的。

安庆决定给自己放一天假，坐着公交车到了郊区的山里，登高望远，提着鞋，光着脚，蹚着清凉的溪水，走啊走啊，走累了，坐在溪水边的石头上，听着鸟鸣声声，任凭溪水冲洗着走累的脚丫，看着小溪边上茂盛挺拔的翠竹，想着心事，安庆陶醉了，安庆忘我了，安庆彻底地把疲惫的身心交给了大自然。

回家的公交车上，安庆闭着双眼，心里想着回去写一篇游记，手机响了。安庆打开手机，是慧晓发的信息，说学校让实习，她想跟着安庆实习。慧晓踏实、认真、善解人意的性格给安庆留下了很好的印象，安庆回信息说，约个时间见面聊聊再说。

安庆给慧晓谈了工作室的主要业务，慧晓表示想跟着安庆多学习一些东西，说在学校学的理论多，几乎没多少实践。两人聊了很久，安庆告诉慧晓，他新创作的小说马上就要完稿了，慧晓可以帮助校对稿子，等有拍摄业务了，可以实践写剧本、分镜头、做统筹、拍摄和剪辑技能，慧晓很开心地答应了。

慧晓做起了安庆的助理，先是配合安庆校对小说稿子的错别字和标点符号，校对的时候，慧晓都会被安庆的文风所感染，受益颇多，心中对安庆很是崇拜。

慧晓时不时会买些坚果和水果带到工作室，要安庆多吃些核桃和水果，说脑力劳动更要注意营养，安庆要给她钱，她说啥都不要。安庆心里很庆幸，能遇到慧晓这样励志向上、善解人意的女孩儿。

一次聊天中，安庆把自己的一些情况告诉了慧晓，慧晓听着听着，落泪了，一个劲地劝安庆想开些，一切都会慢慢变好的。

慧晓多数时候就像母亲、妻子、女儿一样悉心地照顾着安庆，快中午的时候，去菜市场买些菜，学着给安庆做饭，工作中和安庆配合得恰到好处。渐渐地，安庆感觉到，他越来越离不开慧晓了，慧晓对他的工作、生活照顾得越来越细致入微了。一个20多岁的女孩能做得如此优秀，已经是很难得了。

看到安庆脸上有了愁容，慧晓就会和安庆一起去登山望远，坐在山巅谈理想、谈人生，坐在小溪旁听鸟鸣、看风景。慧晓领着安庆一起去吃麻辣烫，一起去买菜做家乡饭。

安庆的新书《水中月》终于出版发行了，慧晓骑着电摩选看新书发布会场地，跑了一家又一家的酒店，都嫌场地费用高而放弃了。回到安庆的工作室，安庆刚写完新书发布会策划流程和发言稿，安庆看着满脸通红、大汗淋漓的慧晓，心疼地说："看把你热的，喝点水歇歇，别中暑了。"

慧晓笑着说："没事，安老师，场地还是没看好，下午我再去看。您饿了吧？我买好菜了，一会儿就做饭。"

安庆把菜放到厨房，走出来对慧晓说："去，洗一下脸，坐下歇歇，我一会儿给你做肥肠烩面吃。"

慧晓眨巴着眼睛说："肥肠烩面？我还是第一次听说，安老师，我很期待哦。"

慧晓洗完脸，看着在厨房里忙着做饭的安庆，想到了安庆在重庆面馆打杂的情景，慧晓的心里颤动了一下，不由得心疼起安庆来。慧晓走进厨房，和安庆一起做饭。厨房里，两个人做饭的情景是那么的温馨，那么的合拍。

两人吃着肥肠烩面，慧晓一个劲地夸："您做的饭比我做的好吃。"

安庆告诉慧晓说，不管是生活，还是做事情，都要学会创新，只有创新了，才会更加的精彩。

安庆忽然说道："慧晓，我想起来了，新书发布会可以在刘总的酒店里开呀。咱们给他拍过电影，合作过。"

慧晓放下饭碗，兴奋地说道："是啊，怎么就没想到呢，下午我就去找刘总。"

安庆的《水中月》新书发布会终于如期召开了，慧晓跑前跑后招呼着媒体朋友和来宾。省作协主席和安庆的战友、朋友陆陆续续到了现场。发布会上，省作协的领导对安庆的新书《水中月》作了高度评价，承办方贸易公司的刘总发了言，并当场购买新书五百本以示对安庆的支持和鼓励，安庆发言中对各位来宾深表谢意，表示会继续致力于文学创作，争取创作出更多优秀的作品与大家见面。

有几家影视公司联系到安庆，要买断《水中月》一书的影视剧本改编权，安庆找慧晓商量，慧晓知道安庆的处境，支持安庆的决定。安庆把《水中月》一书的影视剧本改编权最终卖给了一家南方影视公司。

安庆把打工、卖书所有的收入，都转给了老家的律师朋友，经过快三年的时间，安庆终于还清了他所有的债务，安庆的心里一下子轻松了很多。

十

不知不觉一年过去了，慧晓毕业了，依然做着安庆的助理，安庆鼓励她考研或是考公务员，慧晓搪塞地说，自己会努力的。

安庆一天见不到慧晓，就会觉得生活和工作中少了点什么，心情也会不爽，安庆心里清楚，他对慧晓不再是单纯的喜欢了，而是已经深深地爱上慧晓了。慧晓心里也清楚，她早已在不知不觉中爱上了安庆，一天见不到安庆，她就会控制不住自己，打电话、发信息，问安庆吃饭了没，问工作顺利不，问东问西的。

年龄相差近20岁的安庆和慧晓都在现实生活中克制着，煎熬着。

一天夜里，安庆写东西到很晚才睡觉，熟睡的安庆做了一个梦，梦到他和慧晓秘密结婚了，两人住在大山深处的一所茅草房里，茅草房的前院里种满了各种蔬菜和鲜花，竹篱笆围绕着茅草房，茅草房后面的田地里种的玉米、花生、红薯等作物长势旺盛。

安庆拉着慧晓的手，来到了茅草房对面的大山脚下，坐在河边，安庆手拿木梳，梳着慧晓的乌黑长发……

忽然，远处跑过来了一群人，喊着慧晓的名字，要把慧晓带走，安庆拼尽全力护着慧晓，但几个人硬是把慧晓给拉走了……

安庆嘴里呼喊着"放开慧晓、放开慧晓，我和你们拼了……"惊醒了，安庆拉开灯，擦着头上的汗珠，看着屋顶，一脸的惊慌和失落。安庆看了看表，凌晨两点多。他起身倒了杯水喝了几口，坐在客厅的沙发上发着愣，心想，自己都40多岁的人了，就要做40多岁的人应该做的事，慧晓才20多岁，两人不合适。此时的安庆又想起了网上的一篇文章，说的是40多岁的男人不要牵20多岁姑娘的手，牵了手就等于毁了姑娘的一生。可是，安庆还是控制不住想念慧晓。

安庆吸着烟，在屋子里走来走去，最后索性一个人走出家门，逛大街去了。

一个人走在寂静的大街上，街上偶尔会有出租车跑来跑去，安庆是想让运动促使他不再胡思乱想。

早上，安庆洗漱完，吃了个煮鸡蛋，喝了一杯牛奶，准备开启一天的工作，慧晓按时过来上班，手里提着一兜水果，跟安庆打招呼，安庆有些尴尬地同慧晓打招呼，说今天和出版社对接小说书稿的选题，慧晓点着头，给安庆一根香蕉说："你吃过饭再吃一根香蕉，对身体好。"

安庆回避着慧晓的目光，接过香蕉坐在沙发上吃起来。

下班了，慧晓告别安庆走出工作室，走在街上打电话，约丽莎一起吃饭。

麻辣火锅店坐满了人，慧晓和丽莎坐在一小单间里，桌上摆着牛肉卷、青菜等，丽莎一边夹菜放进火锅里一边问道："慧晓，你请我吃饭肯定有事，快说出来吧，我给你参谋参谋。"

慧晓的脸上泛起了红晕，轻声对丽莎说："丽莎，我爱上安庆了。"

丽莎停住夹菜，愣了一下喊道："我的天哪，慧晓，是真的吗？你也太迅速了吧。"

慧晓拉着丽莎的胳膊说："你小声点。"

丽莎看着慧晓，小声说道："慧晓，安庆呢……长得确实很帅，有才华，你喜欢他、爱上他，很正常，我完全理解。他无非就是比你大近20岁，说起来，这也没什么。有句话不是说嘛，爱情是不分贫富和年龄的。你俩这是属于忘年恋。"

慧晓点着头说："不知道为什么，我就是喜欢他，心甘情愿地对他好，心疼他。"

丽莎拉着慧晓的手，认真地说："该爱就爱，别纠结，相信缘分，我支持你。"

慧晓一个劲地点着头。

日出给人的感觉，是新的希望，新的起点，新的开始。太阳从东方冉冉升起，新的一天拉开了帷幕。

安庆从电脑旁站起来，伸着懒腰自语道："总算写完了。"他走到阳台上，看着早晨的太阳，扭动着脖子，活动着。手机响了，安庆打开手机，

是慧晓发的信息，信息是一句英文：I love you, do you like me？

安庆明白，这句英文的意思是，我喜欢你，你喜欢我吗？

安庆心里没有感到很吃惊，走到客厅，点燃一根烟，坐到沙发上，慧晓青春靓丽、善解人意的形象浮现在眼前，此时安庆的心里是兴奋的、幸福的，又是纠结和矛盾的……

安庆心里清楚，自己已步入中年，慧晓对他来说，犹如水中月、镜中花，安庆总觉得他配不上慧晓。

到了上班时间，慧晓来了，两人像往常一样打着招呼，两个人略带尴尬的目光终于交织在了一起，安庆轻声说道："慧晓，你发的信息我看到了，只是，只是……"

慧晓听到安庆第一次喊自己的名字，心里感到很亲切，红着脸，低着头说："我是认真的，你不喜欢我吗？"

安庆脱口说道："喜欢，喜欢，你是个难得的好女孩儿，只是……"

慧晓走近安庆，两个人都能听到彼此的呼吸声了。安庆压抑得太久了，几年了，像和尚一样不近女色，努力拼搏自己的事业。

安庆看着眼前温柔可爱的慧晓，心动了，慧晓主动地扑到安庆的怀里，两个人终于紧紧地拥抱在了一起，静静地、静静地，站在那儿一动不动……

安庆穿着比以前时尚了，气色更好了，他要到慧晓上学的地方走一走，看一看，说是慧晓求学的时光，没有缘分陪她，现在要补上。慧晓领着安庆转遍了她求学时的小学、中学、大学，教室、图书室、操场、宿舍一处不落。每到一处，慧晓都会激动地告诉安庆她的一些过往故事，安庆听得很认真，听得很享受。两人转完了学校，又坐在一起，吃学校附近的各种小吃，慧晓告诉安庆说："又找到了上学时候的那种感觉。"

安庆领着慧晓回到了他的老家。在老家的日子里，安庆带着慧晓到了他的母校，小学的校址没了踪影，变成了绿油油的庄稼，中学的校址还在，里面住满了建筑工人。两个人坐在家乡的山顶上，安庆给慧晓讲述着他上学、放牛、当兵的故事，慧晓听的是津津有味，挽着安庆的胳膊，问这问那，安庆开心地回应着。

安庆和慧晓相处的日子是开心幸福的。工作中，慧晓已经是安庆离不开的得力助手了。生活中，单纯的慧晓给安庆带来的是轻松和激情。沉稳的安庆吸引慧晓的是才华、气质和魅力。

安庆晚上熬夜写作，慧晓就看书听音乐，时不时给安庆添茶水、送夜宵。安庆早上去晨练，慧晓就陪着安庆一起去跑步。慧晓爱听音乐，安庆就陪着慧晓一人戴着一只耳机听歌。

安庆习惯叫慧晓"晓晓"，慧晓叫安庆"安师"。两个人一起做饭，吃过饭后，不想下楼运动的时候，慧晓习惯从后面拥抱着安庆，推着安庆从厨房走到客厅，从客厅走到卧室，从卧室走到阳台，来回地走动着，嘴里喃喃地说："饭后百步走，活到九十九……"两个人甜甜蜜蜜的。

安庆有时候会底气不足地告诉慧晓，两人不知道什么时候稳定下来，结婚过日子，慧晓劝安庆不要没信心，她会做她爸妈思想工作的。

一天，早上9点多了，不见慧晓过来上班，安庆给慧晓打电话、发信息，没有回应，安庆吸着烟在屋子里走来走去，心里有种不好的预感，他像泄了气的皮球，瘫坐在客厅的沙发上。

李杰夫妇知道了女儿慧晓和安庆相处的事，两个人把女儿锁在了屋里，不让出去，慧晓在屋里喊着、闹着。李杰打电话，让慧晓的表哥鹏飞来到了家里。

鹏飞从姑姑巧玲的口中得知慧晓和安庆谈恋爱的事情后，站起身就要去找安庆，被巧玲拦住了，慧晓在屋里闹得更凶了。

安庆在家里坐立不安，他猜想一定是慧晓的父母不同意慧晓和他交往，把慧晓关在家里了。这时候，有人敲门，一对夫妇走了进来，来人是李杰夫妇。安庆起身倒水，李杰进屋关上门，说："不用了，你就是

安庆吧。"

安庆点着头"嗯"了一声。

巧玲坐在一旁瞪着眼睛打量着安庆，李杰很不客气地说："人不能干坏良心的事。你都这么大的人了，别不要自己的脸面。你以后不要再招惹我女儿慧晓，否则，我们对你绝不客气！"

李杰和巧玲怒气冲冲地走了，安庆回屋躺在床上，一个劲地抽烟。

安庆在床上躺了一上午，脑海里像放电影一样，重现着自己前半生的一幕幕往事，重现着他和慧晓相处的点点滴滴，一会儿眉头紧皱，一会儿傻笑，最终安庆的眉头又紧皱起来。

忽然，外面传来了急促的敲门声，安庆起身开门，不等安庆反应过来，人高马大的鹏飞一拳打在安庆的脸上，鹏飞一脚把门踢上，对着安庆又是一拳，嘴里骂骂咧咧道："你多大，我表妹多大，你竟然勾引她。我让你干缺德事。"安庆的脾气也很坏，但安庆没有动手。此时的安庆是麻木的，似乎没有了灵魂，躺在地板上任凭鹏飞粗鲁地打骂着自己。鹏飞打累了，终于停了手，指着满脸鲜血的安庆说："你以后离慧晓远点，不要再见她，否则，别怪我对你不客气。你这个不要脸的东西，啥玩意。"

鹏飞闹了一番，地上狼藉一片，鹏飞气冲冲地摔门而去，安庆躺在地板上一动不动，任凭脸上的鲜血直流。不知过了多久，安庆慢慢起身整理着鹏飞砸坏的东西，眼里的泪水像断了线的珠子，一滴一滴洒落在地板上。

安庆累了，走进卧室，哐当一声关上了屋门。

手机的铃声让安庆睁开眼睛，是出版社打的电话，说是安庆的小说书稿已经出版。安庆坐起来，脸上洋溢出几丝兴奋的表情，此时，他是多么想把这个好消息第一时间告诉给慧晓呀，但他没办法告诉她。安庆起身走进了卫生间，对着镜子，发现自己的脸被打肿了，上衣也被撕扯烂了。此时，安庆的眼泪又要流出来了，他极力克制着自己的情绪，用热毛巾敷着脸。

第二天一大早，安庆走出家门，进药店买了一个口罩戴上，坐着公交车向郊区的山里走去。

安庆来到了他和慧晓以前经常来的深山里，独自坐在他俩一起坐过的石头上，闭上双眼，活泼可爱、善解人意的慧晓仿佛来到了安庆的身边，一双柔软的手抚摸着安庆的脸，问道："还疼吗？"

安庆自言自语道："慧晓，我吹过我们吹过的风，这算不算我们相拥，我走过我们走过的路，这算不算我们相逢……"

忽然，手机铃声响起，是慧晓打来的，安庆犹豫着接通了电话。

慧晓问安庆，她爸妈和表哥是不是为难他了，安庆擦着湿润的眼睛，连忙说道："晓晓，你在哪儿，你没事吧？你爸妈他们没有为难我，我没事。"

慧晓带着哭腔说："我爸妈昨天没收了我的手机，让我表哥在家看着我。我让表哥买吃的去了，家门反锁着，我会想法出去的，出去了我就去找你。"

安庆有些歉意地说："晓晓，我让你受委屈了，你先别和我联系了，不要惹你爸妈不高兴，我理解他们的心情，你要照顾好自己。晓晓，好了，有人过来了，我先挂了。"

安庆挂掉电话，眺望着远方，一脸的失落和迷茫。

鹏飞提着外卖打开门，慧晓瞪着眼睛问道："说，你昨天找没找安老师？"

鹏飞一脸不自然的表情，装作很镇静的样子说："你不是饿了吗？我订的外卖，你先吃饭吧。"

慧晓不耐烦地喊道："你还没回答我话呢，你到底去了没有？"

鹏飞坐在沙发上，掏出一根烟点上，说："我没去，我又不知道他

在哪儿，二姑和姑夫可能找他了。表妹，姑姑和姑父不还是为你好嘛，还不是怕你被骗。不说了，你赶快吃饭吧。"

慧晓扭身回到卧室关上门，鹏飞喊道："你不吃了？真是的，你不吃我吃。"

鹏飞打开外卖，狼吞虎咽地吃起来。

安庆在工作室整理着家当，丽莎打电话过来说："安导，慧晓说发信息您没回，让我过来看看你。"

安庆微笑着说："哦，可能是我没注意到，我这会儿正忙。对了，要不明天我联系你，刚好有事找你。"

丽莎挂掉电话，自语道："忘年恋，修成正果波折多呀。"

晚上，安庆躺在客厅的沙发上吸着烟，屋里没有开灯，燃烧的香烟火光随着嗞嗞声忽亮忽暗。

黎明撵走了黑夜，又是新的一天，街上的人和车渐渐多了起来，都市日常的喧嚣又拉开了帷幕。

安庆和丽莎在他工作室的附近见面了，丽莎热情地向安庆打招呼，丽莎告诉安庆，慧晓的父母把慧晓看得很紧，不让她出家门，去哪里都跟着她，慧晓都快崩溃了。慧晓她爸妈看过您写的书，说您年龄太大，是不会让女儿嫁给您的。慧晓说她很想您。

安庆吸着烟，不住地点着头，丽莎鼓励安庆要有耐心，安庆清了清嗓子说道："丽莎，谢谢你告诉我这些。让慧晓受委屈了，都怨我，我不该……"

丽莎抢着说道："安导，您和慧晓都没错，错的是她爸妈。"

安庆叹着气说："丽莎，当父母的都希望自己的孩子有个好的归宿，过上幸福的生活。这样吧，你把我的新书和这封信交给慧晓。对了，这本是送给你的。"

慧晓手捧着安庆的新书，十分兴奋，反锁上卧室的门，迫不及待地拆开安庆写给她的信，看着看着就落泪了。安庆走了，离开西源市了，离开自己了，再也不回来了，还劝慧晓不要和父母闹了。慧晓看了几遍安庆写给她的信，情绪终于失控了，踹着门大声喊道："放我出去，我要出去……"

李杰夫妇被女儿的举动镇住了，忙上前开门劝女儿，慧晓冲着父母喊道："你们这样不是对我好，是把我往死的边缘推。"说完重重地关上了门。

火车站，安庆背着行囊挤上了回家乡的火车，看着窗外的风景，安庆心情是激动的，漂泊的游子就要回到热恋的家乡了，就要和父母、儿女团圆了，异乡辛酸艰难的日子就要结束了。安庆的心情又是万分沉重的，离开了他心爱的姑娘慧晓，两个人千年修的缘分结束了，爱情没有了。

火车里的安庆紧闭着双眼，心里默默念道："晓晓，我不知道以后没有了你的陪伴，我会怎样去面对生活。我是多么多么不想离开你呀！我没办法，我比你大近 20 岁，我刚还完外债，是个一无所有的人，我没资格去拥有你，我给不了你什么幸福。晓晓，我希望你平平安安的，将来找到自己的幸福……"

十一

天瓦蓝瓦蓝的，几朵白云飘在大山的头上。山下的溪水清澈见底，小鱼儿在小溪里游来游去。大山的对面是一个小山村，一片翠绿的竹林高大挺拔，竹林的前面是一栋两层的小别墅，别墅的前面是一块平坦的

田地，黄瓜、豆角、辣椒、西红柿满怀激情地装扮着黄土地，这些蔬菜令人赏心悦目。

天空的小鸟叽叽喳喳地叫个不停，安庆戴着草帽，挥动着锄头在菜地里锄着草，干活累了，安庆拿下搭在肩上的毛巾擦擦汗，坐在小马扎上，悠闲地吸上一根烟，喝口水。

快中午了，安庆挎着一篮刚从菜地采摘的新鲜蔬菜，送到家里，父母劝安庆再找个伴，安庆点头答应着。母亲心疼地对安庆说："你一个人就不要做饭了，吃饭的时候就过来，想吃啥我给你做。"

安庆笑着说："妈，我还少到家里蹭饭啊。我习惯了，没事。多干活是好事。我不想做饭了，想吃啥了，就过来吃您做的饭。"

寂静的夜晚，远远地看去，萤火虫在山间、在竹林、在小山村里，飞来舞去。浅绿色的萤光给夜空洒满了小星星，躲在田地里的蟋蟀和青蛙开始奏鸣起来，交织成高低音混合的好听的乐曲。

安庆坐在电脑前，聚精会神地写着文章，时而眨眼，时而发愣，时而皱眉，桌上的烟灰缸里堆满了烟头，清脆的敲打键盘声断断续续。

多少次创作中，安庆总感觉到慧晓就在他的身旁，给他倒茶水、给他端夜宵、给他揉肩。多少次吃饭时，安庆总感觉到慧晓仿佛在他的身旁，劝他少吃辣椒，让他多喝些汤。

安庆写作写累了，站起身伸了一个懒腰，躺到床上，打开手机，看着他和慧晓的合影，一脸的幸福表情，心里问道："晓晓，你过得好吗？"

黎明时分，巧玲早早起床，开始做早饭，慧晓的卧室里黑着灯，躺在床上的慧晓侧身望着窗外，发着愣，她心里在想着安庆，想着安庆现在在哪里，过得怎么样，为什么手机打不通，为什么不辞而别，前段时间到底发生了什么，粗鲁的表哥是不是为难安庆了……慧晓翻看着手机里安庆的照片，一脸的回忆，一脸的幸福。

巧玲敲门喊慧晓起来吃早饭，慧晓洗漱完坐在客厅，按着电视遥控器。巧玲把饭端过来放在茶几上，坐在慧晓身旁说："晓，吃饭吧，哪个父母不心疼儿女，听话，吃了饭，中午咱们去饭店吃你爱吃的香辣大虾。"

慧晓扭头喊道："您不是又想让我去相亲吧？我说了，我要考研，我不去，我这辈子是不会结婚的。"

巧玲拉着女儿的手说："晓，你要当尼姑啊，不结婚。你大姨给你介绍了几个，人好、家里的条件也好，你都把人家敷衍走了，你到底想啥呢？今天见的这个是部队退伍的，在事业单位上班。行不行见了面再说，妈不难为你。"

慧晓站起身说了句："要去你去，我不去。"便向卧室走去。

几个月转眼间过去了，安庆一个人在家里种菜、写作，时不时到大山里、竹林里、小溪旁去散步锻炼，自律让他的生活很充实。

一天早上，安庆正在菜地里松土，父亲匆匆跑过来，喘着气说："一个姑娘来咱家了，说是找你。"

安庆打开手机的相册，指着慧晓的照片说："爹，您看，是不是她呀？"

父亲看了一会儿说："是她，就是她，她很早不是来过咱家嘛。"

安庆愣了一会儿，他心里是多么想马上去见慧晓呀，可想到慧晓父母说的话，安庆又迟疑了。安庆吸了两口烟，果断地对父亲说道："爹，我不能害了慧晓一辈子的幸福，您回去告诉她说，我在外地，您也不知道我去哪儿了。让我妈给她做点好吃的，让她歇歇脚回去吧。"

安庆的父亲心疼地看着儿子，摇着头无奈地回家去了。

安庆顺着竹林向远处走去，心里默默念道："晓晓，别怪我。我分分秒秒都在想着你，都想见到你，我实在是没有勇气、没有自信再见到你，我不能毁了你一辈子的幸福，等来生吧……"

安庆的父母热情地招待慧晓吃这吃那，嘴里一直说着歉意的话，说安庆只要从外地回来，就让他赶紧联系慧晓。慧晓从两位老人违心的眼神中看得出，安庆是躲着不见她，她不忍心给两位老人添堵，拨打安庆

的手机，一直是忙音，慧晓不好再说什么。

告别的时候，安庆的父母给慧晓捎了一大包家乡土特产，并找邻居的车把慧晓送到高铁车站。慧晓看着两位白发老人，心里酸酸的，带着哭腔说："您二老回去吧，路上慢点。"

慧晓坐在高铁里，望着窗外，一脸的委屈和失落，心里默默地念道："安庆，你这是为什么呀，你以为躲着不见我就是为我好吗？你可知道，我是多么多么地爱你呀，我不能没有你……"

慧晓回到家里就进卧室休息了，李杰夫妇看着疲惫的女儿也没敢多问，两口子关掉电视也回卧室去了。

第二天一大早，慧晓背着挎包出了家门，她拦了一辆出租车，上车告诉司机，她要包租一天，司机开心地答应着，问道："姑娘，你说先去哪儿？"

慧晓说："阿姨，先到翠花山吧。"

慧晓沿着她以前和安庆去过的地方走了个遍，耳机里单曲循环着安庆最爱听的歌《听闻远方有你》，眼泪不由得流了出来，出租车司机叹着气，对慧晓说："姑娘，看模样你和我姑娘差不多大，有啥伤心的事给阿姨说说。"

慧晓勉强地笑了一下，说："没事，阿姨。"

天快黑的时候，慧晓回到了家，躺在床上，又想起了出租车司机阿姨说的话："姑娘，你是大学生，比我懂得多，认准的事，自己喜欢的事，只要是正事，就去做，人生几十载，不要给自己留太多的遗憾。"

慧晓侧过身，戴上耳机，又听起了《听闻远方有你》，听着听着，眼里噙满了泪水。她任凭泪水滑落，也不去擦拭。

一个山村，安庆坐在小溪旁，戴着耳机，同样听着《听闻远方有你》，他慢慢脱掉鞋袜，把脚伸进溪水里，抬头看着大山，就像塑像一样一动不动。

十二

几年很快就过去了，安庆依然一个人生活着，又出了两本书，这期间安庆曾一个人不远千里，开车到过慧晓家所在的城市，到过他和慧晓几年前登过的山、蹚过的小溪、坐过的石头、吃过饭的地方……

母亲劝安庆再找一个伴，安庆总是点头答应着，心里想着，一个人挺好，也习惯了，不费那个事了。

安庆几本新书在有声听书平台上线后，很多粉丝打电话要拜访安庆，安庆都一一婉言谢绝了。有一些粉丝硬是直接登门了，电视台、自媒体的采访不断。一集团慕名找到安庆谈合作，愿意给安庆投资，把小说改编成影视剧本进行拍摄。

安庆住的小院里热闹了不少，安庆非常低调地接待着每位粉丝朋友，到了吃饭点，安庆就到自己的菜地里摘些纯天然的蔬菜，和上面、炒菜、擀面条，热情招待每位到访的客人。

女粉丝有向安庆表白的，有想做安庆工作助理的，有想来向安庆学习的，安庆对粉丝的好意和要求，无动于衷，都很婉转地一一拒绝了。

安庆家乡一煤矿矿长的女儿对安庆非常有好感，隔三岔五开着车来找安庆，每次来都给安庆买很多的营养品，说是要拜安庆为师，跟着安庆学写作、学表演，安庆大多时候，都会躲着不见她。

父母经常劝安庆找个心仪的人，不能老是一个人生活，安庆总是笑笑，点点头说："您二老就放心吧，我会考虑的。"

安庆经常给丽莎打电话，问慧晓的状况，丽莎电话里就会说安庆，

说他思想太传统了，没担当，让慧晓咋办啊之类的一些话。

安庆总是说一句对不起，就沉默不语了。

慧晓给安庆打电话打不通，就写信，希望收到安庆的回信。安庆把慧晓的信看了一遍又一遍，除了落泪伤心，没有别的办法。

李杰夫妇终于被女儿慧晓的智慧和执着给打败了，给女儿安排了无数次的相亲，都被慧晓很有礼貌地放了鸽子，两人很无奈，索性就此沉默了，一心打理着自家的建材门市生意。

经过努力，慧晓考上了一所名校的研究生，经过几年的学习终于毕业了，她申请了留母校任教。上研究生的几年中，慧晓把精力全部放在了学习上，发表了不少学术论文，自编自导的微电影获得了地区一等奖。

又是一年过去了，天还是天，地还是地，你还是你，我还是我……

安庆写东西写累了，躺在竹子藤椅上，闭上双眼，听着《听闻远方有你》的歌曲……

忽然传来的叫门声惊醒了安庆，声音是久违的熟悉，是久违的亲切，安庆慢慢地站起身，看见慧晓已经站在院子里了，温柔的阳光下，安庆和慧晓四目相对，谁都没有说话，杵在院子里看着……

网络情缘

一

华灯初上，五彩斑斓的霓虹灯点亮着香港的黑夜，灯光把每一个角落装点得流光溢彩，让人眼花缭乱，浮想联翩，陶醉在灯的海洋，光的世界。

香港不愧是东方一颗璀璨的明珠。错综复杂的街道就像五颜六色的绸带，飘飘荡荡；街道上的车子和人群川流不息；维多利亚港的夜景真美，一艘艘轮船在海面上驶过，船上的灯火闪烁，犹如一颗颗星星闪烁在漆黑的海面上；紫荆花广场上的紫荆花在夜色中闪烁着。

琳琳拖着满身的疲惫走出上班的大酒店，琳琳不高不低、不胖不瘦，凹凸有致的身材散发出女人优雅的气质，一头乌黑发亮的长发随着走路的"咔嗒咔嗒"声有节奏地飘逸着，一双清澈的丹凤眼镶嵌在白皙的鹅蛋脸上，是那么的漂亮、性感，说琳琳是个大美女，一点也不为过。

琳琳回到了出租屋里，洗了个热水澡，裹着白色的睡袍躺在床上，扭动了几下脖子，嘴里长嘘了口气，望着天花板，整个身体似乎一下子凝固了，宛如一尊雕塑。

琳琳出生在江西一村庄，父亲、母亲都是教师，琳琳是长女，下面有一弟一妹。父母对他们几个子女要求非常严格。上高中的时候，漂亮、

清纯的琳琳是学生公认的校花，一次因为收到了几个男生的告白信，被父亲数落了大半夜，还写了深刻的检查给母亲看，才算了事。

琳琳大学毕业后，应聘到一家电器公司做行政主管，电器公司的老板赵老三初中毕业，靠着开煤矿的父亲的支持，在城里开了一家规模很大的电器公司。

赵老三中等个，长相一般，皮肤特别黑，仗着家里有钱，整天是出了饭店进桑拿，桑拿完了进酒吧，今天跟这个姑娘谈恋爱，明天又去搂别的姑娘，私生活很乱。赵老三虽然学历低，但他踏入社会早，很有混社会的经验，也很会伪装自己，在公司里一副严肃的表情，高高在上，对自己的私生活只字不提，给公司员工留下了很敬业的印象。

一天上午，有人敲赵老三办公室的门，赵老三赶紧关掉电脑，把放在老板桌上的两只脚收回，应了一声。门开了，公司的员工慧君走了进来。慧君一米七的身高，一张妩媚的脸蛋，前凸后翘的身材。

慧君走上前，对赵老三说："赵总，您找我？"

赵老三打量着对面的慧君，站起身指了指沙发说："哦，小李，你坐。"

"最近工作不错，这是给你的红包，拿着。"赵老三说着顺势坐到沙发上，与慧君挨得很近，慧君挪了一下身体说："赵总，昨天不是发过工资了吗？您这是？"

赵老三诡异地笑着说："这是我给你的奖励，拿着吧。"

慧君站起身道谢后，正要离开，赵老三一个饿虎扑食，搂住了慧君。慧君心里明白，赵老三接下来要干什么，她想挣脱，可赵老三搂得太紧。一张烟臭味的大嘴已经贴了上来，慧君挣扎着要推开赵老三，但她一个女孩子哪是一个兽欲熏心的男人的对手。赵老三的动作更加猛烈了，抱起丰满的慧君，踢开办公室的休息室门走了进去，门咣当一声关上了，赵老三三两下脱去了慧君的衣服，慧君捂着脸，嘴里说着："不要，我不想、我不想……"

慧君拖着满身的屈辱回到了出租屋，径直走进了卫生间，衣服也没脱，任凭花洒喷出来的水柱击打在身上，不知道过了多久，慧君睁开眼睛拿起沐浴露涂在身上用力揉搓着，她要搓去今天发生在自己身上的耻辱，洗干净自己。赵老三那张扭曲的犹如黑锅底的脸不时闪现在她的脑海中，慧君狠狠地骂了声："天杀的王八蛋，你不得好死。"

慧君裹着浴巾走到卧室，换好衣服，坐在沙发上，目光呆滞，她想过要报警，要惩处赵老三这个畜生，可她又想到了男朋友刘刚，刘刚要是知道了，怎么办，自己的名声也就完全毁了。

慧君正犹豫着，电话响了，是男朋友刘刚打来的，慧君犹豫着，她不想让刘刚知道赵老三欺负她的事，她更不想失去刘刚，慌忙接通电话："刘刚，你在哪儿？嗯，我过去，咱俩到外边吃吧，我刚好给你看了一件衣服，顺便买回来。"

刘刚和慧君进了一家西餐厅，慧君点了刘刚爱吃的牛排和甜点，刘刚打开挎包掏出一信封，看着慧君说："拿着，今儿呀，老板给我发奖金了。"

慧君听到奖金二字，脸一下子苍白了，眼睛里充满了酸楚，刘刚忙问道："慧君，你怎么了，脸色咋这么难看，是哪里不舒服吗？"

刘刚伸手摸向慧君的头，慧君极力掩饰着自己，对刘刚说："哦，我头有点晕，没什么，可能是有点累，我喝点水。"

慧君一个劲地劝刘刚吃牛排，自己端着水杯一个劲地喝，嘴里夸刘刚能干，刘刚笑着说："你好长时间没夸过我了，我就喜欢你夸我，慧君，我一会儿陪你去诊所看看吧。"

慧君急忙说："这会儿好多了，不用了，可能是没休息好。"

说着，慧君递给刘刚一份甜奶冰激凌，说："你不是爱吃吗，把它吃了。"

　　刘刚和慧君是一个镇子上的，又是同学，两人大学毕业后离开家乡出来打工。刘刚憨憨的，心地善良，踏实能干，对慧君是百般的好。一对年轻人想靠着双手改变自己的命运，在城市里买一套属于自己的房子。

　　吃完饭，慧君领着刘刚进了一家男装专卖店，让刘刚试穿了一件外套和一条裤子，刘刚问了价钱说："慧君，先不买吧，太贵了。"

　　慧君坚持让店员打包结账，刘刚拗不过，也不再说什么，买完衣服回到了出租屋，刘刚去洗澡了，慧君躺在床上，看着窗外，一副心事重重的样子。

　　刘刚穿着睡衣躺到床上，抚摸着慧君的一头黑发，嘴贴在慧君的耳朵上亲吻起来，慧君顺手关掉了灯。此时，慧君似乎没有了往日热情的迎合，心里默默地流泪，充满了屈辱和对刘刚的亏欠之情，想着想着，泪水忍不住地流了出来，双手紧紧抱住了自己的男人，刘刚发现慧君哭了，搂着慧君问个不停。慧君说："身体有点不舒服，昨晚做了个不好的梦，想老家的父母了。"

　　刘刚抚摸着怀里的慧君："咱们抽时间回老家看看，慧君，别难受了。我会好好干的，争取早点买上房子，把咱们的父母接过来一起住。"

　　慧君答应着，泪水像断了线的珠子流个不停，一头扎进刘刚的怀里。刘刚一只手紧紧地搂着慧君，一只手轻轻地拍打着慧君的背，喃喃地说："不哭了，这几天就请假回老家一趟，不哭了。"

　　慧君时常觉得对不起刘刚，赵老三欺负她的事也不敢告诉刘刚，就这样纠结着，心里像是压着一块大石头，憋闷得很。

　　赵老三占了慧君的便宜后，心里美滋滋的，慧君毕竟是良家女孩儿，赵老三隔三岔五尝试着再次纠缠慧君，心里盘算着再次拥有她。慧君看到赵老三就躲，心里感到恶心和莫名的耻辱。可她又有什么办法呢？一个在异乡打工的女孩儿要生存，要结婚，要买房，这些都需要钱，就是吃根葱、喝口水都需要钱。慧君心里知道，清白和纯洁对一个女人的重要性，她不想失去她深爱的男朋友，不想让人对她指指点点，只有隐忍，只有沉默。

周末了，慧君忙完手头的工作，正要回家，赵老三进了办公室，慧君急忙往外走，赵老三一个箭步关上门，抱着慧君压到了桌子上，赵老三罪恶的手在她身上乱摸，一张臭嘴在她的脸上、脖子上乱亲，任凭慧君怎样挣扎和喊叫，最终，赵老三还是得逞了。看着绝望的慧君，赵老三安慰着说："慧君，我喜欢你才这样把持不住自己。都啥年代了，你还这么封建。我不会亏待你的。"说完掏出一张银行卡递给慧君，慧君把银行卡扔到地上，声嘶力竭地骂道："你这个畜生，不得好死。"

慧君对刘刚撒谎说自己病了，在家休息，没再去上班，赵老三发现慧君几天不到公司上班，心想，慧君不会怎样他，更不敢告他，于是打电话给慧君，发现慧君把他电话拉黑了。

赵老三又瞄上了刚进公司不久的琳琳，他找来琳琳，装模作样地告诉琳琳，慧君家里有事请假了，让琳琳顶替慧君的岗位，做他的助理，还给琳琳涨了工资。涉世不深的琳琳高兴地答应着，心里为遇到好老板而高兴。

慧君不上班的日子里，把租住的公寓打扫得一尘不染，空闲下来或躺在床上看书，或一个人坐在窗户旁发呆。

慧君好像想起了什么，站起身走进卧室，换好衣服出了门。

几天没出门的慧君下了楼，夏日的暴晒和明亮让她睁不开眼睛，一时似乎享受不了夏日的热情。

慧君到超市买了些鸡蛋和蔬菜，匆匆回到了家，看了一下墙上的挂钟，已是下午 4 点，慧君戴好围裙，在厨房里忙着做饭。

沁心写字楼一办公室里，刘刚和孙老板因为奖金的事吵得很凶，孙老板坐在沙发上慢条斯理地说："天塌砸大家，这个项目赔钱了，人人有份。"

刘刚气愤地冲着孙老板说："我只做业务，你为什么克扣我的业务

提成。"

孙老板忽地站起来大声说道："你嚷嚷什么，嫌不合理可以辞职不干啊，嚷个毛啊。"

刘刚随口说道："我辞职不干了，你必须把提成给我。"说完摔门而去。

此时的刘刚失去了往日对生活的热情，漫无目的地走在大街上，忽然觉得眼前的这座城市很陌生，令他压抑，令他窒息。他这是受委屈了，是想父母和亲人了，是想家乡了。

刘刚走到家门口，强打着精神进了屋，慧君已经做好饭菜等着他，刘刚无精打采地吃着饭，慧君给刘刚夹了些菜，问道："你怎么了？"刘刚抬头看着慧君，有些沮丧地说："我想老家了，你不也想家了吗？"

没过几天，刘刚和慧君两人带着对家乡的思念，背起行囊，离开了令他们感到伤痛的城市，踏上了回家之路。

赵老三坐在办公室里，一双色眯眯的眼睛盯着电脑里的监控，公司里员工的一举一动清晰可见。前几天，他趁着星期天，找人偷偷在琳琳的办公室安装了针孔摄像头。

赵老三盯着监控中的琳琳看了很长时间，漂亮的琳琳毫不知情，赵老三起身锁上办公室的门，坐下，放大了监控画面，工作中的琳琳完全展现在赵老三的眼前，他痴迷地看着近在咫尺的琳琳。

一天下午快下班的时候，赵老三打电话给琳琳，说找她有工作要安排，琳琳到了赵老三的办公室，赵老三起身要给琳琳倒水，琳琳拒绝着说："赵总，我不喝水，您有什么事尽管吩咐。"

赵老三眼珠转了几下，坐在琳琳旁边的沙发上说："琳琳，你来公司时间不长，可你的工作能力很出色，我呢，决定给你加薪，每月加1000元。"

琳琳有些吃惊，心里在想，他为什么会无故给我加薪，赵老三盯着琳琳问道："怎么了，给你加薪，不高兴啊？"

琳琳抬头的瞬间，发现赵老三的一双小眼睛正不怀好意地打量着自己，琳琳赶忙站起身说："谢谢赵总，我能力还不够，加薪以后再说，如果没别的事，我就先回去了。"

琳琳正要开门，赵老三一个箭步冲上去，把门反锁上，扭头抱着琳琳就往里面走，嘴里说道："我看到你第一眼就喜欢上你了，你只要答应我，我不会亏待你的。"

赵老三的手在琳琳身上乱摸起来，一张臭烘烘的大嘴在琳琳的脸上乱啃乱咬，琳琳震惊了，她奋力地挣扎着喊道："你这个畜生，放开我。"

赵老三满脸狰狞地说："你喊吧，没人能听到，我还不信，收拾不了你这个丫头片子。"

琳琳看到桌子上的烟灰缸，急中生智，腾出一只手拿起烟灰缸用力砸向赵老三，赵老三一声惨叫，放开了琳琳，两只手捂着头，蹲在地上，琳琳急忙转身离去，打电话报了警，人面兽心的赵老三被警察带走了。

琳琳失业在家，在香港居住的舅舅年龄大了，写信想让琳琳过去照顾自己，琳琳的父母问琳琳，琳琳爽快地答应了，说到了香港既照顾了舅舅，还会找到更多发展自己的机会。

琳琳满怀梦想地到了香港，她被眼前的花花世界震撼了，琳琳慢慢地感觉到了香港的生活节奏快、竞争力强，这让她压力很大。

在香港生活了一辈子的舅舅70多岁了，连属于自己的一个家都没有，老伴早早就去世了，他孤苦伶仃一个人在出租房度日。眼前的现实让琳琳有些后悔了，晚上躺在客厅的沙发上怎么也睡不着。舅舅的咳嗽一声接一声，琳琳不时问舅舅，喝不喝水，舅舅有气无力地说道："你快睡吧，我这是老毛病了。"

琳琳的一双大眼睛眨来眨去，心想，舅舅也没啥积蓄，身体还有病，治病、生活、房租都需要钱，自己得赶快找一份工作，先生存下来再说。

琳琳应聘了几家公司都没被录用，琳琳有些怀疑人生了，一个人走

在街上，心里感觉到失望，甚至是绝望，心想自己好赖也是上了几年大学，连一份称心的工作都找不到，该怎么办呢？

回到家里，琳琳看到舅舅张着嘴躺卧在地上，满脸憋得乌青，琳琳吓坏了，赶紧去挽扶舅舅，打电话给医院。

医院的急救室里，医生忙着做抢救，琳琳焦虑地在医院的走廊里走来走去，急救室的门终于打开了，琳琳急忙向医生询问舅舅的病情，医生看着琳琳说："你舅舅是肺癌晚期，我们尽力了，你快进去见最后一面吧。"

琳琳跑进急救室，看到瘦弱的舅舅，眼泪哗地流了出来，她蹲下身握住舅舅的手，舅舅吃力地从口袋里掏出一张银行卡，用微弱的声音说道："这是我一辈子的积蓄，你拿着，好好照顾自己。"

舅舅走了，琳琳在邻居的帮助下，料理完了舅舅的后事，想着舅舅一生孤苦伶仃的漂泊生活，琳琳眼里的泪水止不住地流下来。远在大陆的父母劝琳琳回老家，倔强的琳琳坚定地说，她要在香港发展自己。

琳琳应聘到了一家酒店做服务员工作。酒店的经理孙爱慧工作能力强，犀利、强势且嫉妒心强，看到琳琳这个大陆妹人长得漂亮，工作卖力，得到老板的几次表扬，心里很不是滋味。孙爱慧经常刁难琳琳，把脏活、累活都分给琳琳干，琳琳每次都默默完成，从不抱怨，见到孙爱慧还很有礼貌地问好打招呼，整得孙爱慧很是无语。

一天中午，酒店来了一群衣着华丽的年轻人，点了一桌酒菜，胡吃海喝，个个口若悬河。服务员小刘不小心踩着一食客的脚，食客们不依不饶，说要不到医院去拍片，要不把饭钱打五折。孙爱慧第一时间去给客人道歉，好说歹说也不行，一群人嚷着不罢休。

琳琳听说后，走进酒店包房，想帮着孙爱慧说服客人，醉意蒙眬的几个年轻食客盯着琳琳问："你进来干吗？"

琳琳不卑不亢地说道："诸位哥哥们，喝了酒要记着赶快回家，不要让家里的父母、妻儿担心。我是大陆江西刚过来香港的，不知道这边的规矩道道，说的不对的地方还请你们多担待。今天是我们的服务出现了失误，惹你们不开心了。我们孙经理也给你们道歉了，你们就原谅我们这一次吧。"

一胖男人拍了下桌子说："怎么？你个大陆妹倒说起我们来了。你们踩了我的脚，没错吗？"

琳琳接话道："我们有错在先，是我们服务出现了失误，踩着哥哥的脚了，是我们服务的失误，您看，我现在先陪你去医院检查，行吗？"

又一个瘦子拍着桌子说："哎、哎、哎，静一下，这样吧，这个大陆妹妹声音这么好听，就让她给咱们唱首家乡小曲，这事就算解决了，好不好？"

众人应着好，孙爱慧看着琳琳，琳琳给孙爱慧使了个眼色，上前一步，张口唱了一段江西老家的赣剧《送饭斩娥》，琳琳清脆悦耳的唱腔最终平息了这场闹剧。

琳琳踏实肯干、善于学习的作风被老板看在眼里，一年后，孙爱慧当上了酒店的副总，琳琳被酒店破格提拔为前台经理。

琳琳回忆着她来香港的过往故事，脸上的表情一会儿是傻笑，一会儿是凝重。她想着想着就呼呼地睡着了。皎洁的月光透过窗户，温柔地照在琳琳的脸上，屋里一片寂静，床头柜上的钟表静静地转动着。

二

杏黄色的大月盘悬挂在空中，到处静悄悄的，夜深了，20多岁的志航躺在床上吸着烟，一会儿傻笑，一会儿板着脸，一会儿皱起眉，一会

儿闭着眼，像在表演变脸一样。

志航的母亲先是侧耳听了一下，又轻轻敲了几下门，轻声地说道："志航，很晚了，赶快睡吧，明天你还得上班呢。"

志航睁开眼，伸着懒腰答应了一声，抬手关掉了电灯。

志航妈妈咳嗽着走进了卧室，拿起床头柜上的药瓶，颤颤巍巍地倒了几粒，喝了一大口水，一仰脖咽了下去。

隔壁的志航依然在黑夜里抽着烟，白天公司聚餐的情景又闪现在他眼前，聚餐就要结束的时候，琳琳和服务员走进来，用中英文征求顾客的意见和建议，志航一下子就被眼前的琳琳给吸引住了。漂亮的琳琳富有磁性的声音像动听的歌曲一样悦耳，一直牵绕着志航的脑神经。

志航走出酒店，满脑子都是琳琳的身影，心里想，她就是我这辈子要找、要等的人，我俩会有缘吗？

睡不着觉的志航翻身打开灯，扭头看到了桌上放的爸爸和他的合影，鼻子一酸，一脸要哭的表情，他陷入了往事的回忆中。

志航的爸爸是一名工程师，妈妈是香港一公司的财务会计，两人养育了志航这一个儿子。志航从小就非常的聪明，从小学到高中的学习成绩一直名列班级前茅，高考考上了香港大学，学的是电脑编程，毕业后几家大公司高薪聘他做主管，志航选择了一家上市公司，在专业领域里工作干的是出类拔萃，没多长时间就做到了项目主管的职务。爸爸、妈妈心里为他感到自豪。

一天中午，志航刚下班准备去吃饭，电话响了，是警察打来的，说是志航的爸爸出了车祸，正在医院里抢救。

志航气喘吁吁地跑到医院的时候，看到妈妈正坐在医院走廊里低声哭泣，志航上前抱着妈妈小声安慰着。抢救室的门开了，医生告诉志航，病人的时间不多了，要亲人过去见最后一面。志航的脑子一片空白，不敢相信这是真的，在医生的再次提醒下，志航和妈妈进了抢救室。

手术台上戴着氧气罩的父亲吃力地睁开眼睛，志航拉着爸爸的手，流着眼泪喊着爸爸，爸爸艰难地说道："你要照顾好你的妈妈，儿子，你都快 30 岁了，要尽快谈个女朋友结婚，结婚的时候别忘了告诉……"

话还没说完，爸爸就永远地闭上了眼睛，抢救室里传出了志航母子俩的哭声。

爸爸去世后，志航变得有些沉默寡言，一下班就回家陪着妈妈，他害怕妈妈伤心寂寞。

两年过去了，志航的妈妈退休了，身体的小毛病不断，志航经常劝妈妈要多出去走动走动，妈妈总是微笑着说："我身体好着呢，你要是早点结婚了，我会很高兴的，再给我生个大胖孙子，让我当奶奶，该有多好。"

志航点点头，说："妈，我会尽早结婚的，您就等着当奶奶吧。"

公司里有几个女孩都暗恋着帅气又果断的志航，可是志航对她们没什么感觉，弄得自己心里也非常苦恼。

一个叫甄妮的女孩经常有事没事找志航聊天，志航对她印象还不错，两人接触了一个月后，甄妮开朗奔放的性格让志航感到有点窒息。甄妮在公司里和谁都聊得来，志航提醒她，不希望她和别人说过多的话，尤其是异性同事。甄妮尝试着去变高冷，可没几天就又恢复原样了。志航知道他无法改变甄妮，于是就渐渐地疏远了甄妮。甄妮自己也感到委屈和痛苦。

想着想着，志航伸了下懒腰，打着哈欠，闭上眼睛睡觉了。

太阳按时唤醒了人们的日常生活，志航一早到了公司，忙完手头上的工作，找出纸笔，准备给令他魂牵梦绕的琳琳写信。他认为电脑打出来的信不够真诚，还是手写的信最能表达他的真情实意。

琳琳来到酒店换好工装，组织服务人员开了晨会，便开始忙碌起来，带头搞起酒店的卫生。

一邮递小哥捧着一束鲜花走进酒店大厅，老远就打听琳琳在不在，琳琳上前应道："我就是。"

邮递小哥把一束鲜花递给琳琳，说："有位先生给您送的鲜花，请签收一下，还有一封信。"

琳琳的脸一下子红了，这是她收到的第五个人送的鲜花了，一群服务员围了上来。

"经理又收到鲜花了。"

"我们经理长得漂亮，护花使者一定很多的啦。"

"让我闻闻花香，经理，您真幸福。"

琳琳边走边说："都快去工作吧。你们呀，都会收到鲜花的。"

回到办公室，琳琳把鲜花放在桌子上，拆开信封，洁白的纸上一行行黑色工整的钢笔字格外醒目，琳琳自语道："这字，写得真是漂亮。"

书信的字里行间诉说着志航的心意，琳琳看着看着，脸越来越红。志航在信里说，虽然和琳琳只见了一面，可他已经深深地喜欢上了琳琳，说琳琳就是他一生要守护的宝，希望琳琳考察他、选择他。

琳琳心里知道，自己是个大陆妹，一个人在异乡只有规矩做人，踏实做事，才能生存发展。她对自己的婚姻和将来几乎没怎么考虑过。有几个男孩儿追求她，她都婉言谢绝了。看着志航情真意切的求爱信，琳琳的心脏像一只小白兔突突直跳，压抑在心底的春心有些萌动。她闭着眼睛，两腮泛起了红晕，一会儿，又睁开眼睛，打量着志航写给她的信，看了一遍又一遍。

志航时不时到琳琳上班的酒店吃饭，一个人点两个菜坐在大厅，边吃饭边找机会和琳琳搭话。有时候陪着妈妈一块儿过来，妈妈也不知道儿子怎么老是到一个地方去吃饭。

琳琳觉着志航长得帅，对家人也很孝顺，终于答应了和志航交往。志航心里乐开了花，一有空就约琳琳一起游玩，换着花样讨琳琳开心。

一次，志航和琳琳出游回来已经半夜了，在酒店开了房间，志航抚摸着琳琳的黑发，把琳琳拥入怀中，琳琳闭上了眼睛，两人的嘴唇吻在了一起，琳琳嘴里发出呻吟声，声音很小，志航看着琳琳白皙漂亮的脸蛋，加大了亲吻的力度，两人的舌头舔拧在一起，交织在一起，志航的两只手轻轻地来回抚摸着琳琳的柳叶眉毛，志航抱起琳琳放在铺着洁白床单的大床上，俯下身子，继续亲吻着琳琳的脖子、耳朵，此时的琳琳脑子一片空白。

志航突然停止了动作，琳琳睁开眼睛，满脸通红地看着志航。

志航把琳琳搂进怀里说："琳琳，我爱你，等我们俩结婚的时候，我再拥有你。"

有些意犹未尽的琳琳掩饰着，点着头。琳琳心想，没想到香港这花花世界里，自己喜欢的男朋友还这么守规矩，她庆幸自己的幸运。

三

一位身材挺拔，留着寸发的英俊男人迈着大步走在街道上，他叫马德玉，刚从部队转业回来。

马德玉快步走进了某日报社，到了二楼刚巧碰到了一位姑娘，马德玉很有礼貌地打招呼说："您好，麻烦问一下总编办公室在几楼。"

刘爱珍打量着眼前的帅小伙，问道："您是？"

"哦，我刚从部队转业回来，分到了日报社工作，今天过来报到。"

"这样啊，左边第二个办公室，我叫刘爱珍，是新闻部的编辑，很高兴认识您。"刘爱珍边说边伸出手。马德玉伸出手说："您好，我叫

马德玉，很高兴认识您，刘老师。"两个人的手握在了一起。

刘爱珍进到办公室就说道："咱们报社又来新人了，是个转业军人。"

几个人围过来开始议论起来。

"是吗？你咋知道的？"

"我刚在楼梯口碰到的，他向我问总编办公室在哪来着。"

"来新人好啊，咱们新闻部缺人，能分到咱们部门就好了。"

刘爱珍站起身说："都开始工作吧，分到哪呀，是总编的事。"

刘爱珍拿出一摞稿子正要改稿，办公室小李过来了，伏在门口探着头喊道："刘主任，总编找您。"

刘爱珍犹豫了一下，心想，不会真的把那个转业军人分给新闻部了吧，那样就太好了。

刘爱珍进了总编办公室，孙总编急忙介绍说："马德玉同志，这位是新闻部主任刘爱珍同志。"

马德玉迅速站起身跟刘爱珍打招呼，孙总编指了指马德玉，对刘爱珍说："刘主任，这位是分到咱们日报社的转业军人马德玉同志。他在部队是宣传干事，文笔不错，发表了不少文章。我和赵副总编通了电话，马德玉同志就分到你们新闻部工作，你安排一下。"

刘爱珍站起身应着孙总编的话，把马德玉领到了新闻部办公室。部门人相互介绍后，马德玉便忙着整理着自己的办公桌。刘爱珍走过来说："马老师，都是一个部门的，您以后有什么需要，有什么事尽管给我们说。"

马德玉慌忙站起身说："刘主任，谢谢您，谢谢大家，以后还请你们多多关照。"

华灯初上，万家灯火，忙碌一天的人们都陆陆续续回家了。

刘爱珍回到家里，保姆赵阿姨在厨房里忙着做饭，刘爱珍上前问道："赵姨，我爸妈呢？"

赵阿姨回道："你爸妈去保健按摩了，去了有一会儿了，估计快回来了。"

刘爱珍应着保姆阿姨的话，进屋换上睡衣，走进家里的浴室洗澡去了。刘爱珍坐进了大大的浴缸里，两只手不停地撩拨着水花，撩着撩着，慢慢停了下来，闭上眼睛，享受泡澡的同时，开始想她的心事了。

刘爱珍的爸爸刘强当了几年兵回到地方后，开煤窑挣了不少钱，还在市里开了一家大酒店，妈妈静怡在一家银行当行长，夫妇俩就爱珍一个宝贝女儿，爱珍是含着金钥匙出生的，从小就生长在福窝里。爱珍虽说有些任性，可她很有志向，凭着自己的努力，高考的时候，以全校第一名的成绩考入了一所知名的传媒大学，毕业后被分到了日报社上班，上班没多长时间，又考上了研究生，凭着自己的努力，从一个新闻记者做到了报社的中层干部。

上学的时候，就有不少男生追求刘爱珍，刘爱珍对他们不屑一顾，认为他们缺乏上进心，以为学习好、考上了大学就抱上金饭碗了，就可以享受生活了，爱珍很排斥这些人和事，这也就让刘爱珍单身到现在。

此时，正在泡澡的刘爱珍想到了马德玉。马德玉有棱有角的五官，霸气中不失柔情，一双大眼睛特招人喜欢，仿佛隐藏了很多秘密，说话的声音很有磁性，让人陶醉。

刘爱珍睁开眼睛，站起身宛如出水芙蓉一样的清纯靓丽，裹上洁白的浴巾，走进蒸房，自语了一句："马德玉会喜欢我吗？我们会有缘分吗？"

吃晚饭的时候，妈妈静怡说又有人给刘爱珍介绍男朋友，让她去见见，刘爱珍放下筷子说："妈，都啥年代了，还相亲，我的事您不用管。"

"啥，我不用管，珍珍，你都快 30 岁的人了，我不管能行吗？你不要我管也行，你倒是领回来一个让我和你爸看看啊。"静怡很是着急。

刘强看了看妻子又看了看女儿，摇着头说："我说，女儿啊，你要服从你妈的安排，说不定你一见就相中了呢。你不小了，该考虑个人的婚事了。我和你妈像你这么大的时候，你都已经会跑了。珍啊，要理解

我和你妈，我和你妈天天等着盼着抱孙子呢。"

刘爱珍噘着嘴说："爸，您怎么也……唉，好吧好吧，我自己会找的。"

又是崭新的一天，街上、菜市场又像往常一样喧嚣起来，一辆玫瑰色的跑车在日报社门前停下，刘爱珍开门下车，向报社办公楼走去。刘爱珍今天穿得很休闲，白色的卫衣，浅蓝色的牛仔裤，白色的板鞋，齐肩的黑发随着脚步声荡漾着，给人一种清新大方的感觉。

刘爱珍进了办公室，看到马德玉一个人在写稿子，上前把一咖啡色的纸袋放在办公桌上说："你这么早啊，吃早饭没有？"

马德玉看着刘爱珍问道："早啊，刘主任，这是啥？"

刘爱珍有些不自然地说："哦，这是两条烟。我爸戒烟了，放在家里也不是事。我看你烟瘾大，就给你捎过来了。"

马德玉站起身说："这怎么行，无功不受禄，我给你钱吧。"

刘爱珍把烟塞到马德玉手里说："哎呀，你这么客气干吗，拿着。"

马德玉嘴里一直说着谢谢，刘爱珍又从包里拿出两盒牛奶和一块面包，看着马德玉说："这个你拿着，饿了就吃点，干咱们这一行的，得随时补脑。"

马德玉又站起身，嘴里说着谢谢，两人四目对望，都有些不太自然。记者、编辑们陆陆续续走进了办公室，刘爱珍慌忙扭身走向自己的办公桌。

下班了，马德玉骑着自行车回到了家里，马德玉冲了个澡穿着睡衣躺在沙发上，看着墙上挂的全家福，不由得想起了一些往事。

马德玉出生在农村，兄妹三个，他是长子。20世纪70年代物资匮乏的岁月里，当民办教师的父亲一个月几十元钱的工资，养活一家几口人远远不够，母亲平时靠掐麦条辫、装石子车挣些钱贴补家用。马德玉七八岁就跟着母亲学做饭，星期天去山上割猪草或是放牛，农忙了，在家里照看年幼的弟弟妹妹。

上学的时候，马德玉语文成绩非常好，尤其是写作，上初二那一年，他就在报纸上发表了几篇散文,可他的数理化每次考试分数都排在后面。马德玉因为学习偏科,对考学失去了信心,就偷偷旷课外出流浪,工作没找到还挨了打,不得已又回到学校继续上学。马德玉一直认为上学不是成功的唯一途径,那时候就想着长大后当一名作家。

马德玉高考落榜了,他学会了抽烟,有时候连买烟的钱都拿不出来,现实的生活让马德玉如梦初醒。他找来一身破衣服,不顾父母的反对,去村石料厂干活去了。

没过多长时间,马德玉报名参了军,开始了他的军旅生活。

马德玉先后被部队送到地方日报社去学习采编知识,一年多的时间,在国家级刊物发表了很多文章,被部队提干,成了一名中尉。

铁打的营盘流水的兵,马德玉服从部队的安排,带着军人的斗志和热情转业到了地方。

马德玉想到这儿,坐起身点燃一根烟,吸了几口,心事又涌上心头。自己本想用部队转业回来的安家费和积蓄在省城买套小房子,不够的话再借点,但看到弟弟给别人开大车搞运输,也挣不了多少钱,弟弟没上几年学,脾气又不好,一对双胞胎儿子还患着病,马德玉抱着侄子四处求医,经过治疗,二宝治愈了,大宝患的重度脑瘫无法治愈。马德玉不忍心看着兄弟一家被拖垮,就把他所有的积蓄都给了弟弟,让他买辆大货车自己干。

马德玉从部队转业到省城日报社工作,跑了几家中介服务部,租到了一套很便宜的两居室,总算是在省城生存了下来。有几个女孩儿追求他,他都婉言拒绝了,心里一直想着,等买了房子,事业有了进展再考虑婚事。

同事刘爱珍对自己的好感和关心,他心里清楚。他知道刘爱珍是富家千金,刘爱珍的性格有些强势,两人恋爱相处是不合适的。他只有装糊涂,把刘爱珍向他伸出的橄榄枝,当作同事间的友谊去接受。刘爱珍

心里是不爽的，可一个女孩儿，总得保持应有的矜持吧。

四

夜幕降临，绚丽多彩的灯光亮起，犹如天空中的繁星一样闪烁、光彩璀璨，被称为东方之珠的香港开启了不夜城的生活。

香港太空馆附近的一酒店的包厢，志航妈秀云拿出一枚翡翠戒指给琳琳戴上。

秀云拉着琳琳的手说："琳琳，今天你和志航订婚了，这个戒指是志航他奶奶留给我的，是件传家宝，你把它戴好了，以后呀，你俩好好地相处。"

琳琳点着头，志航说："妈，爸爸走得早，我和琳琳会好好孝敬您的。"

秀云不停地给琳琳夹菜："你们结婚的时候，看你的父母能来这边不。有机会了，我们也可以回你的家乡去看看。"

琳琳点着头说道："嗯，妈，我知道了。您多吃些菜。"

志航和琳琳订婚没几天，志航的妈妈就因脑出血住进了医院，好好的一个健康人瞬间变成了半身不遂的病人，身体的右半边完全失去了知觉。

琳琳为了伺候好未来的婆婆，找到酒店范总请假，范总劝说道："你好不容易当上了酒店前台经理，又要请长假，你们可以考虑找个护工嘛。"

琳琳犹豫了一下，说："范总，我和志航订了婚，他请不了假，伺候又不方便。"

范总摇了摇头说："那好吧，我给你准假。"

琳琳鞠躬说了声谢谢，离开了酒店。

医院里，琳琳给志航的妈妈喂饭、按摩、擦身子、端屎端尿，病房里其他患者都把琳琳当成了秀云的女儿，后来才知道，琳琳是准媳妇，便不停地在志航面前夸琳琳孝顺，志航心里对琳琳充满了感激。

一个月过去了，琳琳为了照顾好秀云，整个人瘦了一圈，志航很是心疼，琳琳总是笑着说没事。

志航为了给妈妈治病，积蓄差不多都快花完了，琳琳看出了志航的心事，拿出一张银行卡递给志航，说："志航，这里面是我来香港挣的钱，你拿着，别整天愁眉苦脸的，让妈看见了不好。"

志航正准备给妈妈办理出院时，妈妈的心脏病又犯了，医生告诉志航，要有心理准备，老人很有可能扛不过并发症这一关。

志航蹲在医院的角落里流着眼泪，琳琳给秀云擦完身子四处找志航，志航把医生的话告诉了琳琳，琳琳低着头沉默了，眼泪一个劲地往下流。

一星期后，秀云带着病痛的折磨离开了，志航和琳琳哭得很伤心，办理完志航妈妈的后事，两个人又投入到了工作中。

一年后，志航和琳琳终于结婚了，两人婚后很恩爱，志航下了班就黏着琳琳，每次的夫妻生活都死去活来。多少个晚上，琳琳看着呼呼大睡的志航，心里在想，他的欲望怎么就这么强呢，几乎每天都要，可能是刚结婚吧，妻子就应该迎合丈夫的爱，可大多时候，琳琳真的是受不了丈夫强盛的欲望。

琳琳怀孕了，志航打心眼儿里高兴，每天都早早回家，学着做饭，贴心照顾琳琳。

一天晚上，志航又要给琳琳按摩，琳琳看着志航说："老公，我怀孕了，咱俩分床睡吧。"

志航看着琳琳，有些尴尬地说："干吗分开睡呀？我抱着你才会睡着。"说完顺手关了灯。

半夜时分，志航悄悄起身到了客厅，吸着烟走来走去。夏天的燥热让他感到憋闷，他走到卫生间冲了凉，披着浴巾走进书房，打开电脑，一个人吸着烟看起电影来。

不知不觉半年快过去了，琳琳怀孕五个多月了，只好辞去了酒店的工作，在家休息，志航下了班就回家照顾琳琳。

一天晚上，琳琳睡着了，志航一个人出了家门，在街上走来走去，或许是走累了，坐在街边的椅子上四处张望。

远处走过来一位衣着暴露的女孩，个子不高，娇小微胖的身材看起来妩媚性感。她走到志航身旁拍了一下志航，志航扭过头一看，是同事马一玲，站起身问道："这么晚了，你还没回家？"

马一玲两眼盯着志航看了一会儿，说："你不是也在外边吗？我刚和同学一起吃了个饭。"

马一玲用火辣辣的眼神看着志航，不知道是哪来的勇气，志航这次不像以前那样回避了，眼光在马一玲身上扫来瞄去，将男人对女人的垂涎演绎得淋漓尽致。马一玲以前曾经追求过志航，志航的冷漠让她伤心过、失落过。马一玲赌气嫁给了一个她并不爱的男人，结婚一年多，丈夫患病去世了，她一直一个人生活。

马一玲知道志航的妻子怀孕了，看着眼前快被欲望烧焦的男人，又是自己喜欢已久的男人，马一玲看了下手表，拍了下志航的后背说："走，咱俩去喝一杯。"

志航没有过多地推辞，两人走进一家安静的酒吧。酒吧里，陌生的男女三三两两地坐着，优雅地碰着杯喝着酒，彼此间倾诉着，一女歌手弹着吉他，嘴里哼唱着轻柔的歌。

志航和马一玲端起酒杯碰了一下，一饮而尽，马一玲几杯酒下肚，掉着眼泪给志航诉说着这些年自己心里的苦，志航轻声地说着一些安慰她的话。酒喝得差不多了，志航搂抱着马一玲走出了酒吧。

两人回到了马一玲的家，马一玲趁着酒劲，一个转身，踮起脚抱着志航亲吻起来，志航抬起脚关上了门，两个人在地板上翻滚起来。干柴遇烈火，加上酒精的作用，他们无法抑制内心闹腾的欲望和需求。

天快亮了，志航神色慌张地回到了家里，妻子琳琳已经起床了，在卫生间洗漱。志航说起了个早去晨练了，琳琳没有多问。吃过早餐，志航上班走时跟琳琳说晚饭他回来做，琳琳似乎有些不开心地"嗯"了一声。

志航出门上班走了，琳琳坐在沙发上，心想，志航明明是一晚上没回家，为什么要撒谎呢？琳琳抓起沙发上的靠枕扔在地上，抚摸着怀孕的大肚子走进卧室。

五

马德玉和朋友在一次吃饭时，认识了一个叫慧娟的女孩儿。慧娟长得小巧玲珑，一双杏仁一样的眼睛又黑又亮，穿着非常的素气，整个人就像一个布娃娃，让人看着舒服。

两人慢慢地交往起来。慧娟不但漂亮还很善解人意，处处为他人着想。马德玉的才华和相貌让慧娟深爱不已。两个人交朋友的事被刘爱珍知道后，刘爱珍心有不甘地摇了摇头，渐渐地疏远了马德玉。

星期天，慧娟早早来到马德玉家，马德玉刚写完一篇文章，慧娟一口气看完了，站起身打量着马德玉，轻声说道："你写得真好，真是个大才子。"

马德玉拉着慧娟的手说："慧娟，我没有别的专长，只有努力写作。等挣了钱买了房子，我再向你求婚。"

慧娟依偎在马德玉的怀里，温柔地说道："德玉，我有你就够了，租房子住也没啥。"

马德玉抚摸着慧娟的头说："那怎么行，我不能让你跟着我受苦。"

慧娟抬起头，用灼热的眼神看着马德玉："你只管好好写作、上班，不要想那么多，一切都会好起来的，我也有工资，咱俩一块儿挣钱买房。"

马德玉捧起慧娟秀气的脸轻轻地吻了上去。

夏天的街上人流还是很多，马德玉和慧娟走进一家超市，买了一些礼品，马德玉要去慧娟家认门。父母催了慧娟好几次，嚷着要见见未来的女婿。

到了一别墅区，慧娟指着说："这就是我家，走吧。"

马德玉愣住了，惊讶地问慧娟："这是你家？你不是说你家在农村吗？"

慧娟扭头说道："德玉，这重要吗？咱俩只要相爱就好了。走吧，我爸妈都在家等着咱们呢。"

马德玉硬着头皮跟着慧娟进了家门，慧娟的爸妈急忙打招呼让座，马德玉有些拘谨地喝着水，慧娟坐在马德玉的身边，一个劲让马德玉吃水果。

刘明和妻子朱莉两人使了个眼色，朱莉问道："你俩认识多长时间了，德玉属啥的？"

马德玉急忙站起身说："阿姨，我属猪的，和慧娟交往半年多了。"

慧娟拉着马德玉说："德玉，你坐，这不是部队，不用站着回答问题。"

慧娟说着又看向朱莉问道："妈，你这是要给德玉算命啊。"

朱莉瞪了一眼慧娟说："这姑娘，说啥呢。"

刘明咳嗽了一声站起身走向二楼，朱莉站起身说："德玉，你先坐。"

说完跟着上了二楼。

刘明对妻子朱莉说："这个小伙子长得还不错。"

"老刘，他在城里还没买房，家里负担重。他属猪，比咱女儿大3岁，属相倒是挺合的。"

刘明说："你当初嫁给我的时候，我不也是没房子嘛。年轻人，要看他的潜力，再说，咱家不是有房子嘛。咱们就这一个女儿，咱的还不是她的呀。"

朱莉点了点头，说："老刘，这么说你同意了？"

刘明点着头说："你没看出来，咱女儿有多喜欢德玉吗？"

朱莉犹豫了一会儿，说："行吧，听你的，老刘。"

两人下楼，朱莉喊慧娟进厨房帮忙做菜，母女俩一边忙一边小声说着话。

客厅里，马德玉跟刘明聊着他当兵时的一些往事。

吃饭的时候，刘明、朱莉不停地让马德玉吃菜，慧娟一个劲地给马德玉夹菜，马德玉端着一杯红酒站起身说："叔叔、阿姨，请你们放心，我爱慧娟，我会对慧娟好一辈子的。"

刘明和朱莉端起红酒说："德玉，坐、坐下。"

慧娟拉马德玉坐下，对父母说："爸、妈，德玉平时不怎么喝酒，你们都少喝点。"

刘明和朱莉相视一笑说："这孩子。"

刘明喝了一口红酒看着马德玉说："德玉啊，我也当过兵，转业回来上了几年班，就下海经了商。你阿姨和我同甘共苦，奋斗了这些年，算是有点小成就。我们就这一个姑娘，你俩要好好处，取长补短，你们幸福了，我们也就放心了。"

马德玉点着头应道："叔叔、阿姨，请你们放心。慧娟很优秀，我比她大几岁，我会好好呵护她的。"

刘明又说道："你们年轻人要以工作和事业为重，人有了事业和目标，生活才会更有意义。"

马德玉和慧娟不住地点着头。

又是一个星期天，马德玉早早起床洗了个澡，穿好衣服正要下楼，传呼机响了，慧娟发信息说已到了楼下，马德玉锁好门匆匆下楼。

慧娟穿着卡其色的上衣，白色的休闲裤，看到马德玉就问："你看我这样穿行吗？"马德玉上前抱着慧娟说："慧娟，你穿什么都好看。"

蓝天白云下，一块块绿油油的玉米苗在微风中摇曳，路两边高大挺拔的白杨树的枝叶触电般地抖动着，一辆公交车行驶在乡间的公路上，慧娟隔着车窗看着外边，时不时扭头对马德玉说："乡村真是太美了。"马德玉抚摸着慧娟的头发说："乡村空气好，景致多。慧娟，快到我老家了。"

向阳村一农户家，马灿夫妇屋里屋外忙活个不停。一只小黄狗跟着女主人跑来跑去，笼子里的一群鸡"咯咯咯"地叫个不停。马灿打扫着院子，妻子王英在厨房里择菜、洗菜，灶屋的案板上堆放着鸡和鱼，小黄狗卧在地上看着忙活的女主人。

马灿走进灶屋，对妻子王英说："德玉他俩不知道走到哪了，应该快到了吧？"

王英放下手中的菜刀说："快了吧，他爹，今儿是德玉的对象第一次来咱家，一会儿咱俩得换身新衣服。你把红包封好了没有？"

马灿问道："我这就去找块红布，你看封多少钱？"

王英随口说道："封二百吧，哦，有点少，封六百吧。"

马灿到了堂屋，打开一老式红木衣箱，翻出一块红布，从箱底拿出一黑包，又从黑包里拿出一沓崭新的钞票，抽出几张，用红包把钱包好。

马灿的女儿德馨骑着自行车回到家里，把车后座上一小纸箱子抱下来，喊着妈进了灶屋，王英问道："买回来了？"

德馨应道："买了十多罐汽水，够喝了。"

"你哥他对象是城里人，头一次来家里认门，咱得招待好她。"王英切着肉片。

"城里人，头次来，招待好，您说了好几天了。我作业还没写呢，我去做作业了。"德馨说完就出去了。

马德玉和慧娟终于到了老家，慧娟有些害羞，马德玉拉着慧娟的手说："这就是我家，走，进家吧。你这个漂亮的媳妇还怕见公婆啊。"慧娟跟着马德玉进了家门，马德玉走进院子里就喊道："妈，我们回来了。"马灿和王英急忙从屋里走出来，热情地跟慧娟打招呼，慧娟腼腆地向马灿和王英夫妇问好。

堂屋里，德玉的妹妹德馨和慧娟两人说着话，灶屋里，王英和马灿忙着炒菜，德玉抹着桌子和盘子。

王英边炒菜边说："这个妮儿长得挺好看。"

马灿点头应着，笑呵呵地蹲在地上给火里加着柴。

马德玉扭头对父母说："慧娟她家可有钱了，父母是经商的，他们家住的是别墅。人家不嫌弃我，我说啥都得好好干，对慧娟好一辈子。"

王英停下手中的活看着德玉说："儿子说得对，做人得有良心。你弟弟开车跑长途回不来，他说了，挣了钱马上还给你。你得在城里买套大房子，不能委屈了慧娟。结婚也得花钱，我和你爹想办法给你攒些钱。"

马德玉微笑着说："妈，你俩不要操我的心，我上班有工资，加班再写些文章投投稿，挣些稿费，争取早日买上房子。到时候，您和我爹去和我们一起住。"

马灿夫妇不约而同地说道："你们只要过好了，我们也就放心了。去城里住，我们可住不习惯。"

王英把红包递给慧娟，拉着慧娟的手说："闺女，拿着，这是我和你叔叔的心意，你俩好好处，他欺负你了给我说。"

慧娟微笑着说："谢谢阿姨，谢谢叔叔，德玉对我很好。"

堂屋里的桌子上摆满了一桌丰盛的饭菜，王英和德馨不停地给慧娟夹菜，生怕慧娟吃不好。一家人吃着说着，小黄狗卧在地上，善意地注视着慧娟，尾巴摇个不停，似乎在欢迎家里的新成员。

马德玉和慧娟要回城了，马灿找来邻居家的三轮车送他们到镇上的车站，王英把一个大袋子放上去，里面装满了石磨面粉、红薯粉条和山货，嘱咐马德玉送到慧娟家，让她父母尝尝鲜。

慧娟感激地看着未来的公公和婆婆，说着道谢的话，三轮车启动了，颠簸着往前开去，马灿和王英站在家门口遥望着。

人一旦有了信仰，有了目标，有了心爱的女人，就会奋斗不止，其乐无穷。

书房的桌子上方贴着一张写着投稿刊物地址的便笺，桌子上堆满了稿纸。马德玉白天上班，晚上熬夜写作，累了起身到阳台上转转，点燃一根烟吸上几口，又坐下继续去写作。

慧娟得着空就提着水果过来看马德玉。慧娟知道马德玉写作很累心，到了马德玉家，就帮着洗衣服、搞家里的卫生，马德玉每次都过来一起干，慧娟劝马德玉要多休息，马德玉总是笑着对慧娟说："我习惯了，拖个地、做个饭、洗个衣服挺有趣的，我喜欢做家务，做家务也能很好地刺激我的创作灵感。"

慧娟给马德玉按摩头成了习惯，按摩完就会拉着马德玉出去爬山游水。两个人你追我赶，嬉闹个不停，山水之间处处留下了他俩相恋相爱的足迹。

慧娟的传呼响了，是父亲刘明发的信息，发了饭店地址，说是已经从外地出差回来了，让她叫上马德玉晚上一起吃饭。

华灯初上，街上的霓虹灯下，人来人往，马德玉和慧娟走进一家饭店的包间，刘明和朱莉两人已经点了饭菜，刘明对慧娟说："姑娘，把红酒倒上。"

菜上齐了，刘明端起高脚杯说："来，碰一下。"马德玉忙站起身碰杯，慧娟看着父母说道："爸、妈，你们可算是回来了，好几天没见着你们，我都想你们了。"

"我和你妈到内蒙古签了个合同，顺便在那儿转悠了两天。"

说话间，包间门推开了，一个戴着眼镜的瘦高个男人走了进来，喊道："舅舅、舅妈，你们出差一路劳顿，辛苦了。"

刘明示意他坐下："这是我姐的儿子慧营，在我公司上班。"刘明说着又看向慧营说："慧营，这是慧娟的男朋友德玉。"

慧营点着头，对慧娟说："表妹，祝贺你有男朋友了。"

慧营端起酒杯对刘明夫妇说："舅舅、舅妈，你们二老辛苦了，敬你们。"

慧营喝完杯中酒坐下，倒上酒看着马德玉说："咱俩喝一杯。你在哪儿高就啊？"

马德玉端着酒杯说："我在报社上班。"

慧营看向一边说："上班能挣几个钱呀？你得下海，多挣钱，得让我表妹过上好日子。"

慧娟忽地站起身，瞪着表哥说："表哥，钱能当饭吃啊，你不要钻到钱眼儿里好不好。"

慧营赶快岔开话题："舅舅、舅妈，看看，你们的女儿太厉害了吧。"

刘明推了一下慧营，慧营不再吭声，朱莉端起酒杯说："来，咱们再喝点。"

马德玉看出慧娟的表哥看不起他，他心里也排斥傲慢的慧营。这可能就是所谓的磁场不同、相互排斥吧。可都是亲戚，马德玉还是主动和慧营碰杯敬酒，慧营爱搭不理地应了一下，喝了一口便放下酒杯。

慧娟一个劲地给马德玉夹菜。一个小时过去了，饭终于吃完了，马

德玉一个人走在回家的路上，心里有种莫名的憋屈，吸着烟快步回到租住的家里，灯也没开，躺在沙发上不停地吸着烟。传呼响了，是慧娟发的信息，说他表哥初中没毕业就不上学了，不会说话，她已经骂她表哥了，让德玉不要多心。

　　马德玉跑到楼下公用电话亭给慧娟回了电话后，回到家冲了个澡，穿着睡衣进了书房，开始写作，一直写到凌晨。他实在是困了，躺下不一会儿就睡着了。

　　天道酬勤，有付出就会有收获。马德玉经过一年多的艰辛创作，写的长篇小说终于出版发行了。新书发布会的那天，会场来了很多人，马德玉、慧娟和两人的父母早早赶到发布会现场，慧娟跑前跑后张罗着。马德玉介绍了书稿创作的初心和历程，市委宣传部的领导和报社的领导分别讲了话，对马德玉的新书给予了高度评价，鼓励马德玉再接再厉，创作出更多的优秀作品。

　　在约定好的日子，马德玉和慧娟的双方父母来到了酒店包房。马德玉手捧鲜花，单膝跪地，向慧娟求婚。慧娟打量着眼前帅气的马德玉，眼里充满了浓浓的深情和爱意。在司仪的主持下，马德玉给慧娟的无名指戴上了钻戒，慧娟给马德玉的无名指也戴上了钻戒。在众人的祝福声中，一对相爱的人紧紧地拥抱在了一起。

　　王英从口袋里掏出一张银行卡说："亲家，这是彩礼，你们拿着。"

　　刘明站起身推辞着说："老嫂子，这个我们坚决不能要。你的红包慧娟可以收下。"

　　马灿起身说道："亲家，你拿着，别嫌少。"

　　朱莉拉着王英的手说："老姐姐，咱以后都是一家人了。我们就慧娟这一个姑娘，我和她爸做生意挣了些钱，你就不要客气了。只要俩孩子过得幸福，我们就放心了。"

　　夏天的夜晚，总是那么让人陶醉和冲动，漆黑的天穹里，布满了熠熠生辉的星星，显得格外耀眼。不知不觉中，月亮渐渐地亮了起来，星星似乎要打瞌睡了，月明星稀的夜空，仿佛在催促着劳累一天的人们该睡觉了。

马德玉租住的家里，慧娟帮马德玉洗完衣服，看到马德玉还在书房写东西，便端了一杯牛奶过去，马德玉扭身看着慧娟说："慧娟，上天让我这辈子遇到你，真好。"

慧娟抚摸着马德玉的脸庞，温柔地说道："你也很优秀啊。德玉，我爱你。我去洗澡了。"

慧娟走进浴室，脱去了衣服，升腾的水雾中，慧娟丰满的身体凸凹有致，冒着热气的水珠顺着白皙的身体缓缓流淌，慧娟仰起头，长长的黑发抛洒出道道水花，水珠顺着额头流过一双柳叶眉，流过紧闭的双眼，流过直挺的鼻梁，流过樱桃一样的红嘴唇，慧娟满脑子想的都是德玉，她已经下定决心，这个晚上，要把自己26岁的玉体，奉献给自己心爱的男人，自己的未婚夫马德玉。

稍后，马德玉穿着睡衣走出浴室，慧娟迎面走过来，两人相拥相吻。马德玉抱起慧娟走进卧室。

风一样轻盈，水一样温柔的萨克斯声荡漾在卧室的角角落落，洁白的床单上撒满了玫瑰花瓣。床头柜上摆放着两只已经倒好红酒的高脚玻璃杯。红酒晶莹剔透，玛瑙般璀璨夺目，闪烁着生活的甜蜜与希望。

马德玉和慧娟喝过交杯酒。慧娟白皙的脸上泛起红晕，犹如成熟的仙桃，娇媚不失庄重。马德玉俯身亲吻着娇羞的慧娟，抚摸着慧娟的眉眼，温柔地说："慧娟，你真漂亮，我爱你。"

兔年元旦，马德玉和慧娟在亲人的祝福声中结婚了。结婚后，两个人双进双出，恩恩爱爱，谁见他俩都要夸上几句。

婚后的第二年元旦，慧娟生了一对龙凤胎，全家人都高兴坏了。马德玉在工作和创作之余，就和妻子慧娟抱着一双儿女，逗他们开心，教

他们学走路、学说话。

岁月的脚步走得太快。转眼间，马德玉的一双儿女就上幼儿园了，儿女长得漂亮，非常懂事，亲戚邻里见了都非常喜欢。

一天下午，慧娟下班去幼儿园接孩子，等红绿灯的时候，一个五六岁的男孩突然跑到马路中间，一辆货车正飞驰而来，慧娟一个箭步跑过去，把孩子推向路边，她却倒在了血泊中。

马德玉满头大汗地跑到医院，慧娟正在急救室抢救，慧娟的父母早已哭成了泪人，马德玉蹲在地上拉着父母的手，轻声地安慰着说："慧娟没事的，慧娟没事的。"

马德玉蹲在医院走廊的角落里，眼里流着泪水，浑身都在哆嗦，心里默念着："慧娟，你不会有事的，慧娟，你一定要挺住。"

马德玉站起身，双手放在胸前，嘴里默默念道："上天保佑我的慧娟平安无事，保佑慧娟平安无事。"

抢救室的门终于打开了，马德玉上前拉着医生的手，急切地问道："医生，我爱人没事吧……"

医生无奈地说："她的伤势太重，你们过去见见她吧。"

马德玉和父母冲进抢救室，马德玉抱着慧娟，流着眼泪喊了声慧娟，双手轻轻地抚摸着慧娟的脸，慧娟艰难地睁开眼睛，喘着气说："德玉，我不想走，我、我还没和你过够，你一定要带着儿女好好生活下去，替、替我照顾好父母，德玉，我、我……"

慧娟话还没说完就永远地闭上了眼睛，马德玉在亲人的哭喊中沉默了，他抱着妻子慧娟一动不动，眼泪滴落在慧娟的脸上。马德玉忽然哭着喊道："老天啊，你太不公平了，为啥夺走我的慧娟，你太不公平了！"

马德玉哭得撕心裂肺，抱着慧娟久久不愿撒手。

女人可以成就一个男人，也可以毁掉一个男人。慧娟去世后，马德玉和以前判若两人。一个人待在家里，躺在床上除了吸烟还是吸烟，脸不洗牙不刷，整天滴水不进，似乎傻了一样，天天抚摸着慧娟的照片，以泪洗面，满心想着的都是他和慧娟恩爱幸福的过去。父母从老家过来，看着痛不欲生的儿子，心都碎了。

六

志航一个人下班走在街上，整个人看起来压力重重、疲惫不堪的样子。他心里清楚，妈妈生病花光了家里所有的存款，他还借了朋友的钱。妈妈走了，妻子琳琳又怀着孕，光靠他一个人上班的收入是远远不够养家的。想到这些，志航心里格外地想念去世的爸爸和妈妈，因为父母是他的根，是他的胆魄。

志航到菜市场买了些青菜和鸡蛋，心里想着回家给妻子做汤面吃。快走到家时，手机响了，是马一玲打过来的。自从他俩喝了酒，有了一夜情后，马一玲时不时会约志航。一个青春活力的单身少妇最是寂寞。

志航皱起眉头，心里有些不耐烦。他并不喜欢马一玲，可又是马一玲帮他解决了特殊时期的生理需求。妻子怀着孕，他还得哄着马一玲，于是在电话里违心地甜言蜜语起来，温柔地说道："一玲，我吃过晚饭了给你电话，你先去吃饭。"

琳琳见志航回来，站起身接过志航手里的菜走进厨房，扭头说道："我熬了汤，烧个青菜就行了。"

志航跟进厨房搂着琳琳说："我本来想给你做鸡蛋汤面呢。喝汤也行，你吃啥我就吃啥。"

吃过晚饭，志航陪着琳琳在楼下散了一会儿步，手机在裤兜里响起

来，志航拿出手机先是愣了一下，慌忙抬头看着妻子，说："琳琳，是一个朋友。我借了他的钱，我去接个电话。"志航说完走到一边接通电话说："不好意思啦，我也正在想办法啦……你怎么又打电话？我和妻子在一起呢，挂了，我一会儿过去。"

志航挂掉电话，走向妻子琳琳，拉起琳琳的手，说："我去见一个债主，晚点就回来。我先送你回家。"

都说女人的直觉准得要命。琳琳犹豫了一下，挣脱志航的手说："有事你就先忙着，我自己回去。"

志航看着琳琳的背影，心里有些愧疚，他还是很爱琳琳的。自从琳琳怀孕后，他的压力和生理需求没有地方发泄，喝高了后和公司同事马一玲发生了关系，志航心里知道他对不起怀孕的妻子，可他的欲望太强，又有什么办法呢。志航的心里很矛盾，不管怎样，他犯了男人最不应该犯的错误——背叛了妻子。志航索性不再多想，沉闷地叹了口气，转身和马一玲约会去了。

琳琳心里也知道志航的压力大，也许是自己误会老公了，心里安慰着自己，志航一定是去见债主了。琳琳回到家里，喝完一杯苹果汁，向卧室里走去。

一个月后，琳琳生下了一个女儿，夫妻二人给女儿取名晓丹。女儿的出生让志航心里充满了希望，志航跑前跑后，细心照顾着妻子和女儿。志航公司不准假，志航找来一位保姆在家照顾琳琳母女。

志航夜半醒来，蹑手蹑脚走到书房，一个人抽闷烟。前几天，公司老总找每个员工谈了话，说是公司要裁员，让大家有思想准备。志航所在的部门有可能要撤销，他心里的压力很大，志航一个劲地抽着烟，他心里烦透了。他不能没有工作，他要还债，他要养活妻女，女儿以后要上小学、上中学、上大学，这些都需要钱。

琳琳在深圳上班的妹妹玲玲陪着父母来到了香港，很久没见面的一家人格外亲热,琳琳和妹妹无话不谈,两姐妹互诉快乐、烦恼,互相鼓励。

不知不觉中,晓丹 1 岁了。志航提出要去国外发展,说是到国外能多赚钱。琳琳的心里很矛盾,家里欠着外债,女儿一天天在长大,自己带女儿上不了班,她和志航都有压力。难道在香港就找不到合适的工作吗?非得出国吗?琳琳试图说服志航,但不知道怎么了,看到眼前信誓旦旦的丈夫,琳琳话到嘴边又咽了回去,不再说什么,只有鼓励老公出了国好好干。志航只身一人去了荷兰,在阿纳姆那个绿荫环抱、热闹繁华的城市落下了脚,进了一家国际公司办事机构,谋了一个适合自己的岗位。琳琳在家一心带着女儿,夫妻俩过起了两地分居的生活。

素有"风车之国"的荷兰大自然气息异常浓郁,是水之国、风车之国,花之国。志航在荷兰自食其力,工作努力勤奋。白天在公司上班,晚上到一家华人餐厅打工。半年多的时间,算是在阿纳姆这座城市立住了脚,定期把挣的钱给香港的妻子琳琳汇过去。

志航刚来到阿纳姆的时候,几乎天天晚上都要和妻子琳琳 QQ 聊天,志航有几次想要和妻子 QQ 视频爱爱,琳琳有些吃惊,婉拒了老公的要求,对志航说:"天不早啦,你早点休息吧,照顾好自己,想我和女儿了,你就早点回来。"

志航尴尬地关掉了电脑,打那以后,志航和妻子聊天的次数渐渐地减少了。

在异国他乡,志航时常会感到寂寞和孤独,在荷尔蒙的刺激下,他起初只是去参观阿姆斯特丹红灯区,去看的次数多了,最终抵挡不住花天酒地和美色的诱惑,志航不由得付出了行动——欲望的需求在荷兰红灯区合法化地解决了。

琳琳在香港的家里除了照顾 1 岁多的女儿,也没别的事情可做。晚上,琳琳躺在床上打量着熟睡的女儿,幻想着女儿长大了的模样,想着想着就和衣睡着了。半夜醒来,就一个劲地看书,看到眼睛彻底睁不开了,

才去睡觉。

琳琳打发黑夜的孤独就是看书，和在老家的父母、深圳的妹妹通过QQ视频聊天。不时有人申请加琳琳好友，琳琳都没去理他们。琳琳受家庭环境的影响，骨子里是个非常传统的女人，邻居喊她去打牌，她不会，约她去喝酒，她不会。

琳琳在家实在是没事可做了，感到空虚寂寞了，就洗衣服、做家务，把家里的东西擦了又擦，把家里的地拖了又拖。

马一玲突然联系不上志航了，心有不甘。她想着志航和她每次甜蜜的约会，志航给她说过的情话、爱她的誓言，心里就更想见到志航了。她终于找到了志航的家，她在志航家门口徘徊了一会儿，终于鼓起勇气敲门，门开了，琳琳问马一玲找谁，马一玲看着琳琳说道："哦，我是志航以前的同事，找他有点事，怎么也联系不上他，就过来看看。"

琳琳告诉马一玲志航出国了，马一玲点头说道："这样啊，那行，打扰了。"说完扭头就走了。

看着马一玲的背影，琳琳瞬间明白了些什么，眼前这个女人说不好就是她的情敌，志航的情人。

琳琳关上门坐到沙发上，发起愣来，1岁多的女儿晓丹蹒跚地走过来，嘴里叫着妈妈，琳琳伸出手抱起女儿坐下，给女儿喂着奶，一只手轻轻拍打着女儿的后背，背书一样轻轻说道："晓丹该睡觉了，乖女儿该睡觉了。"

七

夜深了，马德玉写东西写累了，掐灭烟头，站起身走到阳台，站在那里一动不动,看着繁星点点和远方灯火阑珊。一切都是那么和谐又宁静,马德玉吸着烟,思绪又一次陷入到了沉思和回忆中。

马德玉深爱的妻子慧娟出车祸去世后,他颓废了半年多。为了生活,为了一双儿女,为了不让父母操心,马德玉在朋友的介绍下,谈了一个比他小五六岁的离婚女人云霞。两人还谈得来,时间不长就结婚了,婚后生育了一个儿子,取名如松。转眼间,三年很快就过去了。如松上幼儿园了,云霞也就闲下来了,爱打牌、说话大声粗语、自私,这些完全暴露了出来,马德玉的儿子如冰和女儿如雪越来越排斥云霞,母子之间的矛盾越来越多。马德玉曾经多次劝导妻子云霞,每次都被妻子云霞用各种理由驳回。马德玉是个爱静、爱思考,不爱斤斤计较的人,云霞是个爱说爱叫,自私自利的人,她打牌成瘾,为了输赢,经常在棋牌室和牌友大吵大骂。

云霞心里还是有马德玉的,对他照顾得还算周全,可她的性格和为人处世的方式,让德玉感到压抑,甚至是窒息。

去年过年的时候,马德玉领着一家五口回老家过年,年迈的父母把他们的屋子打扫得干干净净,被褥都是母亲戴着老花镜新做的。云霞回到老家,屁股还没坐稳就去村里超市打牌去了。马德玉叫住妻子云霞,轻声说道:"我在村里的辈分低,你去打牌见了长辈要有礼貌,咱们经常不回老家,你打牌让着他们,输了钱算我的。"

云霞不耐烦地说:"打牌就得输得起赢得起不是?好吧,我知道了。"

马德玉在家帮母亲弄好饺子馅,散着步到了村里超市,热情地跟屋里的父老乡亲打招呼,递烟、点烟,问好。一群打麻将的人在吵闹中比着打牌的运气,妻子云霞的声音最大,没大没小地催着、叫着让人赶紧出牌。马德玉瞬间没有了好心情,瞪了妻子一眼,也不好多说话,扭头回家去了。

马德玉的父亲看到孙子如松和村里的孩子打架,上前说了孙子几句,如松跑着找妈妈告状去了,说爷爷骂他了。云霞推掉手中的麻将跑回家里,

埋怨父亲骂孩子了。教了一辈子书的父亲心里很窝火，心想，儿媳妇云霞咋这么不懂道理呢，大过年的，想着忍忍就过去了，但云霞越说声音越大。马德玉的母亲出来劝说，劝着劝着，婆媳俩就吵了起来，越吵越凶。马德玉劝云霞回屋，云霞反倒指桑骂槐。马德玉的弟弟马德建实在是看不下去了，说了嫂子几句，云霞恼羞成怒，端起地上的一盆水泼向马德建，一盆冰冷的水正好泼到马德玉母亲的身上。母亲一气之下晕倒了，马德玉上前推了妻子一下，云霞顺势躺在地上哭喊着："你打死我呀，不打死我，你就不是人。"

村里的人过来劝说，马德玉把母亲搀扶到屋里，劝说着母亲要想开些，母亲看着满脸愁容的儿子说："我没事，你回屋歇着吧，我一会儿起来去包饺子，一会儿该吃年夜饭了。"

马德玉回到屋里，双手颤抖着点燃一根烟，眼泪慢慢地流了出来，他此时想起了逝去的前妻慧娟，眼泪更多了，心情更糟了。

缘尽人散，马德玉和云霞终于离婚了。

后来，马德玉辞职离开了报社，开了一家文化传媒公司，整天跑业务忙得焦头烂额。晚上回到家里，孩子们早都睡了，看着熟睡的孩子，马德玉深感对不住他们。

马德玉想到这些，叹着气转身回到书房，躺在床上，看着亡妻慧娟的遗像，心里百感交集，他坐起身，在 QQ 空间里写着对慧娟的哀思，写着自己一地鸡毛的生活。

马德玉憋闷的时间太长了，除了没日没夜地工作，就是孤独寂寞，一天晚上，马德玉鬼使神差地翻起 QQ 来，偶然翻到了一个网名叫"琳琳"的 QQ 号，"愿做菩萨那朵莲"这句个人签名引起了马德玉的注意。马德玉没有犹豫地按动了一下鼠标，第一次在网络里主动申请好友。

两天过去了，马德玉晚上打开电脑，发现网名叫琳琳的通过了他的好友申请。两个相隔千里的网友相遇了，你一言我一语地寒暄着聊了起来。

马德玉从聊天中得知，琳琳在香港居住，比自己小 4 岁，两人算是同一代人了。琳琳在聊天中说，她这是第一次加陌生网友，马德玉 QQ 空间里写的文章她都看了，文章写得很生动、很感人，她都看哭了，还一个劲地夸马德玉的文采好，是一个有担当的男人。

马德玉和琳琳通过网聊，两人彼此之间相互了解了不少。

一天晚上，女儿晓丹睡下了，琳琳洗完衣服，拖了地，躺在床上，心里想着马德玉 QQ 空间里写的文章，尤其是马德玉写给已过世妻子的一篇散文，让她深有感触和震撼。她觉得马德玉是一个有才华、重感情、有担当的男人。琳琳心里知道，她一个人带孩子，老公志航在国外工作，她的确感到寂寞和孤独，和马德玉聊天起初觉得新鲜和刺激，聊着聊着，她有些同情马德玉的遭遇了，甚至说，看了马德玉 QQ 空间里的照片后，心里暗暗喜欢上马德玉了。他的嗓音是那么有磁性，他的问候和聊天是那么特别。琳琳想着想着，脸有些红了，她也说不清为什么，她最终还是没有克制住自己，打通了马德玉的手机。马德玉接通电话，两人聊了一会儿。马德玉不太标准的普通话，琳琳都能听懂。两人挂断了电话，琳琳如释重负，一副轻松愉悦的神情。琳琳躺在床上眨着眼睛，回想着她和马德玉的通话，马德玉电话里的声音是那么有磁性和温柔，马德玉说的每一句话，她心里都清楚地记得，想着想着，琳琳的心怦怦直跳。

马德玉挂掉琳琳的电话后，回想着他和琳琳刚才的通话，从电话里听得出，琳琳是位温柔且传统自律的女人，想着想着，马德玉心里涌起一股冲动，甚至幻想着到香港去见见琳琳。

这些年，马德玉最爱的妻子慧娟出了车祸，永远离开了他，再婚几年后又离了婚，这些打击让马德玉对婚姻没有了信心，他只好把精力全都用在了公司的发展和写作上。一个人独处时间长了，也就成了习惯，也逐渐找到了独处的快乐和轻松，也就变得更加自律了。马德玉即便是很久没有碰女人了，他也能控制住自己的欲望。网友琳琳温柔且善解人

意的性格和他亡妻慧娟非常像，琳琳的出现给马德玉独处的生活带来了一些快乐和惬意。

日往月来，一年过去了，马德玉和琳琳几乎是每天晚上都会聊天，两人从发消息到语音，又从语音到视频，就这样，两个磁场相同的人、两个同感寂寞的人、两个灵魂接近的人，忘我地在网络世界里相互抚慰着对方的寂寞，抚慰着对方的一颗心。每次的视频聊天，两个人都会深情地看着对方的眼睛，每次的聊天都会让两人彼此感到兴奋和轻松。

马德玉心里知道，他已经喜欢上了琳琳，琳琳心里知道，她已经喜欢上了马德玉，两个人都在克制着自己的情感。

临近过年的时候，志航从荷兰回到了香港家里，琳琳做了一桌子菜，打开一瓶红酒，两人碰着杯。女儿晓丹打量着志航，琳琳抱起晓丹说："晓丹，叫爸爸，你不是天天找爸爸吗？快叫爸爸。"

晓丹噘着嘴，半晌轻轻喊了声爸爸，志航伸手要抱女儿，晓丹没有迎合的意思，志航说："女儿认生，我在外边时间太长了，女儿都快把我忘了。"琳琳脸上泛起红晕，她忽然间想起了马德玉，她起身给志航倒了一杯红酒："老公，你在外边辛苦了，来，敬你一杯。"

吃过晚饭，志航早早洗了澡，等着琳琳哄睡女儿。女儿晓丹终于睡着了。

志航迫不及待地抱起琳琳扔到沙发上，在琳琳的脸上、脖子上狂吻，手乱摸起来，琳琳有些娇羞地说："灯还没关呢。"

志航好像没听见似的，疯狂地发泄着，琳琳的脸扭向一边，心里觉得眼前的老公很陌生，甚至有些排斥，为什么，琳琳也说不清楚。志航发泄完了，起身进了卫生间，冲澡的时候，心里在问自己，琳琳对自己回家似乎并不太开心，也不是很迎合我，她不会有外遇了吧，不会，绝对不会，琳琳不是那种人。

夜半时分，志航趁着琳琳睡着了，一个人走进书房，吸着烟打开电脑，琳琳的 QQ 号自动登录了。志航起身反锁上屋门，慌忙打开琳琳的 QQ 聊天记录，他发现了妻子琳琳和马德玉的聊天记录，他看着看着，皱起了眉头，脸上渐渐露出了怒气，甚至有些狰狞。从头到尾看完了妻子琳琳和马德玉的聊天内容，志航拍了一下桌子，正要关电脑，却又转身坐下，他下载完聊天内容，啪的一声关掉了电源，躺到书房的床上抽起烟来。

志航狠狠掐灭烟头，忽地起身走进卧室，打开了灯，琳琳被惊醒了，揉着眼睛问道："你怎么还不睡呀？都几点了，把灯关了吧，刺眼。"

志航冷笑了一声说道："不是刺眼，是刺激吧？你到书房里，我有事给你说。"

书房里，志航低一声高一声地质问着妻子琳琳，问马德玉是谁，和她是什么关系。琳琳看着气急败坏的老公，知道志航已经发现她和马德玉网上聊天的事了，琳琳轻声说道："女儿在睡觉，你有啥事慢慢说。我和他只是认识不久的网友，聊了几次天而已，绝对没什么关系。"

志航拍了一下桌子吼道："嗬，网友？只是聊了几次天？没什么关系？说得够轻松啊。那我问你，'拥抱你，远方天使般的知心朋友'这些肉麻的词天天说，你和他还没什么关系？还和他视频聊天，恐怕你们不只是聊天吧，是不是还视频做爱了？你们还约会了吧？多少次我要和你视频，你都不肯，你和他倒是天天视频，你俩可真够不要脸的！"

琳琳愤怒了，大声说道："你太过分了！我郑重告诉你，我和他只是网友。请你不要侮辱我。"

志航怒视着琳琳说："我在外边辛辛苦苦工作，还不是想让你过上好日子。你倒好，就那么寂寞吗？就那么想和男人聊天吗？还视频，给我戴绿帽子。"

琳琳极力控制着自己的情绪，对志航说："我没做见不得人的事，更没做对不起你的事。你不要这样子了，好不好？"

志航点燃一根烟，吸了几口，忽地站起身，压低声音说："我们离

婚吧。"

琳琳有些吃惊地说:"你要和我离婚?那好,我问你,马一玲是谁?"

志航沉默了一会儿说:"什么马一玲,我不认识。"

琳琳很吃惊,看着说谎的老公,气愤地说道:"你不认识?马一玲都找到家了,你不认识,真是可笑。"

志航说:"我和她是同事,怎么了?"

琳琳反问道:"不只是同事吧。"

"我和她是情人,你又能怎么样?"志航打开门扭头说道,"咱俩离婚吧。"说完砰的一声关上门出去了。

琳琳坐在椅子上呆呆地发着愣,她没想到志航竟然这样不信任自己,还提出与自己离婚。她的大脑里一片空白,在书房里坐了好一会儿,才站起身走出书房。

琳琳对志航的性情是很了解的,她心里知道,志航当真是要和自己离婚了。琳琳不甘心,他先背叛我,我又没做对不起他的事情,就和一个网友聊聊天,他凭什么要和我离婚。

天亮了,志航还没回家,琳琳照顾女儿吃了饭,打电话给深圳的妹妹,把昨晚发生的事告诉了妹妹,玲玲安慰着姐姐,说她给志航打电话。

没过多大一会儿,玲玲给姐姐打来电话说,她和志航在电话里大吵了一架,玲玲好好给他解释,劝志航和姐姐好好过日子,可志航一个劲就是要离婚,还告诉玲玲,他现在就和马一玲在一起,还没起床呢,不等话说完就挂掉了玲玲的电话。

琳琳听着妹妹说的话,激动了起来,随口说道:"玲玲,别说了,我要和他离婚。"

琳琳挂掉电话,一脸的怒气,两岁多的女儿晓丹走过来,抬头吃惊地看着妈妈,琳琳抱起女儿,眼泪像断了线的珠子落下来,女儿的小手抚摸着琳琳的脸说:"妈咪,不哭,不哭,我去给你拿糖果吃。"

琳琳看着女儿跑动的背影，鼻子一酸，眼泪又止不住了。

志航和琳琳走出婚姻登记处的门口，一个向左一个向右，一对夫妻就这样走散了。女儿跟着琳琳，志航把香港唯一一套两居室房子留给了琳琳，以后不再给女儿生活费。

八

马德玉的办公室里，坐着他的助理李文和公司副总赵亮，马德玉愁眉苦脸地抽着烟，他一脸的绝望神情。马德玉的战友吕伟干煤矿几年来挣了不少钱，吕伟过着纸醉金迷的生活，身边的女人是换了一个又一个，花钱如流水，他又看上了一个煤矿，就想法要收购，扩大自己的矿业。吕伟找到马德玉让他投资一些钱，承诺给马德玉双倍的回报。马德玉想着吕伟是他的战友，也知道煤炭业的利润不菲，就没有过多犹豫，把两千万直接投给了吕伟的煤矿，不到一年时间，吕伟的两个煤矿相继出现了严重的事故，吕伟被拘留了，找他要债的人四处打听他。就这样，马德玉所有的积蓄全都泡汤了，他的公司运营资金链彻底断了。马德玉站起身走向窗户旁，说了一句："吕伟这个浑蛋把我彻底给拉下水了，我这次投资太草率了。"

李文和赵亮站起身，劝马德玉想开些。马德玉转过身走过来坐下，对李文和赵亮说："我怎么想开呀？咱们公司这个月快发工资了，钱呢？不按时发工资让员工咋生存，公司还咋运营？不瞒你俩说，我给吕伟投资的两千万，有五百万都是我向朋友借的，我咋给他们交代？"

李文和赵亮不约而同地说："要不大家都想想办法，不行，给公司

员工好好解释一下。"

马德玉起身在办公室里转了一圈，又坐在沙发上吸着烟对李文和赵亮说："我考虑好了，把我家的别墅卖掉，车卖上一辆，先解决公司流动资金的问题。咱们齐心协力做公司业务，但愿我们能一起迈过这个坎啊。就这样决定了。李文，你一会儿就到房产中介办理卖房的事，赵副总负责去把我的越野车卖了。"

李文和赵亮不约而同地向马德玉投去了敬佩的目光。

不知不觉天就黑了，夜色朦胧，一幢幢高楼大厦接二连三地亮起灯来，把天空照出了霓虹的色彩，香港一下子变成了灯的海洋、光的世界。

琳琳在厨房里忙着做饭，女儿晓丹在沙发上看着动画片，饭做好了，琳琳点上蜡烛，和女儿一起唱起了生日快乐歌，让女儿许心愿、切蛋糕。晓丹闭着眼睛，一双小手放在胸前，心里默默地许着心愿。

晓丹就像一个洋娃娃，许完心愿，琳琳拿出一份生日礼物递给了女儿。

"晓丹，乖女儿，你4岁了，猜猜看，妈妈给你买了什么礼物？"

"是芭比娃娃。"

"女儿真聪明，快拆开看看。"

晓丹抱着芭比娃娃爱不释手，抬头看着琳琳说："妈咪，您赚钱很辛苦，以后就不要给我买礼物了。"

琳琳上前抱起女儿，脸扭向一边，眼泪落了下来。她和志航离婚后，为了养家，一个人打两份工，心里苦也是自然的。琳琳抚摸着女儿的头说："乖女儿，妈妈不辛苦，妈妈不辛苦。"

晓丹睡着了，琳琳实在是寂寞，拿起书又放下，走进书房，坐在电脑旁犹豫了一会儿，终于打开了电脑，QQ信息响个不停，全都是马德玉发给她的消息。志航因为发现琳琳和马德玉聊天，提出了离婚，离婚后，琳琳有好长时间都没上网了。她的内心是矛盾的，她有时还幻想着和志航复婚，毕竟两个人有了女儿。可想到志航在她怀孕期间就背叛了自己，离婚后没来看过一次女儿，连个电话也没打过，琳琳又觉得志航无可留恋。琳琳心累了，有很多次想联系马德玉，想和他聊聊天，但想到网聊让她离了婚，让她的家散了，这又让琳琳进退两难，心里很是纠结。后来志航决绝无情的言行，琳琳慢慢地也就想开了。

琳琳打开了马德玉发过来的消息，一条一条认真地看着，她从马德玉 QQ 空间里的一篇文章里得知，马德玉的公司有一个项目投资失利，琳琳在德玉的 QQ 空间里留言，鼓励马德玉坚强一些，公司的危机一定会过去的，她本想告诉马德玉，自己离婚了，可她又不想让他知道，最终还是没把自己离婚的事告诉马德玉。

深夜，琳琳躺在床上翻来覆去睡不着，起身愁眉苦脸地穿着睡衣坐在窗前。她能想象到马德玉现在有多大的压力，有多么的无助，琳琳甚至还想到，把香港的房子卖了，带着女儿去帮助马德玉，细细一想，太唐突了。

天刚亮，琳琳就给深圳的妹妹玲玲打电话，告诉了她马德玉的情况，并说自己要帮助马德玉的公司渡过难关。妹妹打着哈欠说："我说姐呀，你是因为和那个马德玉网聊离了婚，你还要帮助他，我真搞不懂，你是咋想的。"

琳琳打断妹妹的话，说："德玉也没做对不起我的事，只能说志航心眼儿小。他先背叛了我，我没有做任何对不起他的事。已经离婚了，还有啥好说的。是我在问你借钱，你就别再说了，行吗？"

玲玲坐起身说："姐、姐，我不说了，大早上的。这样吧，我的门店刚进了货，我、我只能给你凑二三十万，你看行不？"

琳琳电话里说："好吧，妹，我会尽快还你的。"

琳琳把晓丹送到幼儿园，转身急急忙忙离开了，到了她上班的奶茶店打了卡，组织部门员工开了晨会。还没客人上门，琳琳拿着手机在外

边打着电话。

"琳琳，这么早，你吃饭了吗？"

"我吃过了，德玉，你给我发下你的银行卡号。"

"琳琳，你这是？"

"你公司遇到了困难，也不给我说。我手里有点闲钱，我给你转过去，你先用。"

马德玉一下子愣住了，整个人像是凝固了一样站在那里，他很快缓过神来，说道："琳琳，咱俩素未谋面，我真心谢谢你能帮助我，琳琳，我公司这边已经正常运营了，不用了，你别操心了，好不好？"

琳琳坚定地说："德玉，你把我当朋友，就发卡号过来，你公司挣了钱再还我。快发卡号给我，我还要上班呢。"

马德玉还是了解琳琳的，答应发卡号给琳琳。

奶茶店里陆陆续续来了不少客人，琳琳无意中发现店员用烂掉的芒果压汁水，正要上前制止，老板过来了，把琳琳拉到一边说："这次配货太多，水果只是一点点腐烂，压汁没事的。"

琳琳仍要制止，被老板叫住了，呵斥道："我正式通知你，你被解雇了。给你封了个部门主管，毛病还多得不得了，是吧？"

琳琳结算了工资，一个人茫然地走在街上，忽然，几个流里流气的小青年过来，扯着琳琳就是一顿毒打，警告琳琳嘴严点，不要给自己找麻烦。

琳琳知道打她的这伙人是奶茶店老板找的人。她艰难地站起身，擦着眼泪，心里想起了马德玉。琳琳在街边蹲了好一会儿，起身整理好被撕烂的衣服，向家走去。回到家里，她打电话到有关部门举报了以烂充好的奶茶店。打完电话，琳琳躺到沙发上，心里想着明天该去哪里找工作。她不能没有工作，她一个女人要养女儿要养家。

琳琳找了好几天的工作，最后到了一家超市做了收银员。这家超市离女儿晓丹上的幼儿园不远，琳琳上下班接送也方便一些。

快要过年了，马德玉打电话问琳琳要银行卡号，说是公司渡过了难关，感谢琳琳的帮助，要把借的钱还了。琳琳听到后很开心，对马德玉说："你没压力就好，你平安就好。"

两天后，琳琳收到了马德玉的转账，看到钱数琳琳犹豫了一下，拿起电话打给马德玉。

"你怎么给我多转了 20 万元。"

"琳琳，是这样的，多出的 20 万元是你应该得的项目分红。没有你当初的帮助，我也不可能这么早就扭亏为盈不是？你一定得拿着。"

"我不会要的，我和你是朋友。"

"你一定得拿着。"

琳琳和马德玉两个人在电话里推来推去，挂掉电话，琳琳向银行走去。

琳琳在还妹妹玲玲钱的时候，把马德玉多还 20 万元的事告诉了妹妹，还说她把多还的 20 万元退给马德玉了，玲玲笑着说："姐，你傻啊，把 20 万元都退回去了，多少留点也行呀。"

琳琳电话里说道："德玉又转回来了，说让我一定得收下，否则就不把我当朋友了。我真是拿他没办法。"

玲玲严肃起来，正躺着忽地坐起来："我说姐，你们俩这是相爱了？"

琳琳漂亮的脸蛋上泛起了红晕，对玲玲说："我和德玉只是朋友。我是喜欢他，但晓丹还小，眼下我要做的是养家，培养好女儿。再说，我也没告诉德玉，我离婚了。"

玲玲电话里劝姐姐要活在当下，要多考虑考虑自己的幸福，一个劲地劝姐姐嫁给马德玉，说马德玉的品行好。

岁月的脚步从不停歇，走得还特别快。几年的时光眨眼间就过去了，琳琳的女儿晓丹已长成亭亭玉立的大姑娘了，清纯漂亮的模样让人过目

不忘，她已经上高中了。

琳琳还是一个人带着女儿过，晓丹不止一次地劝妈妈，让琳琳再找个对象，琳琳摇着头说："不找了，妈妈有你就够了。你要好好学习，争取考个好大学。"

晓丹心里清楚，从她记事起，爸爸从来没有回来看过她，只是给她打了几次电话，听说他在荷兰找了个外国女人结了婚，没多长时间，身染重病，身体一直不好，外国妻子对他也不是太好。再想想妈妈，为了家，为了她上学，一个人打两份工，没日没夜地工作。晓丹心里十分心疼妈妈，经常帮琳琳做家务，暑假去打短工，一心想着减轻妈妈的负担。

马德玉没有再找另一半，带着三个孩子一起生活，一对龙凤胎双双考上了一所知名大学，小儿子也上高二了。马德玉除了照顾年迈的父母和儿女，把精力都投入到了他的事业中。几年来，公司经营稳定，他没黑没夜地写作，出版了几本书，在当地算得上知名人士。

马德玉和琳琳时不时网聊、打电话，相互问候，日子就这样一天天地过着。

荷兰一家医院的病房里，瘦弱的志航躺在病床上，头发几乎全白了，看上去非常苍老。他闭着眼睛，表情时而兴奋，时而痛苦。过了好大一会儿，志航睁开了一双浑浊无神的大眼睛，有些吃力地拿着手机，终于打通了十几年没有打过的手机号，他似乎已经感觉到了他的生命就要走到尽头了。电话终于打通了，听着前妻琳琳久违而又熟悉的声音，志航用尽全力忍着病痛，哑着嗓子说："琳琳，你和女儿还好吗？我在这里都很好，琳琳，我心里知道，你是清白的，都是我不好，当初我不应该怀疑你，更不应该和你离婚。我、我对不起你，对不起女儿，我给你道歉了，我对不起你们。"

志航说着话就体力不支了，喘着粗气，赶紧在电话里说道："琳琳，有朋友叫我，改天再联系你。"说完挂掉了电话。

琳琳拿着电话，心里有种不祥的预感，坐在沙发上发着愣。手机响了，是女儿晓丹打过来的。晓丹告诉琳琳，爸爸给她打电话了，说有时间回来看她，还说她已是成年人了，以后要多照顾好妈妈。

琳琳电话里说，让女儿安心学习，照顾好自己。和女儿通完电话，琳琳一看表该上班了，换好衣服，挎上包下了楼。

琳琳边走边给前夫志航打电话，但电话始终没人接，琳琳脸上浮现出不安的表情。

没过一个月，志航的病情彻底恶化了，他带着病痛离开了人间，带着满心的遗憾客死他乡，葬礼上没有多少人。他荷兰的妻子没多久就又嫁给了别的男人。

志航生前的朋友把这一消息告诉给了琳琳，琳琳坐在家里翻看着十几年前的相片，默默地流着眼泪，想起志航和她恋爱时甜蜜的情景；想起他们结婚后恩爱的情景；想起女儿晓丹出生时夫妻俩兴奋的情景；想起她和马德玉网聊的情景；想起志航和她吵架离婚的情景；想起她为了养育女儿，为了养家，一个人打两份工的情景；想起她被人打的情景……想到这些，琳琳更伤心了。琳琳在家待了几天都没有出门，心里的痛只有她自己知道。

九

琳琳为了女儿安心上大学，依然打着两份工，时常感觉到自己的身体不舒服，背部隐隐作痛，实在是太难受了，便请假去看医生。到了医院，琳琳一个人拿着几张单子跑来跑去做检查，下午的时候，在琳琳一再要

求下，医生告诉了琳琳她的病情，琳琳差点瘫倒在地上。琳琳患上了子宫癌，需要马上住院治疗。

琳琳不知道自己是怎么回到家里的，她躺在床上一动不动，侧身看着窗外，晚饭也没吃。

凌晨，琳琳醒了，坐起身，头靠着抱枕，满脑子都是医生的话。琳琳在床上坐了半天，起身洗漱完，一个人下了楼。天还没大亮，她在楼下的小公园里转来转去，清新的空气笼罩着大地，琳琳的心情好了不少，在小公园里转了好几圈，又跑了一会儿步，满头大汗地回到家里，吃了一片面包和一个煮鸡蛋，端着一杯牛奶向书房走去。

打开电脑，马德玉发的信息提示声不断，琳琳没有回复消息，打开了马德玉的QQ空间，认真地看着马德玉近期写的文章。看了好大一会儿，琳琳站起身揉了揉眼睛，在家里走了几圈又坐下，她发信息问马德玉再找伴侣了没有，说我们这代人慢慢上年龄了，没个伴不行。

马德玉感到有些意外，心想琳琳今天怎么说起这个话题，他回复琳琳说，自己不打算再结婚了，一人过习惯了。琳琳犹豫了一会儿，把自己十几年前离婚的事告诉了马德玉，当她回过神来想撤回发出去的消息时，已经来不及了。

马德玉拿起电话拨通了琳琳的手机，琳琳拿着手机犹豫着，一会儿马德玉又打了过来，琳琳恍惚地接通了电话。两个人在电话里说了很长时间，马德玉告诉琳琳，他要早知道是这样，早就来香港找琳琳了。他虽说没有见过琳琳，可他心里一直惦挂着琳琳，无奈琳琳已经有了家庭，马德玉就把对琳琳的感情深埋在心底，这也是他多年不找另一半的主要原因。琳琳电话里一直说她配不上马德玉。

马德玉说要过来香港看望琳琳，琳琳流着眼泪说："我也想见到你，德玉。"

机场里熙熙攘攘，人头攒动，琳琳看着出机场的人群，马德玉老远就向琳琳挥着手。网聊十多年的马德玉和琳琳终于见面了，两个人紧紧地拥抱在了一起。

琳琳领着马德玉到了海洋公园、金紫荆广场、维多利亚港等地方转了几天，琳琳告诉马德玉说，自己得了病，怕两个人现在不见，以后就再也没机会见面了。

马德玉听着琳琳说的往事，他能想象到，琳琳这些年吃了多少的苦，受了多少的罪。他流泪了，一把抱紧琳琳，埋怨琳琳为什么不早点告诉他这一切。

马德玉劝琳琳说，现在医疗发达了，好的心态对病愈起的作用是啥药都比不了的。他告诉琳琳，他一朋友的妻子查出患了乳腺癌，可他朋友的妻子很乐观，根本不当一回事，该吃吃该喝喝，运动、打麻将，整天乐呵呵的，到现在还活得好好的，十几年了。

琳琳问马德玉："是真的吗？"

马德玉掏出手机直接拨通了朋友的电话，电话那边传来朋友妻子的声音，她和琳琳聊了十多分钟，琳琳感激地看着马德玉说："其实我的心也挺大，听刚才电话那头大姐的，要乐观。"

琳琳的电话响了，她妹妹玲玲到了香港，马德玉和琳琳拦了一辆的士过去接玲玲。

琳琳、马德玉和玲玲来到一间咖啡屋，要了几杯咖啡，玲玲附在琳琳的耳旁轻声说道："姐，他长得挺帅的。"

琳琳有些难为情地看了一眼妹妹说："咖啡要凉了，喝咖啡。"

马德玉回了酒店，琳琳和玲玲回到家里，琳琳告诉妹妹，马德玉要和她结婚，让自己跟他回大陆，他要照顾她。

玲玲犹豫着说："姐，马德玉给我的印象是善良，人长得帅，是个可以依靠的男人，你得了病是得有人照顾，可晓丹会怎么想呢？"

琳琳沉默着，她心里很矛盾。她和马德玉挺聊得来，见了马德玉，

心里尘封、压抑的情感终于被激活了，她认准了马德玉就是她要托付终身的人，不想错过马德玉这个令她动心的男人，只要能和马德玉生活在一起，她就知足了，可她又想起自己得了癌症，不想拖累马德玉。琳琳心里很纠结。

玲玲按着琳琳的后背说："姐，马德玉说的没错，心态对病愈起的作用很大。我赞同你和马德玉结婚，跟他回大陆生活。人生几十年，不要苦着自己。"

琳琳点着头，俩姐妹聊到很晚才睡觉。

宾馆里，马德玉躺在床上，一副心事重重的表情。他和琳琳的网聊导致琳琳离了婚，琳琳一个人带着女儿艰难地生活了十多年，其间还热心帮助自己，如今她得了病，他想着想着，眼泪顺着脸颊流了下来。他下定决心要和琳琳结婚，要好好照顾琳琳，他不想给自己的生命留下遗憾，他心里很爱琳琳。

马德玉坐起身，给当医生的战友打起电话，询问着一些癌症保守治疗的知识。

早晨的阳光温柔地开启了崭新的一天，琳琳把做好的早餐放进保温盒，正要和妹妹出门，电话响了，是女儿晓丹打过来的，晓丹说她向学校请了假，下午要回来，琳琳没多说什么，嘱咐女儿路上注意安全。

玲玲一边换鞋一边说："姐，我把你这些年的所有经历都告诉了晓丹。她已经是成年人了，她应该知道。"

琳琳吃惊地说："你告诉晓丹了，怎么也不给我说一声呀？算了，告诉就告诉吧，反正她早晚都得知道。"

琳琳和玲玲来到马德玉住的宾馆，马德玉放下手中的书站起身，琳琳把保温盒递给马德玉说："德玉，趁热吃吧，我给你做的早餐，怕你不习惯这边饭菜。"

马德玉顾不上吃饭，对琳琳说："琳琳，我已经打电话让公司的人去山脚下看别墅了。你跟我回大陆生活吧，咱俩结了婚，相互有个照应。我不想再给咱俩的人生留下任何遗憾了。"

琳琳听着马德玉的话，心情是喜悦的，她为遇到马德玉这样善良、痴心、有担当的男人而感到高兴。

玲玲轻轻推了下琳琳，说："姐，你就别再纠结了。马哥这份心意难得。你俩是老天注定的缘分。你这大半辈子过得太不容易了，马哥过得也不容易，下半辈子都别苦了你们自己。"

琳琳点了点头，终于答应了马德玉的要求，马德玉从手包里拿出一枚钻戒，在玲玲的见证下，戴在了琳琳的无名指上，两个网聊了十多年的男女终于走到了一起。

有情人终成眷属。两个月后，马德玉和琳琳在一个大酒店举行了隆重的婚礼，琳琳的女儿晓丹陪着外公、外婆和亲人都过来了，送上了他们的祝福。

马德玉和琳琳结婚后，住进了大山脚下的一栋别墅里，马德玉除了工作就是全心陪护琳琳，两人形影不离，一起散步，一起登山，一起种菜，一起养花，一起漫步山水间。马德玉真挚周全的呵护，让琳琳忘却了自己的病情，琳琳的气色越来越好。两个人恩恩爱爱，相敬如宾，朋友和邻居见了都赞不绝口。

驼 爷

春暖乍寒，初春的天气依然有些冷，李庄村的打麦场上站满了人，70多岁的石头大爷戴着一顶有些发黄的蓝帽子，穿着沾满泥土和枯草叶的黑棉袄坐在石磙上，驼着背，手里拿着一把破得不能再破的二胡悠闲地拉着，他半闭着眼睛，满是皱纹的脸上充满了陶醉的神情。村上的人都习惯地叫他驼爷。

驼爷直直的大鼻子里不停地流出鼻涕，实在难受了，就抬起粗糙的大手擦几下鼻子，往粗布黑鞋上一抹，继续拉四六不着调的二胡。

"石头哥，拉得跑调了，跟杀鸡似的，不好听。"天柱吸着自己卷的旱烟，一副嫌弃嘲笑的表情。

"驼爷拉得好。70多岁的人了，自学拉二胡，不简单呀。"村上的民办教师丁安说道。

一群小孩儿眼都不眨地看着驼爷拉二胡，学着驼爷拉二胡的模样，在那里摇头晃脑、手舞足蹈。

忽然，驼爷的儿子鹏飞跑了过来，拨开人群，抢过驼爷手中的二胡重重地摔在地上："我让你拉，整天不干正事，就知道拉破二胡。"

众人停住了说笑，怀着不一样的心态看着眼前突如其来的一幕。村里的翠花婶拉住鹏飞说道："鹏飞，你这是干啥？他可是你爹呀，你可不能这样对他。"

村民们纷纷为驼爷打抱不平。

人高马大的鹏飞恼羞成怒，冲着众人喊道："我们的家事，你们管不着。咸吃萝卜淡操心。"

村民二顺看着鹏飞远去的背影，小声地说道："唉，到底不是亲生的儿子呀，指望不上。"

村民们小声地议论着。

驼爷一脸的尴尬和无奈，伸手擦掉将要流下来的鼻涕，站起身弯下腰捡起地上摔坏的二胡，嘴里小声嘟囔着说："我没本事，都怪我没本事。"

驼爷心疼地拿着摔坏的二胡，驼着背往家的方向走去。丁安望着驼爷远去的背影，脸上充满了好奇和不解的神情。

驼爷回到家进了灶房，掀开锅盖，用勺子舀了一碗锅里的凉面条，蹲在地上狼吞虎咽地吃起来，不大一会儿的工夫，驼爷就吃了两碗面条，站起身在水缸里舀了一瓢水，咕咚咕咚地喝上几口。

驼爷夹着被儿子鹏飞摔坏的二胡刚走出大门，村里的丁安就迎面走过来了，问道："大爷，您这是要去哪儿啊？"

"哦，我想去歇一会儿。"驼爷眯着本来就不大的眼睛看着丁安。

丁安心想，驼爷不在家歇着要去哪里呢，丁安给驼爷递了一根香烟，好奇地说道："大爷，今儿是星期天，我不上课，咱俩说说话吧。"

驼爷打量着手里的烟，看了又看，丁安给驼爷点上烟，驼爷嗞嗞地吸了几口，伸手挠了挠一头白发，戴好脏兮兮的蓝帽子，说："嗯，丁安，走吧。"

驼爷驼着背走在前头，丁安紧跟在后面，走了一会儿，他俩来到了村头的水坝上。水库边上长满了杂草，对面的山上也灰秃秃的，毫无生机，它们在耐心地等待着春天的到来，重新赋予它们新的生命力。

驼爷和丁安来到了水坝旁的一个破石洞前停下，石洞门前挡着几块木板，驼爷拿开木板放在一旁说道："进来吧。"

两人猫着腰进到了石洞里，丁安有些吃惊地问道："大爷，你怎么

住在这里呀，冷不冷啊？"

"不冷，不冷，坐吧。"驼爷说着话一屁股坐在几块石头支撑的木板床上。

丁安打量着石洞，石洞里有点黑暗，堆满了纸箱、瓶子和杂物，门后靠墙处放着镢头、铁锹、一辆独轮车，挨着床的墙上挂着两把破旧的二胡，洞里面靠墙处堆放着一大摞枯树枝。

"大爷，你能给我说说你过去的一些故事吗？"丁安边说着话边给驼爷点上烟。

驼爷有些浑浊的双眼眨个不停，嘴唇颤动了几下，连着吸了几口烟，抬起粗糙的大手揉了揉眼睛，说道："唉，都是过去的事了，都是过去了的事了……"

坐在木板床上的驼爷吸着烟，两眼望着石洞外面，陷入了对往事的回忆中。

一

1945年6月的一天，坐落在大山脚下的李庄村一片寂静，16岁的石头和父亲老庆在院子里编着荆条笆。石头高高的个子，长相英俊，从小就爱唱戏，干着活嘴里还不忘小声哼着豫剧《白蛇传》。

头发有些花白的老庆看了看儿子石头，摇了摇头，说道："石头，赶紧编荆条笆吧，庄稼人唱戏能当饭吃啊。"

"嗯，爹，我唱戏不会耽误干活的。"石头站起身拿起茶壶给父亲倒了一碗水。

"石头，你后天把晒干的荆条笆推到虎头沟煤矿上卖了，买些面粉回来。"老庆说完咕咚咕咚地喝起水来。

天黑了，石头进屋点上煤油灯，从床底下拿出一把破二胡，轻轻地拉起来，"吱吱呀呀"的声音让人感到刺耳。

"石头，你别拉了，难听死了，赶紧睡吧，天天拉，有啥用，费煤油。"老庆站在窗户前大声喊道。

石头脸上陶醉的表情一下子就没了，他不情愿地收起二胡，吹灭了煤油灯。

过了一会儿，石头开门探出头，看父亲屋里的灯灭了，便起身夹着二胡溜出了屋子，轻轻打开大门往外走去。

石头走到离村子不远的山沟里，坐在石头上，趁着月色先是卷了一根纸烟，吸了几口，然后拿起二胡拉起来，拉着拉着，他清了几下嗓子，唱起豫剧来。一边拉二胡一边唱戏，石头唱到动情处，一会儿闭眼，一会儿瞪眼，唱戏声打破了山沟里的宁静。

黎明时分，老庆和石头父子俩把一张张荆条笆装上独轮车，足足装了有一百多张，石头气喘吁吁地说道："爹，您进屋歇着吧，我来捆。"

老庆说："一个人不行，可得捆好。"便继续和石头拿着绳子绕着堆得高高的荆条笆忙碌着，过了一会儿，终于把荆条笆和独轮车牢牢地捆在了一起。

老庆顺势坐在院子里的一块石板上，从腰间掏出旱烟袋锅，装上烟叶，划燃一根火柴点着烟，黑黝黝布满皱纹的脸在月光下显得有些沧桑。旱烟锅里的红火星一闪一闪的，不时发出烟叶燃烧的嗞嗞声。

老庆抬头看着儿子说道："石头，你推车稳当点儿，累了就歇会儿，到煤矿和他们搞搞价钱，能多卖些就多卖些。"

"嗯，爹，我会和他们搞价钱的，您就放心吧。"石头架了架车又放下，说："爹，那我走了。"

"你等一下。"老庆起身向灶屋走去。

老庆拿着一个布兜走出来,说:"石头,拿着,这玉米饼和水,路上饿了吃,还有,你记住买点盐捎回来,把钱装好。"

石头接过布兜说:"我知道了。爹,天凉,您回屋歇着吧,我走了。"

老庆站在家门口看着石头推着独轮车消失在夜色中。

石头推着一独轮车荆条笆走走歇歇,足足走了一个多时辰,终于到了虎头沟煤矿上。煤矿收购荆条笆的人是个50多岁的老头,他仔细看过荆条笆后说道:"查数吧。"

"大叔,我这次编的荆条笆大,您行行好,多给点钱吧。"石头拉着收购人的衣襟晃个不停。

"你这孩子,别把我的衣裳给扯烂了。都不容易,这样吧,你不是会唱戏嘛,给我们唱一段再说。"收购员说道。

一旁的人也附和着说,让石头唱段戏。

石头清了清嗓子,说道:"好啊,大叔,那您得多给我算点荆条笆钱。"

"唱吧,多给你算。"收购人有些不耐烦地说道。

石头双手抬起,做着戏里的动作,张嘴唱道:"忙叩头谢过了皇恩浩荡,论有道他不亚尧舜禹汤,君爱臣臣爱君社稷有望,做清官爱黎民理所应当……"

"唱得好哇。这样吧,每张荆条笆给你加点钱,查数给你钱。"收购员说完和石头一起查起荆条笆的数量来。

几经周折,石头总算是拿到了卖荆条笆的钱,高兴地推上独轮车向集镇上走去。石头买了一袋面粉和二斤盐,又转悠到了一个不大的乐器店门口。石头扭动了一下身体,有意地挺起胸膛走进店里。他像发现宝贝一样瞪着眼睛,仔细地打量着琳琅满目的二胡。

"买吗?大早上还没开张,给你便宜些。"戴着西瓜帽的店主迎过来,打量着石头。

石头红着脸问道："你这儿有旧二胡吗？"

"没有，我们不卖旧东西。"店主说着回到柜台里坐下，不再搭理石头。

石头恋恋不舍地离开了乐器店，推着独轮车向家的方向走去。

马庄村，临近晌午，太阳毒辣，照得人睁不开眼睛，还在床上睡懒觉的爱巧睁开眼睛，站起身打了个哈欠，端着脸盆走出屋子。

"赶紧洗脸吃饭吧，都晌午了，我不喊，你会睡到黑呀。"爱巧的父亲黑蛋数落着女儿。

"哎呀，你就别说我了。爹，你让我起那么早干啥？"爱巧嘴里嘟囔着，拿起水瓢往盆里舀水。

"今天是你娘的周年忌日，我去给她上坟，你吃完饭把碗筷洗洗。"黑蛋拿起叠好的草纸和一小把鞭炮走出院子。

爱巧心里想着，人都不在了，知道啥啊，看到爹出去了，赶紧撵出去喊道："爹，你给我点钱，我去买些瓜子吃。"

"就知道吃，你都18岁了，太不懂事，太不懂事了。"黑蛋满脸的无奈和不耐烦。

爱巧接过钱回到院子，拿起香胰子在脸上擦了几下，双手在脸上揉搓了一会儿，捧起盆里的水洗掉白沫子，回到屋里，对着桌上的镜子打扮起来。先是梳好头发，接着往脸上搽粉，又点燃火柴燃烧了一下吹灭，描起眉毛来，描完眉毛，又拿出胭脂盒，用食指和中指轻轻抹了几下，在脸颊上涂抹一会儿，接着用舌头舔了舔嘴唇，拿出一片红色唇纸含在嘴唇上，上下嘴唇有节奏地嚅动着，过了好一会儿，爱巧终于化好妆了，对着镜子摇头晃脑，一会儿瞪大眼睛，一会儿半闭眼睛，左看右看个不停。

爱巧天生就是一个好看的女娃，化了妆，又增添了几分姿色。

村民烈江迈着八字步晃晃悠悠地走进了黑蛋家的院子里。烈江30

多岁，中等个头，穿着一身卡其色的西装，梳着大背头，一双黑黑的大眼睛东瞟西看。他早年靠倒腾粮油挣了些钱，在马庄村算得上是首富了。但他生性风流，在全村是出了名的。把外边的女人领回家，妻子气得喝毒药亡了命，烈江依然是花天酒地，过着花花公子般的生活。

烈江看黑蛋家院子里没人，开口喊道："黑蛋哥，黑蛋哥。"

"谁呀？俺爹不在家。"爱巧嗲声嗲气地回应道。

"爱巧在家啊。"烈江说着话眼珠子转了几下，显得有些兴奋，匆匆走进爱巧的屋子里。

"是烈江叔呀，你来我家有事啊？"爱巧看了一眼烈江又扭头对着镜子照来照去。

烈江死死地盯着爱巧看了一会儿，说道："爱巧长得真好看，今年多大了？"

"18岁了。"爱巧扭头看了一眼烈江，说道，"烈江叔，你这样看得我心里直发毛。"

"巧儿，你长得真好看。你以后别喊我叔了，咱俩又不一个姓，再说你把我都喊老了。"烈江说着话从口袋里掏出几张钱递给爱巧，"巧儿，拿着，买点胭脂、口红和衣裳。"

爱巧盯着钱红着脸推辞说："不，我咋能花你的钱呢，烈江叔。"

"唉，拿着，巧儿，以后缺钱花只管问我要。"烈江说着话抓起爱巧的手。

"哎呀，你弄疼我了。好、好，我拿着。"爱巧酥酥地叫道。

烈江的两眼在爱巧的身上扫来扫去："巧儿，邻村唱大戏，咱俩一起去看吧，到那儿我给你买好吃的。"

"我和你一起去看戏，别人会说闲话的。"爱巧把一根红绫系在乌黑的辫子上。

"巧儿，我是你叔，别人不会说闲话的。"烈江趁机把手搭在了爱巧的肩上。

爱巧瞥了一眼烈江，拿开烈江的手，噘着嘴说道：“哎，你一会儿是我叔，一会儿又不让我喊你叔，你可真是咋说咋有理。”

“好了、好了，巧儿，我对你的心思你还不知道啊。过几天，我去城里办事，你跟我去，我给你买几身新衣裳，再买几双皮鞋，好好给你打扮打扮。”烈江抚摸着爱巧乌黑的头发说道。

爱巧眨巴着一双丹凤眼看着烈江，问道：“是真的吗？”

“当然是真的呀。我一定给你买，巧儿。”烈江的手又摸着爱巧的脸蛋说，“巧儿长得就是好看，就要穿好衣裳、好鞋子。”

午饭过后，村民们三五成群地拿着小板凳、马扎凳走向邻村的戏场。戏台下早已是人山人海，人头攒动。卖水果的、卖瓜子的、卖油条的、卖包子的、卖凉粉的、卖衣裳的、卖小孩玩具的，应有尽有。叫卖声夹杂着人群的说笑声，一片喧嚣和热闹。

石头显然是刚洗了头，头发梳成三七分，穿着白色粗布衫，看起来很英俊，他拿着一个小板凳，快步挤到人群中坐下。

烈江拿着马扎凳和爱巧说笑着走进人群，烈江和爱巧刚好挨着石头坐下，爱巧打量了石头一眼，眼睛猛的一亮，头又扭向了一边。烈江凑近爱巧说：“巧儿，我去给你买瓜子和水果。”

“你去吧。”爱巧低声说道。

石头时不时地扭头偷偷打量爱巧，爱巧发现石头在偷看自己，于是扭过头盯着石头看，石头的脸一下子就红了，赶紧扭头看向戏台。

过了一会儿，戏台上的锣鼓敲响了，台下顿时安静了下来，台上演的是豫剧《铡美案》。石头半闭着眼睛摇头晃脑，跟着戏的韵律和节奏，右手搭在腿上不停地打着拍子，两只脚一抬一落，嘴里还小声地哼唱着戏词。

爱巧不解地打量着身旁的石头，推了一下烈江，烈江扭头看了一眼

石头，对爱巧说道："巧儿，他一看就是个神经病。"

台下的众人静静地看着戏，一会儿笑一会儿鼓掌叫好。

忽然，丁保长领着几个国民党兵来到了戏场，几个当兵的拿着枪对着戏台下的百姓。丁保长像猴子一样，一个箭步跳上戏台，大声喊道："别唱了，停下，都给我停下，都不要动，我说几句。我说啊，现在党国打仗需要人，台下满16岁的男人都要积极报名参军。当兵光荣啊，还发大洋，多好啊。现在呢，就开始报名。"

台下顿时乱成了一锅粥，吵闹声一片。

石头睁开眼睛目睹眼前发生的一切，小声骂道："这帮赖孙，又来抓人，看个戏都看不消停。"

"巧儿，咱快想法溜走，国民党又要抓壮丁了。"烈江推了一下爱巧，压低嗓音说道。

"咋溜啊，他们都拿着枪呢。"爱巧瞪了烈江一眼。

"快跑啊，抓壮丁了，都快跑啊。"不知道是谁高喊了一声。

人群顿时混乱了，小孩儿的哭叫声、大人的吵闹声、枪声，响成一片。

烈江拉着爱巧顺着人群逃了出去，石头拿着小板凳刚跑到戏场不远处的一棵大槐树下，就被后面一个当兵的给叫住了："喂，穿白布衫的，你再跑老子就开枪了。"

石头扭头发现黑乎乎的枪口正对着自己，浑身哆嗦着说："我不跑，我不跑。"

"走，戏台上登记去，快点。"当兵的满脸狰狞地喊道。

石头无奈地向戏台上走去。

石头的邻居胖婶满头大汗地跑到老庆家，进门喊道："庆哥、庆哥，出事了，出大事了。"

"咋了，他婶子？"老庆从屋里出来，边走边提鞋。

胖婶钻进灶房舀了半瓢水张嘴咕咚咕咚地喝起来。

"他婶子，你快说，出啥事了？"老庆焦急地催问道。

"渴死了。庆哥，快，你家的石头被国民党兵抓走了，就在唱戏的地方。"

"啥，石头被抓走了，这可咋办啊？这帮龟孙，我、我去和他们拼了。"老庆说着顺手抓起挂在墙上的锄头就要往外冲。

"庆哥，他们手里有枪，拼不得，拼不得呀。"胖婶拽住老庆说道，"这事不能硬拼，得拿些钱去和他们说说好话，看能不能把石头给放了。"

老庆放下锄头进屋，掀开红木箱，拿出一个布包，走出屋子说道："他婶子，走吧。"

老庆和胖婶一前一后冲出院子，向戏台方向跑去，老庆和胖婶到了戏场，人群早已散去，四处也没找到石头的影子。老庆一下子秃噜着坐到地上，一脸的绝望，大声喊道："石头，我的儿啊，你在哪儿呀？我咋给你死去的娘交代啊，我可怎么活啊？"

胖婶搀扶起老庆说："庆哥，你别哭了，石头一定会没事的，咱慢慢打听他的下落，一定会找到石头的。走，咱先回家吧。"

老庆看着胖婶，嘴角嚅动了几下说："他婶子，你说会找到石头吗？"

胖婶拍打着老庆身上的土，安慰着说道："庆哥，一定会找到石头的。我给在外干活的儿子说说，咱们一起想办法打听石头的下落。"

二

枣阳县城笼罩在战争的硝烟中，街上几乎没有什么人，烈江拉着爱巧的手四处张望着，两人走进了一家百货店。

"巧儿，你喜欢啥只管买。"烈江拉着爱巧让挑衣服。

爱巧指着一件貂皮大衣问道："这个多少钱？"

店主热情地回道："小姐，您可真有眼光。这件貂皮大衣穿在您身上没得说的，一定非常漂亮，您穿上试试。"

烈江心想，这个妮儿可真识货啊，有些不太情愿地说道："巧儿，你喜欢就先穿上试试，不合适再试别的衣裳。"

爱巧在店主的服侍下穿上貂皮大衣，显得贵气十足，白皙的鹅蛋脸在貂皮大衣的衬托下，像出水的芙蓉一样，一双丹凤眼眨来眨去，对着镜子照个不停。烈江贪婪的目光在爱巧的身上游来游去，看着爱巧漂亮的脸蛋，喉结滚动了一下，说道："巧儿，你穿上这貂皮大衣真好看，咱就把它买了吧！"

"贵不贵啊，多少钱啊，老板？"爱巧摸着身上的貂皮大衣问道。

店主微笑着说道："不贵，不贵。您父亲一看就是有钱的主。这兵荒马乱的，一口价砍到底，最低价三万六。"

"喂，你说啥呢，我有那么老吗？你看清楚了再说，我是她哥。"烈江冲着店主大声呵斥道。

"哎呀，您看我这张破嘴，真不会说话。老板，您别生气，是我眼拙，是我眼拙，您多担待。"店主给烈江一个劲地鞠躬。

烈江没好气地说道："别啰唆了，打包，我们买了。"

店主熟练地把衣服包好，恭恭敬敬地递给烈江。烈江付完钱拉起爱巧的手，说："巧儿，走，咱去别处转转，再给你买几双鞋。"

爱巧嗯了一声，有点不太情愿地被烈江拉着手向卖鞋摊走去。

高沟县城的不远处驻扎着一群国民党兵，至少有一个连的人，在一座炮楼的附近挖着坑道。虽说已经是初冬，这群当兵的穿着单军衣，有的干脆光着上半身，挥舞着手中干活的工具，汗流浃背，怨声连连。

"真他妈的倒霉，我过些天就要娶媳妇了，被抓到这里。"二柱埋怨着说道。

"被抓到这鬼地方，我80岁的老娘可咋办啊？"长江带着哭腔说道。

"二柱，快说说，你和没过门的媳妇睡过觉了没有？"二锁看着二柱问道。

二柱瞪了一眼二锁，说道："去你的，睡不睡觉的关你啥事啊。"

二锁停下手中舞动的馒头，手捏着鼻子哼唧着把鼻涕甩在地上，擦着脸上的汗珠子。

李孬40多岁，已经当兵三年了，皮肤黑得吓人，浓眉大眼，厚厚的嘴唇，大伙都叫他孬叔。

李孬蹲下又胖又壮的身体，噗一声放了个屁，大家禁不住笑起来。李孬掏出一张用破报纸裁好的小纸条，先是折了一下，掏出一个小黑布袋子，从黑布袋子里掏出碎碎的旱烟叶，均匀地铺在纸条上，熟练地一卷一拧，再伸出舌头舔一下，一根烟就卷成了，噙在嘴里，擦燃火柴点上，深深地吸了一大口，烟雾从鼻孔和嘴里飘出来，一脸的享受表情。

李孬过了烟瘾，打着哈欠站起身，沉闷地说道："你们这群娃啊，干活吧，净说些没用的东西，看看人家石头，光干活不说话。"

"孬叔，你被抓壮丁几年了，就没想过逃出去？"二锁凑到李孬的身旁问道。

"我逃了两次都被抓了回来，每次抓回来都要挨打，我慢慢习惯了，也就不逃了。虽说干活有点累，弄不好还要打仗，但至少有口饭吃、有个睡觉的地方不是，见月还发点钱。唉，就这样过吧，有啥法子啊。"李孬说完拿起馒头干起活来。

石头扭头看了李孬一眼，向远处看了一会儿，心想着，家里的老父亲可好，啥时候才能回家呀，叹着气摇了摇头，扭过头抡起铁锨铲起土来。

田地里的麦苗有些泛黄，发黄的树叶飘落在土地上，一群乌鸦在树

枝上呱呱乱叫。

石头被抓了壮丁后，他父亲老庆的脸上就再也没有了笑容，一年的光景，苍老了很多，一个人坐在院子里编着荆条笆，时不时地咳几声。一条老黄狗卧在老庆的面前不停地摇动着尾巴，注视着老庆一双编荆条笆的大手，一群老母鸡跟着一只公鸡在院子里转来转去。

老庆站起身走进灶屋，从水缸里舀起半瓢水咕咚咕咚地喝了几口，又回到院子里坐下，看着堆在眼前的一大摞荆条愣了一会儿，掏出旱烟袋锅装满烟叶噙在嘴里，点上火，一股青烟从老庆的鼻孔里飘出来，很快消失在充满阳光的空气里。

枣阳县城的街上，烈江和爱巧提着大包小包走进了一家旅社，店老板老远就和烈江打招呼："烈江老板，您好啊，有一阵子没见着您了，又到哪儿去发大财了？"

烈江笑着说道："卢老板，看你说的，我这不是来了嘛。卢老兄，给老弟开一间大房子。"

"好嘞。王孩儿，给烈江老板开间豪华大房间，上最好的茶。"卢老板一双黄豆一样的小眼睛不停地在爱巧的身上扫来扫去，尖尖的喉结不停地嚅动着。

王孩儿领着烈江和爱巧走进了一间豪华房，把一壶茶放在一张枣红色的方桌上，说道："老板，您歇着，有啥需要尽管吩咐我。"

"好，你忙吧。"烈江说完迅速关上了屋门。

爱巧嘴里嘟囔着说道："一张床可咋睡啊？我要回家，我爹会找我的。"

"巧儿，兵荒马乱的，天黑了，回家不安全，再说，咱明天还要再转转，给你再买些东西，给你爹买几条烟、几瓶酒。"烈江把手放在爱巧的肩上轻声地说道，"巧儿，坐下。你转了一天也累了，我弄点热水给你洗洗脚，解解乏。巧儿，你将来嫁给我，绝不会受罪的。我以后挣的钱都给你保管，你想咋花就咋花。"

"谁说要嫁给你了，你想得美，我还没想好呢。"爱巧红着脸说道。

"巧儿，你慢慢想，我等着你，啥时候想好了，我啥时候娶你。"烈江拉着爱巧的手又说道，"巧儿，你先歇着，我出去给你买些荔枝，回来再打盆热水给你泡脚。"

"荔枝？我还没吃过呢，你去买吧，再买些橘子，我口渴得很。"爱巧说完拉起床上的枕头放在床头，半躺着身子靠在枕头上。

"好，好，巧儿，你歇着，我这就去。"烈江兴奋地开门拔腿而去。

爱巧躺在床上心里想道："烈江虽说比我大十多岁，可他很有钱，对我也好，我如果嫁给了他，不愁吃喝，不愁穿戴，唉，只是，我爹是一定不会同意的，烦人啊。"

不一会儿的工夫，烈江喘着粗气推开门说道："巧儿，荔枝买回来了，还有橘子，哦，我还给你买了五香瓜子，来，快吃吧。"

爱巧忽地坐起身，接过荔枝和橘子，剥开一个荔枝吃起来，烈江剥开了一个橘子递到爱巧嘴边说："巧儿，来吃橘子。"

"荔枝还没咽下呢。"爱巧嗲声嗲气地说道。

"我等着，巧儿，你慢慢吃。"烈江说着一只手抚摸起爱巧的头发，"巧儿，你长得可真俊。"

爱巧推开烈江的手说："你弄啥咧？烈江叔。"

"巧儿，我的姑奶奶，你就别叫我叔了，叫我烈江哥吧，算哥我求求你了。我会对你一万个好，我会一万个听你的话。"烈江说着话又把手摸向爱巧白皙的鹅蛋脸上。爱巧这次没有过多地反抗，一双乌黑的丹凤眼眨了几下，脸上泛起了红晕。烈江趁机一下子抱起爱巧，一张大嘴在爱巧的脸上亲来亲去，爱巧用力挣扎着想推开烈江的身体，嘴里一个劲地嘟囔着"别这样、别这样"，烈江像一头凶猛的狮子，最终还是把嘴唇紧紧地贴在了爱巧红润的樱桃嘴上，爱巧发出了低低的娇喘声，烈

江伸手拉灭灯，屋子里一片漆黑……

驼爷说到这儿，停下了，叹着气从腰间拿出旱烟袋锅，丁安赶紧掏出一根纸烟递给驼爷，驼爷说："吸这个有劲。"

"大爷，那后来呢？您的背为啥驼得这么厉害呀？"丁安给驼爷点上烟。

驼爷吸了几口旱烟，说道："唉，说来话长啊。"

丁安看了看外边，见天色已晚，回头说道："大爷，您可是个传奇的人物，我很想知道您的故事。天快黑了，走，咱们到镇上先吃饭，然后找个旅馆住下，您好好给我说说您的故事，我爱听。"

驼爷犹豫了一下，站起身，摘下挂在墙上的一个布兜，又坐到床上，从布兜里拿出一叠用皮筋捆扎的钞票。

丁安看着驼爷手里拿着的零碎钱，眼睛有些湿润，慌忙说道："大爷，您把钱放好，我有钱。您和我出去，咋会让您花钱呢。"

"丁安，我有钱啊。"驼爷一个劲地说道。

丁安好说歹说，驼爷总算是把手里的钱放回了布兜里，跟着丁安走出了石洞。

天渐渐地黑了下来，镇上的人流也渐渐少了，驼爷跟着丁安走进了一家烩面馆，店主迎上来说："您二位吃点啥？先坐吧。"

"老板，弄个菜，拿瓶酒，两大碗烩面。"丁安招呼驼爷坐下。

"好嘞，一会儿就好。"店主把茶水壶放到桌上，转身向后厨走去。

驼爷看着丁安说道："吃碗烩面就行了，太让你破费了。"

"大爷，难得咱爷俩一起吃顿饭。"丁安说着站起身给驼爷倒了一杯茶。

吃完饭，驼爷和丁安走出饭店，丁安说："大爷，您在这儿等我一会儿，我到那边一会儿就过来。"

"嗯，你去吧，我在这儿等你。"驼爷随手捡起地上的一张废纸铺在身旁的路沿上，一屁股坐了下去。

驼爷看到丁安走了回来，起身站起来迎上去说："丁安，咱回家吧。"

"大爷，洗个澡，住旅馆吧。我还要听您的故事呢。大爷，我给您买了一条烟，您烟瘾大。"丁安把一条烟递给驼爷。

"丁安，我不要，我有烟，你拿着吸吧，吃饭你花了不少钱。"驼爷一个劲地推辞着。

"哎呀，大爷，您就拿着吧。咱们一个村子里住着，我是您侄子，应该的。走，咱住旅馆去。"丁安说完领着驼爷往前走。

丁安在旅馆登记好，便领着驼爷进了澡堂子。

两人洗完澡，回到旅馆里，驼爷和丁安各自躺在床上，面面相觑。

过了一会儿，驼爷说道："丁安，你是个有出息的孩子，能当老师说明你肚子里有墨水。"

"大爷，年轻人有个事干就行。我喜欢当老师。"丁安说道。

"是啊，人一辈子就几十年，不能白活，得干点啥。人只要不懒惰，都能干成事。"驼爷打了一个哈欠。

"大爷，您累不？"丁安问道。

"累啥，不累。那好，我就接着给你讲讲我的故事吧。"驼爷坐起来，点上一根烟吸了几口，嘴角颤动了几下，两眼闪着光，又一次陷入深深的回忆中。

三

中秋的月儿格外明，正是家家户户吃月饼，一家人团聚的时刻。

军营就例外了，石头所在的连队不是挖战斗工事就是修炮楼。虽说是中秋节了，在长官的喊叫声中，全连当兵的光着脊背，和泥的、背石头的、背砖的、垒墙的，忙活个不停。

李孬小声嘟囔着说："完了、完了，老蒋完了，听说解放军就要胜利了，咱还在这儿下苦力，不值当啊。"

"就是啊，咱要是解放军该多好啊。当国民党兵太丢人了，以后咋见人啊。"二柱扔下手中的铁锨，蹲下身抽起烟来。

石头揉着腰蹲下，从口袋里摸出一根烟点上吸了两口，小声说道："腰疼得受不了了，孬叔，咱干脆逃出去吧。我爹年龄大了，被抓来快两年了，也不知道家里咋样了。"

二柱和一群当兵的一窝蜂地围着李孬，你一言他一语地小声议论起来。

"对，咱逃吧，这儿就不是人待的地方。"

"逃吧，孬叔，我们都听你的。"

"我要见我还没过门的媳妇，想死她了。"

"看你那没出息的样，就知道想女人。"

"你不想啊？还说我。"

一个歪戴着帽子、衣着不整的国民党军官吸着烟，一只手提着半瓶酒向炮楼工地走来，老远就大声喊道："你们他妈的在说啥呢？找抽呢！快干活，快干活。"

人群一下子散了，嘴里小声嘟囔着开始干活。

皓月当空，军营一片寂静，月光透过窗户照进营房里，大通铺上一群当兵的人挨人躺在一起，都没有睡觉，辗转反侧，有的在吸烟，有的瞪着眼睛在想心事，有的坐在被窝里看着外边，班长李孬和石头在低声嘀咕着什么。

半夜时分，李庄村老庆家的煤油灯点亮了。

老庆咳嗽着坐起身，自从他儿子石头被抓了壮丁后，老庆经常是寝食难安，常常睡到半夜就醒了。他披着衣裳，拿着旱烟袋锅走出了屋子，在茅房里蹲了半晌，又在院子里转来转去，弯下腰，拿着已经灭了的旱烟袋锅在鞋底上磕了几下，坐到小木凳上摸黑编起荆条笆来。

马庄村的路上，黑蛋一个人匆匆地走着，满脸的焦急和不安，自言自语地说："爱巧又去哪儿了？天天不在家住，传出去可丢死人了。这个不争气的东西，找着她，我非把她的腿打断不可。"

烈江家的房间里透着红色的烛光，烈江和爱巧躺在被窝里，爱巧把脸依偎在烈江的怀里，烈江喘着粗气说道："巧儿，你可真让我销魂啊。"

"去你的，光知道舒服，你啥时候去我家提亲啊？"爱巧拧着烈江的胳膊说道。

"哎呀，疼死我了，姑奶奶。烟和酒都买好了，还怕我不去呀，我明天就去。巧儿，不过，我还是有点怕见你爹。"烈江回应道。

爱巧推了一下烈江，说道："怕什么怕，咱俩生米都煮成熟饭了，早晚不都得见面呀。"

黑夜依然静悄悄的，月亮依然明亮亮的。

伴随着老公鸡喔喔喔的叫声，新的一天到来了，一轮红日冉冉升起，柔和的阳光无私地普照着大地，黑蛋背着一大篮割好的青草走在路上，脚上的黑布鞋早已被露水打湿，上面沾满了泥土和草叶。迎面走过来的村民端着一碗黄豆热情地打招呼说："黑蛋哥，你早啊。"

"哦，睡不着，给猪割点草。你干啥去啊？"黑蛋把篮子换了一下肩膀继续往前走着。

"我去换点豆腐。"村民回应道。

黑蛋回到家里，把篮子里的青草扔到猪圈里，两头大黑猪大口大口地吃起草来。黑蛋回到院子，拿出脸盆和搭在铁丝上的毛巾，洗脸去了。

黑蛋洗罢脸走进灶房，揭开锅盖，蒸熟的红薯冒着香气，黑蛋端着

一碗玉米面糊糊和红薯坐到院子里吃起来。他扭头看了一眼女儿爱巧的屋子，脸上露出了愤怒的表情。昨天晚上找了大半夜，也没找到爱巧，她去了哪儿呢？老伴走得早，是自己把闺女给惯坏了。黑蛋叹了口气，他不愿再去多想，吸溜吸溜地喝着稀饭。

黑蛋吃完早饭，牵着家里的一头黄牛向村外的山坡上走去，到了山坡上，黑蛋把拴牛的绳子挽在牛脖子上，黄牛心领神会地低下头吃起草来，黑蛋坐在山坡上，掏出旱烟袋锅装上一锅旱烟叶点上火，一股灰白色的烟雾飘到空中。

烈江穿着一身新衣服，头发梳得像牛舔了一样，油光锃亮的，手里提着烟和酒，走在爱巧的后面。到了爱巧家的大门口，烈江往后退缩着说："巧儿，你先进门跟你爹说一声，我再过去，求求你了，姑奶奶。"

"看你那窝囊样。"爱巧推开门进了院子，找了一圈，见爹不在家，走到大门口对烈江说，"你先进来吧，我爹不在家，可能是去山上放牛了。"

"这就好，这就好。"烈江松了一口气，跟着爱巧走进了院子。

临近中午的太阳火辣辣地照耀着大地，黑蛋牵着老黄牛慢慢悠悠地走在回家的路上。

一袋烟的工夫就到了家门口，黑蛋看到自家的大门开着，心想，是女儿爱巧回来了。黑蛋牵着牛快步走进院子，嘴里喊着女儿的名字，爱巧听到喊声赶紧走出屋子。

爱巧红着脸说："爹，你放牛回来了。"

黑蛋张口问道："你整天不着家，这两天又跑哪儿去了？没规矩。"

烈江慢腾腾地走出来，掏出香烟说道："来，你吸烟。"

黑蛋没有接烈江递过来的香烟，吃惊地看着烈江问道："你怎么会在我家？"

烈江挠了一下头，说："我、我刚过来，巧儿，你、你说话啊。"

黑蛋瞪着烈江好一会儿，黑着脸走进屋子，爱巧和烈江快步跟进屋。

爱巧拉着黑蛋的胳膊坐到床上，指着桌子上放着的烟酒和水果，轻声说道："爹，这些东西是烈江哥给你买的。"

"啥啊，你喊他烈江哥？"黑蛋先是一愣，抬手就要打爱巧，嘴里骂道，"我打死你这个不争气的东西。"

烈江上前去挡，黑蛋重重地一巴掌啪的一声扇在烈江的脸上，烈江捂住脸叫道："哎呀，你打啥嘛。我对爱巧是真心的，我一定要娶爱巧做我媳妇。我以前虽说是她叔，可咱们又不一个姓，你急啥嘛！你消消气。"

"我打死你这个混球，你还要不要脸了？"黑蛋抄起地上的小板凳向烈江砸去，烈江噌的一下跑出屋门，在院子里喊了一声："巧儿，我等着你，我先回去了。"说完便跑得无影无踪了。

天慢慢黑了下来，天空没有月亮，黑夜里往往会发生一些惊心动魄的事情。

高沟县城国民党的壮丁营里像往常一样的寂静，营房里不时传出来打呼噜声、说梦话声、磨牙放屁声。

李孬那个班的宿舍里，一群当兵的眼睛睁得圆圆的，似乎在等待着什么命令。

班长李孬坐起身，二柱、石头等人都围了过来，李孬低声分着工，一群当兵的不时地点着头。

李孬和石头两人轻轻打开屋门，溜出了房间，四处张望了一会儿，夜色中隐隐约约看到四个哨兵，两人一组地站在军营门口的左右两侧，不一会儿，四个哨兵席地而坐，左边两个哨兵点上烟，从口袋里掏出早就买好的蚕豆和白酒，说着喝着，右边的两个哨兵背对背像是睡着了，石头后退几步进了屋。

不一会儿，屋里的十几个人都溜了出来，李孬指着石头、愣子，小声说道："我们把左边的哨兵打晕，二柱、八斤、海江，还有小虎，你

们四个把右边的两个哨兵打晕。把哨兵打晕后，大家一起冲出去，向南边跑，动作要快。"

"放心吧，孬叔。"大家不约而同地小声应着。

李孬观察了一会儿，低声说道："开始行动。"

李孬、石头、愣子、二柱、八斤、海江、小虎等人顺着墙根溜到营房大门口，兵分两路嗖的一下跑到了哨兵跟前，还没等哨兵反应过来，他们几个人用事先准备好的木棒向哨兵的头部打去。喝酒的一个哨兵躲过了砸向自己的木棒，喊道："来人啊。"

李孬大跨步到哨兵跟前，一下子捂住了叫喊哨兵的嘴，两人扭打在一起，李孬举起木棒朝着哨兵的头打了下去，哨兵顿时倒地，李孬喊道："兄弟们，跟着我快跑。"

军营顿时混乱起来，哨子声、吵闹声、追喊声、枪声，响成一片。

李孬领着几个人趁着夜色疯狂地往营房对面的山上跑，不一会儿，后面传来了枪声和叫骂声："你们给老子回来。快给我追。"

李孬大声喊道："弟兄们，加把油，赶快跑啊，到了山下，咱们就安全了，就可以回家了。"

李孬一伙人拼命地向前跑着，枪声渐渐地稀疏了，黑夜慢慢地寂静了下来。

太阳冉冉升起，人们又开始了一天的劳作。

马庄村的二亮背着竹篓，手拿小铁铲走出家门，爱巧迎面走过来问道："二亮哥，你又去山上采药啊？"

"嗯，爱巧，你这么早啊？"二亮问道。

"我、我去买盐，家里没有盐了。"爱巧答道。

二亮大踏步地向山上走去。

二亮很快走到了山脚下，忽然听到了山崖下传来低弱的呻吟声，二亮加快脚步来到了山崖下，看见一个人被一块石头压着腰，痛苦地蜷缩成一团，二亮慌忙放下竹篓和铲子说："你别动，我把石头给你移开。"

那人艰难地应了一声，二亮咬着牙慢慢移开了压在那人腰上的石头，那人挣扎着想起来，二亮赶忙搀扶那人，那人弯着腰慢慢起来了，可腰直不起来，试着稍稍直起腰，疼得那人哎呀一声倒在地上，二亮蹲下身对那人说道："你别动，在这儿等着，我回家叫人来。"

"嗯，谢谢你，大哥。"那人感激地说道。

二亮扭身往家里走去。

二亮和村上的黑蛋等人拉着架子车向山里走去，架子车上铺了一条厚厚的花被子，他们来到了山脚下，那人微弱地说道："我叫石头，谢谢你们救我。"

黑蛋是名老中医，二亮跟着黑蛋学了两年医，平时看病的人不多，为了养家糊口，他们也就把行医当成了副业。

"黑蛋叔，你看看他伤到哪儿了？"二亮蹲下身子扶着石头。

黑蛋一只大手摸向石头的脊椎处，上下轻轻地揉动，问道："这儿疼不疼？"

石头不时地回答着黑蛋的问话。

"他是伤着脊椎骨了。二亮，先把他送回去再说。"黑蛋抱着石头的腰，对二亮说，"你抱着他的肩膀。"

二亮应了一声，黑蛋上了架子车抱着石头，众人拉起架子车慢慢地向村里走去。

马庄村村头的打麦场上，村民们围得水泄不通，议论声一片。原来是烈江不小心跌进深沟里没了命，一块白布盖在烈江的身上，烈江的老母亲哭得死去活来，烈江的父亲独自一人坐在槐树下流着眼泪。

爱巧从人群中挤了出来，回到家里躺在床上，看着芦苇棚的屋顶，心里想道："烈江，你这个死鬼，睡了我，占了我的便宜，说走就走了，我可咋办啊？"

二亮几个人拉着架子车终于到了黑蛋的家门口，黑蛋对二亮说："你看看爱巧在家不在，让她把二堂屋的床铺好，得把他先抬进屋去。"

二亮进院喊道："爱巧，爱巧。"

爱巧慌忙起身，擦着眼泪走出屋门，应了一声。

二亮着急地说道："你在家呀。快，快把你家二堂屋的床铺好，我和你爹救回了一个被石头砸伤的人。"

"知道了。"爱巧不太情愿地进了二堂屋，从柜子里拿出被褥。二亮搭把手把床铺好，走出院子来到架子车旁说："黑蛋叔，床铺好了。"

"二亮，来，你抱着他的肩膀和头，我抱着他的腰。"

黑蛋和二亮抱着石头走得很慢，进到了二堂屋，石头感激地看着他俩。爱巧站在一旁看着眼前的一切，脸上毫无表情。黑蛋和二亮费了好大劲才把石头放到了床上，黑蛋对爱巧说："你去打两个鸡蛋端过来。"

爱巧进了灶屋添上锅，魂不守舍地坐在木凳上，等着锅里的水烧开，心里想着，烈江没了命，自己以后该咋办，想着想着，爱巧的眼泪又流了出来。

二堂屋里，黑蛋用手轻轻按着石头的脊椎骨问道："这儿疼不疼，这儿呢，啥样的疼法？"

石头不时地"哎呦、哎呦"地叫着。

黑蛋坐在门槛上，点上旱烟袋锅，吸了一会儿烟说道："没大碍，山上的石头挤压着他的脊椎骨时间太长了，我先给扎扎针，看看效果。"

二亮蹲下身递给黑蛋一根烟："叔，他没伤着骨头就好啊。"

石头哭着说道："大叔、大哥，谢谢你们救了我。"

黑蛋在石门墩上轻轻磕掉旱烟锅里的烟渣说："孩子，是个人都不能见死不救嘛。你就在俺家先好好养伤。"

石头趴在床上点着头，把自己被抓壮丁的事告诉了黑蛋他们。

黑蛋和二亮嘴里不停地骂着国民党的罪行。

爱巧端着一碗鸡蛋汤走进来，二亮站起身坐到石头床前，把枕头垫高了一点，说："来，我喂你。"

爱巧打量着石头，总觉得眼前的石头好像在哪里见过，想了好一会儿，爱巧终于想起来了，两年前，在邻村看戏的时候，他和石头是挨着坐的，国民党抓壮丁，她和烈江跑了，石头被国民党抓壮丁了，想到这儿，爱巧的脸红了，她慌忙走出二堂屋，进了自己的屋子，爱巧躺到床上闭上了眼睛，心里又胡思乱想起来。

烈日当头，云彩受不了酷热，悄悄地躲得无影无踪，大树撑开浓厚茂密的枝叶，遮挡着耀眼的太阳，大地被晒得不断地冒出丝丝热气，知了趴在树上声嘶力竭地鸣叫着，布谷鸟、麻雀等小鸟叫叫停停，人们都躲在家里摇扇纳凉。

两年多的光景，老庆老了许多，得知被抓壮丁的儿子石头跑了出来，摔伤了腰又被邻村的好心人给救了，老庆一夜都没合眼，一大早，起来刮胡子、洗脸，翻箱倒柜地找出一身平时舍不得穿的新衣裳换上，匆匆锁好大门，走路到集镇上转了几圈，买了一些礼品，向马庄村快步走去。

老庆先是打听到了二亮家，老庆见到二亮先是把礼品放到院子里的小木桌上，拱手向二亮鞠躬答谢，二亮说："大爷，您快坐。"

二亮媳妇倒了一碗水递给老庆。

老庆站起身从口袋里拿出一个红包，拉着二亮的手说道："孩子，你救了我家石头，这大恩大德俺也没有啥报答你，这个你一定得收着。"

二亮说道："大爷，是我师父黑蛋叔救了你家石头，红包我说啥都不会要。走，咱这就去黑蛋叔家看你儿子石头。"

老庆跟着二亮到了黑蛋家，黑蛋正在给石头按摩，看到有人来，赶忙让座。老庆拉着黑蛋的双手一个劲地摇晃着，说道："大兄弟，你和二亮救了我的孩子，我这里给你作揖了。大恩人啊！"

黑蛋伸手拍着老庆的肩膀说道："老哥，你这是弄啥咧？乡里乡亲的。你快坐、快坐。"

石头抬头流着眼泪喊道："爹！"

老庆应了一声坐到床边，打量了石头好一会儿，说道："孩儿呀，你这两年都跑到哪里去了呀？多亏这俩大恩人救了你，以后咱可要好好报答人家啊！"说完父子俩抱头痛哭起来。

四

一晃几个月过去了，石头的腰经过治疗终于好了，但也留下了后遗症，腰不像以前那么直溜了，爱说话、爱唱戏、爱拉二胡的石头似乎变了一个人，沉默寡言，整天待在屋里也不怎么出家门。

时间飞逝，几年过去了，老庆的身体大不如以前了，咳嗽得也厉害了。石头除了忙农活就是上山砍荆条、编荆条笆。腰伤让石头的背明显地驼了很多，村上的小孩儿都调皮地叫他驼叔，石头总是憨憨地一笑，嘴里也不说什么。

一天上午，老庆提了两包点心来到了邻居胖婶家，胖婶端上一碗水递给老庆："庆哥，你太客气了，来，喝点水。最近身体咋样啊？"

老庆接话道："唉，还是老样子，天凉就会咳嗽得厉害些，都是老毛病了。"

胖婶拉开抽屉拿出一小包东西递给老庆，说："庆哥，你得少抽点烟。这是我侄子捎回来的老冰糖，你拿回去和雪花梨一起熬成汤喝，治咳嗽，挺管用的。"

老庆接过老冰糖，说道："谢谢。他胖婶，你看俺家的石头今年都三十出头的人了，他娘走得早，撇下俺爷俩，到现在石头还没娶上个媳妇，

228

你认识的人多，费费心给石头张罗一个媳妇，我要是哪天走了，也能闭上眼啊。"

"老庆哥，你就放心吧，我会上心的，我平时也操着这份心呢。这样，这两天我就想法给石头张罗媳妇。"胖婶给老庆碗里添了添水说，"你喝水，庆哥，你家石头的婚事就包在我身上了。"

秋天里发黄的树叶飘飘洒洒地落在地上，黑蛋拿着耙子和篮子走到离家不远的一棵大树下，放下篮子，挥舞着手中的耙子把树叶搂成一堆一堆的，装满一大篮，扛在肩上往家走去。

回到家里，黑蛋把一大篮枯树叶倒进了猪圈，均匀地铺了厚厚一层，推了几独轮车黄土，用铁锨把黄土均匀地撒在猪圈里铺好的树叶上。两头小黑猪哼哼地叫着，一会儿抬头看着黑蛋，一会儿在猪圈里跑来跑去。

黑蛋撒完了土，打了个哈欠，伸了个懒腰，一屁股坐在院子里的石板上，掏出旱烟袋锅装满旱烟，大口大口地吸着烟。

爱巧端着一盆衣服走进了灶房，黑蛋喊道："爱巧，你晌午做点面条吃，我去割猪草去。"

"知道了。"爱巧应着爹的话。

快晌午的时候，黑蛋背着一大篮子青草回到了家里，放下篮子，往猪圈里扔了一些青草，看了会儿两头黑猪抢着吃青草，黑蛋咧嘴笑了一下，转身走进灶房舀瓢水喝了几大口，伸手抹了下嘴走出灶房。

不一会儿，邻村的胖婶喊着门，走进了黑蛋家院子里，黑蛋看着胖婶问道："你找谁？"

"大哥，我问下，这是爱巧家吗？"胖婶打量着黑蛋问道。

黑蛋说道："是啊，你找爱巧有啥事？"

胖婶喘着粗气，微笑着说道："哎呀，我可算是找到了，累死我了。大哥，我是李庄村的。你是爱巧她爹吧？"

黑蛋走近胖婶说："我是爱巧她爹。你进屋坐吧，爱巧在灶屋做饭呢，

我喊她。"

爱巧听到说话声跑了出来，说："爹，谁找我啊？"

"呀，这就是爱巧吧？这姑娘长得可真水灵，白得跟豆腐似的，眼睛可真大。"胖婶一边说一边盯着爱巧看来看去。

爱巧的脸一下子红了，跟着爹和胖婶进了屋。

胖婶刚坐下就像放炮似的打开了话匣子，说道："大哥，我今天是为了咱闺女爱巧的婚事来的。听说爱巧长得漂亮还没找婆家，我就过来看看。"

爱巧站起身说了声："你们说吧。"便抬腿走了出去，屋里剩下黑蛋和胖婶。

黑蛋挠了挠头说道："巧她娘走得早，我就这一个闺女，有点惯着她。"

胖婶说道："大哥，你呀，也真不容易。我给爱巧介绍的婆家是我的邻居，说起来呀，你也认识。"

"啥，我认识，谁家啊？"黑蛋吸着烟吃惊地看着胖婶。

胖婶喝了口水，继续说道："大哥，你还记不记得几年前，你救了一个叫石头的小伙子。"

"哦，你说的是石头呀。"黑蛋给旱烟袋锅里装着烟，点上吸了两口，犹豫了一会儿，说道："石头长得还算好看，他爹也是个实在人，可他的背有点驼。"

"大哥，你说的是，石头的背是驼了点，可孩子长得算是一表人才，人也很勤快，他爹在我们村是出了名的老好人，你也见过，家底也不薄。我打听过了，石头属猪，爱巧属兔，猪遇兔必致富不是。大哥，你家的爱巧也不小了，是该找婆家的时候了。您说呢？"

胖婶说着话打开她随身带的黄色帆布提包："大哥，这是石头给您老买的烟和酒，这些呢，是给爱巧买的几身布料。"

胖婶把拿来的东西一一放到小红木桌上。

黑蛋推辞着说道："你这是，唉，这些东西我不能要。"

胖婶推开黑蛋的手说道："大哥，这是应该的，你还是石头的救命恩人啊。"

黑蛋和胖婶又拉起了家常，爱巧时不时地轻轻走近屋前，侧耳偷听他爹和胖婶的说话。

胖婶离开黑蛋家，一路小跑地来到到了老庆家里，老庆急忙迎上前去说："他胖婶，辛苦了。你赶快坐下来歇歇，来，先喝点水。说得咋样啊？"

胖婶喘着气说道："庆哥，可费老劲儿了，总算是说成了。过两天看个好日子，你们给爱巧再买几件衣服，石头和爱巧见个面，先把这桩婚事定下来，慢慢再说办婚事。"

"太好了，太好了！他胖婶，我代石头他娘谢谢你了，你可是我们家的大恩人啊。石头、石头，你过来。"老庆兴奋得像个孩子。

石头走进屋里，礼貌地向胖婶问好。

胖婶看着石头说道："石头，爱巧他爹救过你的命，你和爱巧也认识，你的婚姻大事总算是有眉目了。"

石头低着头，搓着双手说道："胖婶，我听说，爱巧以前和一个比他大十多岁的男人好过。"

"混账东西，你胡说啥嘞，你要气死我呀。"老庆说着话，咳咳咳地咳嗽起来。

"庆哥，你别生气，孩子嘛，别跟他一般见识。"胖婶扭头对石头说道，"孩儿啊，别听人家乱说。我是看着你长大的，你爹把你养大不容易，听话。爱巧人长得还不错，想法早点把爱巧娶进门，生个一男半女的，也好让你爹乐和乐和。"

石头有些茫然地点了点头。

中秋的明月大如盘，高悬在夜空，显得格外的皎洁。

煤油灯下，爱巧躺在床上，瞪着一双大大的丹凤眼，看着窗外，心里又想起了一些遭遇。

一天晚上，爱巧在回家的路上，被一个蒙脸大汉抱到玉米地强暴了，爱巧回到家里连着好几天都不敢出门。时间长了，爱巧的风流事在村里传得沸沸扬扬，黑蛋除了干农活也很少出门了。

爱巧想到这儿，眼泪顺着白皙的脸蛋流了下来，爱巧摸着自己的肚子，小声自言自语地骂道："孽种。"

爱巧想着想着不由得小声哭了起来。

夜深了，爱巧翻过身，两眼呆滞地看着桌子上燃烧的煤油灯，心里默念道："娘啊，我好想你。过些天，我就要嫁人了，我就要嫁给一个驼背的男人了……"

爱巧困了，起来吹灭灯，屋子里一下子黑了下来，月光温柔地透过窗户照进屋里，爱巧漂亮的脸蛋上挂满了泪珠。

初冬，天气还算暖和。一大早，老庆家的大门口、院子里聚集了不少的乡亲，家里每道门上都贴上了红对联，石头要结婚了。今天是大喜的日子，胖婶在屋子里给石头穿新衣服、梳头，石头在两个男引客、两个女娶客的引领下，先是给丁氏祖宗神位磕了三个头，又给父亲老庆磕了三个头。老庆两眼噙泪，起身扶起石头附耳小声说道："儿子，今天是你的大喜日子，高兴点。"

"知道了，爹。"石头说完跟着娶客走出了家大门。村里的马车手李大爷早已套好了马车在等候。马车的两根拉把上系了两大朵红布绾的大红花，棕红色的马头上也挂着一朵大红花。看见石头出来，李大爷吆喝一声，喊道："新郎上车了，娶新媳妇了，一路顺顺顺，一路发发发。"

随着三声三眼火铳的响声，石头坐上了马车，李大爷扬起鞭子，张嘴"驾、驾"高喊一声，清脆的马铃声响起，马车奔跑在乡间的黄土路上，朝着新娘家的方向奔去。

婆亲的马车到了新娘家，在唢呐声中，新郎石头三拜九叩，把新娘爱巧请上了花车，随着三声三眼火铳声响起，马车开始奔走在回新郎石头家的路上。爱巧爹黑蛋远远地望着离去的马车，眼里噙满了泪水。

晌午时分，婆亲的队伍在马铃声中缓缓而来，老庆家的大门口聚集的人越来越多。男女老少你推我搡、说说笑笑，看到婆亲的马车越来越近，说笑声更大了。

老庆家的院子里，爱巧穿着一身红棉衣，在两位婆客的搀扶下，抬腿跨过了火盆。在年长主婚人的主持下，石头和爱巧在众人的推搡下，拜完了花堂。老庆和胖婶等人热情地招待着客人和乡亲们。

天渐渐地黑了下来，石头走进洞房，洞房里靠墙的枣红木桌上放着一个红色的圆铁盘，红铁盘里放着一个暖水瓶和六个茶杯，一盏罩着玻璃罩的煤油灯缓缓地燃烧着，黄黄的灯光很柔和。爱巧坐在床上一动不动，石头慢慢掀开爱巧的红盖头，一双眼睛一眨不眨地打量着眼前的新娘。自己的新娘太漂亮了，一张白皙的鹅蛋脸，一双漂亮的丹凤眼，高高的鼻梁，一张不大不小的樱桃小嘴，尖尖的下巴。石头的呼吸声变粗了，喉结动了几下说道："你饿了吧，我去给你弄点吃的吧。"

爱巧轻声说道："我不饿，有点渴。"

石头拿起桌上的暖水瓶倒了一杯水，又放进去了一些红糖，吹了几下递给爱巧，"有点热，你慢点喝。"

爱巧刚喝了几口水，院子里就传来了嘈杂声，一群人一窝蜂地拥进洞房里，这是要来闹石头和爱巧的洞房了。祖祖辈辈留下来的老规矩就这样一辈辈地延续着。

洞房里的大人、小孩用红布把石头和爱巧捆绑在一起，嚷着叫石头

亲新娘的嘴，石头亲了爱巧后，他们又让他俩站起来，一高个子的小伙站在床上，提着一根绑着一块糖的红线，来回地摇晃着，让石头和爱巧两人去同时咬糖块，两人几次都没咬着，屋里的说笑声、新郎和新娘的求饶声不断。石头的父亲老庆站在门口，一脸的幸福表情，微笑着看了一会儿，便回自己屋去了。

洞房里的笑声一浪高过一浪，石头和爱巧被乡亲想着法折腾过来折腾过去。闹洞房的人群中站着一个长相英俊的小伙，浓眉大眼，他叫大黑，因为生性风流，好吃懒做，40多岁了还没结婚。大黑的一双眼睛一直死死地在爱巧身上看来看去，爱巧也发现大黑在不停地看自己，脸一下子就红了，赶紧扭头看往别处。

到了半夜，闹洞房总算是结束了，爱巧铺好床，石头端来一盆温水说："来，洗洗脚吧。"

爱巧洗着脚，石头端来一碗红糖水荷包蛋说道："你一天没吃啥了，把荷包蛋吃了吧。"

爱巧接过荷包蛋红着脸说道："石头，我身上来着呢，你先睡吧。"

石头挠了挠头，有些失落地"嗯"了一声。

爱巧吃完荷包蛋，摘下耳环，扭头看了一眼石头，爱巧和衣轻轻躺下，把脸扭向一侧，瞪着双眼想了一会儿心事，慢慢地进入了梦乡。

五

时间过得很快，几个月后，爱巧生了一个胖小子，取名鹏飞。老庆的脸上经常挂着笑容，逢人就说，我有孙子了，总算是续上香火了。他多年的咳嗽病似乎也好了不少，石头和往常一样干农活、编荆条笆，爱巧在家里偶尔会做顿饭。石头把她伺候得很周到，爱巧不管啥时候要吃东西，石头就会去给她做、去给她买。

鹏飞很快就3岁了，老庆整天驮着孙子去了东家去西家，孙子要骑马，老庆就趴在地上让孙子骑在背上爬来爬去，老庆整天给孙子买这吃买那吃，自己连一包最便宜的烟都舍不得买，孙子吃饼干掉在地上，老庆捡起来吹几下土，放进自己嘴里吃得津津有味。

不知道从啥时候开始，村上的一些人就开始说闲话了，说鹏飞长得不像石头，说爱巧嫁过来之前就遭人强暴过，怀上了别人的孩子才嫁给了石头。石头早就听说了这些闲话，他只能装作啥也没有发生过，整天绷着脸干活，挣钱养家。谁让自己是个驼背呢。

一天晚上，老庆和爱巧在灶房里吃着饭，鹏飞在屋子里跑来跑去，老庆说道："鹏飞他娘，石头去煤矿上班了，你以后花钱得省着点，眼看着鹏飞慢慢长大了，以后花钱的地方多。"

"知道了，爹。"爱巧红着脸说道。

爱巧要收拾碗筷，老庆站起来对爱巧说："你去歇着吧，我来。"

爱巧喊道："鹏飞，走，咱回屋睡觉去。"

"我不，我要和爷爷睡，我要爷爷给我买小手枪。"鹏飞在地上滚来滚去。

"地上脏，飞，快起来，爷爷明天就给你买小手枪。"老庆说着蹲下身子抱起鹏飞，扭头对爱巧说道："就让鹏飞跟我睡吧。"

爱巧应了一声走出灶屋。

爱巧进屋坐了一会儿，嘴里还是想吃点东西，犹豫了一下，悄悄起身打开家大门，到村上的小卖部买了一些瓜子、花生和糖果，回到家进屋关上了门。

夜深了，劳作一天的人们都进入了梦乡，老庆家的院子里静悄悄的，

忽然，一黑影趁着夜色翻墙而入，蹑手蹑脚地慢慢靠近爱巧住的屋子旁边。这个人不是别人，正是村上的大黑。大黑在村子里整天游手好闲，偷鸡摸狗，40多岁了还是一个光棍汉，村上的人看见他，像是见了瘟神一样，都躲得远远的。

大黑先是四处打量了一下，像猫一样地溜到了爱巧睡的屋门口，把手里的半截小钢锯条对准门闩处，轻轻地向一边拨动，不一会儿，门就被他打开了，大黑嗖的一下钻进了屋子，又轻轻地把屋门闩好。

熟睡的爱巧浑然不知有人闯进了屋里，大黑一步步走到爱巧的床边，弯下腰，一双手伸进爱巧的被窝里乱摸起来，爱巧一下子被惊醒了，惊叫道："哎呀，谁？"

大黑猛地用手捂住了爱巧的嘴，小声说道："再叫我就掐死你，你还记得玉米地里发生的好事吧？今晚上你要是不从我，我就把那晚在玉米地里咱俩的风流事给说出去，看你还咋做人。"

爱巧听到这，一下子愣住了，心想，原来那天晚上，在玉米地里强暴自己的蒙面人就是他。大黑不容爱巧多想，急忙脱掉衣服，重重地压在爱巧身上，撕掉爱巧身上的短裤，趴在爱巧的身上，爱巧缓过神来已经晚了，只得任由大黑的摆布，罪恶继续着，黑夜依然是静悄悄的。

天亮了，村民们挎篮子的、扛锄头的、牵牛的、推独轮车的、拿镰刀的，来来回回地在村子里走动着，拉开了农家劳作的序曲。

爱巧出门倒垃圾，迎面碰到了早已等候在大门外的大黑，大黑走上前打招呼说："弟妹好啊。"

爱巧没有吭声，大黑又走近了一步，压低声音说道："昨晚舒服吧，你以后只要顺从我，我就不会出去乱说话，再说你也快活了不是。"

大黑说完哼着小曲东荡西游地走开了，爱巧愤怒地瞪着大黑的背影，吐了一口唾沫，小声骂道："呸，不要脸的狗东西，不得好死。"

世上没有不透风的墙，大黑和爱巧偷情的事很快就在村子里传开了。

石头天天在煤矿上干重活，原本就驼背的他，背驼得更厉害了，就像一张弓，走到哪儿都会招来一群小孩儿跟着嬉闹，学着他驼背走路的样子，相互追逐着走来走去。

天黑了，石头蹲在村口的一棵大树下吸着烟，一根接一根，地上堆满了烟头，不知过了多久，石头站起身向家里走去。

第二天一早，石头跑到派出所告发了大黑的恶行，下午，大黑就被公安人员给带走了。

几年过去了，石头的父亲老庆患重病去世了，家里剩下石头一家三口，日子就像白开水一样地过着。

日子过得很快，转眼间的工夫，鹏飞已经19岁了。他从小不爱上学，脾气暴躁，只上了两年学的他整天啥也不干，喝酒、打牌成了他的家常便饭。输了钱就伸手向石头和爱巧要，鹏飞一不顺心，就骂爹骂娘。时间长了，石头对他也就不管不问了。爱巧越来越嫌弃石头没本事了，整天对石头骂来骂去，嘴里嘟囔着："鹏飞大了，该娶媳妇了，你没本事挣钱，把孩子的婚事给耽搁了。"

石头四处托人给鹏飞说媳妇，爱巧拿出家里的所有积蓄，又向别人借了些钱，介绍人最终从外地领回了一个姑娘，叫二妞，圆圆的脸，一双不算大的眼睛，黑黑的皮肤，人长得很结实。

不管怎样，鹏飞总算是娶上了媳妇，石头也算是了却了一桩心事。

鹏飞结了婚，家里仅有的两间小瓦房住着有点紧张，石头为了拉二胡，一个人住在小瓦房后的一孔土窑洞里。

鹏飞和二妞结婚后是三天一小吵五天一大打。二妞的力气大得惊人，一天中午，鹏飞又惹到她了，她扔掉擀面杖，追出院子，两手抱着鹏飞一下子将他摁倒在地，鹏飞一个劲地向二妞求饶，二妞骑在鹏飞的身上破口大骂："你这个没良心的东西，整天啥也不干，就知道欺负老娘，我不跟你这龟孙过了。"

不一会儿，家里就围满了看热闹的人。石头和爱巧习惯性地钻进屋里，谁也不出来劝架。扭打在一起的鹏飞和二妞在地上滚来滚去，在众人的劝说下，两人起来拍拍身上的土，嘟囔着回屋去了。

石头靠捡废品、打零工，干了好几年活攒下钱，还清了鹏飞结婚时欠下的债。爱巧平时隔三岔五地帮助二妞做做饭，照看照看孙子。吃饭的时候，他们从来不喊石头，石头好像会算卦一样，老是在家人吃完饭后溜进灶房，狼吞虎咽地吃些残羹剩饭，就又去忙自己的事了。

一天，石头修好独轮车，又在轮子轴承处抹了一些黄油，戴上一顶草帽，把镢头和铁锨放在独轮车上的筐里，推着独轮车正要出家门，5 岁的孙子小民跑过来喊道："爷爷，你干啥去？我也要去。"

"我去干活，来，坐车上，爷爷推着你。"石头正要抱孙子，二妞出来了，破锣一样的嗓子喊道："小民，回来。"

小民躺在地上哭闹起来，石头无奈地斜眼看了二妞一下，叹了口气，推起独轮车走出家门。石头推着独轮车来到了离家不远的山脚下，在水库上游的山坡上开垦起荒地来，干累了就席地而坐，掏出旱烟袋锅吸上一锅，然后到水库边洗把脸，继续抢起镢头开垦荒地。

晚上，石头一个人沿着水库边的大坝走来走去，嘴里唱着豫剧，走累了就坐在石头上歇一会儿，这是他多年来的习惯。

天气渐渐地凉爽起来，吵人的蝉鸣声被秋风吹走了，石头缝里、草丛里的蟋蟀又唱了起来，秋天来了。

一大早，李庄村的打麦场上挤满了人，男女老少围着一个拉着二胡的 40 多岁模样的男人，悠扬的二胡声响彻打麦场，石头挤在人群的最前面，坐在地上，目不转睛地看着拉二胡的人。

这个拉二胡的中年人名叫赵玉良，中等身材，长相腼腆中带着清秀。他家住在南岗村，距李庄村有四五里地远。赵玉良以前是村小学的一名音乐教师，不仅二胡拉得好，裁剪衣服的手艺也远近闻名。不当老师后，自学裁剪。他做的西装、中山装、旗袍跟商场卖的一模一样，自己在家里办了一个裁剪培训班，每次只招十几名学生。

赵玉良是个十足的理想主义者。"我的事业不成功，决不结婚"是常挂在他嘴边的一句话。40多岁了，还没结婚成家，整天拿着一把二胡和一摞花红柳绿的裁剪招生宣传单，串东村走西村地进行现场宣传招生。赵玉良的这些举动和言行，经常会被老年人说成是神经病，然而，年轻人或多或少都会有些理解、崇拜他的这种创新精神。

赵玉良拉二胡的时候摇头晃脑，左手在二胡的两根弦上来回游动，右手左右舞动着胡弓，陶醉的样子引得村民们品头论足、哈哈大笑。赵玉良拉完一曲《谁不说俺家乡好》，站起身向村民们鞠了一个躬，微笑着说道："拉得不好，大家多多指教。我今天来到咱们李庄村，一是拉二胡让大家听，二是招收想学裁剪的学员。我们玉良裁剪学校这次限招十六名学生，学裁剪的学生还可以免费学习二胡、电子琴、小号、腰鼓、舞蹈这些艺术课程。将来等我挣够了钱，我还要办一个玉良艺术团。希望父老乡亲多多支持我。"

赵玉良话音刚落，人群中就纷纷议论起来。

"再拉一段听听。"

"他做的衣服就是好，跟卖的一样。"

"衣服是做得好，就是脑子不正常，长得透精透能的，连个媳妇都娶不上，唉。"

"说话洋腔怪调的。"

"别说人家了，听他拉二胡吧。"

石头抬头东张西望地看着人群，喊道："咱们要尊重赵老师，别再胡说了。"

赵玉良似乎早已适应了别人对他的一切评判，顿了顿，继续道："尊敬的父老乡亲，我呢，再为大家拉上一曲，听完二胡后

有想学习裁剪技能的人报报名，好不好？我这就开始了。"

赵玉良的手有节奏地拉着胡弓，跟着曲子的节奏摇头晃脑，脚一起一落地踏着地，眼睛一会儿闭着一会儿睁着，悠扬的二胡声让喧嚣的人群一下子静了下来。石头目不转睛地看着拉二胡的赵玉良，充满了崇拜的神情，膝盖上的一双粗糙大手不停地打着节拍。

赵玉良拉完一首曲子，站起身说道："开始报名吧。谁家的孩子想学习剪裁的开始报名了，男女都收，学剪裁还可以免费学习拉二胡和别的乐器。"

人群慢慢地散去，留下几个年轻人围着赵玉良问这问那，石头坐在地上一动不动，忽然站起身对年轻人说道："你们趁年轻学点手艺，将来好养活自己，艺多不压身啊。"

两个姑娘报完名，回家去了，打麦场上剩下赵玉良和石头在说着什么，两个人似乎说得很投机。

六

岁月是无情的，石头已经是年近七旬的老人了，背驼得更厉害了，村上人都叫他驼爷，叫的时间长了，石头也就习惯了村里人喊他驼爷了。平时，驼爷和他老伴爱巧一天说不了两句话。他们的儿子鹏飞和儿媳妇二妞和往常一样，天天叮叮咣咣吵着、闹着，过着滚开水一样的日子。他们的孙子小民上了几年大学，毕业后在城里上班，每次回家都会给驼爷买些衣服和吃的东西，但常常遭到鹏飞夫妇的数落，说驼爷在家饿不着，说什么小民不会过日子了，要攒钱在城里买房子的一些话。

多年来，驼爷开垦了七八亩荒地，在地里种上了黄瓜、辣椒、茄子、西红柿、豆角、白菜、花生等。为了让蔬菜长得更好，驼爷根据地势的高低和水流方向，在每一处荒地的边上都挖了一个小蓄水坑。驼爷戴着一顶破草帽，挑着水桶一块菜地一块菜地地浇水，在驼爷的精心打理下，菜地里的蔬菜生长得非常旺盛。

驼爷吃过晚饭，像往常一样来到自己的窑洞里，打开一扇破得不能再破的老木门，拿着赵玉良给他的一把破二胡，披星戴月地走了四五里的山路，终于到了赵玉良家里，赵玉良像往常一样教驼爷拉二胡、唱戏。

赵玉良给驼爷倒了一茶缸水说："你拉二胡有点进步，平时还得多练。"

驼爷满脸感激地说："赵老师，您不嫌麻烦地教我拉二胡，我对您真是感激不尽。"

赵玉良拿起二胡一边调整弦音一边说道："老哥，坚持练就会提高，等我有钱了，就搞个艺术团，到时候让你也加入进来。"

赵玉良拉了一首《谁不说俺家乡好》，驼爷坐在小板凳上认真地学着，拉出的二胡声音让人听着有些刺耳。赵玉良耐心地手把手教驼爷指法和摁弦技巧，就这样，他们拉二胡拉到了大半夜。驼爷用自己缝的红色布袋子把二胡装进去，告别赵玉良，驼着背摸黑走在回家的崎岖山路上。

驼爷终于回到了属于自己的窑洞里，喘着气坐了一会儿，又吸了一袋旱烟，便开始拉起二胡，拉着、拉着，自己还动情地唱了起来。

驼爷的老伴爱巧和儿子鹏飞披衣走过来，爱巧对驼爷大声呵斥道："大半夜了，抽什么风，你不睡还不让别人睡。拉的二胡跟杀鸡一样难听。70岁的人了，就不会干点正事。"

驼爷斜眼看了爱巧一眼，低下头抚摸着二胡不吱声，鹏飞瞪着眼对驼爷说道："再拉我就把你的二胡给砸了。"

老伴和儿子鹏飞各自回屋了，驼爷一个人坐在床上发着愣。驼爷把

二胡装好，躺到床上，月光顺着狭小的门缝照射到驼爷布满皱纹的脸上。驼爷睁着双眼看着挂在墙上的破二胡，看着看着，就睡着了，沉闷的呼噜声打得也很有节奏。

驼爷吃过午饭，像往常一样挑水浇完菜地，一个人在水库边走来走去，他走到水库大坝的一个石洞前停了下来，驼爷站在石洞前，打量了一会儿，迈步走进了石洞里。石洞有两米多深，一米多宽，里面堆积了一些干枯的树叶和玉米秆，驼爷伸手丈量着石洞，脸上洋溢着像发现新大陆一样的兴奋表情。

驼爷坐在石洞前的石头上，点燃烟锅子里的旱烟，连着吸了几口，心里想道，石洞朝阳，把这个石洞打扫干净，住进来，我就有拉二胡和唱戏的自由了，他们再也管不住我了，也不会骂我了。想到这儿，驼爷站起身拍拍屁股向家里走去。

夏天里的知了在不停地叫着。赵玉良在家里办的裁剪培训班有十多个姑娘学习裁剪，他讲完了中山装的裁剪课后说道："大家休息一会儿，下一节课咱们学习拉二胡。"

学员黑妞问道："赵老师，我们学裁剪，怎么还学拉二胡啊？"

几个学员也不约而同地问起来。

赵玉良顿了顿，说道："同学们，我是你们的老师，我有义务教会你们更多的知识，教会你们怎样做人。你们不仅要学习拉二胡，还要学小号、腰鼓等乐器，还要学习舞蹈。你们学的东西多了，生活也就更加充实快乐啊。"赵玉良说的不标准的普通话惹得学员们哄堂大笑。

秋天来了。鸡窝里公鸡的打鸣声迎来了黎明，驼爷点亮自己做的简易的煤油灯，石洞里慢慢地亮了起来。石洞里支放着一张破木床，床上的被褥很凌乱，石洞里堆满了纸箱、瓶子和杂物，床对面地上摆放着镬头、铁锨和一辆独轮车，床头的墙上挂着两把破旧的二胡和一顶旧草帽，石洞的最里面堆放着枯树枝。驼爷穿好衣服洗罢脸，伸着懒腰走出石洞门。

驼爷顺着崎岖的山路走到半山腰停了下来，习惯地开始练嗓子。驼爷开始咿咿呀呀、喔喔哦哦地大声喊起来，声音在山谷里回荡着。驼爷唱着家乡戏，戏唱得并不入耳，甚至还有些跑调。

天大亮了，驼爷下山来到了他种菜的地里，菜园里的蔬菜长势喜人。一块块菜地排得整整齐齐的，像一块块绿色的地毯。卷心菜把自己的身子裹得严严实实，生怕冻坏了似的。花菜很害羞的样子，躲在绿色的菜叶中间。菠菜长得郁郁葱葱，一棵棵你不让我，我不让你，像在抢地盘。红萝卜红色的茎衬着绿色的叶子，红绿相间让萝卜显得亭亭玉立。大蒜一行一行整齐地排列着，像是一排排小哨兵。粗长的黄瓜挂在架子上，红的、绿的辣椒挂满了枝头，一根根绿油油的豆角垂在枝头，浅绿色的、紫色的茄子像灯笼一样地相互交错着。

驼爷顺着菜地边的小路边走边一块一块地看着，脸上露出了丰收的喜悦。驼爷脱下鞋子放在地头的树下，一屁股坐下去，背靠着树把腿伸直，一副很享受的样子。

驼爷挑着一担自己种的蔬菜送回家里，又到村里挨家挨户地去喊、去通知，让村民去他开垦的荒地里收菜。村里热闹了起来，男女老少挎着篮子一窝蜂地拥向驼爷的菜地，有摘黄瓜的、有摘豆角的、有摘辣椒的、有摘茄子的、有拔萝卜的，好不热闹。

收摘完蔬菜，大家伙都拥挤到驼爷住的石洞里，纷纷把钱放到驼爷的床上，驼爷说啥也不要，对乡亲们说道："我开荒种菜，是让你们尝鲜的，我不收你们的钱。"

"驼爷，收下吧，您也不容易，我们咋会白吃您种的菜呢。"

"就是啊，您这么大年龄了，以后有啥事需要帮忙，尽管给我们说。"

"驼爷，这都啥年代了，您还点煤油灯，我一会儿给你这儿架根线，接个电灯泡。"村上的电工治甲说着话，把菜钱放在驼爷的床上。

驼爷说道："麻烦你了。"

　　驼爷住的石洞前热闹了好一阵子，驼爷看着床上的钱，眼泪顺着布满皱纹的脸流了下来，喃喃道："你们咋都非得给我钱呢。"

　　不一会儿，村上的电工治甲来找驼爷，他顺手把一条烟递给驼爷，说："我给您买了一条烟。"驼爷说啥也不肯收，治甲把烟放在床上说："您就收下吧，我这就给您去接一盏电灯。"

　　治甲说完开始架线，驼爷看着治甲爬上爬下的身影，喊道："治甲，你慢点。"

　　治甲回了一声说："驼爷，您就放心吧。"

　　天慢慢地黑了下来，驼爷坐在床上看着明亮的灯泡，一关一开地拉了几下开关，站起身取下墙上挂的二胡，关掉灯，随手锁好门，挎起一篮子自己种的蔬菜向赵玉良家走去，走走歇歇，大约一个时辰，驼爷终于到了赵玉良家。赵玉良赶紧接过篮子放在地上，驼爷气喘吁吁地说道："赵老师，这是我开荒地种的蔬菜，给您送点。"

　　赵玉良感激地说道："驼爷，您这么大年龄了，打个招呼让我去取就行了，走这么远的山路，让我心里过意不去，赶快喝点水，坐下来歇会儿。"

　　驼爷微笑着说道："不累，不累。赵老师，我又跟着收音机学了一段戏，一会儿唱给您听听，您给我指导指导。"

　　"好啊，一会儿我教你自拉自唱。"赵玉良拿起二胡调起弦来，驼爷目不转睛地看着赵玉良调弦、试音。

　　驼爷清了清嗓子说："赵老师，我学的是豫剧《打金枝》唐王的一段戏，这就开始唱吧？"

　　赵玉良点点头，敲了一阵子铜锣，拉起二胡，驼爷两手扯着衣摆，一晃三摇地走着戏步，放声唱起来："有为王我金殿上观看仔细，殿角下吓坏了王的驸马儿，为王我不传旨哪个敢产。"

　　赵玉良示意让驼爷停下，站起身对驼爷说："你起调太高了，还有，戏词错了，那句‘为王我不传旨哪个敢斩’不是哪个敢产，来，重来。”

当驼爷唱到"斩驸马本是把孤王来欺"的时候，又跑调了，嗓子也顶不上去了，赵玉良耐心地教驼爷起调、提嗓、换气的方法。

驼爷一遍遍地唱，赵玉良一遍遍地教。

驼爷的老伴爱巧和儿子鹏飞来到大坝上，他们想把驼爷接回家住。走到驼爷住的石洞前，看门锁着，鹏飞说道："准是又去赵玉良家拉二胡了，不管他，他爱在这儿住就让他住吧。"

爱巧没说话扭头向家走去，鹏飞跟在后面。

半夜时分，驼爷回到石洞里，把二胡挂在墙上，可能是饿了，摸着黑到自己种的菜地里摘了西红柿和豆角，蹲到水库边洗了洗，边走边吃。伸手打开了收音机，里面传出唱戏声，驼爷脱下鞋子，把两只大脚伸进盆里的凉水里，唏嘘了一声，闭着眼睛，两只脚随着戏曲声不停地踏动着，洗完脚，打着哈欠，躺到床上，关掉灯。一切恢复了夜的寂静，不一会儿，石洞里就传出了驼爷睡觉时很有节奏的呼噜声。

天有不测风云，人有旦夕祸福。

二妞正在灶屋刷洗碗筷，村代销店的有福匆匆忙忙地跑进院子，大声喊道："二妞婶，快，你的电话，县城打来的，说是有急事。"

二妞来不及脱下围裙，追问道："有福，电话找我的，啥事啊？"

"我也不知道。"有福说完和二妞小跑着往村代销店跑去。

到了代销店，二妞一把抓起电话问道："喂，谁呀，啥事啊？"

"你是小民的家人吗？你赶快到县医院来，小民出车祸了。"电话里传出来的噩耗让二妞一下子瘫在地上。有福和村民赶紧去搀扶二妞，有福开着自己的面包车拉着二妞、鹏飞几个人一溜烟地向县城开去。

驼爷听说在县城上班的孙子小民出了车祸，放声大哭起来。村民二强拦了一辆拉货车，和驼爷一起坐上车往城里赶去。

小民最终没有被抢救过来，驼爷一家人都沉浸在悲痛之中。

鹏飞整天喝酒喝得烂醉，脑子似乎出了毛病，谁劝他少喝酒他就骂谁，驼爷依然是一个人独来独往，他住的石洞里一下子寂静了许多，再也听不到他拉二胡和唱戏的声音了。

驼爷夜里经常一个人坐在水库边上吸着烟，有时还会自己一个人落泪，孙子小民的去世让驼爷痛彻心扉。

驼爷时常会想起孙子小民给他买吃的、买穿的，陪他说话，劝他不要跟他父母一般见识，让他多注意身体。小民每次从县城回来，都会给驼爷一些钱，让他买点好吃的。想到这儿，驼爷总会忍不住放声痛哭。

半年过去了，驼爷显得苍老了许多，满头的白发。

一天晚上，驼爷忽地站起身取下半年没有动过的二胡，调弦试音，不一会儿，二胡声从驼爷住的石洞里传出来，听起来凄凉、伤感。

夏天的太阳把大地烤得不停地冒着热气，收获的季节到来了。热风不停地从田野里吹过，卷起一层层的麦浪，远远地就闻到了麦子和泥土的芬香，那种特有的香气沁人心脾。

村里一派收割麦子的繁忙景象，割麦的、捆麦的、运麦的、打麦的、晒麦的，村民们忙得不亦乐乎。驼爷黎明时分就拿着镰刀，来到了他开垦的麦田，蹲下身子割麦。麦子随着镰刀的挥舞，慢慢地倒下。快到中午的时候，驼爷汗流浃背，抬头看了一下炙热的太阳，脱去早已湿透的汗衫，把镰刀扔在地上，坐在麦田边的一棵树下不停地喘着粗气，顺手拿起一壶泡好的糖精水咕咚咕咚喝上几口，拧好水壶盖子放在地上，摘下褪色的草帽扇着风。

驼爷歇了一会儿，拿起草帽往头上一扣，光着脊背，弯下腰，左手抓一大把熟透的小麦，镰刀快速伸过去，一刀一刀地又割起麦子来，他身后又出现了一垄齐躺着的麦子。

赵玉良一个人在自家的麦田里割着麦子，忽然，他满脸通红，豆大的汗珠顺着通红的脸往下流，脖子、脊背也出满了汗，赵玉良左手捂住胸口微弱地叫道："哎呀，我这是咋了，真难受。"

赵玉良忽地一头栽在麦田里，屁股撅得高高的。

太阳西下，忙碌了一天的人们洗个冷水澡，吃罢晚饭，三三两两地坐在村代销店里，你一言我一语地聊起天来，房顶挂着的大吊扇"吱吱呀呀"地转动着。驼爷拿出钱买了两盒烟，小心翼翼地装进口袋，他正要走出门的时候，听到有福说："人啊，太脆了。你看，南岗村的裁缝赵玉良正割着麦，一头栽到地里命就没了。"

"他这是啥病啊？"

"心脏病，这病可是没有防头。"

"人的命，天注定。"

驼爷听到这儿，先是一愣，满脸的震惊，沉默地向他住的石洞那边走去。

驼爷没有吃晚饭，也没有像往常一样坐在河边拉二胡，在床上躺了很长时间，驼爷终于坐起来拿起旱烟袋锅起身走到水库边，唉声叹气地坐到河边的一块石头上，装上一锅旱烟点上抽起来，偶尔大声咳嗽几声。

驼爷讲到这儿，流着眼泪对丁安说："这些就是我大半辈子里发生的故事，我的孙子小民很孝顺，可老天爷不让他活也没法啊。"

丁安心疼地看着眼前白发苍苍的驼爷。

驼爷接着说道："南岗村的赵玉良老师去世一个多月了，他会做衣服、会拉二胡，不到 60 岁，说没就没了，人啊，就这回事。"

"是啊，人的生命很脆弱，也很短暂。"丁安给驼爷倒了一杯水，"驼爷，您经历的事情太多了，您这大半辈子过得也太不容易了。明天早上我给您买一把新的二胡，以后您有啥事就给我说。"

太阳的冉冉升起，又唤醒了人间的喧嚣和各种劳作。

一大早，丁安领着驼爷到了小吃摊上，要了胡辣汤和油条，两人吃

完饭，丁安领着驼爷到了镇上一家乐器店，店老板起身问好，介绍着店里的各种乐器，驼爷挑来挑去，最终挑选了一把还不算太贵的二胡，夹在怀里，和丁安坐上三轮车回村。

七

乡村的集镇非常热闹，人头攒动，临街店铺的主人把货物摆到店面以外，让街道显得窄了许多。大人们总要在一个个小摊前，拿起一件想买的东西看看，问问价，搞搞价，买好就走。妇女带着小孩边看边玩，路过卖小孩儿玩具的摊点，妇女便会硬拉着小孩疾走如飞。

卖蔬菜、花生、水果、农具和山货的一家挨着一家，让人目不暇接，卖衣服和小吃的吆喝声不断。

临近中午，多数村民买了心仪的东西都陆陆续续回家了，少数人还在闲逛，似乎在等待着卖主降价。

驼爷一个人转了一会儿，在小吃摊儿前停留下来，要了一碗烩面和两元钱的水煎包，吃完饭来到了一家卖鱼苗的水产店，驼爷和店主几番讨价还价，最终说好价钱，他买了一些鱼苗，推着独轮车回了家。

驼爷不顾劳累，把鱼苗放进大盆里，拿出一兜鸡蛋，往打碎的鸡蛋里放入赶集买来的豆浆，搅拌均匀后倒进鱼苗盆里，小小的鱼苗游来游去。

驼爷坐在一旁吸着烟，过了好大一会儿，驼爷端着一盆鱼苗走到水库边蹲了下来，用手撩了撩河水，然后端起鱼苗慢慢投放进了水库。

驼爷往水库里投放完鱼苗，已经累得满头大汗，坐在水库边的一棵大树下，拿出腰间的毛巾擦了擦汗，看着水库粗声地喘着气，一脸的喜悦和期待。

这时候，丁安走了过来，远远地就和驼爷打招呼："驼爷，吃饭了吗？"

"哦，是丁安啊，我吃过了。"驼爷抬起手遮着眼睛说道，"过来凉快会儿吧。"

丁安坐在驼爷身旁的一块石头上，抽出一根烟递给驼爷，又给驼爷点上火。

"今儿星期天不上班，过来看看您，我给您买了一条烟，您拿着。"丁安把烟递给驼爷。

驼爷推辞着说："哎呀，丁安，不能老让你给我买东西呀。"

"拿着吧，驼爷，您种的菜我不也吃了嘛，乡里乡亲的，一条烟不值啥钱。"丁安硬是把烟塞给了驼爷。

驼爷感激地打量着丁安说："我看着这座水库闲着，听了广播讲养鱼的一些知识，我就买了一些鱼苗放上，来年水库里的鱼长大了，好让咱村里的群众吃上新鲜的鱼。"

丁安有些吃惊地说道："驼爷，您可真是一个闲不住的人啊。我有空就过来帮您老养鱼。"

驼爷挠着肩膀说道："好啊。哦，对了，丁安，我有个事儿想请你帮忙，不知道你有空没有？"

"驼爷，您说，我有空。"丁安有些迫不及待地说道。

驼爷犹豫着说道："丁安，是这样的，咱省电视台不是有个比赛唱戏的节目嘛，我想报名参加，你看好不好？"

"驼爷，您说的是省电视台的《戏迷擂台》？可以啊，贵在参与嘛。"丁安开始打量驼爷，心想，驼爷唱戏都是跟着收音机学的，并不专业，但驼爷这种活到老学到老的精神，是值得学习的，我应该鼓励支持他。

天快黑的时候，驼爷推着捡来的一独轮车废品回到石洞前，坐在马

扎上先是把纸箱片、废纸伸展，堆成一堆，再用绳子捆扎好放进石洞里，最后把捡来的瓶瓶罐罐查着数装进蛇皮袋里扎好口，放到石洞里。

星期天，驼爷早早起床洗罢脸，从床下摸出一个塑料袋，里面装满了钱，驼爷一张一张地数着，数了几遍，驼爷拿出 200 元装进口袋，又把装钱的塑料袋放回床下，提上一个绿色提包起身锁上门。

驼爷走了几里路到了集镇上，赶集的街道早已是人山人海，驼爷在地摊儿上吃了一碗粉浆面条，好像没吃饱，又要了两根油条，走着吃着。

驼爷挨着卖服装的地摊儿一家一家地问价钱，接着就是一家一家地搞价钱，几个卖主都嫌弃他啰唆，怀疑他不是真心买衣服的，没好气地说道："你这老头儿，问了八百遍了，给你的都是最低价了，我就不挣钱。你到底是买不买啊？"

驼爷尴尬地一笑，说道："看你说的，我不买会跑几里路来赶集，我总得搞下价钱吧。"

一个年龄稍大的卖主喊道："我这儿衣服便宜，大爷你来看看。"

几个地摊儿卖主瞪了他一眼，又扭头忙着招呼别的买主了。

驼爷试穿了几身不同款式的衣服，和卖主搞了一会儿价钱，最后花钱买了一身深蓝色的中山装，又买了一双黑皮鞋。

驼爷在石洞里穿着新买的衣服扭来扭去，脱下皮鞋和衣服放在一小红木箱里，自语道："皮鞋有点磨脚，没有布鞋穿着得劲。"

丁安和媳妇在院子里剥玉米，驼爷推门进了院子，丁安夫妇搬凳子让驼爷坐，驼爷拿起一个玉米剥起来。

"丁安，我都准备妥了，你看咱们啥时间去电视台。"

"驼爷，咱后天去吧，我后天学校没有课，好请假。"丁安回应道。

"那咱就说好了，我等着。"驼爷站起身说，"你们忙着，我回去了。"

丁安的媳妇问道："你和驼爷后天到电视台干啥去？"

"驼爷要去省电视台《戏迷擂台》报名参加比赛，让我陪他去。"

"啊，他都 80 岁了，能行吗？"丁安媳妇吃惊地说道。

丁安看了看媳妇，说道："看你说的，80 岁怎么了，驼爷至少有勇气不是？！"

夕阳西下，村水坝的石洞前，一群学生孩儿打闹着，看到驼爷回来，一窝蜂地围了上去。

"驼爷、驼爷，你给我们拉二胡吧。"

"驼爷，你给我们唱戏吧。"

驼爷用手揉了揉眼睛，笑呵呵地说道："好、好，我给你们唱戏。"

驼爷拿出二胡，坐在石洞外的石头上，开始不停地扭动音轴定弦音，驼爷清了清嗓子，对一群孩子说："你们要听老师的话，好好上学，将来才会有出息。"

孩子们眨动着眼睛点着头。

驼爷开始拉起二胡，驼爷自拉自唱配合得并不太默契，甚至还有些跑调，可驼爷还是很享受地表演着，一群小孩儿听得也是如痴如醉。

中秋的月亮悬挂在夜空，秋风吹拂着树叶、草叶，片片树叶纷纷扬扬地落到地上，乡村独有的泥土芬芳和草香随风飘入夜空，蟋蟀的叫声划破了宁静的黑夜，皎洁的月光透过门窗照在驼爷黝黑的布满皱纹的脸上，驼爷睡觉打的呼噜一声高过一声。

驼爷随着咳嗽声醒了，拉开电灯坐起身，打开收音机，穿着秋衣秋裤，在床头摸了一会儿，找到了刮胡刀，站起身对着墙上挂的一个小圆镜子刮完胡子，端着脸盆走到河边洗了脸，回到石洞里，弯腰打开红木箱子，拿出新衣服和鞋子。驼爷穿着一身深蓝色中山装和白色衬衣，穿上大半辈子第一次穿的黑色皮鞋，看着虽然不是太合体，可让整个人看起来精神了不少。

驼爷提着一个黑包来到了丁安家门口，轻轻地敲着门，丁安打开门赶紧让驼爷进屋，驼爷还没坐稳就说道："丁安，今天是个好日子，咱

这就走吧。"

丁安打量着驼爷，说道："驼爷，您今天可真精神，我收拾一下，咱们这就走。"

秋天的气息越来越浓，已经干枯的树叶随着秋风飘落在地上，快要熟透的玉米黄成一片，知了似乎知道就要走到生命的尽头了，鸣叫声伤感了很多。驼爷和丁安坐在公交车里小声说着话。

快中午的时候，驼爷和丁安终于到了省电视台，驼爷看着金碧辉煌的演播厅，扭头小声对丁安说道："丁安，我心里有点慌啊。"

丁安的手搭在驼爷肩上，说道："驼爷，别慌，您一定行，沉住气。"

轮到驼爷了，驼爷走上舞台，向舞台下鞠了一躬说道："我叫石头，唱得不好，大家别笑话我，我给大家唱段豫剧，是《打金枝》里的一段戏。"

台下一片掌声，乐队拉弦起乐，驼爷张嘴唱了起来："有为王坐江山非容易，全凭文武保华裔，安禄山反唐兵马急，他要夺万岁锦绣社稷，多亏了老皇兄郭子仪，才斩了安禄山贼的首级，有为王见人头满心欢喜……"

驼爷在舞台上有模有样地表演着，一开始似乎就跑调了，然而舞台下的评委和导演并没有叫停，一直让驼爷把戏唱完，驼爷表演完毕又给大家鞠了躬，小声说道："唱得不好，唱得不好，大家别见笑。"

驼爷和丁安走出电视台大门，驼爷拉着丁安的手说道："丁安，电视台要是给你家打电话了，你就通知我。走，晌午了，咱找个饭馆吃了饭再回家。"

驼爷和丁安到了一家小饭店，驼爷坐下后从口袋里掏出一个塑料包，里面装满了零钱，驼爷掏出钱给丁安："丁安，今个儿高兴，点俩菜要瓶酒，咱俩喝两杯。"

驼爷和丁安吃完饭，坐上公交车往家里赶去。

驼爷刚回到家里，就看见儿子鹏飞又喝醉酒了，躺在院子里耍酒疯，二妞抬脚踢着鹏飞，嘴里骂个不停："让你喝，让你喝，整天就知道喝酒，我嫁给你算是倒了八辈子霉了。"

驼爷走进院子冲着二妞喊道："别打他了，回屋吧，让别人笑话。"

二妞瞪了驼爷一眼，回屋哐当一下关上了门。

驼爷吃力地扶起醉酒的儿子鹏飞回到屋里。

驼爷几乎是天天都要跑到丁安家，打听电视台打电话了没有，通知没通知他参加《戏迷擂台》复赛的事情，丁安每次看到驼爷来问消息，总是谎称还没接到电视台的电话，为的是不想伤驼爷的心。其实，那次他领着驼爷在电视台参加完预选，电视台的工作人员就已经告诉丁安了，说驼爷没有被预选上，有机会了可以采访驼爷开荒种地、养鱼，做公益的故事。

驼爷点点头说："嗯，我再等等。"

转眼间两个月过去了，驼爷似乎也猜到了自己没被电视台选上，索性也就不再一趟趟地去丁安家打听了。

八

已是初冬了。风悄然无声地轻轻地吹过树林山涧，吹过水库的水流。天还没亮，驼爷就早早起床，迎风吹来的寒风让驼爷打了一个冷战，驼爷取下挂在墙上的二胡，调好弦拉起来，并不完美还有些跑调的二胡声飘荡在寒风中。

天终于亮了，驼爷端着脸盆来到水库边，蹲下身子舀了半盆水，取下搭在肩上的毛巾放进脸盆里，双手捧起水在脸上搓了几下，起身回到

石洞里，驼爷端起弄好的鱼食走到水库边，双手捧起鱼食用力撒向水库中央，水库里顿时浮起了黑灰色的鱼群，鱼儿抢食激起了朵朵水花，河面上形成了一大幅天然的泼墨画卷。

驼爷坐在水库边，看着水库里鱼吃食的情景，脸上露出了喜悦的笑容。

时间过得飞快，一年又到头了，马上就要过春节了，人们都开始准备年货了，驼爷住的石洞前挤满了人，异常热闹。驼爷挨家挨户通知了村民，说是过年了，让大家都来拿些自己养的新鲜鱼尝尝鲜。

村民们知道驼爷的不容易，都很自觉地把钱放在驼爷的床上，给驼爷打声招呼，高兴地提着活蹦乱跳的活鱼向家走去。

驼爷一个劲地喊道：“乡里乡亲的，不用给钱了。”

村民扭过头说道：“驼爷，您的心意我们领了，这比在镇上买的鱼好吃多了。”

石洞前渐渐恢复了平静，驼爷揉了揉眼睛，用独轮车推上一大盆活鱼送到了乡养老院。院长和一群老人围过来，院长握住驼爷的手，感激地说道：“大爷，您年年给养老院送菜、送鱼，给钱您也不要，我代表养老院里所有的老人谢谢您。”

驼爷憨笑着说道：“自家种的、养的，要啥钱。这里的老人吃得好，我就高兴，等我干不动了，也来你们养老院。”

大年三十了，爱巧和二妞婆媳俩在厨房里忙着做年夜饭，鹏飞一个人在院子里劈柴，驼爷提着一个黑包走进院子，对鹏飞说道：“鹏飞，你来灶屋里一下。”

鹏飞跟着驼爷进了灶屋，驼爷打开黑包，把一捆一捆用皮筋捆扎好的钞票放在桌子上，爱巧和二妞停下手中的活，几个人有些吃惊地看着驼爷。

爱巧说道：“你跟哪儿弄了这么多钱？”

驼爷看了一眼爱巧没有应声，把桌子上的几捆钱摆好说道："鹏飞，我这辈子没啥出息，拾废品、种菜、养鱼攒了这么多钱，我都80岁的人了，还会活几年啊。我平时不给你钱，是不想让你喝酒、打牌。喝酒伤身，打牌输钱，日子不能这样过啊。"

驼爷擦了擦眼睛，对鹏飞说道："孩子啊，争争气，你拿着这些钱和二妞好好过日子。二妞离开家千里迢迢来嫁给你，你得对她好，你得撑起这个家。"

站在旁边的二妞此时已哭成了泪人，嘴里说着这些年对不住驼爷和婆婆的话。鹏飞抬头看着眼前满头白发的老父亲，感到既熟悉又陌生，他想想这些年自己做了很多犯浑的事，甚至是大逆不道的事，没有好好孝顺年迈的父母，可他的老父亲驼爷从来不和他计较，心里默默承受着这一切，想到这些，鹏飞和二妞两人"扑通"一声跪在地上，流着眼泪，喊了声多年都没喊过的爹，二人哭着说道："爹，是我们错了，我们有罪呀。"

驼爷看着跪在眼前的儿子和儿媳妇，满心的酸楚，早已是老泪纵横了。

爱巧打量着和自己生活了大半辈子的丈夫，心里也感到眼前的丈夫既熟悉又陌生，五味杂陈，叹着气说："鹏飞，你爹给的钱，你们就收下吧。"

年过完了，很快到了正月十五元宵节，天异常寒冷，村里的孩子们都陆陆续续相伴而出，来到村子的打麦场上点亮灯笼，比比谁的灯笼更漂亮。有些买的是现成的折叠式灯笼，有些是孩子们和大人自己扎的灯笼——用高粱细秆扎成框框，再糊上透光较好的彩纸，在灯笼下面固定好小蜡烛，灯笼就算是扎成了。还有的孩子端着家人用豆面蒸成的生肖灯盏跑来跑去，灯盏里的猪油熬干了，就坐在地上、门槛上津津有味地吃起豆面灯盏来，嘴里喊着："豆面灯盏吃着可真香。"

驼爷一家人吃过元宵，爱巧对驼爷说道："天这么冷，你搬回家

住吧。"

鹏飞看着驼爷说:"我和俺娘去了几趟要你搬回家住,你都不肯,爹,我一会儿就去把你的东西给搬回来。"

驼爷吸了几口旱烟说道:"我还是住在石洞里吧,住习惯了。我就拉二胡、唱戏这一点爱好,这辈子是戒不掉了,不想吵着你们睡觉。"

驼爷说完起身走出屋子,踏着厚厚的洁白的积雪向住了多年的石洞那里走去。

爱巧领着儿子鹏飞和儿媳妇二妞走出家门,撵上了驼爷,紧紧地跟在驼爷的后面,雪地上发出齐刷刷的咯吱咯吱声。

爱是你我

一

破晓的天空中镶嵌着几颗快要睡着的星星，眨眼的瞬间，东方天际现出鱼肚白，大地渐渐地亮起来，晨光犹如红色的锦缎飘逸在空中，红红的太阳冉冉升起，温柔地普照着大地万物。

福星别墅区的小广场上，飘荡着小提琴曲《我爱你中国》，一群男女穿着白色的丝绸套装，随着乐曲的旋律，慢悠悠地打着太极拳，动作柔中带刚，整齐划一。

吴建华穿着白色运动服晨练路过，驻足看了一会儿，转身往家里走去。吴建华高高的个子，长着一张英俊的国字脸，是一家房地产开发公司的董事长，他每天早上都会按时晨练。

一户三层的豪华别墅里，吴建华的妻子刘燕玲 30 岁出头，看起来非常的年轻，一双漂亮的大眼睛，穿着紫色的睡衣，整个人气质非凡，她正在给女儿贝贝穿衣服。

吴建华回到家里，妻子刘燕玲抱着 7 岁的女儿贝贝从二楼下来，吴建华上前亲吻了一下女儿的额头，说："贝贝真漂亮。"

贝贝奶声奶气地说："爸爸早上好。"

保姆彩霞把准备好的早餐端上桌，一家人坐下吃早餐，刘燕玲剥了个鸡蛋递给贝贝，又剥了一个递给吴建华，然后看着女儿说："贝贝，今天是你的生日，生日快乐。晚上爸爸、妈妈和你一起过生日，一起吃蛋糕，好不好？"

贝贝高兴地答应着，说："好，那你和爸爸一起来学校接我哦。"

吴建华点着头，说："嗯，乖女儿，赶快把鸡蛋吃了，过生日吃鸡蛋消灾添福。"

贝贝把鸡蛋一下子塞进嘴里，鼓着嘴巴吃起来，噎得直摇头，刘燕玲端着牛奶笑着说："你慢点吃，快、快喝点牛奶。"

贝贝瞪着大眼睛说："我要消灾添福嘛。"

全家人哈哈大笑。

一家三口走到院子里，吴建华开车送女儿贝贝去学校，刘燕玲直接开车去了公司。

吴建华和刘燕玲是大学同学，在学校都是高才生，吴建华英俊帅气，刘燕玲秀外慧中，说两个人郎才女貌一点也不为过。他俩大学毕业结婚没几年就各自开了公司，吴建华涉足房地产业，成立了华宇房地产开发有限责任公司，刘燕玲开了馨苑设计装饰建材公司，夫妻俩平时各忙各的事业。

吴建华送完女儿后，开车到了公司，刚进办公室，电话铃就响了，是老同学刘奎打过来的，说是一会儿过来有事情商谈。

吴建华办公室对面的办公室里走出来一个女孩儿，她叫沈冰，气质脱俗，一米七的个子，乌黑的头发盘在脑后，白皙的脸蛋，一双犀利有神的眼睛，一套黑色的职业装裹出了她匀称的身材。沈冰大学毕业后就应聘到了吴建华的公司上班，从基层营销做起，后来又考取了研究生学位，几年的时间，做到了董事长助理的岗位。

沈冰敲门进了吴建华的办公室，把手里的一摞文件递给吴建华签字，吴建华签完文件，抬头对沈冰说："沈助理，山东的那个海景房产项目再催催，有必要的话我们再过去一趟。"

沈冰点点头，说："吴董，材料供应商贾总说了好几次了，要请您吃个饭，刚才又打电话说，他介绍的朋友订购了我们十多套花园洋房，要答谢您对他朋友的优惠照顾。您看？"

吴建华摸了一下额头，说："这样吧，你在酒店定个包房，晚上一起吃个饭，得好好谢谢人家。"

沈冰给吴建华泡了一杯茶放到办公桌上，转身出去了。

刘奎进了吴建华的办公室，老同学见面格外亲切，刘奎把两盒茶叶放到茶几上，说："家乡的新茶带过来给你尝尝。"

吴建华站起身坐到刘奎身旁，说："难得老同学还想着我，说，有啥事？"

刘奎两手放在膝盖上搓动了两下，说："建华，你的事业是越做越大，跨了几个省，听说还在山东投资海景房了，祝贺你啊。"

吴建华看着同学刘奎，说："人在江湖身不由己呀。老同学，你有啥事说嘛，还跟我客套啥。"

刘奎嘴唇动了一下，开口说道："建华，是这样，我小舅子搞装修很多年了，他家就在山东，你也知道，我就是想请你帮帮忙，看能否让他的公司来承包你那边海景房的装修工程？"

吴建华皱了一下眉头，打电话叫沈冰过来。不一会儿，沈冰敲门进来，向刘奎打招呼问好，吴建华问道："沈助理，山东那边房产装修是啥情况？"

沈冰想了一下，看了看刘奎，对着吴建华说："吴董，下月初有三家装修公司要竞标，到月底开始装修一期房产。"

吴建华看着沈冰，说："这样，这是我大学同学刘奎，他弟是山东当地的，做装修行业好些年了，你通知他们的公司也参加竞标。"

刘奎感激地看着吴建华。

吴建华扭头对刘奎说："你内弟的公司只要资质齐全，活干得好，我们会考虑合作的，你放心。"

馨苑设计装饰建材公司的办公室里，一群人忙着核算出库的建材，刘燕玲的办公室里坐满了人，在低声讨论着什么。

一个微胖的男人从沙发上站起身说："我说刘董，我这可是上千万的装修工程呀，您再压压价。"

刘燕玲托着下巴，迟疑了一会儿，轻轻拍了一下办公桌，说："马总，正因为您是我们公司的老主顾，我给您开的已经是最低价了，唉，这样，我再给您压低一个点，不能再低了。"

马总豪爽地说道："成交！刘董，今晚您得做东，大家喝两杯庆祝我们合作愉快。"

夜幕降临，华灯初上，一辆豪车驶入市区东韵大酒店院内，吴建华和沈冰下车进了酒店。

酒店888包间里，刘燕玲和公司的几个高管陪着马总在喝酒，马总几杯酒下肚，忘乎所以，又端起杯站起来说："刘董，您人长得漂亮，又有智慧，我服您，我就爱和您合作，来，干了这杯酒。"

刘燕玲已经喝了不少酒，心里一直惦念着女儿的生日，想尽快结束眼前这令她头痛、厌恶的饭局，可她是个商人，又能怎样呢。

刘燕玲端起一杯酒喝了下去，咳嗽起来，助理赵晓秋赶忙起身敬马总，刘燕玲起身说："马总，你们先喝着，我出去一下。"

刘燕玲刚出包间没走几步，看到走廊里一对男女勾肩搭背地搂在一起，女的走路东倒西歪，男的搀扶着她往前走，刘燕玲看着背影感到眼熟，她悄悄跟上去，看见吴建华和他的助理沈冰上了车，车消失在夜色中。

刘燕玲站在酒店门口，顿感脑子一片空白，蹲下身子，一脸的怒气，眼里噙满了泪水。

家是人人都向往的地方，刘燕玲带着满身的疲惫回到了家里，看到丈夫吴建华还没回来，脸顿时拉了下来。保姆彩霞端着一杯柠檬水过来，说："玲姐，您喝点水。贝贝闹着不吃饭，说你们不给她过生日了，不喜欢她。我好不容易才把她哄睡。"

刘燕玲在客厅坐了一会儿，上到了二楼，轻轻打开女儿的房门，看着女儿脸上的泪痕，心里像被揪了一下一样难受，自责没回家给女儿过生日。刘燕玲给熟睡的女儿掖了一下被子，关掉灯，走进浴室冲了个澡，进了卧室。

一辆黑色的越野车缓缓驶入市区的一栋公寓楼下，吴建华打开车门，搀扶着沈冰下了车，两个人跟跟跄跄地走上楼。沈冰喝了不少酒，路都不会走了。沈冰为了配合他做公司的业务，不知道喝醉了多少次，吴建华是既心疼又无奈。到了三楼，沈冰嘴里嘟囔着说："到了，到了。"

吴建华从沈冰的包里掏出钥匙，打开门，把沈冰扶到床上躺下，弯腰帮她脱了鞋，盖上冰丝薄被，倒了一杯水，低着头说："沈冰，来，喝点水。"

"我不喝水。"沈冰深情地看着眼前的吴建华，突然伸手一把抱住了吴建华的脖子，嘴里喃喃地说道："建华，我喜欢你，你留下陪陪我。"

吴建华犹豫了一下，慢慢地挣脱了沈冰的双手，看着眼前清纯靓丽的沈冰，醉意中更显得风情妩媚，吴建华的喉结颤动着，他又帮沈冰盖好冰丝被，说："是我不好，老是让你喝多。沈冰，你休息吧，我回去了，你记着把门反锁好。"

吴建华说完转身走出了屋门，沈冰满脸的失望，哗的一下子把身上的冰丝被扔在一边，转过身，眼泪哗哗地流了出来。

吴建华走出公寓，坐到车上，眼前又浮现出刚才的一幕。他心里知道沈冰喜欢他，沈冰为了公司付出的太多。面对青春靓丽，又有工作能力的女孩，他怎么会不动心呢，可他是个有家庭的男人，是决不能做出

失去理智的事。

　　吴建华忽然又想起，今天是他女儿贝贝的生日，自己答应给女儿过生日的，他想到这，伸手拍了拍脑门，自责地叹着气，启动车向家开去。

　　福星别墅区在夜色中显得寂静又贵气，吴建华家的灯还亮着，刘燕玲躺在床上，一双美丽的大眼睛掩盖了她的疲惫，但掩盖不了她的不开心，刘燕玲心里开始胡思乱想起来。

　　一个月前的一个晚上，刘燕玲洗完澡，特意穿上新买的黑丝吊带睡裙，白皙的玉体上喷了香水，躺在床上翻着一本杂志，满心期待着丈夫的到来。冲完澡的吴建华穿着短裤睡衣走进卧室，看着眼前的妻子，说："你怎么还没睡呀？"吴建华说着话往床上一躺，随手关掉床头灯，不一会儿就呼呼地睡着了。刘燕玲搂着丈夫，轻轻抚摸着丈夫，吴建华睡意蒙眬中转过身，搂住刘燕玲的腰，眼都没睁，说道："老婆，早点睡吧，我明天一早要去谈个合同。"

　　不一会儿，呼噜声响起，刘燕玲看着熟睡的丈夫，生气地将吴建华推开，脸扭向一边，心里万分失落，一股怨气涌上心头，用力一转身，关上床头灯，瞪着一双大眼睛看着窗外的月光。

　　想到这儿，刘燕玲又坐起身，眼前又浮现出刚才在酒店看到的一幕——吴建华搀扶着女助理沈冰一起走出酒店，开车走了。刘燕玲心想，他们去哪儿了呢？不会是去开房了吧？是我人老珠黄了吗？刘燕玲闭上眼睛，不愿再想下去，她实在是有些累了。

　　刘燕玲起身走到楼下的客厅，坐在沙发上翻起相册来，一张她和吴建华结婚时的照片吸引住了她，照片上的她娇羞地躺在吴建华的怀里，吴建华抱着她入洞房，一群人跟在后边，看了好一会儿，刘燕玲自语道："转眼间十年过去了，过得好快。"

　　这时候，家门开了，吴建华回来了，他看见妻子一个人坐在客厅里发呆，开口说道："你还没休息呀？"

刘燕玲冷笑着说道："你不回来，我敢睡吗？"

吴建华注视着妻子，说："刚好，我也饿了，光顾着喝酒，玲，帮我下碗面呗。"

刘燕玲忽地站起身，把相册摔在沙发上，大声说道："你在外面风流快活，回来还想吃面，要吃自己弄去。"

保姆彩霞惊醒了，站在门后偷听了一会儿，自语着说："这时候我不宜出去，有钱人生有钱人的气呀。"说完上床掀起被子盖住了头。

7岁的女儿贝贝也惊醒了，穿着小花睡衣轻轻地走近客厅，探着头偷看吵架的爸爸妈妈。

吴建华感到有些莫名其妙，说道："你哪来这么大的火啊，吃枪药了？"

"你连女儿的生日都不回来过，在外面喝酒快活，整天和那个叫沈冰的女孩儿眉来眼去、搂搂抱抱的，像什么话。"

"我那是生意上的应酬。听彩霞说，你不是也没回来给女儿过生日吗？"

"我那是和别人签合同，你呢？"

"你签合同，我谈生意，怎么了？"

"我看这日子没法过了。"

"你简直是无理取闹，还讲不讲道理了。"

"我无理取闹。要讲道理，你去找那个沈冰讲道理去，狐狸精。"

"你怎么这样说人家，还有没有素质了。"

"我没有素质，她有，你去和她过吧！不想跟我过就离婚！"

"无理取闹，你太过分了。"

贝贝光着脚跑到客厅，吴建华和刘燕玲一下子愣住了，贝贝抱着刘燕玲哭着说："妈妈，不要离婚，我不要你和爸爸离婚。我以后不过生日了，还不行吗？"

吴建华和刘燕玲看着眼前光着脚的女儿，两个人都沉默了，刘燕玲

抱起贝贝进了卧室。

刘燕玲搂着女儿贝贝，右手不停地轻轻拍着她的背，贝贝眨着眼睛问道："妈妈，你会和爸爸离婚吗？会不要我吗？"

听着女儿的话，刘燕玲的心都碎了，她两眼通红，轻轻拍打着贝贝的背，摇摇头说："乖女儿，我怎么会不要你呢，你是妈妈的乖女儿，我们不会离婚的。快睡吧，明天星期天，我专门陪你去迪士尼玩，好不好？"

贝贝看着妈妈点着头，满脸的开心，笑着说道："妈妈晚安。"

看着熟睡的女儿，刘燕玲觉得也许是她误会了丈夫，心里既心疼又自责。她后悔不应该在客厅和吴建华大声吵架，惊醒女儿，更不应该轻易提出离婚这两个字。

吴建华躺在书房里，抽着烟，一脸的怒气渐渐消失了。他知道刘燕玲一个女人，既有事业要忙，还要照顾女儿，照顾家，她实在也很辛苦，后悔之前没有更多地去顾及妻子心里的感受。

一大早，吴建华把刘燕玲和女儿送到了迪士尼乐园，吴建华下车拉着妻子刘燕玲的手说："老婆，我去公司谈完合作就过来，咱俩好好陪女儿玩一天。"

刘燕玲微笑着点了点头："你路上开车慢点，我和女儿等你过来。"

吴建华亲了一下女儿的额头："要听妈妈的话，爸爸先去忙了，忙完就过来和你开碰碰车。"

贝贝开心地点着头。

吴建华驾车到了华宇地产的办公楼前，下车边打电话边往办公楼里走："我说，你们等一个月，二十天也行，我那笔资金到账了给你转过去，有那么急吗？哦，行，我知道了。"

沈冰敲门进来，吴建华随手从冰箱里拿出一盒牛奶递给她，说道："沈冰，好点了吧？以后就是少做成一单生意，也不让你再喝酒了。"

沈冰有些感动，动情地看着吴建华，说道："吴董，有您这句话，我觉得值了。您可别把我想成了玻璃人。没事，以后少喝点就是了。"

沈冰走近吴建华，说："吴董，我要告诉您一个好消息，公司急需的八千万解决了。"

吴建华吃惊地打量着沈冰，问道："解决了？怎么解决的？"

"我今天一大早就找了我舅舅，我舅舅的公司答应让我们周转一个月，利息比银行高一个点。"沈冰高兴地说道。

吴建华从沙发上站起来，说："我本来想问燕玲的，唉，这样也好，高一个点无所谓，代我谢谢你舅舅。对了，你把这几条烟，还有这几瓶酒给你舅舅带过去，代我谢谢他。"

沈冰诡异地笑了一下，说："吴董，您和燕玲姐吵架不是因为我吧？其实燕玲姐也不容易，既要管理公司又要顾家的。好了，不说了，那我去找我舅舅办款项了。"

吴建华感激地说道："谢谢你，沈冰。"

沈冰扭过头说："吴董，您是个真男人，我很欣赏您。"说完走出了办公室。

吴建华看着沈冰的背影，苦笑了一下，他打开办公桌上的电脑，看了一会儿要签订的合同内容，拿起电话。

吴建华和一家合作公司签订完合同，开车去找妻子刘燕玲和女儿贝贝，一家三口在迪士尼乐园开心地玩了大半天，傍晚时分才回到了家里，贝贝可能是玩累了，吃过晚饭就睡去了。

吴建华穿着睡衣进了卧室，刘燕玲躺在床上翻看着一本杂志。两个人为了忙各自的事业，都快一个月没有亲热了。吴建华轻轻抚摸着妻子燕玲的身体，两个人的脸贴在了一起，在宽大的床上翻滚起来。云雨终于停了，土地终于滋润透了。刘燕玲躺在吴建华厚实的怀里，像一只温柔的小绵羊，漂亮的脸蛋好像一颗成熟的桃子，白里透着红。

二

华灯初上，市区一家麻辣烫火锅店里坐满了食客。一个20多岁戴眼镜的男人，个子不高，看起来消瘦机灵，他叫岳长林，是沈冰的男朋友。他和沈冰一前一后走进了火锅店。

岳长林高校毕业后，在人才交流市场应聘时认识了沈冰。岳长林比沈冰大三四岁，大学毕业后，心高气傲的他凭着高学历一门心思地想走捷径，实现老板梦，单位换了一个又一个。

一个星期天，岳长林又到人才交流市场找工作，刚好遇见了大学刚毕业的沈冰也来求职应聘，岳长林瞬间就被眼前气质非凡、长相漂亮的沈冰给迷住了。他很懂人性，为了博得沈冰的信任和好感，先是亮出了自己的毕业证，接着不紧不慢地撒谎说："我大学毕业后就应聘到一家外企，做了主管，后因自己身体的原因休了一年的假，身体恢复后，我原来的职位已被别人代替，我这就又到这儿看看，再找一份合适的工作。"

刚踏入社会的沈冰打量着眼前的岳长林，身高还没自己高，人长得一般，心想，人真是不可貌相，岳长林是研究生学历，毕业就做了外企的主管，挺有能力的。不知不觉中，沈冰对岳长林的印象分高了不少。

沈冰表示，要向岳长林学习，找好工作后，也要边工作边考研，争取早日考上研究生。

岳长林见好就收，心想，这时候该离开沈冰了，话多必失，得给沈冰留点神秘和念想。他看了一下手表，抬头说道："沈冰同学，你刚毕业，刚踏入社会，说话做事一定要稳着来，别被骗了。我呢，得回家了，某杂志社向我约稿很长时间了，我得回去把它完成，顺便陪陪父母。咱俩有联系方式，有事联系我。"岳长林说完转身就走了。

沈冰就这样和岳长林认识了。岳长林隔三岔五地找沈冰约饭、见面，沈冰都很有礼貌地拒绝了，岳长林就给沈冰写信、送花，沈冰经不起岳长林的软磨硬泡，答应和岳长林试着交往。在交往中，沈冰隐隐约约发现，岳长林似乎刻意隐瞒了自己很多的事。她说了几次要看岳长林发表的文章，要去岳长林工作的公司，每次都被岳长林以各种理由给搪塞了过去。两个人虽说交往了一段时间，可他们的爱情并没什么大的进展。

"沈冰，今天是我的生日，你点你最爱吃的菜。"岳长林看着沈冰说道。

岳长林的话打断了沈冰的回忆，沈冰有些不自然地说："哦，祝你生日快乐。你看，出来得急，没给你买生日礼物，长林，我给你转了个红包过去，你收一下。"

岳长林心里酸酸的难受，他极力地克制着自己糟糕的情绪，故作镇定地微笑道："沈冰，你跟我还客气什么呀，咱俩是男女朋友，不拘形式，倒是你，一定要按时吃饭，照顾好自己，不要太累着自己。"

沈冰听着岳长林关心的话语，心里总觉得有丝丝的凉意。

吃饭间，岳长林告诉沈冰说，公司的董事长对他很器重，他会好好干，争取当个副总，沈冰接话说："听说你们董事长中学都没上完，是依靠他老爸的钱开公司的。"

"沈冰，老子英雄儿好汉，他爸的钱怎么了？我们虎董脑子够用，学历低能力强，把公司做得风生水起。你们吴董学历高，公司做得不也就那样嘛。"

"岳长林，我们吴董至少是研究生，白手起家做起来的，我们是上市公司，胡说什么呢，不要搞错了，我们吴董……"

岳长林有些激动地打断了沈冰的话，轻蔑地说道："好了好了，咱

们不说这个话题行不行，你们吴董牛，行了吧？"

两个人都不说话了，沈冰的电话响了，沈冰站起身出去接电话："吴董，您说，哦，我知道了，我马上过去。"

沈冰走过来边拿包边说："长林，我们公司明天一早要去应标，吴董让回去开会改标书，我先走了，你慢慢吃，改天我再请你吃饭。"

岳长林站起身喊道："这是休息时间好不好。吴董的电话是圣旨呀？你连饭都不吃，真够可以的。"

沈冰扭头瞪了一眼岳长林，说："就是圣旨，怎么了？无聊。"

岳长林回到家里，躺在床上，突然想起沈冰远去的背影，心里的火一下子上来了，嘴里哼了一声，他拿起手机，给刘燕玲打了过去。

正在看书的刘燕玲接通电话。

"是刘董吗？"

"嗯，您是哪位，有什么事？"

"刘董，你不用知道我是谁，告诉你个秘密，你以后把你老公看好了，刚才我见你老公和他的女助理在一起吃饭呢，两人还相互夹菜呢。"岳长林说完啪的一声挂掉了电话，左右扭动着身体，嘴里哼着："祝我生日快乐，祝我生日快乐……"

刘燕玲一头雾水，她不愿相信刚才电话里的人说的话是真的，可她又不甘心，看了看表，这么晚了还不见丈夫吴建华回来，她有些坐不住了，刘燕玲换好衣服，走到后院停车场，启动一辆红色的跑车出了家门。

吴建华开完会，中层领导都回家去了，他和沈冰一起在修改建筑标书的条款，刘燕玲的一声咳嗽，把电脑旁的两个人惊动了，吴建华和沈冰抬起头，看是刘燕玲来了，沈冰忙着招呼倒水，吴建华拉着刘燕玲说："你怎么来了？坐，快坐。"

刘燕玲拉着脸不吱声，也不坐，挣脱吴建华的手，转身走出了办公室。

吴建华心里有些憋屈，他吸了几口烟，示意沈冰继续改标书。

刘燕玲回到家里，直接上了二楼，她打开一瓶红酒，自顾自喝起来。

夜空的星星眨着眼睛，示意人们该休息了。

吴建华开车回到了家，上到二楼，看到刘燕玲躺在沙发上，红酒瓶和高脚杯倒在茶几上。

刘燕玲听到动静，知道是吴建华回来了，赶紧闭上眼睛。

吴建华上前要抱刘燕玲回卧室，刘燕玲终于爆发了，大声吼道："起开，谁让你动我了？"

吴建华一下子愣住不动了，他轻声说："燕玲，我公司明天要应标，所以连夜改标书。你不要误会好不好？走，回屋睡觉吧。"

"改标书，什么时间改不了，非得夜里改标书，恐怕不光是改标书吧，你还和女人一起吃饭，给女人夹菜了吧。"

"你胡说什么，回屋睡觉去。"

他们7岁的女儿贝贝被吵闹声惊醒了，她虚掩着门，偷看着疯了一样的爸爸和妈妈。

"我胡说什么，你都胡做了什么？要想人不知，除非己莫为。我就知道，你和那个狐狸精不清不楚。不行，我让位！吴建华，我要和你离婚！"

"离婚就离婚！你简直不可理喻。我辛辛苦苦工作，还有错了。"吴建华啪的一声关上了书房的门。

贝贝回屋躺到床上，满脸的泪水。

太阳提醒着人们，醒来就不要记起昨天不愉快的事情，要开心地迎接新的美好的一天。

馨苑设计装饰建材公司，一群人在忙着往货车里装建材，刘燕玲在和公司主管交代着什么，手机响了，家里的保姆彩霞在电话里说贝贝不见了。

刘燕玲一下子蒙了，她匆匆忙忙开车往家赶。

到了家里，彩霞哭着说："我去厨房做饭，贝贝在客厅里看电视，

我做好饭出来就不见贝贝了。"

刘燕玲挨个给贝贝同学家打电话，都说没见贝贝，刘燕玲一下子着急了，嘴里嘟囔道："唉，你怎么这么粗心呢，这往哪儿去找呢？"

吴建华回来了，进门就问："贝贝回来了没有？"

彩霞摇摇头，刘燕玲一双充满怒火的眼睛瞪着吴建华，说："都怪你，昨晚上回来晚还和我大声吵架，贝贝一定是听到你和我吵架才离家出走的。"

吴建华走近刘燕玲，说："这个时候了，你还要和我吵，吵架怨我吗？你这个样子简直让我无法容忍。"

"容忍不了就离婚，谁稀罕你。"

"离婚就离婚，找到女儿我自己带。"

彩霞说："建华哥、燕玲姐，你们就别再吵了，找贝贝要紧，要不报警吧！"

吴建华说："彩霞，我去报警，你们去外边找找，随时联系。"

贝贝一个人无精打采地走在街上，东张西望，满脸的汗珠。昨晚看到爸爸和妈妈吵架，还说要离婚，她害怕爸爸妈妈离婚，她害怕爸爸妈妈不要她，她不想让爸爸妈妈离婚。

街上的一家蛋糕房里传出了《嘀嗒》的歌声："嘀嗒嘀嗒嘀嗒嘀嗒，有几滴眼泪已落下，嘀嗒嘀嗒嘀嗒嘀嗒，寂寞的夜和谁说话，嘀嗒嘀嗒嘀嗒嘀嗒，伤心的泪儿谁来擦，嘀嗒嘀嗒嘀嗒嘀嗒，整理好心情再出发，嘀嗒嘀嗒嘀嗒嘀嗒……"

贝贝走近蛋糕房，站在烈日下，打量着保鲜玻璃柜里面各种花样的蛋糕，嘴唇颤动着，让她又想起了她生日的那天，爸爸和妈妈为了工作没有回来给她过生日，回到家里吵架说要离婚的情景，贝贝的眼泪像断了线的珍珠从脸颊上滑落。出来流浪大半天了，此时的她饿了、渴了，她想爸爸了，想妈妈了，可她又不想回家，她不想看到爸爸和妈妈无休止的吵架。贝贝抬起小手撩了一下额头上的头发，擦着脸上的汗珠，走到街边的一棵大树下，她无精打采地坐在树下，看着来来往往的人流和车流。

一高一矮的两个女孩走了过来，矮个子小女孩李想看到坐在树下的贝贝，拉着高个子女孩爱慧走到了树下，李想喊道："贝贝，你坐在这儿干吗呢？"

贝贝抬头看着李想，眼睛一亮，没有吭声，又低下了头。

李想对爱慧说："表姐，这是贝贝，我俩是一个班的，都上一年级。"

爱慧蹲下身，对贝贝说："贝贝，很高兴认识你，我是李想的表姐，上五年级，你怎么了，给姐姐说说，好吗？"

贝贝低声抽泣着，吞吞吐吐地说："我爸爸和妈妈经常吵架，还说要离婚，昨天晚上他俩吵得更凶了。"

爱慧挠着头说："走，跟姐姐走，姐姐会帮你的。"

爱慧领着李想和贝贝，到了游乐园，她们开心地坐着碰碰车，三个人说着、笑着、惊叫着，个个脸上都露出了灿烂的笑容。

吴建华、刘燕玲两个人在街上走着，喊叫着女儿贝贝的名字，见人就比画着问，见没见到贝贝。

刘燕玲实在是走累了，她蹲下身喘着气，眼泪和汗水顺着脸颊往下流，她坐到路边，一脸的怨气和无奈。她忽地又站起身，迈着疲惫的脚步继续找寻着女儿。

吴建华站在女儿的学校门口，一脸的焦急，他有点不明白，他兢兢业业干事业，没做对不起妻子刘燕玲的事情，她为啥总是怀疑自己，和自己吵架。他叹着气，女儿到底去哪儿了呢？

刘燕玲垂头丧气地回到了家里，保姆彩霞端了一杯水过来："姐，喝点水，我把电话都打过了，都说没见到贝贝。"

刘燕玲默默地蜷缩在沙发上，一声不吭，她心里顿时觉得生活没有

了意义。

彩霞拿了一张创可贴，轻轻地贴在了刘燕玲流血的脚上。

天渐渐地黑了下来，贝贝在爱慧和李想的护送下，回到了家门口，彩霞惊叫道："贝贝！燕玲姐，贝贝回来了，贝贝回来了。"

刘燕玲睁开眼从沙发上爬起来，顾不上穿鞋，光着脚跑到门口，一把抱住了女儿，哭着说道："你跑到哪去了？贝贝，我的乖女儿。"

贝贝哭着说："妈妈、妈妈。"

贝贝的出走，让吴建华夫妇各自都意识到了些什么，吴建华和刘燕玲得着空，就早早回到家里，陪贝贝做作业、一起玩耍，一家三口一起做饭，家里又恢复到了往日的温馨和平静。

三

市区东郊一家房地产公司的董事长办公室里，有一个光头男人，40多岁，一脸的络腮胡，他叫虎威，是元宝房地产公司的董事长，没上几年学，凭着父亲的支持，搞起了房地产开发。虎威半坐半躺在老板椅里，闭着眼睛，两只脚搭在办公桌上不停地摇动着，嘴里哼哼唧唧地打着电话："嗯，宝贝儿，今晚接你一起去吃海鲜，去 K 歌，好不好？"

咚咚咚的敲门声让虎威有点不爽，他挂掉电话，赶紧坐好，拿起一张报纸假装在看，压低声音说："进。"

岳长林进屋后向虎威问好，虎威看岳长林提着一个大礼盒，微笑着摆摆手，说："是岳主管啊，坐、坐，有什么事吗？"

岳长林把礼盒放在桌子上，说："虎董，我看到您在办公室，就过来看看您。几天没见您了，挺想您的。这是朋友从国外给我捎回来的两条烟和一盒茶叶，我给您送过来。"

虎威眼珠子转了几下，摸着光头似乎想起了些什么，站起身走到茶台前，招着手说道："兄弟，你太客气了，来，坐这儿，喝茶。"

岳长林点着头，坐到茶台前，虎威熟练地泡好茶，递给岳长林，说："小岳，我听说你的女朋友在华宇地产工作，是董事长吴建华的助理，是吗？"

岳长林双手抚摸着茶杯，说道："虎董，是的，我俩谈了几年了，她对我老是不冷不热的。"

虎威吸着雪茄烟，仰头吐着烟圈，灰白色的烟圈在头顶上飘着，他猛地低下头，看着岳长林，问道："是吗？"

岳长林一脸的委屈表情，点着头说："是，虎董。"

虎威起身拍了拍岳长林的肩膀，说道："小岳啊，你是公司的中层领导，工作一直兢兢业业，我对你还是很满意的。至于你女朋友对你不温不火，有可能是嫌你职场进步不大，赚的钱少，你说是不是？"

岳长林站起身，双手握着虎威的手摇晃着："虎董，您说的是。"

虎威把烟蒂在烟灰缸里扭了一圈扔下，说："这次塘村的房地产项目工程有四家公司竞标，其他两家都不是我们公司的对手，只有华宇地产是咱们元宝公司的竞争对手，我头痛啊。"

岳长林起身把茶杯递到虎威的手里，说："虎董，您喝茶。"

虎威把茶杯放下，起身走到办公桌旁，拉开抽屉，拿出一个鼓鼓的信封走到茶台前坐下，岳长林迅速起身站到虎威面前，虎威拍着沙发说："小岳，别站着呀，来，坐这儿。"

虎威把信封递给岳长林，说："这里面有1万元，拿去给你女朋友买些包、衣服什么的。男人嘛，对女人要舍得花钱，要会哄女人开心。"

岳长林站起身，推辞着说："虎董，这钱我不能要，无功不受禄啊。"

虎威硬是把钱塞给岳长林，说："直说了吧，小岳，公司还缺个副总，我有意想提拔你当这个副总。为了服众，你想法通过你女朋友，只要拿到华宇地产塘村房地产项目的应标资料和报价，咱们公司就会中标，到时候你就是公司的副总，另外给你奖励20万元，怎么样？"

岳长林咬着嘴唇，思索了一会儿，说："虎董，您放心，我一定尽全力去办。"

虎威端起茶杯，说道："岳主管，我就喜欢你这豪爽的性格，祝你马到成功，未来的岳副总。"

岳长林内心乐开了花，表面却装得很低调，红着脸说："虎董，我还不是副总呢，您叫早了。"

虎威哈哈大笑着说道："我相信你，这个事你一定会办成，早晚的事。"

岳长林走出虎威的办公室，心里暗自高兴，心想，报复吴建华的机会终于来了，让你勾引我的女朋友。这事弄成了，我就当上公司的副总了，还有20万元奖金。岳长林想到这儿，整个人眉飞色舞，扭动着身体说："生活简直不要太美好了呀。"

迎面走过来的同事被吓了一跳："岳主管，您没事吧？"

岳长林缓过神来，说："哦，没事，我腰不舒服，活动活动，你忙。"

星期天，沈冰穿着睡衣坐在客厅的沙发上，敲打着笔记本电脑的键盘，下个月初就要进行塘村房地产项目的竞标了，她想再仔细审核一遍应标的PPT资料。

有人敲门，沈冰起身开门，是岳长林，沈冰问道："你怎么过来了？"

岳长林笑着说："这话说的，我是你的男朋友，不能过来看看你呀。给你打电话也不接，我过来给你送点水果。"

沈冰说："没事你先走吧，我今天很忙，改天再联系。"

岳长林略显尴尬，坐在沙发上斜眼看着笔记本电脑，沈冰挪动了一下电脑，瞪了他一眼。

岳长林平时自以为是、投机取巧的言行令沈冰有些失望，沈冰甚至想着要不要和他提出分手，可岳长林的一些甜言蜜语又让她犹豫不决。沈冰是个非常敬业的女孩，工作又忙，对岳长林一直是不冷不热的态度。

岳长林心里清楚，沈冰并不怎么喜欢他，或许是把他当成了备胎。岳长林私下和他不喜欢的一个女同事打得火热，以谈恋爱为借口，给女孩儿租了一套公寓，暗地里已经同居在一起。但岳长林对沈冰依旧不死心，想着法靠近沈冰，心想只要把她弄到手，她就会对自己死心塌地了，岳长林甚至还在网上搜索迷幻药，可聪明自律的沈冰一向是洁身自好，从没给他一丝的机会。他俩相处几年了，就连牵手的机会都很少。

想到这儿，岳长林心里很是气愤，可他知道心急吃不了热豆腐，还是强忍着内心的不悦，伪装着自己，做好了不达目的誓不罢休的打算。

这时沈冰的手机响了，是吴建华打过来的，沈冰把电脑虚掩着，起身去书房接电话。

岳长林斜眼看着沈冰进了书房，迅速掀开电脑盖，掏出早已准备好的U盘插到电脑上，瞪着眼睛查找文件夹，终于找到他要的文件夹，迅速进行复制、粘贴，又快速拔掉U盘，装进口袋，虚掩上电脑，看到走出书房的沈冰，他急忙低下头，拿起茶几上的苹果啃起来。沈冰坐到沙发上打开电脑，说："我真的很忙，你走吧。"

岳长林站起身，假装很生气地说："那你忙吧，我走了。这女朋友交的，还不如普通同事，唉，走了。"

一家大酒店的包间里，坐满了人，虎威端着酒杯站起身，说道："大家静静，我宣布个事情，经过公司研究，特任命岳长林同志为元宝房地产公司的副总经理，主抓销售工作，大家举起杯祝贺岳长林同志。"

一群人起身碰着酒杯，说着祝贺岳长林荣升的一些话。

星期天，岳长林坐在车里给沈冰打电话："沈冰，你在哪儿呢？我

有重要的事给你说。"

沈冰边走边说："你中午来我们公司楼下接我，我这会儿走不开。"

中午，沈冰和岳长林来到了一家大虾火锅店，岳长林穿着一身名牌，手机也换了，头发梳得光溜溜的，两人刚坐下，岳长林迫不及待地说："沈冰，我告诉你一个好消息，我荣升元宝房地产公司副总了。"

沈冰迟疑了一下，忙说："哦，祝贺你呀。"

岳长林一副得意扬扬的神情，说："沈冰，你吃啥随便点，吃完饭去 K 歌，然后去给你买包包和衣服。"

沈冰掩饰住不耐烦的神情，说："没想到啊，这次塘村房产项目会让你们公司中标。你们那个什么虎董半路出家，我们吴董是建筑专业的高才生，我真是有点想不通。"

岳长林起身倒着茶水，有些不自在地说："这说明我们公司有实力呀。沈冰，你别总把吴建华挂在嘴上，好不好，我才是你的男朋友，你应该多关心关心我才对。"

沈冰生气地说："说这些，你不觉得很无聊吗？"

岳长林慌忙给沈冰赔着不是，沈冰的手机响了，沈冰站起身出去接了个电话，回来对岳长林说："吴董打电话说公司有急事，我不吃了，得赶快回去。"

岳长林站起身大声说道："又是吴建华，他可真够可以的，星期天也不让你休息，有个屁急事啊。"

沈冰扭头就走，岳长林追出火锅店，拉着沈冰，眯着眼睛说："吴建华是不是喜欢你呀，你也喜欢他，是不是？"

沈冰边挣脱着他的手边说："我就是喜欢他，怎么了？你以后不要再骚扰我，我不想再看到你。"

岳长林看着远去的沈冰，恼羞成怒，咬着牙吼道："好，咱们走着瞧。"

夏天的高温让人无法忍受，知了的叫声显得有气无力，树叶被毒辣的太阳暴晒得皱皱巴巴的。

华宇地产楼下，吴建华和沈冰从车上下来，一前一后往办公楼走，沈冰说道："吴董，塘村的房地产项目明明是该我们公司做的，元宝房地产公司怎么给抢去了呢？这里面一定有问题。他们公司竞标的 PPT 资料好多地方，都和我们公司的一模一样，我觉得很奇怪。"

吴建华扭头看着沈冰，若有所思地说："不纠结了，就让他们做吧。对了，今天晚上六点有个合作应酬，到时候别忘了提醒我。"

沈冰点着头，两人走进了公司办公楼。

星期天，午休的沈冰醒了，她坐起身，忽然想起了前几天发生的一件事，岳长林过来给她送水果，她当时正在修改电脑里塘村房地产项目的竞标 PPT 资料，其间她到书房接了吴建华的电话，沈冰想到这儿，眨着一双乌黑的大眼睛，嘴里说道："难道是岳长林拷贝了我做的塘村房地产项目 PPT 资料？不行，我一定得想法弄个水落石出。"

想着想着，沈冰抓起抱枕扔在地上，骂道："这个浑蛋。"

岳长林开着车停到了馨苑设计装饰建材公司的楼下，他抬头看了一眼，坐在车里，两只脚伸到工作台上，拿出手机拨通了刘燕玲的电话，阴阳怪气地说道："请问是刘董吧？"

刘燕玲说道："嗯，您是哪位？"

岳长林叹着气说："刘董，我是沈冰的男朋友。您老公经常领着沈冰出了酒店进桑拿，他俩整天形影不离，有时候大晚上您老公还给沈冰打电话，两人还要见面。您说，这要是传出去，您的脸往哪儿放，我的脸往哪儿搁呀？"

刘燕玲挂掉电话，靠在椅背上，满脸的怒气油然而生。

岳长林给刘燕玲打完电话，坐起身，手指啪的一声弹了一下，说道："妥了，好戏就要开场了。"说完，他开着车扬长而去。

天渐渐黑了下来，岳长林从足浴店出来，正要去开车，无意中看到

吴建华和沈冰一前一后从酒店里出来，岳长林赶紧躲到车里，给沈冰打电话。

沈冰手机响了，她一看是岳长林，心里想，正要找他问 PPT 资料的事呢，他倒打电话过来了，沈冰接通电话，说："什么事？说。"

"沈冰，你现在在哪儿呢？"

"我在外面谈事情呢。"

"谈事情？是你和吴建华在一起谈事情吧。"

"是，怎么了？我们在工作。"

"工作？这都几点了，天都黑了，还工作，谁信呢。是在谈情说爱吧。"

"无聊。"沈冰挂掉了电话。

吴建华问道："是岳长林吧。"

沈冰看着吴建华，说："吴董，我总觉得是岳长林出卖了我，是他拷贝了……"

吴建华挥了下手，说："沈冰，不说了，走，我们回公司去。"

岳长林启动车正面拦住了吴建华的车，两辆车近在咫尺，吴建华和沈冰下了车，岳长林也下了车，三个人站成三角状，不友好地对峙着。

"哎呀，这不是吴董吗？怎么，这么晚了还领着女助理工作，你可真够忙的呀，接下来是不是该回宾馆工作了呀？"

吴建华瞪着岳长林没说话，扭头对沈冰说："走，咱们走。"

岳长林伸手挡住了他们，说："再聊聊嘛，不急这一会儿。"

沈冰说道："岳长林，你想干什么？让开！"

岳长林站在吴建华跟前说："吴董，你说说，那个塘村房产项目怎么就让我们公司给抢去了呢？"

吴建华开口说道："你们抢去了，你们做嘛。"

沈冰看着岳长林问道："岳长林，你是不是偷了我电脑里的资料。"

岳长林奸笑着说："我说沈冰，你记性咋那么差呢，是你给我复制了你们公司的竞标资料，我给了我们的虎董，我们才竞标上塘村房地产项目的呀。我们虎董说了，改天要请你一起吃饭，当面答谢你。"

"没想到你这么卑鄙，我什么时候给你复制资料了？你就是个伪君子。"沈冰高声说着，抬手打了过去，重重地打在岳长林的脸上。

岳长林恼羞成怒，捂着脸说："你敢打我。"抬手就要打沈冰，吴建华上前挡住，厉声呵斥道："滚，你就是个人渣。"

吴建华打开车门，说："沈冰，上车，我们走。"

岳长林看着远去的吴建华和沈冰，捂着脸说："行，你们给老子等着。"

吴建华拖着疲惫的身体回到了家里，女儿贝贝已经睡了，他走进卧室，刘燕玲把手中的书重重地扔在一边，说道："吴建华，你是改不了了，是吧？"

吴建华感到莫名其妙，看着生气的妻子，问道："燕玲，你又怎么了，我这刚回来，哪又惹着你啦？"

刘燕玲提高嗓门说道："我又怎么了？你那个助理沈冰的男朋友前天给我打电话，刚才又给我打电话，说你和沈冰出酒店进桑拿，整天形影不离，你还要不要你这张脸了？"

吴建华一脸的震惊，杵在地上一动不动，心想，我累死累活，一心做事业，从没背叛过你，你做你自己的事业我从不干涉，我在外面受气，回到家了还要受气。他终于又一次爆发了，喊道："刘燕玲，你过分了啊，你信别人还是信我。我和沈冰在一起只是工作，你怎么会这样想我。这些年你给我做过几次饭？你关心过我吗？回到家就是跟我吵架，你还是我的妻子吗？"

刘燕玲沉默了一会儿，压低声音说："吴建华，咱俩不吵了，日子不能过，就离婚吧。"

贝贝不知道什么时候站在了门口，看着爸爸妈妈吵架，眼泪一个劲

地往下流，她转身回到了自己的卧室，趴在床上低声哭泣起来。

四

抽刀断水水更流，举杯消愁愁更愁。话是这样说，可人有了痛苦和烦恼，还是会选择独自去饮酒，麻醉自己，得到一时的释放和解脱。

晚上，吴建华一个人坐在车里，不知道要去哪里，也不想去哪里，更不想回家。回到家里，和妻子刘燕玲不是吵架就是冷战，他觉得已经找不到家的那份幸福和温馨了。

吴建华启动车在街上转了几圈，又转到郊区的山上，独自坐了好大一会儿，没吃晚饭，去了一家KTV，进了包间里，声嘶力竭地唱够了、吼累了，独斟独饮，茶几上的手机振动个不停，吴建华不太情愿地拿起手机，是沈冰打来的，吴建华大声说："沈冰，下班了不谈工作。"

沈冰知道吴建华的压力，婉转地说要过来见面，有事要说。

有些醉意的吴建华没有拒绝，给沈冰说了位置。

沈冰打了个车急匆匆地赶到了KTV包间。

"吴董，我这是第一次看见您一个人唱歌、喝酒。"

"沈冰，坐，你电话里说的事明天到公司再说，我现在只想喝酒、唱歌。你也来唱一首。"

沈冰心疼地看着眼前暗恋已久的男人，此时KTV里的吴建华和在公司里的吴建华判若两人。她眼中的吴建华耿直善良、敬业、有担当，今天会这样麻醉自己，他心里一定很苦很痛。沈冰上前夺过吴建华手中的酒杯，说："您慢点喝，来，我陪您喝。"

吴建华叹着气说："沈冰，我很爱刘燕玲。我俩是大学同学，毕业后结了婚，那时候她小鸟依人，对我的照顾无微不至，我真怀念那时候的日子啊。虽说苦了点，可家里很温暖。自从她办了公司，我几乎很少再吃过她做的饭了。最近不知道为什么，一回到家里我们就吵架，贝贝因为这事，逃学、出走，她才7岁呀，我俩刚和好没几天，刘燕玲又毫无理由地骂我，骂我还要不要脸，提出要和我离婚。唉！"

沈冰耐心地听着吴建华一股脑儿的倾诉，心里为吴建华感到愤愤不平，她极力地克制着自己的情感，说道："燕玲姐也不容易，开那么大一家公司。可话又说回来了，家庭不幸福、不和睦，挣的钱再多又有什么意义呢。女人嘛，还是要相夫教子的好。"

"相夫教子，你说得对，沈冰，来，咱喝一个。"

"吴董，您少喝点酒，我为您唱首歌吧。"

沈冰站起身点了一首《杜十娘》，她甜美且富有磁性的嗓音，令吴建华吃了一惊，吴建华两眼有些迷离地看着沈冰唱歌。

"郎君啊，你是不是饿得慌，如果你饿得慌，对我十娘讲，十娘我给你做面汤。郎君啊，你是不是冻得慌，你要是冻慌，对我十娘讲，十娘我给你做衣裳。郎君啊，你是不是闷得慌，你要是闷得慌，对我十娘讲，十娘我给你解忧伤……郎君啊，你是不是困得慌，你要是困得慌，对我十娘讲，十娘我扶你上竹床……"动情的歌词和沈冰动情的演唱，让吴建华流下了眼泪。

沈冰伸手拉起吴建华，两人步入了小舞池，伴着《杜十娘》的原唱，两人翩翩起舞。

夜深了，刘燕玲和女儿贝贝躺在床上，看着熟睡的女儿，刘燕玲心事重重，都半夜了，还不见丈夫建华回家，他是不是住酒店了，他是不是和那个沈冰在一起，刘燕玲又想到了沈冰男朋友给她打电话，说吴建华和沈冰出酒店进桑拿，两个人整天形影不离……

　　刘燕玲不愿再想下去，可大脑就是不听使唤，她紧皱眉头，起身打开抽屉，吃了两片药，关上灯，努力让自己睡着，躺下没多久，她又开灯穿着睡衣，在卧室里走来走去。

　　夜幕中，沈冰和吴建华两人互相搀扶着走进了一家酒店，吴建华倒头躺到床上，嘴里嘟囔着说道："燕玲怎么就不信任我呢？夫妻间不信任了还过个啥日子，过个啥日子！"

　　沈冰打量着躺在床上的吴建华，既心疼又兴奋。正是眼前的这个男人偷走了她的心，他高兴、她高兴，他痛苦、她痛苦。沈冰一直暗恋着吴建华，她曾经多少次在梦境中，梦到和吴建华一起漫步，一起做饭，一起生活，梦到吴建华为她盘起乌黑的长发，梦到她穿着洁白的婚纱和吴建华步入婚礼殿堂……

　　沈冰在酒精的刺激下，终于失控了，她俯下身轻吻着吴建华的额头，一只手颤颤巍巍地抚摸着吴建华，看着他浓浓的一字眉毛、一双大眼睛、有棱角的脸颊和嘴唇，沈冰忘情地抱着吴建华亲吻起来，吴建华本能地翻身压住了沈冰，两个人在宽大的床上翻来滚去，两个人的灵魂、肉体、情感终于融合在了一起，如胶似漆地交织在了一起。

　　天亮了，吴建华心事重重地离开了酒店。他对沈冰充满了歉意，他心里知道，他尽管喜欢沈冰，可他给不了沈冰任何的承诺和责任。他对刘燕玲充满了内疚，他背叛了妻子。吴建华心里清楚，假如他和沈冰生活在一起，新鲜感一过，彼此之间也一定会有矛盾，会吵架、会冷战。他和刘燕玲刚结婚的时候，也是恩恩爱爱的，现在已经过了婚姻的"七年之痒"，但两个人之间还是出现了爱情和家庭危机。吴建华摇了摇头，叹着气回家了。

　　保姆彩霞把一封信交给了吴建华，说是燕玲姐出差了。吴建华回到卧室，慌忙拆开信，刘燕玲在信中说，她去北京出差了，让吴建华带好贝贝，有啥事等她回来了再说。

吴建华像泄了气的皮球，躺到床上，双眼紧闭，他心里清楚，他和刘燕玲的婚姻就像航海的船一样，遇到大礁石了。

沈冰起早贪黑地接送贝贝上学，给贝贝买这买那，做好吃的，想讨贝贝开心，聪明的贝贝不是噘嘴就是哼哼，对沈冰的照顾不屑一顾。

晚上，吴建华给女儿讲完故事，便让她睡觉，贝贝躺在被窝里，眨着一双漂亮的大眼睛，问道："爸爸，你要和妈妈离婚吗？你要和沈冰阿姨结婚吗？为什么不见妈妈？那个沈冰阿姨为什么对我那么好，对你也那么好？"

吴建华很是吃惊，轻轻地抚摸着女儿的脸，有些尴尬地说："贝贝，你怎么会这样想呢？你妈妈出差了。让沈冰阿姨接送你上学校，是因为我工作忙呀。"

贝贝眨着眼睛说："还有一个问题没回答呢，你会和妈妈离婚吗？会不要我吗？"

吴建华把脸扭到一边看了看，又转过头看着女儿，轻声说道："不会的，我们不会离婚的。你是我们的乖女儿，我们怎么会不要你呢。睡吧，贝贝，明天还要上学呢。"

贝贝听话地闭上眼睛，吴建华给女儿盖好被子，走出卧室，一个人坐在客厅里抽着闷烟，手机一直在振动，是沈冰打过来的。

吴建华走到院外，坐到沈冰的车里，沈冰扑到吴建华的怀里，喃喃地说："建华，你可知道，我是多么地爱你，我每时每刻都在想你，你想没想过我？我情愿等。建华，我将来一定会对贝贝好的。"

吴建华犹如一尊雕塑，面无表情，两只手垂落在车座上，任由沈冰炽热地拥抱和尽情倾诉。家里有貌美如花的妻子刘燕玲，还有一个聪明伶俐、活泼可爱的女儿贝贝，眼前是一个清纯靓丽、单纯的女孩儿，他该说些什么呢，他也不知道，他迷失了自我。

沈冰抬起头，深情地看着吴建华，吴建华一脸凝重的表情，终于开

口了，说道："沈冰，你是个很难得的好女孩儿，我不值得你去爱，我给不了你幸福，你把我忘了吧，好吗？"

沈冰的头深深地埋在建华的怀里，流着眼泪喃喃地说："不，我做不到。"

贝贝并没有睡着，看到爸爸出去了，她坐起身，眼前又浮现出在学校的一幕，同班的小朋友李想告诉她："我表姐爱慧说如果你爸妈再吵架、要离婚，你就装病，你就一直说你头疼、膝盖疼、恶心想吐，这样，你爸爸和妈妈就不会离婚了。"

贝贝想到这，嘴里"哼"了一声，关掉床头灯，闭上眼睛睡觉了。

早上，保姆彩霞把饭菜端上餐桌，吴建华洗漱完，不见贝贝下来，就上到了二楼，敲贝贝卧室的门，没动静，吴建华赶紧推开门，只见贝贝双眼紧闭，嘴里不时发出呻吟声，吴建华上前一步，问道："贝贝，你怎么了？"

贝贝闭着眼睛说："我头疼、膝盖疼，还恶心想吐。"

吴建华把手放在女儿的额头上，说："是不是感冒了？走，爸爸送你去医院。"

到了医院，吴建华抱着女儿做了各项检查，沈冰跑前跑后拿检查结果。

医院的走廊里，沈冰拿着面包、鸡蛋和牛奶让贝贝吃，贝贝瞟了一眼，哼了一声，头扭向一边。

医生的办公室里，专家严肃地说："你女儿各项检查结果显示都正常，可她说头疼、膝盖疼，还恶心想吐，这些症状是白血病的早期症状，为谨慎起见，我建议住院观察几天。"

吴建华忽地站起来，震惊地说："大夫，你是说白血病？"

医生赶紧说："你不要激动。你女儿的情况很特殊，现在只是怀疑，住院观察几天后才能做判断。"

吴建华点着头走出医生办公室，一把抱住女儿，眼泪差点流了出来。

他强忍着自己的情绪，镇定地说："贝贝，医生说你患了流感，需要住几天医院，很快就会好的。"

沈冰到一楼去办住院手续，吴建华抱着女儿贝贝沉默不语。

贝贝不停地眨动着一双漂亮的大眼睛，心想，我住了院，爸爸和妈妈就会围着我转，他们就不会再吵架了，也不会离婚了。

吴建华站在医院走廊里给妻子刘燕玲打电话。

"燕玲，你什么时间回来？"

"过两天吧，有事吗？"

"女儿有可能患了白血病，还没确诊，医生让先住院观察几天。"

"啊，什么，白血病？我、我想法子现在就坐飞机回去。"

吴建华把公司的一切工作交给了沈冰和李总负责，寸步不离地守在女儿的病房里，贝贝表面一副弱不禁风的模样，嘴里时不时还闹着说膝盖疼、头疼，心里却乐开了花。她装病的理由很简单，就是不想让爸爸和妈妈离婚。

吴建华、刘燕玲夫妻俩和女儿形影不离，给女儿讲故事，做好吃的，贝贝终于出院了，医生说让回家再观察一段时间，定期来医院复查。

吴建华家的别墅里欢声笑语多了，一家三口和睦温馨的场景随处可见，一起买菜、一起做饭、一起在别墅院子里的草坪上散步、讲故事、一起郊游，保姆彩霞看到吴建华一家三口又回到了以前幸福的样子，打心眼儿里高兴。

沈冰打电话给吴建华，说："建华，虎威的公司发生了严重的基建坍塌事故，塘村的房产项目还是由我们华宇地产去做。"

吴建华抬头看着天空，说道："沈冰，我知道了，你和工程部一定要把好质量关。"

沈冰挂掉了电话，回到家里，又接到妈妈的电话，催着她赶快找对象、结婚，沈冰答应着，起身走到了卫生间，打开淋浴的花洒，任凭细

细的水柱击打着自己的身体,水流顺着沈冰凹凸有致的身体曲线流淌着,闪烁着柔和的小水花,她闭上眼睛,身体慢慢地享受着水的浸润。此时,她又想起了吴建华,想起了两个人在大酒店里灵魂和肉体融合的情景。沈冰明明知道,吴建华有家庭,可她就是喜欢他,克制不住自己不去想他,不去心疼他,不去爱他。这也许就是应了释迦牟尼的一句话:伸手需要一瞬间,牵手却要很多年,无论你遇见谁,他都是你生命中该出现的人,绝非偶然。

一大早,沈冰正在洗漱,有人敲门,快递员手里捧着鲜花,说:"您是沈冰女士吧,有人给您送鲜花,还有一封信,请您签收。"

沈冰说着谢谢,关上了门,她看着桌上的鲜花,闻了闻花香,拆开信,是吴建华写的信:沈冰,祝你生日快乐!你是我在公司最亲最信任的人,谢谢你多年来对我工作的大力支持,祝你早日找到属于你的幸福,照顾好自己。

沈冰把信看了好几遍,早已泪眼模糊。她心里的苦、心里的怨、心里的话又能给谁说呢?没有人可说,只有自己深埋在心里。她打开手机,听着歌曲《东南西北风》,她流着眼泪,听了一遍又一遍。

五

刘燕玲早上在公司开完晨会,开车到了医院,走进了神经科诊室。医生松芳是她的高中同学,同学见面格外亲切,寒暄过后,刘燕玲告诉松芳说,她有一次穿着拖鞋开车到了公司,自己的睡眠也不好,有时候给公司员工开会,正说着话就不知道接下来该说啥了。松芳仔细问了燕玲还有哪些症状，听了后，松芳一脸的严肃表情，提醒刘燕玲啥事不要钻牛角尖，要多运动，多给自己一些休闲时间，小心患上抑郁症，说着给燕玲开了一些药，嘱咐她按时吃药，定期来医院做检查。

刘燕玲怀着心事走出了医院，看了看表，该去学校接女儿贝贝了，她遥控打开车，却坐在车的副驾驶位置，她愣了一会儿，苦笑了一下，说："我今天这是怎么了？"又下车坐到驾驶位置，启动车向学校驶去。

菜市场一片喧嚣声，吴建华买完菜正要回家，手机响了，是刘燕玲的高中同学松芳打过来的，松芳说："吴董，燕玲来医院了，我给她做了检查，初步诊断她患的是抑郁症，你一定要有个思想准备。我没给她说太多。抑郁症不可怕，只要按时吃药，配合治疗，是完全可以康复的，现在最重要的是控制病情的加重。"

吴建华一下子蒙了，他顿感自己有些扛不住了，女儿疑似患上了白血病还没有排除，妻子又患上了抑郁症，这可该怎么办？他回到家里，走进厨房，放下蔬菜，呆呆地看着窗外，心里默默地念道："要挺住，我是家里的顶梁柱，绝对不能趴下。"

吴建华正要出去，手机又响了，电话是医院打过来的，说刘燕玲出了车祸，正在抢救，吴建华脸色一下子变得煞白，他匆忙向医院奔去。

医院抢救室门上方的灯终于灭了，吴建华一个大踏步跑到门前，医生告诉他，刘燕玲双腿粉碎性骨折，康复起来有点慢，吴建华嘴里连声说着："谢谢大夫。"

病房里围满了人，吴建华让父母和岳父母先回家休息，自己留在医院里照顾妻子，吴建华握着妻子的手说："燕玲，你的腿过一段时间就会完全康复了，饿了吧，我做了你最爱吃的芝麻叶糊涂面条，趁热吃点。"

刘燕玲拉住丈夫吴建华的手，说："建华，女儿呢？我的腿，我不会站不起来了吧？"

吴建华温柔地说："燕玲，不要瞎说，医生说了，没大碍，别乱想。

贝贝在家呢，改天我带她过来。"

吴建华一勺一勺地喂着刘燕玲吃饭，刘燕玲羞涩地说："我自己来吧。"

吴建华微笑着说："我就喜欢看你羞涩的样子，我喂你，来，张嘴。"

刘燕玲看着眼前的丈夫，想起了往事，上大学时，她和吴建华刚谈恋爱那会儿，追求刘燕玲的人很多，吴建华只是其中的一个。在一起后，两个人有次在图书馆看书到天黑，吴建华说要请刘燕玲吃牛排，刘燕玲知道吴建华家里并不富裕，不想让吴建华多花钱，于是就说："咱们学校门口有一家芝麻叶糊涂面条，可好吃了，咱俩去吃吧。"

吴建华红着脸说："燕玲，这太简单了吧。"

刘燕玲摇动着乌黑的马尾辫说："不简单，我和你在一起，就算喝水心里也是甜的。"

吴建华紧紧地拥抱着刘燕玲，情不自禁地说道："燕玲，你是上天送给我的最美丽最善良的天使。"

刘燕玲想到这里，两眼流出了晶莹的泪水。

吴建华温柔地擦拭着妻子燕玲脸上的泪水，轻声说道："好吃吧。燕玲，我永远忘不了咱俩刚谈恋爱时，在学校门口吃的那顿芝麻叶糊涂面条。"

沈冰把贝贝接到了她家，贝贝闹着要回家，沈冰撒谎说："贝贝，你爸爸、妈妈因特殊情况出差去了，你今晚就住在阿姨家里，明天我送你去上学。"

贝贝噘着嘴不吭声，沈冰给她放动画片，她一副要看不看的表情，沈冰好不容易哄睡了贝贝，关上门走到阳台，打电话给吴建华，说："燕玲姐没啥事吧？贝贝吃过饭已经睡下了，你放心吧。"

吴建华一个劲地吸着烟，说："麻烦你了，沈冰，燕玲的腿受伤了，得住一段时间医院。"

夜深了，一辆面包车停到了一家足浴店门口，岳长林和一胖子下了车，两人说笑着进了足浴店，洗完脚、按完摩，胖子嘴里噙着棒棒糖，奸笑着说："林哥，一会儿再去洗个桑拿吧。"

岳长林伸着懒腰说："我说大胖，你把我的事情办漂亮了，不要说去洗桑拿，干啥都行，哥全部买单。"

胖子"嘎嘣"一声咬碎了口中的棒棒糖，右手的拇指和中指"啪"地一弹，说："林哥，您就瞧好吧。"

星期天，吴建华和女儿一大早来到医院，推开病房的门，被眼前的一幕震惊了，刘燕玲侧着脸看着窗外，药片散落一地，输液的针头垂落在空中。贝贝跑过去抱着燕玲哭喊道："妈妈、妈妈，您这是怎么了？"贝贝抚摸着妈妈流血的手，哭得跟小泪人一样。

刘燕玲忧郁的眼神一下子亮了，微笑着说："贝贝，我的乖女儿，吃饭了吗？妈妈没事。"

护士过来重新给刘燕玲扎好输液针头，嘱咐吴建华，说："病房不能离人，得有专人陪护。"

医生告诉吴建华说："经过检查，你爱人患有中度抑郁症。她在病房里扔东西的表现说明她的病情在慢慢加重。这本抑郁症防护册子你仔细看看。药物治疗是一方面，更重要的是家人的陪伴和呵护。"

贝贝一个人偷偷跑到医院楼下，她要去买妈妈最喜欢喝的柠檬茶。

刘燕玲的爸妈和吴建华的爸妈在病房里说着话，吴建华坐在医院走廊的椅子上，头靠着墙，闭着眼睛，他想起了上大学时的情景，他和刘燕玲在校园里散步，一起谈理想，一起谈未来，刘燕玲面对几个富家子弟的追求，毫不动心，心里装满了励志帅气的吴建华，大学毕业后，吴建华和刘燕玲结了婚，那时候，没车没房，两人租了一套一室一厅的房子，面积虽小，可布置得很温馨，下了班，两人一起去菜市场买菜，回到家里，两人一起做饭，吃完饭两人一起散步，两人双出双入，形影不离。

很多时候，吴建华老是觉得对不起刘燕玲，让刘燕玲跟着自己过苦日子，刘燕玲总是温柔地对吴建华说："我嫁的是你这个人，不是钱。咱俩现在过得就很幸福呀，谁都想过富足的生活，咱俩一起奋斗，面包会有的，牛奶也会有的。建华，有你的陪伴就是我最大的幸福。"

吴建华夫妻俩从摆地摊开始，起早贪黑地进货、卖货，先后经营超市、建材门市，再后来，吴建华利用所学的建筑专业涉足房地产业，刘燕玲利用所学的装饰设计专业成立了设计装饰公司，夫妻俩的事业越做越大，渐渐地，两人因为各自的事业而聚少离多。女儿贝贝的出生，又让他们俩找到了相爱如初的感觉，找回了家的感觉。但行业的激烈竞争，使两人的压力都很大，各愁各的，各忙各的，大多时候两人几天都见不了一面，让女儿倍感委屈。

现实的生活不是笔墨纸砚、诗词歌赋的文雅，更多的是柴米油盐、酸甜苦辣的烟火气。吴建华和刘燕玲对爱情、家庭的初心渐渐地淡了，爱也慢慢地失去了方向。

贝贝走进了医院门口不远处的一家超市，坐在一旁车里的岳长林欣喜若狂，扭头喊道："大胖，别睡了，机会来了。"

大胖睁开眼睛，左右摇摇头，眯缝着小眼睛，问道："林哥，咱去哪吃饭？"

岳长林转身瞪着胖子，说："刚吃过饭吃什么饭，吴建华的女儿进超市了，这几天总算没有白等。"

大胖说了声："嗐，您就看我的吧！"他下车走到超市旁，假装打电话。不一会儿，贝贝提着一塑料袋东西走出超市，大胖迎了过来，说道："贝贝，听说你妈住院了，我是她公司的员工，你领我去病房看望你妈妈，好吗？"

贝贝说："我怎么从来都没见过你呀？"

大胖硬拉着贝贝说："你是没见过我。走，我给你妈买了很多东西在车上，咱一块儿去看你妈妈。"

贝贝看着大胖不像好人，又不认识他，就有意往后扯着身子不想去，大胖蹲下身说："走啊，贝贝。"

大胖说着话，一把抱起哭闹的贝贝上了车，岳长林启动车一溜烟地跑了。

吴建华站起身进了病房，找了一圈，不见贝贝，问爸妈："贝贝呢，贝贝去哪了？"

贝贝的奶奶回过头说："贝贝说，她和你一起去给燕玲买柠檬茶了呀。"

吴建华给妈妈使了个眼色，便快步走出病房，妈妈跟了出来，追问道："建华，你没见着贝贝呀？"

吴建华示意妈妈说话小点声，两人走到医院的楼梯处，吴建华轻声告诉母亲，说："妈，燕玲的双腿还没完全康复，她还患有抑郁症，不能受刺激，有些事、有些话咱要单独说。"

母亲点点头，心疼地看着消瘦的儿子，说："儿啊，妈知道了，你要照顾好自己。"

吴建华说："妈，我这就去找贝贝。"

岳长林开车到了市郊外一废弃的工厂院内，贝贝哭闹着要回家，大胖拿着棒棒糖让贝贝吃，贝贝把头扭向一边不理他。

岳长林扭头对大胖说："大胖，看好她，我去打电话。"

大胖推了一下贝贝，喊道："给我坐好。"

吴建华找遍了医院附近所有的门店，也不见女儿贝贝，他心里着急了，默默念道："贝贝，你去哪儿了呀？"

手机响了，吴建华接通电话。

"你是吴建华吗？"

"我是，你是谁？"

"我的声音都听不出来了呀？姓吴的，我是岳长林。你害得我失去了心爱的沈冰，听说你和她在大酒店开房了，你这个不要脸的东西，还害得我丢了工作。你让我不好过，你也别想过舒坦。告诉你，你的女儿现在在我的手上，今晚 10 点拿 100 万来赎人。"岳长林把手机放在贝贝面前，贝贝大声哭喊着爸爸，还不等吴建华反应过来，岳长林迅速挂断了电话。

吴建华打车去了公司，沈冰跟着进了办公室。

"你不要着急，我先给岳长林打个电话。"沈冰说完，起身关上办公室的门，拨通了岳长林的手机。

"岳长林，你现在在哪儿？贝贝呢？"

"我在哪儿重要吗？有什么话直说。"

"岳长林，亏你上了几年大学，懂不懂法，你想过你的父母吗？"

"我现在什么都没有了，我怕个啥。"

"我请你放了贝贝。工作没了可以再找，你需要钱，我可以给你。岳长林，我不想看着你走向犯罪的道路。"

岳长林手扶着旧砖墙，默不作声，沈冰在电话里催促道："喂，说话啊，喂，岳长林。"

岳长林咳嗽了一声，说道："要我放了贝贝也可以，你必须答应嫁给我，让吴建华给我 100 万，你亲自送过来，不许报警。"

沈冰淡定地说："你只要放了贝贝，我会考虑和你重新交往的，告诉我，去哪里找你？"

"今晚 10 点，郊区老红星化工厂见，记着，你一个人过来。"岳长林挂掉了电话。

天渐渐地黑了下来，9 点的时候，沈冰开着车到了老红星化工厂的厂区附近，四周漆黑一片，她熄灭了车灯，坐在车里注视着周围的动静。

等快到 10 点的时候，她拨打岳长林的手机，关机，10 点的时候，手机终于打通了，岳长林在电话里说："把车停在门口，下车往前走。"沈冰提着一只小黑箱子，摸着黑往前走了没几步，两束刺眼的车灯照过来，照得她睁不开眼睛。岳长林下了车，说道："沈冰，你还真来了，钱呢？"

沈冰说道："钱我带过来了，贝贝呢？"

岳长林向车里喊道："大胖，下车。"

车门开了，一胖男人搂抱着贝贝下了车，站在岳长林的身后，摇头晃脑，说道："钱拿过来就放人，快点，把钱拿过来。"

沈冰慢慢地往前走，岳长林低声对大胖说："钱和人都要。"

大胖点着头，贝贝的嘴被胶布粘着，"嗯、嗯、嗯"地挣扎着，大胖拍了一下贝贝，喊道："老实点，再乱动就把你喂狼吃。"

忽然，早已埋伏好的警察从天而降，齐声喊道："不许动，警察！"迅速团团围住了岳长林和大胖，还没等他们反应过来，两名警察已把大胖制服，救出了贝贝，岳长林大步扑向沈冰，喊道："沈冰，你这个臭女人，竟然报警抓我，看我不把你做了。"

吴建华向岳长林扑去，一旁的警察一个飞腿，岳长林"哎呀"一声倒在地上，刹那间就被戴上了手铐。

六

几个月过去了，刘燕玲终于出院了，吴建华推着坐在轮椅上的刘燕玲到了他们的母校，到了他们以前曾经约会过的地方，到了他们常去吃饭的老店，到了他们结婚时租住的房子里，到了他们当初摆地摊的地方，

到了他们以前经营过的超市……

两个人笑着、笑着，情不自禁地流出了眼泪。

一年后，刘燕玲在吴建华的精心照顾下，病情基本痊愈，吴建华辞去了华宇房地产开发有限责任公司董事长的职务，刘燕玲辞去了馨苑设计装饰建材公司董事长的职务，夫妇俩平时积极参与社会公益活动，带着女儿贝贝去拍照采风，进行义务劳动，到贫困山区献爱心。

沈冰回到了自己的家乡，接管了一个风景区，投资开办了一家民宿，平时的游客络绎不绝，生意做得红红火火。

又是一年过去了，刘燕玲生了一个儿子，夫妻俩和亲人们心里都乐开了花。

母亲的眼泪

一

太阳像火球一样炙烤着大地，地上冒出的丝丝蒸气隐约可见，新城街道的人流和车流依然川流不息。

新城普阳医院的走廊里，一群人簇拥着一辆手术车匆忙地往抢救室跑去，20多岁的刘霞躺在手术车上，腿上流着鲜血，一只手抓着李阳的手痛苦地呻吟着。

手术车很快推进了抢救室，医生推着李阳说道："你们在外边等着。"

李阳的父母和刘霞的父母坐在医院走廊里，满脸的愁容。

满头大汗的李阳抬头看着手术室上方的红色信号灯，汗珠子顺着脸颊往下流，他两眼噙满了泪水，心里又想起了刚刚发生的惊险一幕。

晨光透过窗户照进李阳家的卧室，李阳睁开惺忪的眼睛看看床头柜上的闹钟，扭头看着睡在身旁的妻子刘霞，一脸幸福的表情。

李阳走进厨房忙着做早饭，不一会儿，刘霞穿着睡衣走到客厅说道："李阳，让我做吧。"

李阳穿着围裙快步来到客厅，挽着刘霞坐在沙发上，说道："霞，

平时都是你做饭、洗衣，你现在可是重点保护对象，还让你做饭，你肚子里的孩子会说我的。"

李阳蹲下身把脸贴在妻子的肚子上，继续说道："来，让我听听咱儿子的声音。"

刘霞抚摸着李阳的头，笑着问道："听到宝宝说什么了？"

"嗯，听到了，儿子让我去给你做饭。"

"是吗？那你就去给爱妃我做饭吧。"

"嗻，我这就去给爱妃做饭。"

吃过早饭，李阳挽着刘霞从四楼慢慢走到楼下，到了路边，李阳正要伸手拦截出租车，刘霞说道："李阳，家离医院也就几站路，咱坐公交去吧。"

李阳看了看刘霞，低头说道："我拗不过你，好吧。"

李阳和刘霞向对面的公交车站走去，忽然，一辆摩托疾驰而来撞到了刘霞身上，刘霞重重地摔倒在地。

李阳想到这儿，一脸的愧疚之情，他不时地抬头看着医院抢救室的大门。

突然，抢救室里传出了婴儿的哭声，李阳看到抢救室红色信号灯灭了，慌忙地站起身向抢救室走去，医生开门走了出来，李阳急切地问道："医生，我妻子她没事吧？"

医生说道："生了个男孩儿，大人和孩子都平安无事，一会儿你们就可以到产房看望她们母子了。"

李阳握着医生的手，感激地说道："谢谢，谢谢医生。"

明亮的产房里，刘霞和刚出生的儿子安然地躺在床上，刘霞侧脸打量着刚出生的儿子，儿子的小手紧握着，轻微地颤动着，努力地想睁开眼睛，小嘴微微地嚅动着，虚弱的刘霞看着刚出生的儿子，泪珠顺着白皙的脸颊流下来。

李阳和双方父母走进产房，刘霞妈抢先一步走到床前说："哎呀，乖，你怎么哭了？月子里不能哭，对眼睛不好，别哭了。"

李阳擦着妻子脸上的泪水，说："霞，你的腿疼不疼？你受苦了，听妈话，不哭了。"

刘霞摇了摇头，轻声说道："我没事，爸、妈，你们都坐吧。"

"来，让我看看小外孙。"刘霞妈兴奋地打量着刚出生的小外孙。

一群人围着病床你一句我一句地说着家常话。

"小模样跟李阳小时候一个模子里刻出来的一样。"

"眼睛和嘴巴像我们家刘霞。"

"给宝宝起个名吧，就叫孬孩吧。"

"孬孩儿、孬孩儿。"

"你看，他想睁眼了。"

李阳挠了挠头说道："爸、妈，我和刘霞早已给孩子起好名字了，叫志翔，你们看叫志翔咋样，立志翱翔。"

刘霞妈笑着说道："志翔、志翔，行，这个名字好，就叫志翔吧。大名叫李志翔，小名就叫孬孩儿。"

李阳妈拉起丈夫，对刘霞父母说道："亲家，我们去给霞弄点小米粥、鸡汤啥的，霞恐怕早就饿了。你们在这儿先说着话。"

"好、好，亲家，我们在这儿照护着，你们辛苦了。"刘霞父母站起身说道。

过了几天，刘霞出院回到了家里，儿子志翔的降生给家里增添了不少的乐趣。

李阳和刘霞夫妻俩耐心地教儿子志翔学走路、学说话。夏天，为了不让蚊子叮咬着儿子，李阳和刘霞轮流守护，轻摇手中的芭蕉扇；冬天，李阳先把被窝暖热了，才让儿子躺进去。夫妻俩省吃俭用，给儿子买的饼干、奶粉、麦乳精从未间断过。

　　时间过得很快，转眼间，志翔就上了幼儿园，李阳和刘霞像往常一样，一人骑一辆自行车到市里同一所中学去上班，李阳是语文老师，刘霞在学校办公室上班，两人谁有空谁就接送志翔上幼儿园。

　　志翔从小就聪明伶俐，非常热爱学习，李阳和刘霞给志翔报了美术、钢琴兴趣班。平时常把"只有考上名校才会有出息"这句话挂在嘴上。

　　转眼间，志翔就 15 岁了，清秀的五官，个子长得比爸爸李阳还高，李阳和刘霞夫妇闲下来就会感慨着说，时间过得太快了。上中学的志翔有时候想帮妈妈洗衣服、做些家务，刘霞就会推开志翔："儿子，去、学习去，这不是你干的活，你将来考上名牌大学了，会有人伺候你的。"

　　祥瑞小区旁的篮球场上，几个中学生在打篮球，旁边站着几个女同学在呐喊加油，上中学的书华走出人群，拿起篮球场边上放着的书包。

　　"书华，再打一会儿嘛。"一男同学叫道。

　　"不了，得回家了。我妈在医院值夜班，老爸出差了，我得做饭给我妈送去。"书华背着书包就要往家走。

　　"唉，整得像个女人一样，真没劲。"另一个男同学笑着说道。

　　"再说，你的嘴是不是欠撕啊。你们玩吧，走了啊。"长相秀气的书华说完，迈着大步走开了。

　　天色渐渐暗了下来，市医院里，刘丽一个人在办公室值班，书华提着保温饭盒推门进来，说："妈，我给您做的红烧肉、凉拌茄子。"

　　书华说着便把饭盒放到桌子上，刘丽抚摸着书华的头说道："儿子，妈在医院随便吃点就行了，你不用老是跑这么远送饭，来，快坐下歇歇。"

　　书华打开饭盒，说道："妈，我是您儿子，儿子给妈做饭是应该的。您趁热吃吧，一会儿就凉了。"

　　刘丽拿起筷子吃了一块红烧肉，又夹起凉拌茄子放进嘴里，边吃边说："我儿子的手艺越来越棒了。嗯，好吃。"

刘丽津津有味地吃着饭，坐在一旁的书华看着妈妈吃饭，开心地微笑着。

二

雨过天晴，清新的空气夹杂着泥土的芬芳弥漫着整个新城，志翔拿着雨伞走在街上，一脸开心的表情。

刘霞匆匆进入家门，没有像往常一样换拖鞋，几步来到客厅坐到沙发上，白皙漂亮的脸上洋溢着眉飞色舞的神情，她伸手拿起电话拨号，话筒那边传来了刘霞妈的声音，刘霞兴奋地说道："妈，今晚别做饭了，我请您和爸，还有刘丽一家，咱们来个家庭大聚会，就在您家附近的石磨坊饭庄。"

"我说霞啊，不过年不过节的，聚啥会啊，要不你们都来妈这儿，妈包你们最爱吃的猪肉萝卜馅儿饺子。"刘霞妈电话里说道。

刘霞急切地说道："妈，不是，那个啥，是志翔参加全国数学联赛取得了第一名。您说该不该庆祝庆祝？"

"哦，太好了，应该庆祝。我还要给志翔包红包呢，老头子、老头子……"刘霞妈激动得说不出话来。

夜幕降临，华灯初上，石磨坊饭庄的食客们进进出出，李阳和刘霞早早来到饭庄，定好房间、点好饭菜，坐在饭庄的大厅里等着亲人们的到来。

李阳走了一圈过来，看了看手表说道："志翔还没过来，到哪儿去了呢？"

"别着急嘛，孩子大了，也有自己的事啊。我跟他说过了，让他早点过来的，你先坐下歇会儿。"刘霞拉了一下李阳的手说道。

刘丽和丈夫赵龙、儿子书华一前一后走进了石磨坊饭庄，李阳和刘霞迎上前打招呼，书华鞠躬喊道："姨夫好、姨妈好。"

李阳、刘霞看着书华说："书华这孩子，又长高了。"

刘丽问道："姐，咱爸妈还没过来呀，志翔呢？"

刘霞拉着刘丽的手说："你还不知道，咱爸妈一直都是部队作风，到点了一准到，志翔一会儿就过来了。"

过了好一会儿，志翔骑着自行车匆匆来到石磨坊饭庄，匆忙放好车子，推门进到了石磨坊饭庄的包间里，看着众人红着脸说道："外公、外婆，姨夫、姨妈，对不起，我在图书馆看书忘记了时间，过来晚了。"

刘霞的父母说："志翔，快坐下吃饭，爱学习是好事。"

刘霞拉志翔坐下，说道："我和你外公、外婆，你二姨、姨夫，还有书华等了你半晌，学习要搞，饭也要吃嘛。"

书华站起身端起一杯饮料说："志翔哥，祝贺你取得了全国数学联赛第一名，来，咱俩喝一杯。"

外婆笑着说道："别慌，喝前，我得给志翔发个红包，希望我的外孙将来能考上清华或北大，来，志翔，快拿着，给你的红包。"

志翔站起身道着谢接过了外婆给的红包。

刘丽掏出红包递给志翔，说："好孩子，祝贺你，这是我和你姨夫的心意，快拿着。"

志翔接过红包，说："谢谢二姨、二姨夫。"

书华从书包里掏出一本书递给志翔，说："表哥，拿着，这本书你肯定爱看。"

志翔接过书看了一眼，点着头，嘴里说着谢谢，把书装进了书包。

刘霞看了看书华又看了看刘丽，说道："刘丽，你也得让书华把学习抓抓了，不能老是让他做饭、做家务，学习好了将来才会有出息。"

刘丽尴尬地点了点头，书华接话道："大姨，我会努力学习的。"

三

一年一度的高考又到了，新城某高考点的学校外边站满了人，以家为团体的人群嘈杂声一片，李阳、刘霞嘱咐着儿子志翔，要沉着冷静、先易后难答卷子，志翔点着头说道："妈，我知道了，您和爸放心，我一定会考好的。"

书华走过来打招呼："大姨、大姨夫好。"

刘霞看书华一个人，问道："书华，你参加高考，你妈和你爸咋没来？"

书华笑着说："大姨，他们忙着上班，我没让他们过来。"

刘霞嘟囔着说："刘丽也真是的，孩子高考也不管。"

考试预备铃响了，满头大汗的刘霞拧开手里的水壶递给志翔，说："儿子，来，再喝点冰镇绿豆汤，书华也喝点，你们马上就要进考场了。"

志翔接过水壶仰头喝了几口，说："妈、爸，我进考场了。"

李阳伸出拳头喊道："志翔、书华，加油，祝你们俩都考出好成绩来。"

李阳和刘霞看着志翔和书华的背影消失在了众多考生中，拿起报纸垫在路沿上坐下，不停地擦着脸上的汗珠。

高考结束了，家长和学子们都在焦急地等待着分数线的公布。

刘霞做好早饭，李阳正要喊志翔吃饭，刘霞打着手势说："让孩子多睡会儿，睡起来吃啥我再给他做。"

祥瑞小区的广场上，几个老人在晨练，鸟儿和知了轮番地鸣叫着。书华在家洗着衣服，刘丽开门进屋，书华迎上前接过妈妈的挎包。

"妈，您下班了，早饭我做好了，您吃点回屋休息吧！"

刘丽说道："儿子，我不太饿，你在干吗呢？"

书华笑着说："我跑步回来，闲着没事，把床单和衣服洗洗。"

刘丽坐到客厅沙发上，向儿子招了下手，说道："儿子，来，坐下，分数线快下来了，也不知道你考得怎么样，你说说，你将来有啥打算啊？"

书华看着刘丽，挠着头说："妈，您也知道，我学习偏科厉害，估计考得不怎么样。如果没考上大学，我想学习烹饪，将来开个饭店，天天做您爱吃的菜。"

刘丽沉默了一会儿，说道："儿子，能考上大学还是要好好上学。你的理想妈妈不会过多去干涉，可你要记住，只有先学会做人了才能更好地去发展自己，但人没有知识也不行。"

没过多长时间，几家喜来几家忧的日子到来了，高考分数线终于下来了。

李阳家里充满了喜悦的欢腾，没过多久，刘霞和李阳拿着某名牌大学的录取通知书看了又看，搂抱着儿子志翔，嘴里不停地喊道："我儿子终于考上名牌大学了，儿子真棒。李阳，给咱爸妈打电话，约时间咱们一大家子吃顿饭，祝贺咱儿子考上名牌大学。"

志翔对刘霞说："妈，看把你们激动的，我出去一下。"

刘霞拉着志翔的手说道："儿子，中午妈做你最爱吃的红烧大虾和清蒸鲈鱼，早点回来，路上要注意安全，对了，你别骑车了，给，把钱拿着，去哪儿都打车，天太热。"

志翔接过钱开门出去了。

坐在沙发上的刘霞拿着儿子的大学录取通知书，看着儿子出去的背影，眼泪一个劲地往下流，李阳拉着刘霞的手说道："你这是喜悦的泪。

霞，咱们的儿子总算是考上名牌大学了，给咱俩争光了。"

刘霞扭头打量着丈夫李阳："我哭是因为太高兴了。老李，咱俩省吃俭用，志翔总算是没让我们失望，考上了名牌大学，我知足了，知足了。过几天，咱去给志翔买几件像样的衣服和鞋子，到了新学校可别让人看不起咱儿子。"

李阳把刘霞搂到怀里，说道："也得给你买两件，看看，你穿的这套衣服至少有三年了吧！老婆，你跟着我受苦了。"

"老李，你为了咱们这个家，把吸了多年的烟都给戒了，你这些年也没买过衣服呀，连买辆摩托车都舍不得。唉，不管怎样，只要咱儿子能上个好大学，将来有出息，我们就知足了。再说了，咱俩都这年龄了，又不找对象，穿那么好给谁看呢。"刘霞说着，笑着，眼泪又一次流了出来。

要开学了。中午时分，新城火车站候车大厅坐满了人，李阳夫妇、赵龙夫妇、志翔的外公外婆围着志翔说着话。

"志翔，到了新学校要好好学习，有啥事可一定得给外婆说。"外婆说着递给志翔一个小红布包，"这个你拿着，我怕你到了新地方水土不服，这是老娘土，家乡的土，泡水喝治百病。"

志翔有些迟疑地打量着外婆手里的小红布包，刘霞说道："儿子，你外婆给你，快拿着，老娘土可灵验了。"

志翔接过外婆手里的老娘土红布包，眼睛湿润了，鞠了一躬说："外婆，我记下了。"

李阳问赵龙："你们让书华准备上啥学校啊？"

赵龙略显尴尬地说："书华考的分数太低，我们、我们……"

书华低着头不说话。

刘丽抢着说道："书华上烹饪学校。他喜欢做饭，我们已经报烹饪学校了，后天就开学了。"

外公看着书华说道："三百六十行，行行出状元嘛，书华，外公支持你。"

候车大厅里响起了游客进站的广播声，刘霞和志翔提着大大小小的行李挤在熙熙攘攘的人群中，志翔终于坐上了发往北京的火车。刘霞站在火车窗外，汗水溻湿了她的衣服，她一直仰头看着儿子志翔，嘴里嘱咐道："儿子，别操心家里，把学习搞好，缺啥了就给妈说……"

志翔把一沓纸巾递给刘霞："妈，你们回去吧！天太热，擦擦汗。你说的话我都记住了。"

随着一声汽笛声响起，绿皮火车缓缓地开动了，刘霞望着渐渐驶远的火车，忍不住又一次掉下了眼泪。

四

寒风凛冽，厚厚的积雪给街道盖上了银被，一大早，李阳拿着一个黑包走出家门，他这是要到银行给儿子志翔汇寄生活费。人们拿着铁锨和扫把忙着清理路边和门前的积雪，李阳走到一家丸子汤铺前停了一下，像是要坐下来喝一碗热气腾腾的丸子汤，掌勺的高个男人说道："里面坐，热烧饼、豆面丸子汤。"

李阳的嘴唇嚅动了一下，转身继续向前走去。

李阳踏着积雪终于到了银行门口，一张英俊的脸冻得通红，夹着包习惯性地用手搓了搓耳朵，跺了跺双脚，走进银行，把汇款单子填好后，看了几遍，伸手递给了银行柜台内的工作人员。

李阳给上大学的儿子志翔汇完款，走了几里地回到了家里，刘霞接过李阳手里的黑包，说："看把你冻的，做好饭让你吃了再走，你说吃不下。"

刘霞进厨房端出饭菜放在桌上，李阳拿起筷子边吃饭边说："你别说，出去转了一大圈，我还真饿了。"

"快吃吧！还热乎着呢。"刘霞说着起身把黑包放进客厅的柜子上。

"我给志翔汇了生活费，除了这个月的生活费，剩下的钱都存好了。"

刘霞坐在沙发上，说："老李，儿子大学毕业了买房子、娶媳妇、养孩子啊，这些都得花钱，光靠咱们的工资不行，我呀，从下个月开始去做家教，老同学介绍的。"

李阳放下筷子看着刘霞，说："那你太辛苦了，这样，以后家里做饭、洗衣这些活我全包了，霞，你嫁给我后悔过吗？"

刘霞温柔地说道："老李，你说啥呢，我嫁给你这个高才生，心里一点都不后悔。"

李阳站起身把刘霞揽入怀中，夫妻俩紧紧地拥抱在了一起。

五

光阴荏苒，岁月如梭。几年很快就过去了。书华从烹饪职业学院毕业后，靠着自己学习的烹饪技能在城里开了一家饭店，生意非常红火。

一天清晨，书华像往常一样，骑着三轮车把买好的新鲜蔬菜送到了饭店门口，伸头向饭店里面喊道："小郭，你们快出来把菜搬回去。"

饭店里出来了几个人，书华对他们说道："你们把菜搬回去，今天是我姨父的生日，我去我姨家。常师傅，今天您多多费心，照顾好咱们饭店的生意。"

一位身材略胖的中年人应着话："老板，您就放心吧，有我们大家

伙呢，您忙去吧。"

书华点着头转身走了。

李阳洗罢脸来到客厅，刘霞端着一盘煮熟的鸡蛋走过来，说道："老李，今天是你的生日，来，先吃个煮鸡蛋。"

"霞，我又老了一岁，星期天你也不多睡会儿，你也吃一个。"李阳接过鸡蛋轻轻地磕打着。

客厅的电话响了，刘霞起身接起电话，里面传出儿子志翔的声音："妈，今天是我爸的生日，祝爸爸生日快乐。妈，今年春节我回家过年。"

刘霞笑着说道："好，儿子，我和你爸等着你回来过年，你还有生活费没有，我们再给你寄点吧？"

"妈，有，我还有……"

站在一旁的李阳接过电话，说道："志翔，你过年回来提前打电话，我和你妈去车站接你。"

天空飘起了雪花，春节就要到了，人们都早早地开始置办年货，大街小巷的人流比以往多了不少。

书华提着几兜东西走在街上，雪花落满了路面，路两旁的树枝上也渐渐变成了银色。

书华来到了姨妈刘霞家门口敲门，刘霞把书华迎进门说："外面下这么大的雪呀，快进来。"

书华把水果和几兜东西放在客厅的茶几上，李阳倒了一杯水递给书华："书华，喝点热水暖和暖和。"

书华接过李阳递的水杯说："姨夫，生日快乐！"

刘霞拿着毛巾给书华擦着头，"书华，别感冒了，你吃饭没？"

书华接过毛巾擦着湿漉漉的头发，说道："我吃过了，大姨。"

刘霞递给书华两个煮鸡蛋："再吃点吧，刚煮的。"

书华接过鸡蛋，在茶几上磕碰着。

"大姨、大姨夫，我有一段时间没来看你们了，今儿过来和您二老说说话。"

刘霞说道："你这孩子，咱家啥都有，过来又买这么多东西。书华，听你妈说，你饭店的生意还不错，很累吧？"

书华喝了一口水，说道："生意挺好的，我年轻不觉得累。大姨，志翔哥过年回来不？"

李阳接话道："回来，刚才打电话说是要回来过年。"

"那就好，一年多没见到我表哥了。"书华看了看刘霞和李阳又说道，"大姨、大姨夫，我妈说了，今晚上咱一大家子在我的饭店聚聚，我到时候去接外公、外婆。"

"好、好，咱们一起聚聚。"刘霞和李阳不约而同地说道。

六

志翔学习成绩优异，大学毕业后又出国留学，最终留到了美国，在一家软件公司上班。

不知不觉中，李阳和刘霞已经是 60 多岁的人了，头发花白了不少。

刘霞搀着李阳从新城医院里出来，两人走到路边，刘霞伸手拦出租车，车没有停，李阳看了看刘霞说道："咱们坐公交吧！"

"老李，你刚出院，咱今儿打的回家。"刘霞说完搀着李阳站在路边去等出租车。

刘霞把水杯递给李阳："你现在头还晕不？喝点水。"

李阳接过水，说道："不晕了，好多了。"

一辆出租车过来了，刘霞急忙招手，两人坐上出租车回家。

天空灰蒙蒙的，美国一家软件公司的总裁办公室里，志翔拿着一摞文件向总裁汇报着工作，总裁乔布森站起身围着志翔转了一圈，拍着志翔的肩膀，说道："李，这个方案被完全推翻了，你要重新再做一遍，明天上午9点让我看到，OK？"

志翔点着头说："OK，我这就去加班完成。"

夜深了，纽约这座城市慢慢寂静了下来。

志翔租住的宿舍面积很小，里面摆放着一张床和一张桌子，紧挨窗户的下边摆放着一套做饭用的灶具，灶具旁一小旧桌子上摆着放碗筷的小柜子。

墙上挂的时钟显示已经是夜里12点多了，志翔坐在电脑前一会儿深思，一会儿啪啪啪地敲打着键盘。

瓦蓝的天空万里无云，刘霞站在阳台上看了看窗外，转身回到了客厅在沙发上坐了一会儿，又站起身走到了书房，从书桌的抽屉里拿出一个红皮小本本翻看着，来到客厅坐下，伸手从茶几上拿起老花镜戴上，刘霞找到了儿子志翔的电话号码。

志翔加班到夜里两点才睡的觉，月光透过窗户照进屋里，满脸疲惫的志翔呼噜呼噜地睡得正香。

枕边的手机铃声响起，志翔翻了一个身，眼都没睁的拿起手机问道："喂，谁呀？"

"儿子，我是妈妈，你在干吗呢？"电话里传出太平洋彼岸的母亲那熟悉的声音。

志翔睁开眼睛摸过靠枕垫在头下，半躺着说道："妈，这么晚了您打电话有事吗？我刚睡下一会儿。"

刘霞像犯了错误的孩子，慌忙说道："哎呀，儿子，我又忘记时差了，咱这儿白天你们那儿是黑夜。唉，也没啥事，就是有一阵子没跟你说话了，打个电话问问。"

志翔说："妈，你和我爸要照顾好身体……"

刘霞连忙应着："家里都很好，你就不要操我们的心了。儿子，你今年都 30 岁了，该考虑自己的婚事了，你可得抓紧了啊。儿子，妈不跟你说了，你赶紧睡觉吧。"

"妈，我知道了，那我睡了。"志翔说完挂掉电话，倒头抱着被子睡了。

清晨，一群中老年人来到了刘霞家的社区小广场，小广场周围的草坪上布满了晶莹剔透的露珠，旁边树上的小鸟有节奏地鸣叫着，刘霞来到小广场和大家伙打招呼。在悠扬的乐曲声中，一群人打起了太极拳。

打完太极拳，几个人走过来跟刘霞聊了起来。

"刘老师，你可真有福气，儿子在美国定居，你和老伴也到美国去住算了。"

"刘霞，你儿子有女朋友没？要不我给介绍一个。"

"人家还会没媳妇？你呀，就甭操心了。"

"不给你们说了，我得回去送孙子上幼儿园呢。"

刘霞客气地应着大家的话，一会儿的工夫，人群渐渐散去，都回家去了，刘霞在原地杵了一会儿，挎起篮子扭头向菜市场走去。

美国纽约的一房地产销售中心，志翔和一名叫奥瑞利亚的美国女孩正和销售人员用英语交流着，一会儿看资料，一会儿看房产沙盘模型。

奥瑞利亚是美国人，中文名叫茉莉，是志翔的同事，两个人正在热恋中，今天趁着周末一起来看房子。

茉莉和志翔坐在房地产销售中心大厅的沙发上，工作人员端来两杯咖啡，茉莉说声谢谢，扭头亲了一下志翔，用中文说道："我亲爱的翔，我们马上就会有自己的家了。"

蓝蓝的天空飘着白云，李阳骑着伴随他大半生的二八自行车行驶在街上。

夏天的天气就像孩童的脸，说变就变，不一会儿，下起了大雨。街上的人急匆匆地跑着避雨，李阳两脚加快了蹬车的速度，雨水浇湿了他，李阳顾不上这些，一个劲地往家骑，到了自家楼下，李阳把自行车放进楼梯处的煤房里，习惯地取下挂在墙上的抹布把自行车擦了个遍，锁好煤房的小红门，上楼回到了家。刘霞赶紧拿来毛巾给李阳擦头，说道："我说你呀，就不会等雨停了再回来，都淋湿了，别感冒了。"

"没事，学校返聘我的事谈好了，你让我买的虾米在包里，我去换衣服。"李阳说完向卧室里走去。

刘霞从包里拿出一袋虾米走进厨房，李阳冲了个澡换好衣服，刘霞已经把饭做好了，李阳坐下端起馄饨吃起来，刘霞拿起一个包子递给李阳："韭菜豆腐馅儿的，热乎着呢。"

李阳接过包子说："你也趁热吃。"

客厅的电话响了，刘霞站起身接通电话："喂，是志翔啊。儿子，你那里一切都好吧？嗯，嗯，我和你爸都好着呢。"

站在一旁的李阳拍了一下刘霞的肩膀，小声说道："霞，快说婚事。"

刘霞说道："儿子，你不小了，该结婚了，我和你爸让人问的都不知道说啥好了，要不让人给你介绍一个？"

电话那头传出志翔的声音："妈，我就是给你说这个事呢。我谈了一个女朋友，可是，结婚总得有地方住吧！妈，是这样，我和女朋友茉莉看了一套两居室的房子，已经交了定金……"

"儿子，茉莉，你以前也没给妈说过呀，长得漂亮吧？是中国人吗？干啥工作的？快告诉妈。"刘霞电话里追问着，一脸的喜悦，一旁的丈夫李阳的脸上顿时露出了笑容。

志翔说道："妈，我们是一个公司的同事，她是美国女孩儿，人挺好的。"

刘霞愣了一下，把话筒凑到李阳的耳旁，继续说道："儿子，你说好就好，爸妈没意见，只要你们将来幸福就好。儿子，你说你们还定下了房子，那里的房子一定很贵吧？"

志翔在电话里支支吾吾地说道："妈，是贵了点，我……我和茉莉正想法先交个首付，按揭买房，在这边没房子是没办法结婚的……"

刘霞看了看李阳，对志翔说道："儿子，买，甭管多贵咱都要买房子。儿子，告诉茉……茉莉，钱的事……买房的钱，我和你爸想法给你们凑一些……"

夜深了，刘霞翻来覆去地睡不着，穿着睡衣走到客厅坐了一会儿，起身走进书房，从柜子里拿出一个很精致的小红木箱，里面放着两张存折、一对翠绿的镯子。刘霞戴着老花镜翻开存折看了一会儿，又拿起一对镯子看了看，把小红木箱锁好。

回到客厅，刘霞一脸的愁容，李阳拿着外套从卧室走出来，把外套披在老伴刘霞的肩上，轻声地说道："别受凉了。"

"老李，你怎么也醒了？"刘霞揉了揉眼睛说道。

"霞，我压根就没睡着，儿子要在外国买房子，那得需要很多钱，咱俩这些年的工资加起来也没多少呀，这可咋办呀？"

刘霞嘴唇颤动了一下说："老李，要不咱去借些钱？"

李阳挠着头说："咱妈还在医院里住着，志翔他姨身体也不好，书华刚结婚，咱能问谁借呀！唉，我也想了，要不……"

"老李，你要说什么？"刘霞看着李阳问道。

李阳沉默了一会儿，说道："要不……要不，我也想了，要不就把咱住的这套房子给卖了。"

"啥，卖房子？那咱住哪儿呀，老李？"刘霞说完沉默了。

李阳拉着刘霞的手，说道："我父母不在了，咱搬回老家住也挺好。老家的房子整整就能住，农村的空气也好，咱俩已经退休了，在农村养

老不也挺好的嘛。"

刘霞沉默着点了点头。

夏日炎炎，新城郊区的一个村子里，一群人在李阳的老家忙着修缮老房子，整房顶的、批墙的、整理院子的，一群人忙作一团，李阳提来一桶绿豆汤放在院子里，说："大家都过来喝碗绿豆汤，歇一会儿，天太热了。"

一群工匠放下手中的活围了过来，李阳给每个人发烟点火，嘴里不停地说道："大家辛苦了，大家辛苦了。"

一工匠喝完一碗绿豆汤，又盛了一碗喝了起来，他问李阳："叔，咋不见我婶子呢？"

李阳回道："哦，你婶子她妈病了，在医院陪老人呢。"

新城医院的一病房里，刘霞的母亲躺在病床上，刘霞一边喂母亲吃饭一边说道："妈，您要多吃点饭，身体才能恢复得快，听话，来，再吃点儿。"

母亲慢慢摇摇头，用微弱的语气说道："我不吃了，吃饱了。霞，妈想回家住，这儿不是家，住在这儿心里憋得慌，还得花不少钱。"

刘霞放下碗，握着母亲的手轻声说道："妈，等您好了，我就带您回家，医生说您的病很快就会好的。"

看着被病痛折磨得眼窝深陷且瘦弱的母亲，刘霞跑到病房卫生间关上门，捂着脸哭了起来。此时，她想到了母亲年轻时候的一些事情。身为军人的母亲年轻时特别漂亮，中等个子，一双漂亮的大眼睛，身着绿色的军装，整个人英姿飒爽，端庄大气。母亲做事说话干脆果断中不失柔性。

刘霞忘不了，是母亲打着雨伞送她上学；是母亲给她擦去委屈的泪花；是母亲鼓励受到挫折哭泣的她；是母亲鼓励她和当初的穷小子李阳去领证结婚；母亲批评过她，过后总会用温柔的语气给刘霞道歉，讲做人做事的一些道理……

经过岁月的蹉跎，如今，年迈的母亲病入膏肓，刘霞心如刀绞，泪水像断了线的珍珠，落个不停。

刘霞的传呼机响了，刘霞擦干眼泪打开传呼机，是买刘霞家房子的赵师傅发的信息。

刘霞愣了一会儿，起身擦干眼泪走出卫生间，对病床上的母亲说道："妈，我出去回个电话，一会儿就回来了。"

母亲点着头说道："你快去吧！记住吃饭，我没事。"

刘霞快步走出医院，推着自行车找到附近的电话亭，拨通电话说道："赵师傅，我是刘老师，我家的房子再有一星期就会腾空，你们就可以入住了。赵师傅，我儿子在国外买房急用钱，您看，嗯，我们能不能先把房产过户给您，您能不能先把钱付给我们？赵师傅，实在是给您添麻烦了。"

电话里传出一男人的声音："刘老师，是这样啊，也真是难为你了。反正早晚都得付你房子钱，我现在就去房管局等你，今天就把房子过户了，我把房钱给你。"

刘霞给外甥书华打了电话，让他过来先照顾着外婆。

刘霞和赵师傅走出房管局门口，刘霞失落中带着疲惫，对赵师傅说道："赵师傅，我老家的房子整好了，通通风，过几天，我们就把房子给您腾空了，不会耽误您住。"

赵师傅说道："刘老师，谁还没有个坎儿呀。我不着急，你们弄好了给我说，我就先回去了。"

刘霞站在房管局门口，一脸的失落和茫然，她刚走进停车棚，打开自行车锁，传呼机响了，刘霞打开传呼机，是书华发的信息：大姨，我外婆病危，请速回医院。

刘霞的脸一下子就白了，骑上自行车向医院赶去。

医院的病房里哭声一片，刘霞匆匆忙忙走进病房，看着母亲静静地躺在病床上，她泪眼模糊，整个人似乎就要窒息了。母亲走了，永远地走了。

天阴沉沉的，刘丽的家里坐满了人，刘霞、李阳和刘丽一家商量着

母亲的后事。刘霞站起身走到楼下的一个小卖部公用电话旁，拿起电话，翻开小红皮电话本，给住在美国的儿子拨通了电话："志翔，你外婆去世了。"刘霞说着眼泪流了出来。

"啥，我外婆去世了？嗯，妈，你别太难过了，姥姥的年龄大了……"志翔有点不知所措。

刘霞咳嗽着说道："志翔，你爷爷、奶奶、外公去世，你都没有回来，你不行就请个假回来一趟吧，回家里看看。我和你爸给你凑了些买房的钱，你顺便带回去。"

志翔在电话里吞吞吐吐地说道："妈，我恨不得现在就回去，可、可我这边公司正在封闭式集中搞科研，不允许请假，我、我……"

"你要是回不来就算了，等你姥姥的后事办完了，我把凑的买房钱给你汇过去。"刘霞挂掉电话，叹着气，没走几步，蹲下，双手捂着脸伤心地哭了起来。

李阳和刘霞找来了一辆大卡车开始搬家，下午的时候，家里的东西终于搬完了，刘霞让李阳跟着大卡车往老家运家当，自己一个人等买主赵师傅来拿房子的钥匙。刘霞脑子一片空白，情绪颓丧到了极点。她从客厅走到卧室、走到书房、走到厨房、走到阳台，又走回到客厅，看着她和老伴住了大半辈子的家，已经搬得空荡荡了。刘霞觉得此时的自己仿佛在做梦一样，抚摸着手中的钥匙，她再也抑制不住自己的情感，忽然坐到客厅的地板上，像傻了一样，默默地流着眼泪，小声哭泣着，嘴里轻声重复地说着："我的爹娘没了，我的家没了，我的房子没了；我的爹娘没了，我的家没了，我的房子没了……"

清晨，红红的太阳从东边冉冉升起，晨雾渐渐地弥漫开来，鸟叫声慢慢地激烈起来，偶尔传来几声狗叫声，新城郊区的马蹄村开始热闹起来，家家户户的灶房屋顶上飘起了袅袅炊烟。

李阳和刘霞为了给在国外的儿子志翔买房子，背着儿子卖掉了城里唯一的一套住房，回到了老家农村居住，把父辈留下的四合院修缮得像新房子一样。

李阳给院子里的菜地浇着水，刘霞在厨房里忙着做饭，忽然有人敲门，一群乡亲拥进来，李阳忙着跟村里的大爷、大娘、叔叔、婶婶打招呼让座，刘霞又是拿板凳又是倒水，李阳家的院子里顿时热闹了起来。

"李阳，你小时候在村里上完小学，就去城里读书了，好些年不咋见你了，今天大家过来看看你们，这些个鸡蛋拿屋去。"村里长者李大爷说着把一大兜鸡蛋递给李阳。

"李阳两口子生了个争气的孩子，现在都住到美国去了。我说李阳，你们俩将来是不是也要去美国和孩子一起住啊？"村上的胖婶说道。

"李阳，这些干菜你拿着，做汤面条放点可好吃了。"

"你们俩刚回农村住，可能还不习惯，缺啥少啥的尽管给婶子说，可别外气。"

"你甭说，这老房子整整，还怪好看哩。"

李阳和刘霞一个劲地向父老乡亲鞠着躬，嘴里不停地说着答谢的话。

两三年很快就过去了，李阳和刘霞夫妇靠退休工资过日子，老两口平时种点菜，李阳还开垦了一亩多荒地，种上了庄稼，把节省下的钱一次次都汇给在美国工作的儿子志翔。

晚上，李阳夫妇泡了脚，正在家看电视，电话响了，刘霞接通电话，里面传来儿子志翔的声音："妈，我爸呢？"

刘霞说道："你爸在看电视呢，儿子，你那边都好吧？"

"妈，我和茉莉前年就结婚了，昨天茉莉生了一个女儿，你快告诉我爸。"

"啥？你们前年就结婚了，茉莉生了一个女儿？这、这，志翔，你结婚这样大的事情，怎么不给我和你爸说一声啊？再说，你们也应该回来在咱老家办婚礼，让亲戚朋友都高兴高兴不是？"刘霞吃惊地说道。

李阳听得目瞪口呆，从口袋里摸出一根烟点上吸了起来。前些年，

李阳就戒了烟，自从卖掉了城里的房子，他就又开始吸烟了。

志翔在电话里说道："妈，我和茉莉是先试婚，感情到了自然而然也就结婚了。你和我爸辛苦了大半辈子，也没攒下啥钱，我们回老家举办婚礼不得花钱啊，所以我也就没和你们说。这下好了，孙女有了，过一段时间，你和我爸就过来我这边住，享享天伦之乐。"

刘霞挂掉儿子的电话，坐在沙发上发着愣，李阳一个劲地抽着烟。

老两口满脸喜忧参半的神情。喜的是他们老两口终于有孙女了，忧的是结婚这么大的事情，志翔连个招呼也没打。

李阳突然站起身说道："志翔这孩子咋会这样呢？结婚这么大的事也不给咱们说一声，太过分了。"

刘霞起身拉李阳坐下，安慰道："老李，你身体刚恢复，不要激动。儿子也许有他的苦衷，咱俩都60多岁了，还有啥想不开的，你就别生气了。咱这不是有孙女了嘛，应该高兴才是。"

李阳又掏出一根烟点上，刘霞心疼地看着李阳，说："少吸点烟，你的身体要紧。"

李阳点着头说："咱俩终于当上爷爷奶奶了，我心里高兴。可不管怎么说，志翔结婚这么大的事，就得先告诉咱们一声不是，唉。"

刘霞站起身说道："咱做父母的，还能和孩子置气呀。不说了，我去给你擀面条吃。"

七

一年后，几经周折，年近七旬的李阳夫妇从中国到了美国，帮儿子志翔带孩子，儿媳妇茉莉对公婆很是尊重，一家五口刚开始生活得其乐融融。时间长了，生活习惯的差异、文化的差异，家庭的矛盾也随之而来了。

一天早上，刘霞早早在厨房忙着做饭，把做好的千层葱花饼、小米稀饭端上餐桌，又端上来一盘小葱拌豆腐，李阳抱着孙女喊志翔和茉莉出来吃饭。

志翔和茉莉洗漱完过来坐下，刘霞盛着饭说道："你们快吃吧！我去照看孩子。"

茉莉指着餐桌上的饭菜，说着生硬的中国话问志翔："翔，这是什么？"

志翔对妻子茉莉说道："茉莉，这是咱妈做的千层葱花饼、小米粥，还有最好吃的小葱拌豆腐，你尝尝，好吃着呢。"

"葱花饼？ NO、NO，我不吃，你们吃吧，我去吃三明治、鸡蛋，喝牛奶。"茉莉说完起身离开餐桌。

志翔用英文喊道："茉莉，你怎么能这样？"

茉莉英文回道："亲爱的，你不要干涉我的生活习惯，好不好？"

李阳没有吭声，他从茉莉的表情看得出来，儿媳妇吃不习惯婆婆做的饭，李阳走到阳台对妻子说："你去吃饭，我来看孙女，饭都凉了。"

刘霞把孙女递给李阳说："照顾好，别让孩子尿裤子了。"

看着小孙女嘴里嘟囔着没人能听懂的言语，李阳一脸的幸福表情，举着孙女说："咱举高高、举高高……"一声声婴儿清脆的笑声打破了餐厅里的尴尬气氛。

星期天，志翔开车拉着一家人出发了，经过一个多小时的路程，来到了纽约史坦顿岛东岸海滩上，李阳和刘霞坐在海滩上照看着两岁的小孙女米西，志翔和茉莉穿着救生衣在海边游来游去，时不时说着父母听不懂的英文。

李阳沉默了一会儿对妻子说："霞，我想回国，在这边我一点都不

习惯，心里憋得慌。"

"老李，我知道。就你憋得慌啊，我比你还憋得慌，光是吃饭我就不习惯。"

刘霞心疼地打量着李阳说道："老李，咱都老了，和年轻人生活在一起是不习惯，也不方便，要不你先回国，再过半年，等小孙女上幼儿园了，到时候我再回国。"

李阳看着妻子没有作声，蹲在沙滩上和刘霞一起逗起小孙女来。

志翔和茉莉穿着泳装走到海滩上，刘霞赶紧把浴巾递给他们说："快披上，海风凉，别感冒了。"

茉莉弯下腰亲了一下女儿，喊道："米西，我的小公主，你该画画了。"

志翔去车后备厢取出一个大布包打开，拿出一块白色的画布铺在海滩上，茉莉取出五颜六色的小瓶瓶拧开放在画布的一边，接着抱起两岁的米西放在画布上招手喊道："米西，美丽的公主，开始画画吧，找出绿色的水彩先画树干，好吗？米西。"

志翔在一旁指着绿色的小瓶瓶说道："米西，米西，看这里。"

小米西在画布上爬来爬去，不一会儿，把画布弄得五颜六色，手上、胳膊上、脸上，全身沾满了各种颜色的水彩，李阳和刘霞两口子看得目瞪口呆，欲言又止。

傍晚时分，一家人回到了家里，李阳在客厅照看小孙女米西，刘霞在打扫家里的卫生，忽然从卧室里传出了争吵的声音，刘霞慌忙走到卧室旁，听到志翔和茉莉用英语在吵架，声音越来越大，刘霞听不懂他们在吵什么，便推开门想劝他们，志翔和茉莉看到妈妈进来，停下了争吵，志翔低着头，穿着内衣的茉莉拿起睡衣披在身上，用生硬的中国话问道："妈妈，你进来怎么不敲门，为什么不尊重我们的隐私？"

志翔瞪了一眼茉莉吼道："茉莉，她是我的妈妈，你怎么这样说话？"

"怎么了？翔，是妈妈就不用尊重我们的隐私了？你怎么这样对我？"茉莉生气地坐到床上。

志翔搂着母亲刘霞的肩膀轻轻地说道："妈，您别介意，我和茉莉是在闹着玩的，您先出去吧！"

志翔又关上了卧室的门，屋内又传出了他和茉莉的争吵声。

李阳要回国了，晚饭后，李阳和刘霞在楼下走了一会儿，李阳拉着刘霞的手说道："霞，我明天就回去了，你在这儿不要参与他们的事情，看好孙女就行了。"

"老李，你放心吧，在咱儿子家是享福的事。茉莉是个好孩子，就是说话直了点，外国人都那样。老李，你一个人在家要照顾好自己，降血脂的药一定要按时吃，多动动腿脚，要让我放心。"刘霞看着李阳满头的白发，眼里噙满了泪水，心疼地说道，"看，你的头发都白完了，我给你买的黑芝麻糊每天要记着喝一包，等我回国了，到时候咱俩还一起干活，一起锻炼身体。"

李阳流着眼泪，拉着刘霞站起身，说："嗯，咱俩还一起干活，一起散步。咱回去吧，一会儿志翔又该找咱们了。"

第二天，志翔和茉莉开车送李阳到了约翰·菲茨杰拉德·肯尼迪国际机场，志翔拉着父亲的手，说道："爸，你到家了给我们打电话。"

李阳点了点头，说道："儿子，你妈上年纪了，你要照顾好你妈。"

茉莉拥抱了一下李阳，在李阳的脸上亲了一下，说："我亲爱的爸爸，我们会想你的。"

李阳有些尴尬地说："孩子，志翔这孩子身上毛病多，你要多多包容他，有啥事情，你俩好好商量着来，过好你们的日子。"

茉莉抓着女儿米西的小手，说道："你的爷爷要回中国了，说拜拜。"

米西手舞足蹈起来，嘴里含糊地说着："拜拜、拜拜……"

李阳把儿子志翔拉到一边，掏出一张银行卡说："儿子，这是你这些年给我们汇的钱，我和你妈没动过，你拿着，在外边花钱的地方多。"

志翔推辞着，李阳压低着声音说："别再推辞了，赶紧拿着，我和你妈有退休金，花不了多少钱。"

刘霞看着李阳的背影，一脸的不舍，李阳扭头说："你们回去吧，我到家了给你们打电话，都回去吧。"

坐了十几个小时的飞机，李阳终于从美国回到了中国，下飞机走出机场，李阳深深地吸了一口气，环顾着四周，看个不停，自言自语道："还是中国好，还是家乡好哇。"

李阳回到了家乡，打开老家的门，心里顿时敞亮了很多。他在自来水管下洗罢脸，顾不得路途的疲惫，背着一大包从美国带回来的礼物，在村里挨家挨户地送了个遍。不少人给李阳说，志翔结婚得在老家补办一下，得让儿媳妇给李家祖宗磕个头，李阳难为情地说："是得补办婚礼，可志翔在国外实在是忙，离家又远，我的小孙女都两岁了。有机会了一定要补办结婚宴席，到时候请父老乡亲来家里喝喜酒。"

李阳平时打理着自己开垦的一亩多荒地，还在自家院子里种了一些豆角、黄瓜、西红柿、辣椒等蔬菜。

晚上，李阳一个人就着一盘油炸花生米、一盘凉拌黄瓜喝上几口白酒，在院子里闲转悠一会儿。每天一大早，李阳穿着旧运动装到村外的山沟里转悠一个多小时，身心倍感轻松。

半年后，刘霞终于从美国回到了日思夜想的家乡，李阳和刘霞老两口的生活又回到了以往的平淡和真实中。

李阳时不时还会在妻子面前埋怨志翔，说："结婚这么大的事情不给咱们说，弄得我在乡亲面前很尴尬，辛辛苦苦把他养大，整天待在国外见不着面，娶了洋媳妇，就因为没敲门进屋还说要我们尊重他们的隐私。老了就盼着享受天伦之乐，咱能享受到啥天伦之乐呀。"

刘霞先是沉默一会儿，耐心地劝李阳，不要跟自己的孩子计较太多，等有机会了，志翔他们回来了，一定要补办一场婚礼，请乡亲们和亲戚们都过来喝喜酒，把这个面子给挣回来。

李阳听着听着，眼里充满了期待和开心。

几年后，志翔和茉莉双双辞掉了在纽约软件公司的工作，创办了自己的公司，两人整天忙着拉业务、谈合作，可公司的经营状况不容乐观，行业的竞争压得志翔几乎窒息，好在茉莉很支持志翔的工作，把女儿米西送到了寄宿学校，两人经常是忙完业务搞创作，不分昼夜地工作。

八

李阳夫妇已是 70 多岁的人了，老两口的乡村生活过得平淡而又真实。

一天早上，李阳匆匆吃了几口饭，也没和老伴刘霞打招呼，骑着自行车就出去了。

刘霞背着锄头从庄稼地里回到家时，见李阳不在家，心想老伴可能是出去遛弯了，也就没多在意，一个人吃了饭就回屋看起了电视。

快中午的时候，李阳骑着自行车回到了家，自行车后座上绑着一个大麻袋，李阳老远就喊道："霞，快出来帮帮忙，我把菜都买回来了，厨师还没过来呀。"

刘霞从屋里走出来，看着满头大汗的老伴，问道："老李，你这大半天去哪了，自行车上放的是啥呀，买什么菜呀，你问厨师来没来，这是咋回事啊？"

李阳擦着脸上的汗珠子，扭头看着刘霞，说道："我去买菜了呀。这麻袋里啥都有，青菜、干菜、鱼、肉都买齐了。明天是八月十九，是

个好日子，不是说，咱们的儿子志翔要结婚嘛，厨师咋还没来，我去叫叫，来不及了，一会儿客人就要到了……"

刘霞被眼前的一幕给震惊了，扶着自行车愣住了，心想：李阳今天这是怎么了，儿子结婚都好些年了，孩子都有了，这些李阳都知道的呀，李阳这是生病了吗？刘霞犹豫了一会儿，伸手摸了一下李阳的额头，说："老李，看把你热得满头大汗，你跑了大半天一定累了，先洗个脸进屋歇歇。"

刘霞拉着李阳进了屋，端来一盆水，李阳洗了脸说道："霞，你做的啥饭？我饿了。"

一旁愣着的刘霞赶紧说道："哦，我做的稀饭，老李，我去给你盛饭去，你等着。"

李阳像平常一样吃着饭，刘霞走到院子里，解开麻袋，里面全是蔬菜和肉，刘霞有些不知所措。老李这是患上了老年痴呆，还是怎么了？刘霞不敢再往下想。她扭头看到老伴李阳还在吃饭，便起身快步走到大门外，拿出手机翻了一会儿，打通了外甥书华的电话："书华，你赶紧来我家一趟，家里有急事。"

打完电话，刘霞回到屋里，看到老伴李阳静静地坐在沙发上看着电视，她长舒了一口气，她不停地打量着老伴，心里七上八下的。

刘霞对李阳说："老李，我的身体有点不舒服，书华一会儿开车过来接咱们，你陪我去医院看看，顺便给你也检查一下身体。"

"霞，你哪里不舒服？你咋不早说？好，我陪你去医院看看。"李阳焦急地伸手摸了摸妻子的额头。

书华开着车到了大姨刘霞家的门口，提着两箱牛奶和一兜水果匆匆进了屋门，刘霞把书华买的东西放到桌子上，说："书华，你每次来都拿这么多东西，我和你姨夫吃不了多少。"

刘霞忙着切了一个西瓜，李阳从厨房洗完碗出来，跟书华打招呼说："书华，你爸妈都好吧？"

"都好着呢，姨夫。"书华站起身说道。

刘霞扭头对李阳说道："老李，你到院子把晾的衣服收回来吧，咱们一会儿就去城里。"

李阳应着话起身往院子里走去，刘霞坐到书华身旁，小声把上午李阳买了一麻袋菜的事情告诉了书华，书华听完大姨的话，吃惊地问道："大姨，我姨夫身体平时不是好好的嘛，怎么会突然这样了呢？这得赶紧去医院给他检查检查。"

刘霞叮嘱书华不要说漏嘴，先到医院看了医生再说。

书华开着车拉着大姨和姨夫来到了新城医院，李阳说啥都不愿意检查身体，说自己啥病都没有，嘴里嘟囔着花那闲钱干啥，刘霞和书华再三地劝李阳，李阳只好答应配合医生检查身体。

书华陪着大姨夫李阳跑完一楼跑二楼、三楼，做全面的体检，大半天的工夫，终于体检完了，书华领着大姨、大姨夫去外面吃了饭。

下午的时候，医院专家的办公室里，医生和刘霞轻声说着什么，刘霞不停地点着头。

回到家吃过晚饭，李阳看着桌子上的几盒药，纳闷地说道："去给你看病却给我抓了这么多的药，我除了血脂高没啥病啊，医生咋说我还需要调理呢？"

刘霞劝着老伴："老李，咱们都慢慢上年纪了，该调理身体了，这得听医生的。"

夜深人静，人们早已沉浸在了睡梦中，刘霞怎么也睡不着，披衣下床到院子里转悠着，她不由得又想起了医生说的话："根据检验报告和你说的情况，初步认定你老伴患的是脑梗早期，得立即用上药，让他多休息、多喝温水，要适量地做些运动，定期到医院来复查，这种病多是由高血压引起的，不好好治疗会有并发症，不过，你也不要有太大的压力，只要配合医院的治疗，他一定会好起来的。另外他还患有轻微阿

尔茨海默病。"

　　刘霞想到这儿，眼里已噙满了泪水，坐在院子里的凳子上，一脸的心酸。她又想起了远在美国工作的儿子，也不知道他们一家几口生活得怎么样，他们老两口和儿子离得太远了，整天，甚至说是整年，都见不了一面，更不要说享受一家天伦之乐了。他们相互思念了，只有通过电话说说话。老伴病了，家里有了什么事情，还得要麻烦妹妹的儿子书华跑前跑后。

　　几年的时间里，志翔共回国了两次，在家待不了一星期就匆匆回美国了，平常会时不时地给家里打电话，向父母问问安，给父母汇点钱，说是让父母买点好吃的、好穿的。刘霞把儿子汇的钱兑换后又单独存到了一张银行卡里。她和李阳从来没有动过卡里面的钱，心里想着儿子以后用钱的地方多，还得给儿子留着。

　　半年又过去了，李阳的病情愈加严重了，刘霞几次想打电话告诉在美国工作的儿子志翔，又想到了儿子在异乡生活得不容易，也就强忍着没有告诉志翔。

　　刘霞平时和李阳形影不离，唯恐李阳走丢了。

　　一天早上，天刚蒙蒙亮，天空中下起了雨，刘霞睁开眼发现老伴李阳不在身边，她赶紧披衣到院子里叫喊着寻找，没有回应，到厕所看看也没有，看到大门敞开着，刘霞顿时心慌了起来，老伴李阳的病又犯了，又跑出去了。

　　刘霞回屋匆忙换好衣服，此时的雨下得更大了，刘霞拿着雨伞拔腿向外跑去。

　　满头白发的李阳拖着消瘦的身体走在大雨中，他背着一个大黑提包在雨中迈着大步往前走着。他重重地摔了一跤，爬起来继续往前走，嘴里不停地嘟囔着："得赶快走，得赶快走，要不就赶不上火车了。"

　　刘霞打着雨伞走在泥泞的乡间小路上，大声喊着丈夫李阳的名字，她到李阳经常去干活的地里找，没见，刘霞哭着大声叫喊着李阳，深一脚浅一脚地蹚着泥水，又跑到去城里的公路上寻找，一边走一边喊道："李阳、老李，你在哪儿呀？李阳、老李……"

雨越下越大，刘霞一路小跑，在公路上喊叫着，狂奔着，走了五六里路，刘霞气喘吁吁，她不得不停下来，蹲下身子，在雨中微弱地喊叫道："老李、李阳，你在哪儿？老李、李阳……"

刘霞浑身早已湿透了，鞋子里灌满了泥水，身上沾满了泥水和草叶，充满绝望和无助的刘霞把雨伞扔下，站在风雨中，又一次放声大哭起来，雨水和泪水交织在一起，顺着她瘦削的脸颊往下流，刘霞哭着喊着艰难地向前走着，嘴里不停地叫喊着老伴李阳的名字。

刘霞又走了四五里路，忽然发现公路旁边的树下躺卧着一个人，她眼睛一亮，急忙跑过去，看到全身泥水的丈夫靠着路边的大树睡着了，雨水顺着李阳满头的白发流个不停，刘霞上前给李阳遮上雨伞，蹲下身子一把抱住丈夫，放声大哭起来，嘴里轻声说道："老李，我找到你了，找到你了，老李，你这是干吗呀……"

李阳被叫醒了，他睁开无神的一双大眼睛，像看到陌生人一样打量着刘霞，问道："你是谁？你怎么来了？走，要不咱俩一起去，一起去美国看我儿子和孙女，走，再不走就赶不上去美国的火车了，走，咱得赶快走。"

刘霞知道李阳病情加重了，心疼地用力拉着李阳说道："老李，咱回家换好衣服再去美国看儿子，你看咱们衣服都淋湿了。"

李阳一个劲地拉着刘霞往前走，祈求着说道："走，咱到火车上再换衣服，要不就赶不上火车了。"刘霞拉着李阳往后拽，两位70多岁的老人在雨中拉扯着。刘霞实在是没有力气了，李阳挣脱刘霞的拉扯，继续往前跑去。刘霞拼命地跑到李阳的面前，扑通一声跪在地上，边哭边大声地喊道："老李，李阳，我是你的妻子刘霞，我是你的老伴，我求

求你了，你就跟我回家吧，回家吧。"

李阳愣住了，嘴唇微微颤动着说："你怎么了，霞，你怎么跪在地上了？快起来，地上有水，凉。"

李阳拉起刘霞，刘霞擦着李阳脸上的雨水，哀求着说道："老李，咱先回家好不好，我真的是累了，我累了。"

李阳默不作声地跟着刘霞向家的方向走去，大雨中两位老人相互搀扶着渐渐远去。

回到家里，刘霞催着李阳换掉淋湿的衣服，让他吃了药。

李阳忽然问刘霞："咱俩刚才这是干吗去了，浑身淋得湿漉漉的？"

刘霞诧异地看着李阳，说："老李，你记不起刚才发生的事了？"

李阳微笑着说："刚才不就是咱俩从外边淋着雨回来了吗？没发生啥事呀。"

"嗯，是没发生啥事，刚才是咱俩淋雨了。你看着电视，我去做你爱吃的面。"刘霞说完站起身，拖着疲惫的身体进了厨房。

吃过饭，李阳也许是跑累了，刚吃了药不一会儿，就躺在沙发上睡着了，刘霞拿毛巾被给老伴盖上，走进卧室关上门给在美国工作的儿子志翔打电话，志翔在电话里问道："妈，你和我爸的身体都好吧？"

"嗯，家里都好着呢。志翔，你要是不忙今年就回来过年吧，我和你爸都很想你们。哦，你爸他、他的身体挺好，我也挺好，你别担心我们。你和茉莉有啥事商量着来，别闹别扭。"刘霞挂掉电话，眼泪止不住地流了下来。

九

不知不觉中，两年很快又过去了，李阳的阿尔茨海默病更加严重了，刘霞寸步不离地照顾着老伴。

刘霞陪着李阳去医院复查身体，书华跟着在旁边照顾，医生告诉刘霞，李阳又被检查出肝癌晚期，刘霞大吃一惊，一下子瘫坐在地上，书华赶忙扶起大姨，轻声地安慰着。

回到了家里，刘霞给远在美国的儿子志翔打电话，把老伴李阳患肝癌的事告诉了儿子，志翔哭了，说是茉莉在医院马上就要生产了，公司又有很多事要处理，一时无法回国。刘霞没有吭声，拿着话筒呆呆地发着愣，志翔在电话里连着喊了几声妈，刘霞才反应过来。志翔在电话里说道："妈，我马上给您汇点钱，您带我爸去北京大医院再检查检查，一定要买最好的药，我这边事情处理完就马上回国看你们。"

刘霞沉默着挂掉了儿子的电话，关上屋门，泪水一下子流了出来，她无助地蹲在地上，不停地小声哭泣着。

刘霞在家里大门口给外甥书华打电话，让外甥帮着订两张去北京的火车票，书华电话里问大姨订火车票是咋回事，刘霞告诉书华说要带李阳去北京看病。书华电话里不假思索地说道："大姨，您和我姨夫都是70多岁的人了，到北京人生地不熟的，表哥在美国又回不来，这样吧，我开车陪您二老去北京，您在家等着我，我这就去接你们。"

书华开车拉着李阳和刘霞跑了几个小时，终于到了北京一家大医院，书华陪着姨夫李阳跑前跑后地检查身体，医生建议，根据李阳的病情应采取服用药物保守治疗的方式。

回到家里，刘霞精心地照顾着李阳，两人一起看电视、一起看书、一起在乡村的田间地头散步。

书华隔三岔五地开车拉着父母来看望大姨和姨夫，时不时会开车拉着几位老人到处转转，像对待小孩一样，说点他们爱听的话，买点他们爱吃的东西，耐心地听他们讲讲过往的岁月故事。

几个月后，李阳的病情恶化，屋里坐满了人，李阳拉着刘霞的手，

说道："霞，我要是走了，你一个人可咋办啊？"

坐在床边的刘霞满脸泪水，说不出话来，用手梳理着李阳满头的白发。

李阳吃力地看着门外，刘霞心里知道，李阳是在盼着儿子志翔一家四口人的出现，想见儿孙们最后一面。刘霞心里知道儿子志翔现在回不来，轻声地对李阳说："老李，咱儿子志翔一家都很好，志翔的公司也很好，他们快回来了。"

李阳笑着点了点头，慢慢地闭上了眼睛。

李阳去世的第三天，志翔一家四口人才回到了家里，李阳的追悼会上，志翔跪在地上痛哭流涕地磕着头，茉莉和两个女儿手捧鲜花，只是站着鞠躬，志翔让茉莉跪下，茉莉问道："我们在哀悼爸爸，为什么要跪下？"

一旁的乡亲们小声地议论着，纷纷指责志翔的妻子和女儿不懂规矩，刘霞慌忙地给父老乡亲解释着说道："我儿媳妇是外国人，不懂咱这里的规矩，大家就多担待，多担待点。"

操办完李阳的后事，志翔陪着妈妈说了很长时间的话，茉莉进来用英文对志翔说，她和两个女儿不习惯住农村，老家没有马桶不方便，不能洗澡。

刘霞似乎明白了些什么，对儿子说："志翔，天太晚了，一会儿让你表弟书华开车送你们，你们还是到城里去住吧！茉莉她们在农村老家住，一定会不习惯的。"

志翔点了点头没有吭声。

志翔一家四口在家乡待了不到半个月，就要回美国了，书华开车把他们送到机场，志翔拉着表弟书华的手，小声说道："书华，我不在家，你替我照顾好我妈，让你费心了。下辈子我再也不出国了，都是我不孝啊！"

　　书华说道："表哥，照顾大姨的事你放心好了，我准备接大姨去我家住，我妈身体也不太好，她们老姐俩住一起也能经常说说话。"

　　刘霞把志翔拉到一边，从口袋里掏出一张银行卡塞到志翔手里，轻声说道："儿子，这卡里是你这些年给我和你爸汇的钱，我们没动过，你拿着，你在国外创业、生活，哪儿都需要花钱，我老了，平时不花啥钱，再说，我有退休金，足够我花了。"

　　志翔要把卡还给妈妈，刘霞拒绝着推开志翔："你拿着，别再推辞了。"

　　志翔流着眼泪，哭着喊了一声妈，转身头也不回地向候机大厅走去。

　　书华把大姨刘霞接到了城里自己的家，夫妻俩忙完饭店的事就回家陪着三位老人，做些他们爱吃的饭菜，时不时领着老人们去刘霞的老家走动走动，刘霞常常对妹妹刘丽说："你生了个大孝子。"

　　转眼间几年又过去了，刘霞已是80岁的老人了，住在妹妹刘丽家里，书华把大姨照顾得无微不至。

　　一天晚上吃饭的时候，有人敲门，书华开门的时候，一下子愣住了，敲门的人是表哥志翔，书华扭头说道："大姨，是我表哥回来了。"

　　刘霞和刘丽放下碗筷，看着门外，志翔进门喊道："妈、二姨、姨夫，我下飞机直接就过来了。"

　　刘丽说："这孩子，怎么不打个电话？让你表弟开车去接你。"

　　志翔应着说了声打的挺方便的，便坐到沙发上。

　　书华让志翔一起吃饭，志翔摇摇头说吃过了，打开随身背的旅行包，笑着说道："我给你们每个人都带了礼物，这绒外套是给我妈和二姨买的，这件外套是我姨夫的，书华，我给你带了两条香烟，这个套裙是给弟妹的，还有，书华，这个游戏机是给我侄子的。"

　　书华家里欢声笑语不断，一大家人围坐在一起，唠嗑到大半夜才回屋休息。

　　清晨，书华早早起床穿好衣服走出院子，骑上三轮车直奔菜市场，

买好他饭店当天需要的蔬菜和作料送过去，又骑着三轮车来到早点摊前，卖早点的老板娘打招呼说："赵老板早啊，今儿想吃啥？"

书华说道："你把豆花、豆浆、油条、小菜给我多盛点，打包带走。"

书华回到家，看到家人都起床了，微笑着说道："你们怎么不多睡会儿？咱们吃早饭吧，我都买好了。"

志翔吃着油条，喝着豆浆，一脸的享受，说道："多少年都没吃到家乡的早点了，真香啊。"

刘丽笑着说："志翔，你多吃点，在国外可吃不到这么地道的家乡早点。"

"二姨，在美国吃不到，也绝对吃不出这浓郁的家乡味道。"志翔边吃边说。

吃完饭，志翔抢着要刷碗洗筷子，书华问志翔："表哥，你这次回来会多待几天不？我想领着大姨、我爸妈，咱们一大家人到近处的风景区转转。"

志翔的手机响了，他打着手势说了声："我先接个电话。"

志翔站在阳台上，用英语说了几分钟的电话，挂断后来到了客厅，刘霞看着儿子一脸的愁容，问道："志翔，那边有啥事？"

志翔看着年迈的母亲，沉默了一会儿，吞吞吐吐地说道："妈，我这次回来是有事情跟您商量。您电话里不是给我说，咱老家拆迁已经赔偿了嘛，我想这样，妈，您能不能把拆迁款先拿出来让我应下急，我美国的公司遇到了点麻烦。"

刘霞打量着眼前既熟悉又陌生的儿子，半晌没有说话，刘霞的妹妹刘丽说道："志翔，你妈她……"

刘霞看了一眼刘丽，摆摆手，说道："妹妹，让我来说。儿子，咱老家拆迁，能赔三套房，我要了一套房馈赠给了你表弟书华，剩下两套房我没要，折价成100多万，我给我和你爸工作了一辈子的学校捐款

50 万，又给咱老家镇上的敬老院捐了 50 万，剩下了 20 多万，我和你爸攒了一辈子的工资还有 8 万多。"

志翔不等母亲把话说完，忽地站起来说道："妈，您怎么不跟我商量一下，就擅自做主把钱给捐了呢，我可是您的亲生儿子啊。我公司现在遇到了坎儿，怎么办，您有没有想过我的感受呀？"

书华和二姨劝志翔有话好好说，母亲年龄大了，志翔瞪着书华说道："你肯定会有话好好说了，我妈不是给了你一套房子吗？你饭店挣的钱还少吗？你应该不缺这一套房吧？"

刘霞突然站起来大声呵斥道："志翔，你给我住口，你没资格说书华。"

志翔低下头吸着烟默不作声，家里一下子静了下来。

刘霞慢慢坐到沙发上，书华倒了一杯水递给大姨，刘霞看着志翔说道："我和你爸省吃俭用了一辈子，供你上学又供你出国留学。为了你在外国买房子，我和你爸背着你，把城里我们唯一的一套住房卖了，钱给你用了。这事你到现在恐怕都还不知道吧？我俩为啥当初住在农村老家，那是因为把房子卖掉了，我俩没地方住了，才搬回老家去的。你爸常给我说，只要志翔一家在国外生活得好，咱俩就心满意足了。你结婚这么大的事也不给我俩说，你爸到死心里这个结都没打开，他觉得他愧对祖宗和乡亲。你爸得了脑梗，他不让我告诉你，说是你在国外不容易，不要让你分心。后来你爸爸又患上了老年痴呆，天天胡跑乱跑，经常忘记自己的家住在哪儿，却不忘冒着大雨，偷跑着要去美国看你们。那时候你在哪儿？你爸爸得了肝癌需要治疗的时候，你就一个电话说买最好的药物治疗。你爸爸去世的时候眼睛不愿闭上，看着门外想见你的时候，你又在哪儿……"

志翔抬头看着满脸泪水，一头白发的老母亲，哭着说："妈，您别说了，都是儿子不孝。"

　　刘霞又说道："不，我要说，跪父母是咱老祖宗留下的规矩，你爸爸的追悼会上，你媳妇、女儿下跪了吗？你平时就不和她们沟通吗？啥是入乡随俗，我说不来什么大道理，我只知道嫁了中国丈夫就要尊重中国的规矩。你们常年不回来，说什么在农村住不习惯，回到自己的老家了，还去城里住酒店。你可知道，你们住一晚酒店的钱，我能花一个月。这些我都不想说。你媳妇和两个女儿看见我就像陌生人一样，我和你爸心里有委屈不敢给你说，怕你和你媳妇吵架。多少年了，你不在家，书华就像亲儿子一样照顾我和你爸，一个人照顾四位老人。我说把拆迁的一套房给书华时，书华和你二姨、二姨夫都拒绝了，说是他们先替你看管着，等你回来了就把房子的钥匙还给你。你怎么能那样说你表弟书华呢？孩子，你要记住，做人要有良心。唉，我不说了，都是我和你爸没有把你教育好呀！"

　　志翔扑通一声跪在了地上，给母亲刘霞磕着头，哭着说："妈，我错了，妈，我错了，我错了……"

　　刘霞看着跪在地上的儿子，眼泪又一次流了下来。